Grusel & Co.
DER CLUB

Paul van Loon,
geboren 1955, ist in den Niederlanden der große Star der Kinderliteratur und Vater des neuen Gruseltrends. Ursprünglich wollte er Illustrator werden und lernte an einer Kunstakademie auch das Zeichnen.
Doch anstatt einzelner Bilder, brachte er immer häufiger ganze Geschichten aufs Papier – so wurde er zum Schriftsteller.
In den letzten Jahren hat er sich vor allem auf das Schreiben von Gruselgeschichten spezialisiert.

Paul van Loon

DER GRUSELBUS AUF TOUR

Aus dem Niederländischen

von Eva Schweikart

Mit Bildern von
Camila Fialkowski

Sammelband
Der Gruselbus
Der Gruselbus 2

Arena

Die Titel der Originalausgaben lauten »De Griezelbus 1«
und »De Griezelbus 2«
und sind bei Elzenga, Amsterdam, erschienen.

Der Verlag dankt dem
Nederlands Literair Produktie- en Vertalingenfonds
für die freundliche Unterstützung der Übersetzung.

In neuer Rechtschreibung

2. Auflage 2001

Übersetzung: Eva Schweikart
Einband und Innenillustrationen: Camila Fialkowski
Gesamtherstellung: Westermann Druck Zwickau GmbH
ISBN 3-401-05066-4

INHALT

Einladung zu einer Fahrt mit dem Gruselbus

Willst du etwas Spannendes erleben? Dann melde dich zu einer Fahrt mit dem Gruselbus an. Während der Kinderbuchwoche besucht der Gruselbus Schulen im ganzen Land.

Was gibt es Besseres, als sich einen Abend lang richtig schön zu gruseln? Ich verspreche dir eine Fahrt mit jeder Menge Gruselgeschichten und anderen Überraschungen.

Bitte deinen Lehrer und deine Eltern um Erlaubnis. Eine Fahrt mit dem Gruselbus solltest du dir nicht entgehen lassen.

Gruselgeschichten werden erst dann richtig spannend, wenn es dunkel ist, deshalb fährt der Gruselbus nur abends.

Wer Mut hat, ist willkommen.

P. Onnoval, Schriftsteller

Dieses Projekt wird in Zusammenarbeit mit der Stiftung GGG (Geister, Gerippe und anderes Gesindel) organisiert.

EINS

Einsteigen, Kinder, der Gruselbus fährt gleich los.«

Der Lehrer, Herr Bakker, steht an der Tür des großen Busses, der vor der Schule hält, und klatscht in die Hände. Der Bus ist außen mit Gespenstern, Skeletten und anderen seltsamen Gestalten bemalt. An der Seite steht mit großen Buchstaben GRUSELBUS.

Ein wenig zaghaft gehen die Schüler auf den Bus zu. Vor der Schule stehen die Eltern und winken ihren Kindern nach. Es ist sechs Uhr abends und allmählich wird es dunkel.

»Um zehn Uhr müssen sie wieder zurück sein!«, ruft der Vater von Joris und Pieter.

Herr Bakker macht eine beruhigende Handbewegung. »Keine Sorge. Um zehn sind wir wieder hier vor der Schule.«

Sander und Mick gehen voran. Ganz hinten kommen Annabel und die kleine Liselore mit ihrer unvermeidlichen Handtasche.

Alle sind ein bisschen nervös und kichern. Schließlich ist es eine besondere Fahrt, die sie anlässlich der Kinderbuchwoche machen werden. Eine Fahrt mit dem Gruselbus! Die ganze siebte Klasse der Gesamtschule »Tulpe«, einschließlich des Klassenlehrers Herrn Bakker, nimmt teil.

Der Gruselbus ist ein Projekt des Schriftstellers Onnoval, eines bekannten Verfassers von Kinderbüchern. Bei einem Busunternehmer hat er einen ausgedienten Bus aufgetrieben und fährt nun damit während der Kinderbuchwoche durch das Land. Das Vehikel ist ziemlich rostig und voller Beulen, aber es läuft noch einwandfrei.

Einige Schulen, so auch die »Tulpe«, haben eine Einladung zu einer Fahrt mit dem Gruselbus bekommen.

Sander steigt als Erster in den Bus und sieht sich neugierig um. Viel ist nicht zu erkennen, denn es ist stockdunkel. Nirgendwo brennt Licht und an den Fenstern sind schwarze Rollos herabgezogen. Da taucht Micks Kopf neben ihm auf.

»Komischer Laden«, flüstert Sander. »Man sieht nicht die Hand vor Augen.«

Auf einmal leuchten über den Fenstern im vorderen Teil des Busses Lampen auf und man kann zumindest die Sitzreihen erkennen. Der hintere Teil ist mit einem schwarzen Vorhang abgetrennt.

»Weitergehen, Kinder«, klingt von draußen Herrn Bakkers Stimme. »Die anderen wollen auch rein.«

Sander zögert. Die Beleuchtung im Bus ist so schwach, dass noch immer wenig zu sehen ist. Hinter dem Steuer sitzt jemand mit einer Mütze. Er ist mager und trägt weiße Handschuhe. Sein Gesicht ist dem Fenster zugewandt und er sieht sich nicht nach den Einsteigenden um.

Komischer Kauz, denkt Sander. Schläft er oder interessiert es ihn nicht, wer einsteigt?

Sander dreht sich nach Herrn Bakker um, aber der ist draußen vollauf damit beschäftigt, alle in den Bus zu dirigieren.

»Los weiter, Sander. Hast du etwa Schiss?« Mick quetscht sich an Sander vorbei und geht die Sitzreihen entlang. Sander, der sich natürlich nicht blamieren will, folgt Mick. Der lässt sich auf irgendeinen Sitz plumpsen und Sander setzt sich rasch neben ihn. Dabei fällt ihm die merkwürdige Ausrichtung der Sitze auf. Alle sind so angeordnet, dass man dem Fahrer den Rücken zukehrt und auf den Vorhang im hinteren Teil des Busses blickt.

Jetzt erscheinen die anderen nach und nach und suchen sich ihre

Plätze. Alle sehen sich ein wenig unbehaglich um. Was jetzt wohl kommt? Als Letzter steigt Herr Bakker ein. »Guten Abend.« Er nickt dem Busfahrer zu.

Der Fahrer schaut ihn weder an, noch erwidert er den Gruß. Sein Gesicht wird von einer großen Mütze überschattet.

»Also, Kinder, sind wir vollzählig?«, fragt Herr Bakker.

»Bah, ist das dreckig hier!« Julia ist entsetzt. »Seht doch mal, alles voller Spinnweben.« Sie zeigt mit dem Finger an die Decke des Busses: Überall Spinnennetze.

»Igitt, eine Fledermaus!«, kreischt Joris und fuchtelt wild mit den Händen über seinem Kopf herum.

»Hier auch!«, ruft Rudi.

»Und bei mir auch!«, schreit Emanuel.

»Herr Bakker, es wimmelt hier von Fledermäusen.«

Da fasst Mick über die Rückenlehne von Joris und hält das flatternde Ding über dessen Kopf fest.

»Plastik«, sagt er. »Sieht aber aus wie echt. Das Ding hängt an einem Gummifaden an der Decke. Da, schau.«

Er lässt die Fledermaus los und sofort tanzt sie wieder wild über Joris' Kopf.

Plötzlich hallt lautes Gelächter durch den Bus.

»Willkommen im Gruselbus«, sagt eine Stimme. Alle, auch Herr Bakker, starren erschrocken zum Vorhang. Von dort kommt die Stimme. Nur Liselore rührt sich nicht. Sie sitzt weit vom Vorhang entfernt, gleich hinter dem Fahrersitz. Ihre Handtasche hat sie auf den Knien und die Hände brav darüber gefaltet.

Raschelnd öffnet sich der Vorhang und gibt den Blick auf einen Mann frei. Er hat einen schwarzen Anzug an und darüber einen Mantel, der mit Knochen behängt ist. Um den Hals trägt er eine

Kette aus Zähnen. Er hat ein Buch unter dem Arm und an seinem linken Ohr glänzt ein goldener Ring. Hinter ihm ist es nach wie vor stockdunkel.

»Nochmals: Willkommen im Gruselbus«, sagt er mit breitem Lächeln. »Ich heiße Onnoval und bin sozusagen euer Reiseleiter auf einer Fahrt, die euch unvergesslich bleiben wird.« Seine funkelnden Augen wandern über die Gesichter der Schüler.

»Sieht aus wie ein Zauberer«, meint Mick.

»Oder ein ehemaliger Zahnarzt«, sagt Sander, der mit gerunzelter Stirn auf die Zahnkette des Schriftstellers blickt. Ob die echt sind?, denkt er. Und die Knochen?

»Was für ein widerlicher Kerl«, flüstert Annabel und es tut ihr fast schon Leid, dass sie sich für die Fahrt angemeldet hat. Aber es ist nun einmal Kinderbuchwoche und zu dieser Gelegenheit unternimmt die Schule immer etwas Besonderes. Weil die ganze Klasse mitmacht, wollte Annabel sich nicht ausschließen.

»Ich grusel mich überhaupt nicht gern«, flüstert sie ihrer Sitznachbarin Liselore zu.

»Ich hab auch nichts dafür übrig«, antwortet Liselore leise, ohne Annabel anzusehen. »Ich bin nur mitgekommen, weil ich nicht den ganzen Abend allein zu Hause sein wollte. Meine Eltern sind dauernd unterwegs. Ich muss immer zusehen, dass ich allein zurechtkomme.« Sie fummelt an ihrer Handtasche herum.

Annabel sieht Liselore aus den Augenwinkeln an. Eigentlich kann Liselore einem Leid tun. In der Schule ist sie immer still und niemand kümmert sich um sie.

Sie verhält sich so unauffällig, dass es manchmal scheint, als sei sie unsichtbar.

Onnoval lacht herzlich und seine Stimme klingt auf einmal sanft und freundlich. »Hoffentlich seid ihr nicht zu sehr erschrocken. Ich begrüße meine Gäste immer auf diese Weise. So kommt man gleich etwas in Stimmung. Schließlich geht es heute Abend um Gruselgeschichten, nicht wahr?«

Langsam geht er nach vorn. Die Knochen, die mit Faden an seinem Mantel befestigt sind, klappern bei jedem Schritt.

»Sieh mal, er hinkt«, flüstert Sander. »Vielleicht hat er ein Holzbein.«

»Das ist bestimmt auch nur ein Schwindel, genau wie die Fledermäuse und die Knochen«, meint Mick. »Damit will er sich interessant machen.«

Hinkend geht der Schriftsteller an Mick vorbei und sieht ihn kurz an. Ein Lächeln huscht über sein Gesicht. Ob er Micks Bemerkung wohl gehört hat?

»Wie ihr vielleicht schon bemerkt habt, ist der Bus mit einigen Besonderheiten ausgestattet, die der Kunst des Gruselns dienlich sind. Aber täuscht euch nicht. Hier und da kriecht vielleicht doch eine echte Spinne herum.« Er zwinkert Annabel zu, die misstrauisch die Decke beäugt.

Herr Bakker tritt vor und streckt die Hand aus.

»Guten Tag, Herr Onnoval. Der Anfang ist viel versprechend, das muss ich zugeben. Ich glaube, die meisten sind ordentlich erschrocken. Jetzt dürften wir wohl für die Fahrt gerüstet sein.«

Der Schriftsteller nickt und streicht sein schwarz glänzendes Haar nach hinten. Er hat eine hohe Stirn und breite, buschige Augenbrauen.

»Sehr schön. Ich werde euch nun unseren Busfahrer vorstellen. Er heißt Knochenhauer. Knochenhauer, zeigen Sie Ihr Gesicht und begrüßen Sie unsere Gäste.«

Alle Blicke wenden sich dem Fahrer zu. Der bewegt sich zum ersten Mal. Er dreht sich um und lüftet kurz die Mütze. Genau in diesem Augenblick fällt Licht auf sein Gesicht: Auf einen Totenkopf mit tiefen, schwarzen Höhlen statt Augen. Alle erstarren vor Schreck.

Entsetzensschreie. Nur Liselore gibt keinen Mucks von sich, aber da sie sich nicht umgedreht hat, konnte sie auch nicht sehen, was sich hinter ihrem Rücken abspielte.

Selbst Mick ist zusammengefahren, doch er fasst sich schnell wieder.

»Eine Maske«, sagt er in gleichgültigem Tonfall. »So was kann man doch in jedem Scherzartikelladen kaufen. An Karneval hatte ich auch so eine auf.«

Natürlich, Mick hat Recht. Jetzt sehen es alle. Eine Maske, was sollte es auch sonst sein. Sander sieht Mick an und kichert erleichtert. Ganz schön reingefallen!

Der Schriftsteller lächelt wieder und zuckt mit den Schultern. »Kleiner Scherz. Er kommt immer wieder gut an, deshalb bringe ich es nicht über mich, ihn aus dem Programm zu nehmen.«

»Mir war das klar«, sagt Herr Bakker.

»Warum zittert Ihre Stimme dann so?«, ruft Jacob. Allgemeine Heiterkeit. Der Lehrer hat sich ebenso sehr erschrocken wie die anderen.

Mit sichtlichem Vergnügen mustert der Schriftsteller die Gesichter seiner Gäste. »Lass den Motor an«, sagt er. Der Busfahrer hat seine Mütze wieder aufgesetzt, ohne die Maske abzunehmen. Er dreht den Schlüssel im Zündschloss und der Motor beginnt zu tuckern.

Der Schriftsteller eilt zurück zum Vorhang. Er zieht an einer Leine und sofort wird die hintere Bushälfte durch einige Deckenstrahler ausgeleuchtet. Die Sitzbänke sind hier herausgerissen worden, an ihrer Stelle steht ein langer Holztisch, auf dem merkwürdiger Kram herumliegt.

»Was soll denn das sein?«, fragt Mick. »Ein Flohmarkt?«

Auf dem Tisch liegen ein Gemälde, ein Modellbaukasten, ein Stück Holz mit Farbresten, ein Babyfon, eine Torte mit zwölf Kerzen, eine Schale mit Gras, ein schlammverkrusteter Stiefel und ein Stück Seil in Form einer Schlinge. Neben dem Tisch steht ein großer Armsessel mit Lederbezug.

Der Schriftsteller schlendert zu diesem Sammelsurium und stützt sich mit einer Hand auf den Tisch.

»Ich kann es geradezu hören, wie ihr denkt: Sollen wir jetzt raten, was das für Plunder ist?«

Er zwinkert Mick zu. »Für den Flohmarkt sind die Sachen nicht gedacht. Ich werde es erklären: Zu jedem dieser Gegenstände gibt es eine Geschichte. Auch zu dem Sessel, aber der ist natürlich zu groß, als dass man ihn auf den Tisch stellen könnte. Die Geschichten stehen alle in meinem neuen Buch, einer Sammlung von Gruselgeschichten. Das Buch heißt ›DER GRUSELBUS‹, also genau wie unser Bus. Wir fahren jetzt los und während der Fahrt lese ich euch die Geschichten vor. Insgesamt sind es zehn.«

Mick, der aufmerksam hingesehen hat, hebt die Hand. »Zehn sagen Sie, Herr Onnoval. Ich komme aber nur auf neun Gegenstände, den Sessel mitgerechnet.«

»Korrekt, mein Junge, du bist ein schlaues Kerlchen, das ist mir bereits aufgefallen. Dir kann man so leicht nichts vormachen.«

Wäre Mick eine Glühbirne, würde er jetzt vor Stolz zu leuchten anfangen.

»Und doch sind es zehn Geschichten«, fährt der Schriftsteller fort. »Zur letzten Geschichte gehört kein Gegenstand. Zu dieser Geschichte gehöre ich selbst. Es geht darin um etwas, das ich selbst erlebt habe, als ich ungefähr so alt war wie ihr.«

»Pah, das ist garantiert eine Ausrede. Das sagt er nur, weil ihm ein Gegenstand fehlt«, flüstert Mick Sander zu.

Onnoval blickt in die Runde. »Noch Fragen? Nein? Dann stelle ich noch eine Frage: Herr Bakker, möchten Sie hier neben mir in diesem bequemen Sessel Platz nehmen? Man sitzt sehr gut darin, deshalb reserviere ich ihn immer für die Lehrer.«

»Welche Ehre«, sagt Herr Bakker und kommt Onnovals Aufforderung nach.

»Sehr gemütlich«, murmelt er. »Hier bleibe ich sitzen, bis wir wieder zu Hause sind.«

Der Schriftsteller lächelt. »Das bleibt abzuwarten.«

Herr Bakker sieht Onnoval erstaunt an. Was meint er denn damit? Aber der Schriftsteller hat bereits die Schlinge vom Tisch genommen und schlägt sein Buch auf.

»Hier habe ich eine Schlinge«, sagt er. »Vor langer Zeit hängte man Verbrecher an solch einem Stück Seil auf. In manchen Ländern macht man das übrigens heute noch. Die erste Geschichte, die ich euch erzählen werde, ist die Geschichte dieser Schlinge. Fahr los, Knochenhauer.«

Der Gruselbus setzt sich in Bewegung.

Es wird mäuschenstill, als der Schriftsteller anfängt vorzulesen.

Die Schlinge

Max' Vater kam mit einem flachen, viereckigen Paket nach Hause.

»Seht mal, was ich aufgetrieben habe«, sagte er.

Max und seine Mutter starrten neugierig auf das braune Packpapier.

Mit seinem Taschenmesser schnitt Vater die Schnur durch und schlitzte dann die Verpackung auf. Zum Vorschein kam ein Gemälde, das er lächelnd herzeigte.

»Na? Wie findet ihr das?«

Verwundert starrten Max und seine Mutter auf das Bild. Sie wussten, dass Vater ganz verrückt auf Kunst war, und er kam auch öfter mal mit einem Gemälde nach Hause. Aber das hier war wirklich das Absonderlichste, was er je mitgebracht hatte.

»Entsetzlich!«, sagte Mutter schließlich. »Wie kannst du nur so etwas kaufen!«

Das Bild zeigte eine merkwürdige Szene. Ein hoher, hölzerner Galgen stand einsam auf einem Acker, darüber, am grau verhangenen Himmel, kreisten schwarze Vögel. An dem Galgen baumelte ein Mann mit hervorquellenden Augen. Er sah roh und gewalttätig aus. Sein Gesicht schien über und über mit schwarzem Haar bewachsen. Ein paar Meter vom Galgen entfernt, stand ein blonder Junge, der mit leicht spöttischem Gesichtsausdruck zu dem Gehängten emporblickte.

»Entsetzlich!«, wiederholte Mutter. »Das Ding kommt mir nicht ins Wohnzimmer. Davon bekommt man ja Alpträume.«

»Aber Schatz, das ist Kunst!«, sagte Vater mit beleidigtem Tonfall. »Sieh doch nur, wie gut es gemalt ist. Außerdem hat das Bild einen geschichtlichen Hintergrund. Der Mann da am Galgen war ein Mörder, der um 1600 lebte. Nachts verwandelte er sich in ein blutrünstiges Ungeheuer, weil er seine Seele dem Teufel verkauft hatte. Der Junge links auf dem Bild war sein Sohn, der ihn schließlich der Polizei verriet. So kam es, dass er gehängt wurde.«

Vater wischte mit dem Finger etwas Staub von dem Bild. »Es ist wirklich sehr schön gemalt. Sieh mal genau hin, findest du nicht, dass der Junge Max ein bisschen ähnelt? Das hat mir besonders gefallen.«

»Was du unter schön verstehst!«, sagte Mutter. »Der Junge sieht Max überhaupt nicht ähnlich. Manchmal hast du seltsame Ideen, Simon.«

Doch Max musste seinem Vater Recht geben. Der Junge auf dem Bild sah ihm tatsächlich ein wenig ähnlich. Er hatte das gleiche blonde Haar und sogar Sommersprossen um die Nase, genau wie Max.

»Nun, wie dem auch sei«, sagte Vater leicht irritiert. »Das Bild war spottbillig, sodass ich es einfach kaufen musste. Ich habe es aus dem Secondhandladen am Markt. Der Besitzer wollte es wohl unbedingt loswerden, er hat mir nämlich nur ein Drittel des Preises berechnet.«

»Merkwürdig«, sagte Mutter. »Warum gibt der Mann es so billig her, wenn es doch angeblich so ein tolles Kunstwerk ist?«

Vater zuckte mit den Schultern. »Er hat behauptet, dass auf dem Bild ein Fluch lastet. Dummer Aberglaube. Ihr wisst ja, wie die Leute sind. Wahrscheinlich ist etwas faul an der Sache. Vielleicht wurde das Bild irgendeinem reichen Typen gestohlen und der Verkäufer wollte es deshalb rasch loswerden.«

Max wusste zwar nicht, »w i e die Leute sind«, aber das Gemälde hatte eine eigentümliche Wirkung auf ihn. Er musste es immerzu ansehen. Es war, als starrten die hervorquellenden Augen des Gehängten ihn an, als fixierten sie ihn böse und voller Mordlust. Alles um Max schien zu verschwimmen, nur noch die Augen waren da. Plötzlich spürte er einen Windstoß und meinte das durchdringende Gekrächze von Krähen zu hören.

»Schön und gut«, hörte er Mutters Stimme von weit her. »Aber ins Wohnzimmer kommt mir das Ding nicht. Was sollen denn unsere Freunde und Bekannten denken, wenn du so etwas über die Couch hängst? Meinetwegen kann es an eine dunkle Stelle im Flur, wo es nicht auffällt. Und ich hoffe für dich, dass es nicht gestohlen ist, sonst machst du dich nämlich der Hehlerei schuldig und dann steht eines Tages die Polizei vor der Tür.«

Vater murmelte etwas vor sich hin und fand sich dann mit Mutters Entscheidung ab. Mit dem Bild unter dem Arm stieg er die Treppe hinauf. Max' seltsames Gefühl verschwand und er sah das Zimmer wieder klar und deutlich vor sich.

Ich muss dringend etwas essen, dachte er. Wahrscheinlich war mir ein bisschen flau, weil ich noch nichts im Magen habe. Er ging in die Küche und bestrich sich eine dicke Scheibe Brot mit Erdnussbutter.

Das Bild hing nun schon einige Tage in einer dunklen Ecke im Flur, wo es kaum auffiel. Aus irgendeinem Grund wagte Max nicht es anzusehen. Wenn er nach oben kam, ging er so schnell wie möglich mit abgewandtem Blick an dem Bild vorbei in sein Zimmer. Die hervorquellenden Augen des Gehängten machten ihm Angst.

»Blödsinn!«, sagte er zu sich selbst. »Warum sollte ich mich vor einem Bild fürchten?«

Dennoch befiel ihn jedes Mal, wenn er über den Flur ging, ein

Angstgefühl. Und nachts hatte er seltsame Träume von großen, schwarzen Vögeln, die krächzend durch sein Zimmer flogen.

Nach ein paar Tagen sagte Max: »Papa, das Bild macht mir Angst. Ich träume sogar davon. Ganz unheimlich ist das!«

Sein Vater warf ihm einen vernichtenden Blick zu. »Fängst du auch noch damit an? Was ist bloß mit euch los? Darf ich neuerdings in meinem eigenen Haus keine Bilder mehr aufhängen? Das Bild bleibt, wo es ist. Und damit basta! Ich will kein Wort mehr darüber hören.«

Max erschrak über die heftige Reaktion seines Vaters. Sonst war er nie so barsch zu ihm. Irgendwie schien er verändert, seit er das Bild gekauft hatte. Und er wollte sich anscheinend einen Bart stehen lassen, denn er hatte sich seit zwei Tagen nicht mehr rasiert. Seine Wangen und das Kinn waren voller Bartstoppeln.

In der Nacht träumte Max wieder von schwarzen Vögeln. Er hörte ihr Gekrächze so deutlich, als flögen sie wirklich in seinem Zimmer umher. Er schreckte aus dem Schlaf hoch und setzte sich ruckartig im Bett auf.

Es war totenstill im Zimmer, doch einen Moment lang glaubte er von weit her ein heiseres Krächzen zu hören, wie ein Echo aus seinem Traum. Er wischte sich den Schweiß von der Stirn und merkte, dass er zur Toilette musste. Noch schlaftrunken stolperte Max aus seinem Zimmer, den Flur entlang und ins Badezimmer. Er pinkelte ins Klobecken, spülte und ging wieder zurück. Im Flur blieb er auf halbem Weg stehen. Es war dunkel, doch von irgendwo kam ein seltsames Glühen. Mühsam machte Max die Augen weit auf, um festzustellen, woher die Helligkeit kam.

Fast hätte er geschrien. Sie kam von dem Bild, aus dem Gesicht des gehängten Mörders. Wie zwei glühende Punkte im Dunkeln starrten die Mörder-Augen Max hasserfüllt an.

Max rannte in sein Zimmer, warf die Tür zu und verkroch sich unter der schützenden Bettdecke. Dort lag er regungslos, mit angehaltenem Atem und laut pochendem Herzen und lauschte in die Stille. Es kam ihm wie eine Ewigkeit vor, bis er wieder ruhig wurde. Was er gesehen hatte oder meinte gesehen zu haben, schien so unwirklich. Es musste ein Traum gewesen sein. Allerlei wirre Gedanken schossen ihm durch den Kopf, bis er endlich einschlief.

Als er am nächsten Morgen ins Badezimmer ging, warf er einen hastigen Blick auf das Bild. Es sah genauso aus wie sonst. Natürlich glühten die Augen des Mörders nicht. Alles Einbildung, dachte Max. Wahrscheinlich habe ich auch geträumt, dass ich auf der Toilette gewesen bin und in Wirklichkeit war ich die ganze Zeit im Bett. Er dachte nicht weiter darüber nach und ging nach unten, um zu frühstücken.

»Pst! Nicht so laut!«, sagte seine Mutter, als er die Tür des Küchenschranks zuschlug.

»Was ist denn?«, fragte Max erstaunt.

»Papa schläft noch«, sagte Mutter. »Er ist krank und hat Fieber. Er glüht geradezu.«

»Papa hat die letzten Tage schlecht ausgesehen«, sagte Max. Er biss in sein Frühstücksbrot und sprach mit vollem Mund weiter: »Ich glaube, es ist wegen dem Bild. Er regt sich ziemlich darüber auf, dass es uns nicht gefällt. Er kann an gar nichts anderes mehr denken. Er rasiert sich nicht einmal mehr.«

»Ach, Unsinn«, erwiderte Mutter. »Er hat eben die Grippe. Und mir gefällt es, dass er sich einen Bart stehen lässt. Das ist doch mal was anderes.«

»Mir kommt es komisch vor. Mit dem unrasierten Gesicht sieht er so brutal aus, genau wie der unheimliche Kerl auf dem Bild.«

Mutter warf ihm einen forschenden Blick zu. »Was meinst du damit?«

Max zuckte mit den Schultern. »Ich weiß nicht. Nichts Bestimmtes. Vielleicht hat Papa Angst, dass das Bild tatsächlich gestohlen ist und dass die Polizei eines Tages dahinter kommt.«

Er griff nach seiner Schultasche, gab Mutter einen Kuss und ging zur Hintertür hinaus.

»Bis später, Mama.«

»Pass auf dich auf«, erwiderte sie abwesend und sah ihm gedankenverloren nach.

Als Max von der Schule nach Hause kam, lag sein Vater noch immer im Bett. Er hatte sich die Decke bis zum Kinn gezogen. Sein fieberheißes Gesicht mit dem schwarzen Stoppelbart wirkte bleich und eingefallen. Als Max kurz zur Tür hereinschaute, schlief er und gab dabei unruhige Laute von sich.

»Stör ihn nicht«, meinte Mutter. »Bis morgen ist das Fieber bestimmt gesunken. Du wirst sehen, dann geht es ihm wieder besser.«

»Hoffentlich«, murmelte Max.

Der Schultag war anstrengend gewesen. Max war mehrmals abgefragt worden. Am Abend ging er zeitig schlafen. An das Gemälde dachte er überhaupt nicht mehr. Gähnend warf er seine Kleider auf einen Stuhl, schlüpfte ins Bett und schlief gleich darauf wie ein Stein.

Heisere, krächzende Geräusche. Schwarze Vögel mit gelben Augen. Eine unerklärliche Ahnung nahenden Unheils. In seinem dunklen Zimmer warf sich Max unruhig im Bett herum. Die Vögel strichen im Sturzflug dicht an seinem Kopf vorbei. Eine Schlinge baumelte im Wind.

Halt, da stimmte etwas nicht. Der Galgen war leer. Es hing niemand mehr daran. »Nein!«, stöhnte Max im Schlaf. »Der Mörder ist los, er ist entkommen!« Ruckartig warf er den Kopf auf dem Kissen hin und her. Schritte. Vögel kreischten in seinem Kopf. Ein Schlag gegen die Tür. Und noch einer. »Lass mich in Ruhe«, stöhnte Max. »Du bist doch tot!«

Ein ohrenbetäubender Schlag. Mit einem Krach flog die Tür auf. Max riss die Augen auf. Er war hellwach.

Da stand jemand neben seinem Bett. Im Dunkeln.

Knurrend, schnaufend. Als wäre er geradewegs aus Max' Traum gekommen.

Zwei bärenstarke Hände schlossen sich um Max' Kehle und zerrten ihn aus dem Bett.

»Verräter!«, knurrte die Gestalt. »Du, mein eigener Sohn! Jetzt wirst *du* hängen. Die Schlinge wartet auf dich.«

Max schrie und schlug wild mit den Armen um sich, um den Traum zu verscheuchen. Er spürte ein bärtiges Gesicht.

Brüllend zerrte die Gestalt Max durch das Schlafzimmer, über die Schwelle, auf den dunklen Flur.

»Hängen sollst du! Dein eigen Fleisch und Blut hast du verraten!«

Max trat und schlug um sich, aber die starken Hände gaben nicht nach. Sie umspannten seinen Hals in einem unbarmherzigen Würgegriff und zerrten ihn weiter den Flur entlang.

»An den Galgen mit dir!«, schrie der Rohling. Es war stockdunkel. Max konnte nicht sehen, gegen wen er kämpfte. Der eiserne Griff schnürte ihm die Kehle zu, sodass er kaum noch Luft bekam. Er stieß einen letzten erstickten Laut aus und verlor langsam das Bewusstsein.

Plötzlich wurde eine Tür aufgerissen. Halb ohnmächtig sah Max in dem hellen Licht, das durch die Türöffnung fiel, seine Mutter im Nachthemd. Sie erstarrte für einen Moment. Wie ein Foto, im Gegenlicht aufgenommen.

Dann stürzte sie vorwärts, riss das Bild von der Wand und schlug es mit aller Kraft dem Würger auf den Kopf. Krachend riss die Leinwand, der Rahmen splitterte und im gleichen Augenblick lockerte sich der Griff um Max' Hals. Röchelnd rollte sich Max von seinem Angreifer weg. Dieser ging in die Knie, gefangen im zerbrochenen Bilderrahmen. Mutter drückte auf den Lichtschalter.

Max lag am Boden. Mit beiden Händen rieb er sich den Hals und starrte ungläubig auf die mitten im Flur sitzende Gestalt.

Es war sein Vater!

Sein Kopf und die Schultern ragten aus der gerissenen Leinwand des Gemäldes. Benommen starrte er vor sich hin, als würde er aus einer Narkose erwachen. Auf seinem Gesicht zeigte sich Bestürzung.

»Wie komme ich hierher?«, stammelte er.

»Ich habe doch gleich gesagt, das Bild ist entsetzlich«, sagte Mutter. »Warum hast du bloß nicht auf mich gehört?«

Sie saßen zu dritt im Morgenmantel in der Küche. Blasse Gesichter über Tassen mit dampfendem Kakao. Max zitterte noch ein wenig, aber den schlimmsten Schock hatte er bereits überstanden. Vater blickte fassungslos auf die roten Striemen an Max' Hals. Sie hatten ihm erzählen müssen, was geschehen war, denn er konnte sich an nichts erinnern.

»Wie konnte das passieren? Was ist nur in mich gefahren?«, sagte er gebrochen. »Es war, als sei ich die letzten Tage nicht ich selbst gewesen. Als hätte eine fremde Macht von meinen Gedanken Besitz ergriffen. Eine Stimme flüsterte mir zu, dass mein Sohn mich verraten hätte und dass ich ihn umbringen müsste. Von da an ist in meiner Erinnerung ein schwarzes Loch.« Er seufzte in tiefer Verzweiflung. »Verzeih mir, Max, dass ich nicht auf euch hören wollte. Es lastet wirklich ein Fluch auf dem Bild.«

»Schon gut, es ist vorbei«, sagte Mutter. »Das entsetzliche Bild ist jetzt kaputt und liegt draußen im Müllcontainer. Morgen kommt die Müllabfuhr und nimmt es mit. Schluss. Aus.«

Vater strich Max über den Kopf. »Was hältst du von einem neuen Fahrrad, mein Junge? Ich habe einiges wieder gutzumachen, nach all dem Unheil, das ich angerichtet habe.«

»Super, ein Rad!«, rief Max und warf sich in Vaters Arme.

»He, Kobus, guck mal, was da liegt«, sagte einer der Müllmänner am nächsten Morgen. Er zog das schwer ramponierte Bild aus dem Container. »Dass die so was wegwerfen! Ein echtes Gemälde!« Andächtig betrachtete er die gerissene Leinwand. »Weißt du, was«, sagte er zu seinem Kumpel, »das Bild nehm ich mit und lass es von meinem Bruder richten. Der ist Restaurator und kriegt kaputte Bilder wieder so hin, dass sie fast wie neu aussehen. Und dann häng ich es bei mir zu Hause ins Wohnzimmer.«

Er warf noch einen Blick auf das Bild und schmunzelte. »Na so was! Der kleine Blonde da unten in der Ecke ähnelt doch tatsächlich ein bisschen meinem Sohn. Das wird meiner Frau gefallen. Ein echtes Gemälde!«

ZWEI

Der Schriftsteller hebt seinen Blick von dem Buch und legt die Schlinge wieder auf den Tisch. Einen Moment lang bleibt es still. Nur das Brummen des Motors ist zu hören.

Dann beginnt ein allgemeines Gemurmel.

»Grässlich«, sagt Sander. »Beinahe umgebracht vom eigenen Vater! Ich könnte keine Nacht mehr ruhig schlafen.«

»Ist doch nur eine Geschichte«, sagt Mick. »Alles erfunden. Das ist nicht wirklich passiert. Außerdem finde ich es echt blöd von denen, dass sie das Bild nicht gleich verbrannt haben.«

»Brrr«, Annabel schaudert. »Grausig, die Geschichte. So was ist nichts für mich. Ich wollte, die Fahrt wäre schon vorbei. Du nicht auch, Liselore?«

Liselore streicht sich das lange, blonde Haar aus dem Gesicht. »Bus fahren ist doch toll. Du kannst dir ja die Ohren zuhalten, wenn du nicht zuhören willst.«

»Schon, aber dann weiß ich nicht, was die anderen Gegenstände bedeuten, und denke mir selbst die allerschlimmsten Dinge aus«, sagt Annabel.

Liselore zuckt mit den Schultern. »Dann musst du eben hinhören.«

Der Schriftsteller hört den Schülern eine Weile aufmerksam zu. »Jemand sagte gerade, dass diese Geschichte nicht wirklich passiert wäre.« Nachdenklich schaut er Mick an. »Wieso bist du dir so sicher? Zufällig existiert das Gemälde aus dieser Geschichte tatsächlich. Es hängt bei mir zu Hause an der Wand.«

»Brrr«, macht Annabel wieder.

»Warum haben Sie es nicht mitgebracht?«, will Herr Bakker wissen. »Wir hätten es gern gesehen.«

»Weil ich das zu gefährlich fand«, sagt der Schriftsteller. »Es könnte ja sein, dass der Fluch auf jemanden hier im Bus übergeht. Zum Beispiel auf Sie, Herr Bakker. Sie würden sich in ein mordendes Monster verwandeln und keiner Ihrer Schüler käme heute Abend sicher nach Hause. Denken Sie einmal darüber nach.«

»Hilfe, unser Lehrer ist ein Monster«, ruft Pieter und alle fangen an zu lachen.

»Jetzt reicht's aber«, murmelt Herr Bakker mit knallrot angelaufenem Kopf.

»Herr Bakker würde keiner Fliege etwas zu Leide tun«, sagt Julia. »Er ist so harmlos wie ein Baby.« Julia ist heimlich ein wenig in den Lehrer verliebt und nimmt ihn immer in Schutz.

»Ein Baby!«, prustet Jacob. Er stellte sich den Lehrer vor als Baby im Laufstall mit einer Windel um den Po. Jacob bekommt einen Lachkrampf.

»Jacob!«, mahnt Herr Bakker. »Schluss jetzt. Herr Onnoval will mit seinen Geschichten weitermachen.«

»Entschuldigung«, kichert Jacob. Er hält die Hand vor den Mund und versucht das Lachen zu unterdrücken.

Emanuel meldet sich. »Haben Sie selbst keine Angst vor dem Fluch auf dem Bild, Herr Onnoval?«

Der Schriftsteller lächelt. »Mir kann nichts passieren. Ich wohne allein. Ich habe keine Kinder, die ich umbringen könnte.«

»Was ist denn das für eine Antwort«, flüstert Sander. Aber Onnoval äußert sich nicht weiter dazu.

Er wendet sich dem Tisch zu und greift nach einem neuen Gegenstand. »Da wir gerade von Babys sprechen. Zu diesem kleinen

Gegenstand gibt es ebenfalls eine sehr interessante Geschichte. Eigentlich ist er ganz alltäglich. Was gibt es Harmloseres als ein Babyfon, sollte man denken. Es bringt lediglich Geräusche hervor, wie sie ein niedliches Baby macht. Oder . . .?« Er setzt sich auf den Tisch neben das Babyfon und blättert in seinem Buch.

»So, hier ist sie, die Geschichte des Babyfons.«

Der Gruselbus tuckert weiter durch den Abend. Alle Blicke sind auf den Schriftsteller gerichtet, nur Liselore schaut unbeteiligt vor sich hin, als wäre sie in Gedanken ganz woanders. Knochenhauer sitzt schweigend am Steuer.

Das Babyfon

Schrill und eindringlich ging an einem eiskalten Winterabend die Türklingel. Frau van Toen eilte zur Haustür, denn es war kein Wetter, bei dem man jemanden lange im Freien warten lässt. Sie öffnete und sofort wehten aus der Dunkelheit Schneeflocken ins Haus. In der Türöffnung stand jemand: Er trug eine Pelzmütze, hatte einen dicken Schal umgebunden und der Kragen seines Wintermantels war hochgeschlagen. Frau van Toen konnte nur die Augen des Besuchers sehen, die sie über den Rand des dicken Wollschals anblickten.

»Guten Tag«, sagte der Besucher. Sein warmer Atem drang durch den Schal und bildete kleine Wölkchen in der eiskalten Winterluft. »Ich bin Ihr neuer Nachbar. Meine Frau und ich möchten Sie um einen Gefallen bitten, auch wenn Ihnen das sehr unhöflich scheinen mag, denn Sie kennen uns ja noch gar nicht. Wir sind erst heute eingezogen.«

Erst jetzt bemerkte Frau van Toen, dass hinter dem Besucher eine etwas kleinere, ebenfalls dick eingemummte Gestalt stand, die ihr freundlich zunickte.

Das ist dann wohl die neue Nachbarin, dachte Frau van Toen. »Aber selbstverständlich, kommen Sie doch bitte herein, damit wir uns bekannt machen können«, sagte sie herzlich.

Der Nachbar schüttelte den Kopf und sagte zögernd: »Das ist wirklich sehr nett von Ihnen, aber leider haben wir keine Zeit. Wir müssen dringend weg. Das Problem ist, dass wir keinen Babysitter für unser Kind haben.« Die Augen unter der Pelzmütze blickten Frau van

Toen fast flehend an. »Dürften wir wohl dieses eine Mal unser Babyfon bei Ihnen lassen und Sie bitten ein Auge darauf zu haben? Oder besser gesagt, ein Ohr.« Der Nachbar lachte kurz und machte dabei ein eigenartig glucksendes Geräusch. Er zog ein kleines, viereckiges Kästchen mit Lautsprecher aus seiner Manteltasche. »Wenn Sie so nett sein wollen: Sie brauchen das Babyfon nur irgendwo hinzulegen und hin und wieder zu lauschen, ob das Baby ruhig schläft. Sollten Sie den Eindruck haben, dass etwas nicht in Ordnung ist, können Sie uns jederzeit unter dieser Nummer anrufen.«

Er nahm ein Stück Papier mit einer Telefonnummer aus der Manteltasche. Ohne Zögern nahm Frau van Toen den Zettel und das Babyfon an sich. Sie war eine warmherzige Frau.

»Natürlich passen wir auf Ihr Kleines auf. Machen Sie sich keine Sorgen.«

Die neuen Nachbarn dankten Frau van Toen überschwänglich, und nachdem das Babyfon angeschlossen worden war, verschwanden sie eilig im Schneetreiben.

Frau van Toen winkte ihnen freundlich nach. Den Schlüssel, den ihr die Nachbarn sicherheitshalber gegeben hatten, hielt sie dabei in der Hand.

Frau van Toen hatte das Babyfon ins Bücherregal gelegt und war nun eifrig mit ihrer Handarbeit, einem Wandbehang, beschäftigt. Herr van Toen hatte sich auf der Couch ausgestreckt. Ab und zu warf er einen Blick auf den Fernseher, wo der Mann vom Wetterdienst gerade mit verschmitztem Gesicht noch mehr Schnee prophezeite.

Allmählich nickte Herr van Toen ein. Nach einer Weile stand Frau van Toen aus ihrem Sessel auf, um kurz zu horchen, ob mit dem Baby der Nachbarn alles in Ordnung war. Gerührt lauschte sie den regelmäßigen Atemzügen, die aus dem Lautsprecher kamen. Offenbar schlief das Baby selig.

Doch plötzlich hörte sie ein leises Knurren!

Frau van Toen erschrak so sehr, dass sie zurückwich und dabei fast über das Fußbänkchen gefallen wäre. Hatte sie richtig gehört? Vorsichtig neigte sie den Kopf zum Babyfon und lauschte nochmals ... tatsächlich! Da war es wieder! Eine Art Knurren, ein tiefer, lang gezogener Kehllaut.

»Wach auf, Liebling!«, rief Frau van Toen und rüttelte nervös ihren Ehemann wach. Der träumte gerade von einem Urlaub unter südlicher Sonne.

»Bei den Nachbarn stimmt etwas nicht«, flüsterte Frau van Toen. »Hör doch! Es ist, als ob ich ein Tier in dem Babyfon höre.«

»Unsinn«, murmelte Herr van Toen. Trotzdem stand er mühsam von der Couch auf, ging zum Babyfon und lauschte eine Weile.

»Na siehst du. Nichts zu hören, mein Schatz. Du hast gewiss ...« In diesem Augenblick erklang ein lautes Fauchen und ein Geräusch, als ob scharfe Krallen an einer Wand entlangkratzten. Herr van Toen wurde bleich und wich zurück, als hätte er Angst, das Babyfon könnte ihm an den Hals springen.

»Na bitte!«, sagte Frau van Toen triumphierend. »Das habe ich gemeint.«

»Vi-vielleicht haben die Nachbarn einen großen Hund«, stammelte Herr van Toen. Langsam fand er sein Selbstvertrauen wieder. »Ja, so muss es sein. Sie haben bestimmt einen Hund und der ist irgendwie ins Kinderzimmer gekommen.«

Aus dem Babyfon kamen jetzt regelmäßige Knurr-, Schnauf- und Kratzlaute. Frau van Toen fand, dass die Geräusche überhaupt nicht nach einem Hund klangen. Außerdem hatte der Nachbar nichts von einem Hund gesagt.

»Harri, wir müssen etwas unternehmen«, sagte sie entschlossen. »Vielleicht ist eine streunende Katze durch das Fenster ins Haus eingedrungen. Und was dann? Was, wenn sie das Baby angreift? Kannst du das verantworten, Harri? Wir haben doch versprochen, dass wir auf das Baby aufpassen.«

Aus dem Lautsprecher kamen Geschnauf und Geknurr und man hörte Geräusche von umfallenden Gegenständen.

»Jetzt reicht es! Wir müssen etwas tun!«, beschloss Frau van Toen. »Harri, du gehst sofort nachsehen, was los ist. Die wilde Katze verwüstet das ganze Kinderzimmer! Gleich wird sie über das Baby herfallen!«

Das Babyfon knurrte wieder und ab und zu war wieder das Fauchen zu hören. Eigentlich fand Herr van Toen, dass sich die Geräusche keineswegs nach Hund oder Katze anhörten. Sie klangen eher nach einem Bären oder einem gereizten Wildschwein oder etwas noch Schlimmerem.

»Harri, was ist denn nun?«, drängte Frau van Toen.

»Ich habe eine bessere Idee«, meinte Herr van Toen. »Wir rufen die Nachbarn an, unter der Nummer, die sie uns gegeben haben. Sie sollen nach Hause kommen.«

»Bist du verrückt, Harri? Erst müssen wir nachsehen, was genau los ist. Du kannst doch nicht beim geringsten Geräusch die Leute anrufen, sodass sie sich zu Tode ängstigen und Hals über Kopf durch den Schnee nach Hause kommen. Nein, Harri!« Frau van Toen sah ihren Mann vorwurfsvoll an.

Herr van Toen seufzte tief. Als »das geringste Geräusch« konnte man die Laute aus dem Babyfon wahrhaftig nicht bezeichnen, fand er. Aber er sah ein, dass ihm nichts anderes übrig blieb. Widerstrebend schlüpfte er in seinen Wintermantel und zog die Schuhe an. »Wo ist der Schlüssel von nebenan?«, brummte er.

Kurz darauf stand er im Freien, und während ihm die Schneeflocken um Kopf und Schultern tanzten, steckte er den Schlüssel in die Haustür des Nachbarhauses. Der schneidende Wind trieb Schneewirbel um seine Füße und seine Fußstapfen wurden sofort wieder zugeweht. Fröstelnd öffnete Herr van Toen die Tür und trat rasch ein. Dicke Schneeflocken wehten ins Haus und er zog die Tür schnell hinter sich zu. Drinnen war es stockdunkel.

Außer seinem eigenen Herzklopfen hörte Herr van Toen kein Geräusch. »Na also, alles Unsinn«, murmelte er ärgerlich. »Vermutlich war das Babyfon gestört. Ein bisschen Geknister und Gesumm in der Leitung. Das ist alles.«

Im oberen Stockwerk fiel etwas krachend um.

Herr van Toen erstarrte.

Etwas brummte, knurrte, kratzte mit scharfen Krallen an der Wand entlang.

Herr van Toen wollte umkehren, wegrennen, flüchten aus diesem Haus voller unheimlicher Geräusche, aber dann dachte er an das Baby. Das arme Baby, das da oben hilflos in seinem Bettchen lag, während vielleicht ein wildes Tier ins Haus eingedrungen war. Herr van Toen nahm all seinen Mut zusammen und stieg im Dunkeln die Treppe hinauf. Die Stufen knarrten unter seinen Füßen. Er fluchte leise. Auf Zehenspitzen schlich er weiter. Ganz langsam. Ganz vorsichtig.

Schließlich fühlte er, mit den Füßen tastend, dass er oben angekommen war. Er versuchte sich in der Dunkelheit zu orientieren. Unter einer Tür fiel ein schmaler Streifen gedämpftes Licht auf den Flur. Das wird das Kinderzimmer sein, dachte Herr van Toen. Wahrscheinlich brennt dort eine Nachttischlampe. Im gleichen Augenblick erklang hinter der Tür ein tiefes, drohendes Knurren. Danach war es still. Totenstill.

Jetzt oder nie, dachte Herr van Toen. Er tastete im Dunkeln nach der Klinke und öffnete lautlos die Tür. Vorsichtig schob er seinen Kopf durch den Türspalt und spähte ins Kinderzimmer. Das schwache Licht kam tatsächlich von einer Nachttischlampe. Im Zimmer war es gerade hell genug, sodass Herr van Toen eine sitzende Gestalt in dem Gitterbettchen sehen konnte: eine Gestalt mit großen, spitzen Ohren, langen Eckzähnen und scharfen Krallen. Das Wesen knurrte leise und nuckelte und kaute an einem Teddy herum. An seinen Eckzähnen lief ein Spuckerinnsal entlang und glänzte im gedämpften Lampenlicht.

Herr van Toen hatte das Gefühl, als stockte ihm das Blut in den Adern. Von einem Baby war nichts zu sehen. Nur das knurrende Wesen war da. Es saß auf dem Kinderbett und war damit beschäftigt, einen Teddybären aufzufressen.

Oh nein!, dachte Herr van Toen. Es hat das Baby schon verschlungen!

Dieser Gedanke war so furchtbar, dass Herr van Toen sich kaum noch auf den Beinen halten konnte. Aber er nahm sich zusammen und zog leise die Tür zu. Das kleine Ungeheuer hatte ihn zum Glück nicht bemerkt. Mit heftig pochendem Herzen schlich Herr van Toen die Treppe hinab, verließ das Haus und hastete durch die Dunkelheit. Zu Hause angekommen, packte er den Telefonhörer und wählte die Nummer, unter der die Nachbarn zu erreichen waren.

»Was ist denn, Harri? Du bist ja leichenblass«, sagte Frau van Toen. Herr van Toen gab keine Antwort, denn am anderen Ende wurde abgenommen.

»Hallo, hier van Toen!«, schrie er aufgeregt. »Sie müssen sofort nach Hause kommen! Ich glaube, Ihr Kind ist von einem Monster aufgefressen worden!«

Frau van Toen fiel ihn Ohnmacht.

Zehn Minuten später klingelte es an der Haustür. Noch immer in seine dicken Wintersachen eingemummt, stand der Nachbar vor der Tür. »Ich wollte Sie nur beruhigen«, sagte er freundlich. »Unser Baby schläft friedlich und ist unversehrt.«

Herr van Toen verstand kein Wort.

»Aber . . . wie ist das möglich?«, stammelte er. »Ich dachte doch . . .«

»Sehen Sie doch selbst«, forderte ihn der Nachbar herzlich auf. Herr van Toen folgte ihm zum Nachbarhaus, die Treppe hinauf und ins Kinderzimmer. Dort stand die Nachbarin, die in der Eile offensichtlich noch keine Zeit gefunden hatte ihre dicke Winterkleidung abzulegen.

»Hier, sehen Sie«, sagte der Nachbar und schlüpfte dabei aus seinem Wintermantel. Jetzt brannte eine hellere Lampe im Zimmer.

»Schauen Sie nur, wie friedlich es schläft«, flüsterte die Nachbarin.

Herr van Toen sah es.

Das Baby schlief, halb unter die Decke gekuschelt. Den Daumen hatte es im Mund, genau zwischen den beiden langen Eckzähnen. Mit seinen kleinen Krallen hielt es ein Stück Laken fest und die spitzen Ohren bewegten sich leicht. Mit dem anderen Arm drückte es den schwer lädierten Teddy an die Brust.

»Das Schätzchen hat im Schlaf ein wenig gestrampelt«, sagte die Nachbarin mit zärtlicher Stimme. »Es war bestimmt ein bisschen zornig, weil wir es allein gelassen haben, denn es hat sein Bärchen angeknabbert und ein Stück Tapete über seinem Bettchen abgerissen.«

Herr van Toen war sprachlos. Taumelnd wandte er sich um.

Inzwischen hatten der Nachbar und die Nachbarin ihre Wintersachen ausgezogen. Beide grinsten Herrn van Toen freundlich an, wobei ihre langen Eckzähne deutlich hervorblitzten und ihre spitzen Ohren sich leicht bewegten.

»Also, mein Bester, vielen Dank fürs Babysitten und bis bald«, sagte der Nachbar und hielt Herrn van Toen seine Hand mit den langen, scharfen Krallen entgegen.

Mit einem Satz sprang Herr van Toen zwischen den beiden hindurch, rannte ohne Abschiedsgruß schreiend die Treppe hinab und brachte sich in seinem Haus in Sicherheit.

Die Nachbarn schauten einander erstaunt an. »Komischer Kauz, dieser Herr van Toen.«

Dann lachten sie kurz, mit einem eigenartig glucksenden Geräusch. Und draußen schneite es weiter, als wollte es nie mehr aufhören.

DREI

Onnoval späht über die obere Buchkante und richtet seinen Blick auf Klasse sieben. »Wie man sieht, verbirgt sich manchmal hinter den harmlosesten Dingen etwas Unheimliches. An eurer Stelle würde ich mich vor Nachbarn in Acht nehmen. Man kann nie wissen, was hinter deren Haustür vorgeht.« In seinen Mundwinkeln spielt ein Lächeln. »Unnötig zu sagen, dass Herr van Toen nicht mehr lange dort wohnen blieb. Er zog um und jetzt ist er mein Nachbar. Diese Geschichte hat er mir selbst erzählt.«

Sander ist unschlüssig, was er davon halten soll. »Das ist also wirklich passiert?«, fragt er. »Gibt es denn solche Ungeheuer?«

»Natürlich nicht«, antwortet Mick. »Er lügt. Schriftsteller lügen, und damit es spannend ist, tun sie, als wäre alles echt.«

Sander ist noch nicht ganz beruhigt. »Wir haben gerade neue Nachbarn bekommen. Merkwürdige Leute sind das. Tagsüber kriegt man sie nie zu Gesicht und abends machen sie seltsame Geräusche. Poltern auf dem Fußboden, als ob sie Holzkisten rumschleppen würden.«

»Na und«, sagt Mick. »Das ist doch normal. Vielleicht sind sie tagsüber bei der Arbeit und kommen nur abends dazu, das neue Haus einzurichten. Oder glaubst du vielleicht, es sind Vampire?« Er kichert vor sich hin.

Sander lacht mit, aber ganz wohl ist ihm dabei nicht. Warum bin ich bloß so ein Angsthase, denkt er. Wäre ich doch so wie Mick. Der fürchtet sich vor nichts und hat für alles eine Erklärung. Er seufzt. Ob die anderen bei den Geschichten auch Angst gekriegt haben? Wahrscheinlich nicht. Allen scheint es Spaß zu machen. Ich bin natürlich wieder der einzige Angsthase, denkt Sander. Da kann ich heute Nacht wohl mit Alpträumen rechnen.

Er beobachtet den Schriftsteller, der mit seinem Buch unter dem Arm am Vorhang steht. Sein Lächeln gefällt mir nicht, denkt Sander.

Unvermittelt richtet Onnoval seinen Blick auf ihn. Sander überläuft ein Schaudern, das er sich nicht erklären kann. Freundlich nickt der Schriftsteller ihm zu. Sander wendet rasch den Kopf ab.

Hinten im Bus beginnt plötzlich jemand laut zu niesen. Vier-, fünfmal nacheinander.

»Was ist, Sandra?«, fragt Herr Bakker. »Du wirst doch hoffentlich nicht krank?«

Das Mädchen schüttelt den Kopf, niest nochmals und sagt mit belegter Stimme: »Ich bin allergisch gegen Katzenhaare. Und gegen Hundehaare auch.«

Verwundert sieht sich der Lehrer um. »Katzenhaare? Aber es ist gar keine Katze im Bus oder etwa doch, Herr Onnoval?«

Der Schriftsteller schüttelt den Kopf. »Nicht, dass ich wüsste. Nur meine Wolfsspinne Klara kriecht hier irgendwo herum. Aber keine Katzen. Und auch keine Hunde. Ich hasse Hunde.«

»Eine Wolfsspinne? Wo denn?«, fragt Julia erschrocken.

»Da, neben deinem Kopf!«, ruft Pieter.

»Wo? Wo?« Entsetzt fährt Julia herum. Aber neben ihrem Kopf ist nichts zu sehen.

»Kleiner Scherz«, sagt Pieter, als Julia ihn empört ansieht.

Mick lacht verächtlich. »Der Julia kann man wirklich alles weismachen. Wetten, es ist überhaupt keine Spinne im Bus?«

»Hoffentlich«, flüstert Annabel Liselore zu. »Vor Spinnen hab ich eine Heidenangst.«

Herr Bakker hebt die Hand. »Jetzt mal Scherz beiseite, Kinder. Wir müssen herausfinden, weshalb Sandra auf einmal allergisch reagiert.«

Schräg hinter Sandra sitzt ein rothaariger Junge mit Sommersprossen. Er steht auf. »Ich glaube, es ist wegen mir.«

»Haha, Rudi hat Katzenhaare!«, sagt Joris. »Ich fand schon immer, dass er wie ein roter Kater aussieht.«

Lautes Gelächter. Rudi wird rot bis hinter die Ohren.

»Seid nicht albern, Kinder«, mahnt Herr Bakker. »Lasst Rudi ausreden. Was wolltest du sagen, Rudi?«

»Unsere Katze haart momentan ziemlich stark. Mein Pulli ist voller Katzenhaare. Wahrscheinlich muss Sandra deshalb niesen.«

»Na, wenn das alles ist. Pieter, du und Rudi, ihr tauscht die Plätze. Und du, Rudi, bleibst möglichst weit von Sandra weg.«

Die beiden Jungen stehen auf und wechseln die Plätze.

Als wieder Ruhe eingekehrt ist, geht der Schriftsteller zum Tisch zurück. Noch immer zieht er das Bein nach. Es scheint sogar, als sei das Hinken stärker geworden.

»Da wir gerade von Katzen sprechen.« Er nimmt die Plastikschale mit dem Gras vom Tisch.

»Dies ist eine Schale mit Katzengras. Schönes, saftiges Gras für Katzen, die ohne Garten auskommen müssen. In der nächsten Geschichte geht es um eine Schale wie diese hier.«

Sandra muss nochmals heftig niesen.

Katzengras

Der kleine Mann hinter dem Ladentisch sah hinterhältig aus, fand Sara. Hinterhältig! Das war der richtige Ausdruck. Er hatte keinerlei Ähnlichkeit mit einem netten Verkäufer, wie man ihn hinter dem Ladentisch einer Zoohandlung erwartet.

»Was darf es sein, mein Kind?«, fragte der Mann. Sogar seine Stimme klang irgendwie falsch. Der Mann blickte Sara unverwandt durch seine kleinen, runden Brillengläser an und rieb sich dabei in einem fort die knochigen Hände.

»Katzengras«, sagte Sara. »Unserer Katze geht es nicht gut. Sie haart so viel und hat Haarknäuel im Magen. Der Tierarzt sagt, dass sie Gras fressen muss, dann kann sie sich übergeben und wird die Haare los.«

Sara wohnte in einer Etagenwohnung im zweiten Stock. Deswegen konnte ihre Katze nicht ins Freie, um richtiges Gras zu fressen. Aber es gab ja in jeder Zoohandlung spezielles Katzengras in Schalen zu kaufen, hatte der Tierarzt gesagt.

»Soso!«, sagte der Mann hinter dem Ladentisch. Ein kaum wahrnehmbares Lächeln huschte über sein Gesicht. »Katzengras. Warte einen Augenblick. Ich habe etwas Besonderes für dich. Das hilft immer.« Er wandte sich um und verschwand in dem düsteren Lagerraum hinter dem Laden. Sara wartete und sah sich inzwischen ein wenig in der Zoohandlung um. Überall standen Behälter aus Holz und Glas. An der Decke hingen etliche Vogelkäfige. Es war hier drinnen dämmrig und ungewöhnlich still. Sara fragte sich, ob die Tiere wohl alle ein Mittagsschläfchen machten. Normalerweise hörte man es in einer Zoohandlung von überall her piepsen, zwitschern, kreischen und rascheln. Doch selbst der Papagei, der mit einer Kette am Bein auf einer Stange hockte, bewegte sich nicht und starrte glasig vor sich hin.

»Hallo, Lora!«, sagte Sara und berührte vorsichtig den rot gefiederten Kopf des Vogels.

Erschrocken zog sie die Hand zurück. Der Kopf fühlte sich kalt und hart an. Der Papagei war ausgestopft! Als Sara an den Käfigen entlangging, entdeckte sie, dass auch all die anderen Tiere – Mäuse, Kaninchen, Hamster und Meerschweinchen – ausgestopft waren. Sogar die vielen Fische in den Aquarien hingen regungslos im Wasser.

Puh!, dachte Sara. Das ist wirklich das Seltsamste . . .

»So, schau mal«, unterbrach die Stimme des Ladenbesitzers ihre Gedanken. Er stand plötzlich wieder hinter dem Ladentisch, ohne dass Sara ihn kommen gehört hatte. In seiner mageren Hand hielt er eine längliche, gerippte Plastikschale. Darin lagen weiße Körnchen, die wie Kieselsteine aussahen. Er stellte die Schale auf den Ladentisch und schob sie Sara hin.

»Du musst jeden Tag eine Tasse Wasser in die Schale gießen, dann hast du nach einer Woche das beste und saftigste Katzengras, das du dir vorstellen kannst.«

»Und . . . was kostet das?«, fragte Sara.

»Nun, für ein so nettes Mädchen wie dich kostet es heute nichts«, sagte der Ladenbesitzer lächelnd.

»Vielen Dank«, sagte Sara. Rasch nahm sie die Schale vom Tisch und eilte aus dem Laden. Sie fand noch immer, dass der Mann hinterhältig wirkte, und war froh, als sie wieder draußen auf dem Gehweg in der Sonne stand.

Fast wäre sie gegen die Reklamepuppe gerannt, die vor dem Tabakgeschäft aufgestellt war und eine riesige Zigarre hielt.

An den folgenden Tagen goss Sara jeweils eine Tasse Wasser in die Schale, die sie auf den Schreibtisch in ihrem Zimmer gestellt hatte. Und tatsächlich sprossen bereits nach zwei Tagen dünne Grashalme zwischen den weißen Körnchen hervor. An die merkwürdige Zoohandlung dachte Sara schon lange nicht mehr.

»Bald ist es so weit und du kannst leckeres Gras fressen, Minka«, sagte Sara, als sie – mit ihrer Katze auf dem Bauch – auf ihrem Bett lag. Minka hatte bisher wenig Interesse für die Schale gezeigt. Einmal hatte Sara ihr die Körnchen unter die Nase gehalten: Minka hatte böse gefaucht und einen Buckel gemacht. Das kam natürlich daher, dass die Körner ein wenig eigenartig rochen, vermutete Sara. Aber demnächst, wenn das Gras kräftig gewachsen war, würde Minka zufrieden sein und es sich schmecken lassen. Zum Wochenende hin wuchsen in der Schale immer mehr Grashalme. Die weißen Körnchen sah man schon fast nicht mehr.

Sara fuhr mit ihren Eltern für zwei Tage zur Oma. Minka durfte natürlich mit. Allerdings konnte Sara nun zwei Tage kein Wasser in die Schale gießen.

»Weißt du, was, Minka«, sagte sie. »Ich schütte so viel Wasser in die Schale, dass es für zwei Tage reicht, sonst ist das Gras vielleicht vertrocknet, wenn wir wieder nach Hause kommen.«

Minka wandte den Kopf ab, als fände sie das uninteressant. Sara goss zwei Tassen Wasser extra in die Schale. Dann nahm sie Minka auf den Arm und ging mit ihren Eltern zum Aufzug.

Nach zwei Tagen kamen sie zurück. Wie immer freute sich Sara wieder zu Hause zu sein, aber sie fand es auch ein wenig traurig, dass ihre Oma nun wieder allein war. Als sie ihre Koffer abgestellt hatten, fiel Sara die Schale mit dem Katzengras ein.

»Komm, Minka«, sagte sie. »Vielleicht hast du jetzt schon eine

Schale voll herrlich saftigem Gras.« Minka rieb ihren Kopf an Saras Bein und folgte ihr. Vor der Tür zu Saras Zimmer begann Minka ganz plötzlich zu wimmern.

»Was ist denn, Minka?«, fragte Sara. »Machen dir die scheußlichen Haarknäuel in deinem Bauch zu schaffen? Gleich ist es vorbei, wenn du das leckere Katzengras gefressen hast.« Sara machte die Tür auf.

Vor ihr ragte eine riesige grüne Wand empor, die hin und her wogte.

Fassungslos starrte Sara in ihr Zimmer. Sie stand wie festgenagelt, die Hand noch an der Türklinke. Minka begann zu fauchen. Ihre Rückenhaare sträubten sich und sie stellte den Schwanz auf. Im nächsten Augenblick schoss ein Fangarm aus dem grünen Gestrüpp hervor, wickelte sich um Sara und hob sie hoch. Minka kreischte, als sie von einem anderen Fangarm gepackt und in das Zimmer gezerrt wurde . . .

Vor Saras Augen drehte sich alles. Sie schlug und trat wild um sich und kämpfte mit aller Kraft, ohne zu wissen, gegen was. Plötzlich landete sie wieder auf ihren Füßen und fiel nach hinten. Überall um sie herum wogte es grün. Was ist das für ein Urwald?, dachte Sara. Urwald? Dies war doch ihr Zimmer. Aber alles war grasgrün . . .

Da begriff Sara, was geschehen war. Was da wogte, waren Grashalme und Pflanzen, die – hoch wie Baumstämme – ihr Zimmer überwuchert hatten. Die Schale mit Katzengras! Sie war die Ursache! Wie war das möglich? Doch zum Überlegen war keine Zeit. Irgendwo aus dem grünen Dickicht kam ein klägliches Miauen.

»Minka!«, schrie Sara. Sie ging in die Richtung, aus der das Geräusch gekommen war. Sofort legten sich tentakelartige Grashalme um ihre Knöchel und wanden sich um ihre Beine. Mit einem Ruck riss Sara sich los. Sie versuchte sich einen Weg zu bahnen und den Grasfingern auszuweichen, die nach ihr griffen. Wieder kreischte Minka und dann sah Sara sie. Die Katze hing in der Luft. Eine Art Fingerpflanze hatte ihren Körper umschlungen und hielt sie im Würgegriff. Minkas Jammern wurde schwächer und ihre Augen quollen hervor.

»Minka!«, schrie Sara verzweifelt und warf sich mit ihrem ganzen Gewicht gegen die Pflanze.

»Lass los, du Monster, lass los!« Mit aller Kraft riss sie an den Blättern, die Minka umklammerten. Sie trat so fest gegen den grünen Stängel, dass dieser kurz einknickte. Sofort sprang Sara an der Pflanze hoch und entriss ihr Minka. Die Katze bewegte sich kaum noch.

»Wach auf, Minka«, keuchte Sara. »Wir müssen hier weg.«

Ihr Hirn arbeitete fieberhaft. Die Tür! Sie musste die Tür finden. Und zwar schnell. Mit Minka im Arm begann sie zu laufen. Biegsame Stängel schossen wie Schlangen auf sie zu. Es schien, als würden all die riesigen Grashalme und Pflanzen im Zimmer sich ihr zuwenden. Der grüne Wald um Sara rauschte und wogte. Nach allen Seiten tretend, gelangte sie immer näher zur Tür. Schon nah an der Tür sah sie plötzlich etwas Riesiges über den anderen Grashalmen und Pflanzen aufragen.

Es war eine so genannte Venusfliegenfalle. Eine kleine Fleisch fressende Pflanze, die nun zum Ungeheuer geworden war. Ihr riesiges Maul mit den mahlenden Kiefern schwankte über den Grashalmen hin und her wie der Kopf eines Dinosauriers. Langsam kam das riesige Maul auf Sara zu.

»Nein!«, schrie Sara. Die Angst verlieh ihr ungeahnte Kräfte und sie kämpfte sich weiter vorwärts. Eine lange Wurzel schlang sich

um ihre Taille und hielt sie fest. Sie sah das Maul des Ungeheuers auf sich zukommen und schrie gellend. Jemand schlug gegen die Tür ihres Zimmers.

»Sara!« Die Stimme ihres Vaters.

»Papa! Hilfe!«, brüllte Sara. Sie duckte sich vor dem zuschnappenden Maul und riss sich von der Wurzel los. Von allen Seiten griffen fingerähnliche Blätter nach ihr und hielten sie wieder fest.

»Sara!«, rief ihr Vater wieder. Sie hörte, wie er versuchte die Tür aufzudrücken, wie er sich mit der Schulter dagegenwarf. Dicke Stängel und Blätter bildeten innen eine Barrikade. Aber Stück für Stück gab die Tür nach. Sara fasste wieder Hoffnung: Ihr Vater würde sie retten.

Die Kiefer der Monsterpflanze tauchten erneut vor ihr auf und Sara machte einen Sprung zur Seite. Sie stolperte. Und fiel. Ein schlaffes, grünes Blatt legte sich auf ihr Gesicht und drohte sie zu ersticken. Dünne Stängel schnürten sich um ihre Brust und pressten die Luft aus ihren Lungen.

Mit einem Krach flog die Tür auf. Saras Vater stieß einen zornigen Schrei aus und bahnte sich sofort einen Weg durch den wogenden Wald.

»Sara! Wo bist du?«

Sara wollte antworten, aber das Blatt über ihrem Gesicht dämpfte ihr Schreien. Sie brachte nur noch ein leises Stöhnen hervor. Ein bitterer Grasgeschmack drang in ihren Mund. Ihr wurde schwindlig. Sie bekam keine Luft mehr und fühlte, wie sie in einer schwarzen Tiefe versank. Jetzt ist es aus!, dachte sie.

Plötzlich zogen starke Arme sie empor und rissen die Pflanzen von ihr weg. Begierig schnappte Sara nach Luft.

»Ich bin da, mein Mädchen«, sagte die Stimme ihres Vaters. »Gleich haben wir es geschafft!«

Vater trat nach den Pflanzen, die sich immer wieder um seine

Beine schlingen wollten. Der Kopf der Fliegenfalle kam auf ihn zu. »Hau ab!«, brüllte Vater. Mit einem Arm hielt er Sara und Minka fest. Mit der anderen Hand packte er einen dicken Stängel und versetzte damit dem aufgesperrten Maul einen kräftigen Schlag. Die Fliegenfalle gab ein hohes, pfeifendes Geräusch von sich. Vater nutzte die Gelegenheit und rannte mit großen Schritten zur Tür. Er sprang in den Flur und warf die Tür mit einem Knall zu.

»Unglaublich!«, sagte Saras Vater und schüttelte in einem fort den Kopf.

»Einfach unglaublich!« Inzwischen waren einige Tage vergangen. Minka hatte sich wieder erholt, aber in die Nähe von Saras Zimmer wagte sie sich nicht mehr.

Ein großes Problem war geblieben: Das Katzengras wuchs immer noch. Grüne Ranken drangen durch die Türritzen und wucherten an den Flurwänden entlang. Der Druck von innen wurde immer stärker, sodass sich sogar die Tür wölbte. Saras Vater war den ganzen Tag mit einer großen Gartenschere beschäftigt. Er schnitt die nach außen dringenden Grashalme ab und nagelte als Verstärkung dicke Balken vor die Tür. Auch das Fenster von Saras Zimmer hatte er an der Außenseite mit Brettern zugenagelt. Weil Sara die ganze Zeit über nicht in ihr Zimmer konnte, schlief sie bei ihren Eltern.

»Es hört von selbst auf, Liebes«, sagte Saras Mutter. »Wenn Pflanzen kein Wasser bekommen, gehen sie früher oder später ein.«

Und Mutter hatte Recht. Nach vier Wochen wuchs kein Gras mehr aus den Ritzen zwischen den Balken. Mit einem Seufzer ließ Vater die Gartenschere sinken. Unrasiert und verschwitzt, stand er im Flur und betrachtete die schwer befestigte Tür. »Sara, Liebes, ich glaube, wir haben es geschafft. Es wächst nicht mehr.«

»Darf ich jetzt wieder in mein Zimmer?«, fragte Sara ungeduldig.

»Noch nicht, Liebes«, antwortete ihr Vater. »Wir müssen noch ein Weilchen warten, um sicher zu sein, dass das Gras und die Pflanzen wirklich abgestorben sind.«

Es vergingen noch ein paar Wochen, und als ein übler Fäulnisgeruch die Wohnung durchzog, entschied Vater, dass es nun an der Zeit war, Saras Zimmer aufzumachen. Sie entfernten die Balken. Die Tür ließ sich nur mühsam öffnen, weil sie von einem Haufen abgestorbener Graspflanzen blockiert wurde.

Mit Tränen in den Augen sah Sara, was aus ihrem Zimmer geworden war: Eine braune Masse vor sich hin rottender Pflanzen bedeckte den Fußboden, das Bett und den Schreibtisch. Grüner Pflanzenschleim lief an den Wänden herab. Der Fäulnisgeruch war so stark, dass Sara würgen musste. Vater stapfte durch das Zimmer, um die Bretter vor dem Fenster zu entfernen und frische Luft hereinzulassen. Das Fensterglas lag in Scherben zwischen modernden Stängeln. Es dauerte mehrere Tage, bis das Zimmer wieder sauber war und der widerliche Geruch nicht mehr in der Wohnung hing. Vater ließ von der Stadtreinigung einen Container bringen und transportierte die faulenden Pflanzen schubkarrenweise aus dem Haus. Auf dem Boden neben Saras Schreibtisch fanden sie die gerippte Plastikschale, die jetzt nur noch eine unappetitliche schwarze Brühe enthielt.

»Nun musst du mir aber erzählen, wo du dieses Katzengras gekauft hast, Sara«, sagte der Vater mit gerunzelter Stirn. »Ich will eine Erklärung von dem Ladenbesitzer. Notfalls zeige ich ihn an.«

Am nächsten Tag ging Sara mit ihrem Vater in die Straße, in der sich die Zoohandlung befand. Es war eigenartig. Sosehr sie auch suchten, sie konnten keine Zoohandlung finden. Ein Tabakgeschäft war da und auch ein Supermarkt, aber keine Zoohandlung.

»Ich bin sicher, dass es hier war, Papa. Neben dem Tabakladen«, sagte Sara. Ich bin fast gegen die Reklamepuppe mit der Riesenzigarre gerannt.«

Neben dem Tabakgeschäft stand ein großes, altes Haus mit zugenagelten Fenstern.

»Nun, dann fragen wir eben den Inhaber des Tabakladens«, sagte Vater. Sie gingen an der Reklamepuppe vorbei und betraten das Geschäft.

»Guten Tag, wissen Sie vielleicht, wo hier in der Straße die Zoohandlung ist?«, fragte Vater.

Der Ladenbesitzer zuckte die Schultern. »Soviel ich weiß, gibt es hier keine Zoohandlung.«

»Aber der Laden war nebenan!«, rief Sara.

»Nebenan? Das kann nicht sein«, entgegnete der Ladenbesitzer. »Das Haus nebenan steht leer. Ich kann Ihnen allerdings eine schöne, alte Geschichte über dieses Haus erzählen: Früher wohnte dort ein Sonderling. Er machte merkwürdige Versuche mit Pflanzen, wollte neue Pflanzensorten züchten und so weiter. Außerdem hatte er noch ein ungewöhnliches Hobby. Er stopfte gern Tiere aus und stellte sich damit die Wohnung voll.«

»Das muss er sein!«, sagte Saras Vater. »Sara hat erzählt, dass die ganze Zoohandlung voller ausgestopfter Tiere war.«

Der Ladenbesitzer brach in Lachen aus. »Sie machen wohl einen Scherz. Das kann nicht sein, denn der Sonderling wurde wahnsinnig. Schließlich hat man ihn gehängt, weil er versuchte eine riesige Fleisch fressende Pflanze mit einem Mädchen zu füttern. Das ist jetzt beinahe zweihundert Jahre her . . .«

VIER

Du bist gewarnt, Rudi«, sagt Herr Bakker. »Kauf niemals Katzengras für deine Katze, sonst kann so etwas passieren wie in Herrn Onnovals Geschichte.«

»Wir haben einen Garten, Herr Bakker. Mit genug Gras. Außerdem glaube ich nicht an Geister.«

»Natürlich nicht«, meint Herr Bakker. »Ich habe nur einen Scherz gemacht. Es gibt keine Geister, nicht wahr, Herr Onnoval? Wissenschaftlich kann nicht bewiesen werden, dass sie existieren.«

Der Schriftsteller kratzt sich am Kinn und sieht Herrn Bakker sinnend an, als müsse er über die Frage nachdenken.

»Das ist Ihre Ansicht. Ich beschäftige mich nicht mit Wissenschaft. Ich erzähle nur Geschichten. Für mich ist der Inhalt meiner Geschichten Wirklichkeit. Sie können darüber denken, was Sie wollen.«

Er dreht sich um und zieht das Rollo vor einem Fenster hoch.

»Ah, wir haben Vollmond heute Abend. Gibt es eine bessere Zeit, um an Geister und andere übernatürliche Wesen zu glauben?« Er lässt das Rollo wieder herab und setzt sich schweigend auf die Tischkante.

Herr Bakker weiß nicht recht, was er sagen soll. Er schlägt die Beine übereinander und betrachtet von seinem Sessel aus nachdenklich die Schüler. »Hat jemand eine Frage an Herrn Onnoval, über sein Buch oder zu etwas anderem?«

Mick springt auf. »Haben Sie auch *richtig* gruselige Geschichten, Herr Onnoval?«

Der Schriftsteller sieht Mick mit einer hochgezogenen Augenbraue an.

»Was meinst du damit, junger Mann? Sind meine Geschichten nicht gruselig genug?«

Ui, er fühlt sich auf den Schlips getreten, denkt Sander.

»Doch, die sind okay«, sagt Mick. »Aber ich meine Geschichten, in denen zum Beispiel abgerissene Arme vorkommen. Geschichten, in denen literweise Blut fließt.« Er sieht Onnoval herausfordernd an.

Der Schriftsteller scheint verwundert.

Dann verzieht er das Gesicht. »Pfui. Was du meinst, ist nicht gruselig. Das ist geschmacklos. So etwas liegt mir nicht.«

»Geschmacklos? Mein Bruder holt sich oft Videos, in denen die abgerissenen Arme und Beine nur so durch die Gegend fliegen. Da strömt das Blut über den Bildschirm! So was ist richtig gruselig. Und während mein Bruder die Filme ansieht, isst er seelenruhig einen Hamburger mit Tomatenketschup. Solche Filme machen ihm richtig Appetit.«

Der Schriftsteller blickt Mick mit unbewegter Miene an. Das Lächeln ist aus seinem Gesicht verschwunden. Die hochgezogene Augenbraue bebt.

Er ist wütend, denkt Sander. Er verträgt keine Kritik.

Aber dann lacht Onnoval herzlich. »Du willst also eine appetitliche Geschichte hören.« Er geht am Tisch entlang und zieht dabei das Bein noch etwas stärker nach als bisher. Vor der Torte mit den zwölf Kerzen bleibt er stehen.

»Was ist appetitlicher als eine Geschichte über eine Torte?« Er zieht ein Feuerzeug aus der Tasche und zündet nacheinander die Kerzen an. Dann blättert er in seinem Buch, bis er die Geschichte gefunden hat.

Die Torte

Hallo, Kika, kommst du mit?«, rief Jessica. Sie stand an der Straßenecke und plauderte mit zwei anderen Mädchen und drei Jungen.

Kika stand ein Stück entfernt am Gehwegrand und wollte gerade die Straße überqueren. Sie schüttelte den Kopf. Ihr langer Pferdeschwanz wippte dabei auf ihren Schultern hin und her.

»Ich muss in die andere Richtung«, rief sie.

»Hast du etwa Angst vor uns?«, rief einer der Jungen, der Erik hieß. Er hob seinen Finger, an dem eine lange, weiße Narbe zu sehen war. Die anderen Jungen grinsten.

»Erik wird dich schon nicht fressen!«, rief einer von ihnen und sie grinsten wieder.

»Los, Kika, komm mit«, versuchte Jessica es noch einmal, aber Kika ging bereits über die Straße.

»Ich habe Tante Dora versprochen, dass ich sie besuche«, rief sie.

Jessica seufzte gelangweilt. »Musst du denn immer zu der alten Schachtel? Nie gehst du mit uns.«

Kika strebte der anderen Straßenseite zu, ohne zu antworten. Sie hatte überhaupt keine Lust sich Jessica und ihren Freunden anzuschließen. Vor allem diesem Erik traute sie nicht über den Weg. Er musterte sie immer von Kopf bis Fuß mit einem seltsamen Gesichtsausdruck.

»Du solltest nicht allein durch die einsamen, alten Gassen gehen, das ist gefährlich«, rief Jessica. Ihre Stimme klang leicht verärgert. »Wir sind doch in der Schule gewarnt worden. Seit

Bastian verschwunden ist, sollen wir möglichst immer zusammenbleiben.«

Bastian, ein Mitschüler, war schon seit einigen Tagen spurlos verschwunden. Niemand hatte etwas von ihm gehört und in der Schule schwirrte es von Gerüchten über einen Kinderentführer oder gar einen Kindermörder. Manche Jungen versuchten den Mädchen mit blutrünstigen Geschichten Angst einzujagen, aber Kika machte sich nichts daraus. Auf der anderen Straßenseite angekommen, ging sie rasch an den Geschäften vorbei zum Ende der Straße.

Eigentlich konnte es ihr einerlei sein, dass Bastian verschwunden war. Sie hatte ihn schon immer widerlich gefunden. Manchmal zog er sie grob am Pferdeschwanz oder machte unanständige Bemerkungen, sodass sie rot wurde. Einmal, als seine Freunde dabeistanden, hatte er versucht sie zu küssen. Kika hatte sich losgerissen und war mit hochrotem Kopf davongelaufen, während Bastian und seine Freunde ihr nachpfiffen. Jemand wie Bastian forderte Schwierigkeiten geradezu heraus und Kika war im Stillen erleichtert, dass er verschwunden war. Ich hoffe, er kommt nie wieder, dachte sie.

Tante Dora wohnte im ältesten Viertel der Stadt. Die Straßen waren hier eng und kaum belebt und die Häuser klein. Tante Dora wohnte in einem Haus am Ende einer Straße, die so schmal war, dass keine zwei Autos aneinander vorbeifahren konnten. Kika ging gern zu Tante Dora. Im Gegensatz zu den anderen Kindern fand sie, dass die alte Frau keineswegs verrückt war. Zu ihr war Tante Dora sogar sehr nett.

Kika war ihr zum ersten Mal im Park begegnet, wo Tante Dora die Enten fütterte. Eine Gruppe Kinder – der gemeine Erik war auch dabei – hatte die einsame alte Frau ausgelacht und geärgert. Da hatte Kika die Frau kurz entschlossen am Arm gefasst und sie nach

Hause gebracht. So hatte die Freundschaft zwischen Kika und Tante Dora, wie sie genannt werden wollte, begonnen.

Seitdem besuchte Kika Tante Dora ein- bis zweimal die Woche. Sie tranken Tee, aßen Kekse und Kika berichtete, was sie in der Schule und in ihrer Freizeit erlebt hatte. Tante Dora freute sich über Kikas Gesellschaft. Sie konnte wunderbar zuhören und nahm an allem, was Kika ihr erzählte, lebhaft Anteil. Als Kika vor Bastian davongelaufen war, war sie mit rot geweinten Augen zu Tante Dora gekommen und hatte ihr alles erzählt. Die alte Frau hatte wortlos zugehört, aber ihre Augen schienen Funken zu sprühen.

»Beruhige dich, mein Kind«, hatte sie gesagt. »Jungen wie Bastian bekommen immer ihren verdienten Lohn«

Und Tante Dora hatte Recht behalten, dachte Kika, als sie in die stille Gasse einbog.

An manchen Häusern hing die Haustür schief oder es waren Fensterscheiben kaputt. Nur noch wenige Leute wohnten hier. Es war totenstill. Kika sah sich nach allen Seiten um: Die Straße wirkte wie ausgestorben. Sie eilte auf Tante Doras Häuschen zu. Sie hatte kaum geläutet, da ging schon die Tür auf, als hätte Tante Dora dahinter gewartet.

»Guten Tag, mein Kind. Wie schön, dass du da bist.«

Tante Dora war eine hagere Frau mit langem, grauem Haar, das sie zu einem Knoten aufgesteckt trug. Ihr freundliches Gesicht war voller Runzeln und sie hatte helle, lebhafte Augen.

»Guten Tag, Tante Dora.«

Kika folgte der alten Frau durch den Flur ins Wohnzimmer, wo es nach Kräutertee und frisch gebackenen Waffeln duftete.

Kika setzte sich auf die Couch mit dem gehäkelten Überwurf. In Tante Doras gemütlicher Wohnstube fühlte sie sich wohl. Dort gab es ein großes Fenster, dessen obere Hälfte aus farbigem Glas bestand, sodass das Zimmer in sanftes, orangefarbenes Licht getaucht war.

Tante Dora kam mit einem Teller dampfender Waffeln aus der kleinen Küche. Aus einer blauen Porzellankanne schenkte sie Tee in zwei Blümchentassen. Dann setzte sie sich mit einem Seufzer neben Kika auf die Couch. Sie legte ihre schmale, zerbrechlich wirkende Hand einen Augenblick auf Kikas Knie.

Tante Dora war schon alt, vielleicht schon neunzig, dachte Kika. Ihre Hände zitterten und sie wackelte immer ein wenig mit dem Kopf hin und her, als wollte sie ständig Nein sagen. Aus diesem Grund wurde sie oft von den Kindern geärgert, die sie spöttisch »Tante Nö« nannten. Aber ihre Augen blickten überraschend scharf und wach in die Welt. Tante Dora war ganz sicher nicht verrückt, dachte Kika.

»Erzähle, mein Mädchen, wie war dein Tag heute?«

Kika trank einen Schluck Tee und biss von ihrer Waffel ab.

»Och, ziemlich langweilig, Tante Dora. Aber es ist etwas Merkwürdiges passiert. Erinnerst du dich noch an Bastian? Den gemeinen Jungen, der mich immer geärgert hat?«

Tante Dora griff nach ihrer Teetasse und hob sie zum Mund.

»Ja, das hast du mir erzählt.« Vorsichtig trank sie ein Schlückchen und hielt dabei ihre Augen über den Tassenrand auf Kika gerichtet.

»Der ist verschwunden. Auf einmal. Schwupp, einfach weg. Schon seit ein paar Tagen.«

»So«, sagte Tante Dora. Sie hörte aufmerksam zu und knabberte dabei an ihrer Waffel.

»Ja, er ist weg. In der Schule reden alle nur noch davon. Sie denken, es war ein Kinderentführer oder ein Mörder.«

Kika blickte auf und sah Tante Dora in die Augen.

»Ehrlich gesagt, ich finde es überhaupt nicht so tragisch, Tante Dora.« Sie wurde ein wenig rot. »Ich bin froh, dass der Mistkerl mich nicht mehr ärgert. Bin ich schlecht, weil ich so denke, Tante Dora? »

Die alte Frau stellte die Tasse ab und legte ihre zerbrechliche Hand wieder auf Kikas Knie. »Wenn jemand auf der Welt nicht schlecht ist, dann bist du das, mein Mädchen. Du opferst deine Freizeit für eine langweilige, alte Oma wie mich. Nein, du bist nicht schlecht. Dieser Bastian hat bekommen, was er verdiente. Das hatte ich dir doch gesagt. So geht es eben mit dieser Sorte Jungen.«

Kika lächelte. »Du bist keine langweilige, alte Oma, Tante Dora. Ich komme gern zu dir. Aber weißt du, was ganz seltsam ist? In der Schule haben nun alle Angst vor einem frei herumlaufenden Kindermörder. Sie trauen sich nicht mehr allein auf die Straße. Aber ich habe überhaupt keine Angst! Als Bastian noch da war, hatte ich jeden Tag Angst, dass er mir über den Weg laufen könnte. Jetzt fühle ich mich wie befreit.« Sie zögerte einen Augenblick. »Nun ist nur noch dieser widerliche Erik da, der mich immer so komisch anstarrt. Den finde ich auch grässlich.«

»Erik? Wer ist das denn?«, fragte Tante Dora interessiert.

»Das ist der Junge, der im Park so frech zu dir war.«

»Ach so, der.« Tante Dora nickte und rührte in ihrer Teetasse. »Du brauchst keine Angst zu haben«, sagte sie. »Du bist ein liebes, nettes Mädchen. Dir kann nichts passieren. Aber dieser Bastian war ein schlechter Junge und mit schlechten Jungen nimmt es ein schlechtes Ende.«

»Vielleicht ist er nur entführt worden«, sagte Kika. »Wer weiß, womöglich lauert er mir morgen in der Schule wieder auf.«

»Das glaube ich nicht, mein Kind«, sagte Tante Dora. »Mach dir keine Sorgen.«

Unvermittelt wechselte Tante Dora das Thema. »Oh, bevor ich es vergesse. Du hast doch am Montag Geburtstag, nicht wahr? Wie alt wirst du denn?«

»Zwölf, Tante Dora.«

Die alte Frau nickte. »Schön, wenn du am Montag vorbeikommst, habe ich eine Überraschung für dich.«

»Das ist lieb von dir, Tante Dora«. Kika sah auf ihre Armbanduhr. Wenn sie bei Tante Dora war, verging die Zeit immer wie im Fluge. Es war halb sechs, und ohne dass sie es gemerkt hatte, war es draußen schon ziemlich dunkel geworden. Schnell stand Kika auf. »Jetzt muss ich aber wirklich nach Hause, bevor es ganz dunkel ist.«

Sie half Tante Dora beim Tischabräumen und machte sich dann auf den Weg. Tante Dora stand in der Tür und winkte ihr nach, bis sie um die Ecke bog.

»So ein liebes Mädchen«, murmelte die alte Frau. »Ich hab sie zum Fressen gern.« Ein Lächeln glitt über ihr runzliges Gesicht. Sie schloss die Tür und schlurfte in die Küche.

Kika ging mit schnellen Schritten durch die düsteren Straßen. Hinter den Fenstern der Häuser brannte Licht. Die meisten Leute saßen schon beim Abendessen. Vor dem erleuchteten Schaufenster einer Buchhandlung blieb sie kurz stehen. Sie hörte ein leises, regelmäßiges Geräusch und an der Scheibe zeigten sich die ersten Regentropfen. Als sie weiterging, hörte sie Schritte hinter sich. Sie sah sich um. Etwa zehn Meter hinter ihr ging ein Mann in einem Regenmantel. Er hatte den Kragen hochgeschlagen und die Hände tief in den Taschen vergraben.

Kein Grund zur Beunruhigung, dachte Kika und sah wieder geradeaus. Das ist jemand auf dem Nachhauseweg, genau wie ich. Der Regen wurde stärker und Kika beschleunigte ihre Schritte. Sie bog um eine Ecke und überquerte die Straße. Als sie auf der anderen

Straßenseite war, klangen noch immer die Schritte hinter ihr. Die Straße glänzte im Regen. Kika ging noch schneller. Bis nach Hause waren es nur noch ein paar Straßen. Die ganze Zeit über folgten ihr die Schritte auf dem nassen Gehweg. Jetzt waren sie unmittelbar hinter ihr. Kikas Herz begann heftig zu pochen.

Aber sie brauchte doch keine Angst zu haben, das hatte Tante Dora gesagt. Sie war ein liebes, nettes Mädchen. Ihr konnte nichts passieren.

Am Rand des Gehwegs blieb sie stehen. Ein vorbeifahrendes Auto spritzte eine Ladung Wasser über ihre Schuhe. Als das Auto weg war, stand der Mann neben ihr. Plötzlich wandte er sich ihr zu. Kika erstarrte.

»Hallo, Kika, bist du das? Was läufst du hier allein herum?«

Mit großen Augen sah Kika den Mann an. Erleichtert atmete sie auf, als sie ihn erkannte: Es war Herr Hermans, der Sportlehrer.

»Du siehst ganz erschrocken aus, Kika«, meinte Herr Hermans. »Du solltest nicht allein auf der Straße herumlaufen. Schon gar nicht, wenn es dunkel ist. Du weißt doch, dass Bastian verschwunden ist?«

Kika nickte. »Ja, ich weiß, aber ich habe jemanden besucht.«

Herr Hermans blickte sie streng an. »Du solltest vorsichtig sein, Kika, solange wir nicht wissen, was mit Bastian geschehen ist. Es kann auf der Straße gefährlich sein. Stell dir vor, ich wäre ein Kinderentführer oder ein Mörder, dann hätte ich dich jetzt am Wickel, ohne dass es jemandem aufgefallen wäre.«

»Ja, Herr Hermans«, flüsterte Kika.

»Hast du es noch weit?«, fragte Herr Hermans.

»Nein, ich wohne ein paar Straßen weiter.«

»Ich begleite dich nach Hause«, sagte der Sportlehrer.

Schweigend gingen sie zusammen durch den Regen, bis sie vor

Kikas Haus standen. Kika lief den Gartenweg entlang, während Herr Hermans ihr nachsah. Dann ging er weiter und zog den Kragen seines Mantels noch ein Stück höher.

Am Montag ging es in der Schule zu wie in einem Bienenstock. Wieder hörte man von allen Seiten Gerüchte. Die Kinder standen grüppchenweise auf dem Schulhof. Dass erneut ein Mitschüler verschwunden war, war das Thema des Tages. Nach der Schule rannte Kika gleich zu Tante Dora. Sie war gespannt auf die versprochene Geburtstagsüberraschung und wollte Tante Dora die große Neuigkeit erzählen.

Nach Luft ringend, ließ sie sich in dem kleinen Wohnzimmer auf die Couch plumpsen.

»Tante Dora, stell dir vor, es ist wieder was passiert!«

»Tatsächlich, was denn?«, fragte die alte Frau aus der Küche.

»Dieser andere Fiesling, von dem ich erzählt habe, der Erik, der ist jetzt auch weg. Seit Samstag ist er verschwunden.«

Tante Dora kam ins Zimmer und deckte den Tisch mit Tellern und silbernen Kuchengabeln. »Die benutze ich nur bei besonderen Anlässen. Und heute ist ein besonderer Tag, weil du zwölf wirst.«

»Hast du nicht gehört, Tante Dora? Erik ist auch verschwunden!«

Tante Dora lächelte. »Ja, ja, ich höre es wohl, mein Kind. So geht das mit schlechten Jungen. Du sieht also, dass du vor nichts Angst zu haben brauchst.«

Sie schlurfte wieder in die Küche und kam gleich darauf mit einer Kuchenplatte zum Vorschein, auf der eine prachtvolle Sahnetorte thronte.

Strahlend sah sie Kika an. »Herzlichen Glückwunsch, mein liebes Mädchen. Hoffentlich gefällt sie dir. Ich habe mir besondere Mühe damit gegeben.«

»Oh, super!«, rief Kika. »Das ist aber lieb von dir!«

Die Torte sah sehr appetitlich aus. Der dicke Sahneüberzug war mit kleinen Schokoladeblättchen verziert und in der Mitte prangte ein Herz aus glänzenden Kirschen. Oben auf der Torte waren zwölf Kerzen zu einem Kreis angeordnet.

Es dauerte einen Moment, bis Kika merkte, dass die Kerzen ungewöhnlich aussahen. Sie waren nicht alle gleich groß und auch ein wenig krumm. Am seltsamsten war, dass sie keinen Docht zum Anzünden hatten. Kika beugte sich über die Torte, um die Kerzen genauer zu betrachten.

Ihr stockte der Atem. Die Kerzen auf der Sahnetorte waren gar keine Kerzen. Es waren Finger!

Zwölf dünne Jungenfinger mit sauber geschnittenen und geputzten Nägeln. An einem der Finger funkelte ein Ring. Bastians Ring! An einem anderen Finger war eine lange Narbe.

Von der anderen Tischseite aus blickte Tante Dora mit leuchtenden Augen und einem Lächeln auf dem leicht hin und her wackelnden Gesicht zu Kika herüber. Sie zog ein blinkendes Kuchenmesser aus der Schürzentasche. Mit zitternder Hand schnitt sie ein großes Stück Torte ab. »Magst du auch ein Stückchen, liebes Kind?«

FÜNF

Pfui Teufel«, ruft Joris. Mit großen Augen sieht er die Torte an. Die Kerzen sind ein Stück heruntergebrannt. »Das sind doch keine Finger, oder?«

»Natürlich nicht, Joris«, sagt Herr Bakker. Er sitzt noch immer im Sessel und die Torte steht neben ihm auf dem Tisch. Etwas neugierig geworden, beugt er sich zu der Torte hin und betrachtet eingehend die Kerzen. Die Flammen spiegeln sich in seinen Brillengläsern. Der Schriftsteller steht an der anderen Seite des Tisches und sagt nichts.

Herr Bakker runzelt die Stirn. Und schluckt. »Es sind ... Kerzen in Form von Fingern, wie ich sehe. Ich muss sagen, Ihre Scherze sind makaber, Herr Onnoval.«

Der Schriftsteller lacht geschmeichelt. »Ich tue mein Bestes, damit alles möglichst echt aussieht.«

Annabel stellt verwundert fest, dass ihr diese Geschichte gefallen hat. Wenn ich so eine Tante hätte, würde ich ihr Mark Leiendekker aus der achten Klasse schicken, denkt sie. Und dann: Zack! Sie kichert. Eine appetitliche Geschichte, hatte der Schriftsteller gesagt. Jedenfalls habe ich jetzt tatsächlich Hunger, denkt Annabel und holt einen Apfel aus ihrer Manteltasche.

»Ach, ich hab ja gar kein Messer dabei«, fällt ihr ein.

Liselore stöbert kurz in ihrer Handtasche und reicht Annabel ein Kartoffelschälmesser.

»Aaaaah!«, brüllt Emanuel im gleichen Augenblick. »Verdammt noch mal!«

Vor Schreck schneidet sich Annabel fast in den Finger.

»Aber, aber, was sind denn das für Töne!«, rügt Herr Bakker.

Emanuel flucht noch einmal. »Mir ist was ins Auge geflogen. Au, das tut weh.« Herr Bakker steht auf und geht zu Emanuel.

»Zeig mal her.«

Emanuel wendet sein Gesicht Herrn Bakker zu.

»So sehe ich nichts«, sagt der Lehrer. »Es ist nicht hell genug. Hat zufällig jemand eine Taschenlampe?«

»Hier«, sagt Liselore. Sie zieht eine kleine Taschenlampe aus der Handtasche, knipst sie an und reicht sie ihrem Vordermann zum Weitergeben. Herr Bakker nimmt die Taschenlampe entgegen und leuchtet Emanuel ins Gesicht. Emanuel stöhnt. Sein Auge ist leicht gerötet und tränt.

»Ich kann nicht mehr sehen«, jammert Emanuel. »Vielleicht werde ich auf einem Auge blind.«

Herr Bakker beschwichtigt ihn. »Sei nicht albern. Es ist doch gar nichts. Halt dir ein Taschentuch vors Auge, dann geht es von selbst wieder vorbei.«

»Ich hab kein Taschentuch«, stöhnt Emanuel.

Aber Liselore hat schon wieder ihre Handtasche aufgemacht und gleich darauf presst Emanuel murrend ein geblümtes Taschentuch gegen sein schmerzendes Auge.

»Was ist dir denn da reingeflogen?«, will Herr Bakker wissen.

»Ich weiß nicht genau. Irgendein Untier hat mich angegriffen.«

Einige Schüler sehen sich ängstlich um. Der Lehrer sucht mit der Taschenlampe den Boden vor Emanuels Platz ab.

»Vorsicht, Herr Bakker. Vielleicht beißt es«, ruft Jacob.

Der Lehrer bückt sich und hebt etwas auf.

»Seht mal, hier haben wir den Übeltäter.« Er hält eine Plastikfledermaus in der Hand.

»Der Gummifaden ist abgerissen und im Fallen hat das Ding dein Auge gestreift.«

»Hilfe, was für ein Untier!«, schreit Pieter. Alle lachen erleichtert.

»Okay, Kinder, genug jetzt«, sagt Herr Bakker. »Es ist nicht nett, dass ihr Emanuel auslacht.«

»Es tut scheußlich weh«, brummt Emanuel und hält sich noch immer das Taschentuch vors Auge. Der Lehrer gibt Liselore die Taschenlampe zurück und geht wieder zu seinem Sessel.

Annabel sieht Liselore erstaunt zu, wie sie die Taschenlampe in ihre Handtasche steckt. Erst ein Kartoffelschälmesser und jetzt ein Taschentuch und eine Taschenlampe. Was ist wohl noch alles in der Tasche?

Der Schriftsteller hat sich bis jetzt nicht eingemischt. Auf der Tischkante sitzend, konnte er das Ganze beobachten.

»Es tut mir sehr Leid, dass das passiert ist«, sagt er. »Die Fledermäuse sind nur als Dekoration gedacht. Angreifen sollen sie euch wirklich nicht. Ich hoffe, dein Auge ist bald wieder in Ordnung, Emanuel. Es ist ausgesprochen unangenehm, wenn man nur mit einem Auge sehen kann.«

Er nimmt das Gemälde vom Tisch und hält es mit beiden Händen hoch, sodass es alle sehen können. Die Leinwand ist fast leer. Nur unten in der Ecke ist eine alte Frau abgebildet. Aus irgendeinem Grund klebt auf der Leinwand ein breites Stück Klebeband, genau über dem rechten Auge der Frau.

Der Schriftsteller legt das Gemälde hin und nimmt sein Buch zur Hand. »In der Geschichte des Gemäldes geht es auch um ein Auge. Hört zu.«

Das Gemälde

Schiela, Schiela, Schiela spinnt!«, riefen die Kinder und warfen Schmutzklumpen nach der alten Frau, die mühsam die holprige Straße des Fischerdorfes Gark entlangging. Sie drehte sich um und schüttelte ihre magere Faust, die sich wie eine Vogelkralle um einen Spazierstock klammerte. Johlend stoben die Kinder auseinander und verschwanden, ausgelassen schreiend, in den engen Seitengassen. »Huh, Schiela ist böse, Schiela ist böse. Hütet euch vor Schiela, denn ihr Auge ist bös-bös-bös.«

Lange noch hallten ihre Rufe zwischen den kleinen, weißen Häusern. Bis die Kinder schließlich von ihren Müttern nach Hause gerufen wurden und ihre Stimmen hinter den zuschlagenden Türen verstummten. »Schielas Auge ist bö-hös«, klang es noch einmal von weit weg. Die alte Frau war inzwischen in ihrem Haus am Ende der abschüssigen Straße verschwunden.

Schiela hatte ein böses Auge, ein Auge, das Unglück brachte. Das hatten die Leute von Gark schon gesagt, als man sie fand. In einer Vollmondnacht lag sie damals auf der Schwelle eines der Häuser des kleinen Fischerdorfes, das eigentlich nur aus einer Straße und ein paar engen Seitengassen bestand. Sie war ein oder zwei Jahre alt, und weil sie auf dem rechten Auge schielte, nannte man sie Schiela.

Wo auch immer Schiela auftauchte, passierten Unglücksfälle. Kleine Unglücksfälle freilich – Fensterscheiben zersprangen unversehens, jemand stürzte die Treppe hinab und brach sich das Bein, eine schwere Lampe fiel von der Decke und verfehlte um ein Haar den kahlen Schädel des alten Herrn Bergmann –, aber als Schiela älter wurde, wurden auch die Unglücksfälle schlimmer. Immer öfter kehrten die Fischer mit leeren Netzen zurück, wenn Schiela ihren Blick über das Meer hatte schweifen lassen. Ein paar Leuten fiel dies auf und immer, wenn etwas passierte, hatte jemand Schiela in der Nähe des Unglücksortes gesehen. Dabei tat sie eigentlich nichts Besonderes. Sie war ein kleines Mädchen, das im Dorf umherging und mit ihrem Schielauge alles genau betrachtete. Doch die Vorfälle häuften sich und wurden immer schlimmer. Als in einer Sturmnacht der Blitz in den Kirchturm einschlug, behauptete jemand, Schiela habe an ihrem Fenster gesessen und den Turm angestarrt. Da war das Maß voll. Die Dorfbewohner hatten genug. Sie hielten eine Versammlung ab und fassten noch am selben Abend einen Beschluss.

Am nächsten Morgen brachten Schielas Pflegeeltern das Mädchen zum Dorfarzt und dieser nähte das Schielauge mit besonders starkem Fischergarn fachgerecht zu. Schielas böses Auge war nun verschlossen.

So wurde Schiela alt und runzlig und die ganze Zeit über blieb ihr Auge zu. Schiela hatte nämlich ihren Pflegeeltern schwören müssen, dass sie niemals selbst versuchen würde die Fäden ihres zugenähten Auges zu durchtrennen.

Und was Schiela versprochen hatte, das hielt sie auch, sogar als ihre Pflegeeltern schon lange gestorben waren. Doch sich selbst hatte Schiela geschworen, dass die Dorfbewohner eines Tages für das, was sie ihr angetan hatten, büßen sollten.

Alle hielten sie für verrückt, behandelten sie schlecht, und sogar die Kinder von Gark verspotteten sie. Schiela aber wartete gelassen ab. Sie wusste, dass irgendwann ihre Zeit kommen würde.

Eines Tages kam ein Fremder in das Fischerdorf und nahm sich ein Zimmer im Gasthaus »Zur süßen Makrele«. Er trug einen Koffer bei sich und sah wie ein Künstler aus. Einen »Möchtegernkünstler« nannten die Dorfbewohner ihn. Er wäre Maler, sagte er, und hieße Doppel.

Er hatte vor ein paar Skizzen und Bilder von Gark anzufertigen. Die Dorfbewohner hofften, dass er bald wieder verschwinden würde. Mit Fremden wollten sie nichts zu tun haben, schon gar nicht mit Möchtegernkünstlern. Die mischten sich ja doch nur überall ein und störten mit ihrer Anwesenheit und ihren neugierigen Fragen den Dorfalltag.

Doppel allerdings war entzückt von den malerischen Häusern mit ihren roten Dächern und der abschüssigen Dorfstraße mit den geheimnisvollen Gassen und Kellern. Jeden Tag war er mit der Staffelei auf dem Rücken und dem Malkasten unter dem Arm unterwegs. Abends aß er meist ein Fischgericht im Gasthaus. Dabei versuchte er manchmal mit dem Wirt ins Gespräch zu kommen, bekam aber meist nur eine einsilbige Antwort oder Gebrumm zu hören. Doppel war daher höchst erstaunt, als der Wirt ihn eines Tages am Arm festhielt und auf das Bild wies, das er am Nachmittag am Kai gemalt hatte.

»Warum haben Sie sie gemalt?«, fragte der Wirt.

Das Bild zeigte eine Häuserreihe, dahinter waren hohe Wellen mit Schaumkronen und ein blauer Himmel mit vielen Möwen zu sehen. Unten in der Ecke hatte Doppel vor eines der Häuser eine alte Frau mit einem geschlossenen Auge gemalt.

»Sie? Meinen Sie diese Frau?«, fragte Doppel. »Sie stand zufällig da und ich fand, dass sie gut zum Motiv passte. Sie stand die ganze Zeit unbeweglich, während ich sie malte. Eine merkwürdige alte Frau. Wer ist sie eigentlich? Kennen Sie sie vielleicht?«

»Jeder kennt sie und jeder meidet sie«, brummte der Wirt. »Es ist Schiela mit dem bösen Blick.« Bei diesen Worten bekreuzigte er sich hastig. »Gehen Sie ihr aus dem Weg. Schiela bringt Unglück. Auch wenn ihr Auge zugenäht ist.«

Doppel brach in Gelächter aus. »Was für ein Unsinn! Böser Blick! So was Dummes habe ich noch nie gehört.«

Aber dem Wirt war nicht nach Lachen zu Mute. »Ich warne Sie, junger Mann. Gehen Sie ihr aus dem Weg. Vernichten Sie dieses Bild. Schielas Blick ist gefährlich. Der Himmel sei unserem Dorf gnädig, wenn ihr Auge jemals geöffnet werden sollte. Niemand weiß, welche Kräfte Schielas Auge hat. Und niemand will es wissen. Deshalb hat man Schielas Auge zugenäht, als sie noch ein Kind war.«

Doppel war entsetzt. »Was sagen Sie da? Einem Kind das Auge zugenäht? Nur wegen dieses dummen Aberglaubens? Das ist unmenschlich! Die arme Frau läuft also schon ihr ganzes Leben mit einem zugenähten Auge herum?«

Der Wirt ließ einen Schnaufer hören und wandte sich ab.

Als der junge Maler ein Glas Bier bestellte, brummte der Wirt nur: »Ist alle.«

Betroffen ging Doppel in sein Zimmer. Er ließ sich auf das Bett fallen und nahm sich vor der alten Frau am nächsten Tag einen Besuch abzustatten. Wahrscheinlich freute sie sich über Gesellschaft, zumal die Dorfbewohner sie so gemein behandelten.

Mit seinen Bildern im Koffer, der Staffelei auf den Schultern und seinem Malkasten unter dem Arm verließ Doppel am nächsten Tag das Gasthaus. Er hatte genug von dem Fischerdorf und seinen unfreundlichen Bewohnern. Aber bevor er endgültig abreiste, wollte er noch die alte Frau aufsuchen. Er ging über das Kopfsteinpflaster, bis er vor dem kleinen Haus am Ende der abschüssigen Straße stand. Ihm fiel auf, dass Schielas Haus ein Stück von den anderen Häusern entfernt stand, als würden diese sich angstvoll so weit wie möglich vor ihm zurückziehen.

Ach Unsinn, dachte er. Ich lasse mich doch nicht von dem dummen Geschwätz des Wirts beeinflussen. Dennoch lief ihm unwillkürlich ein kalter Schauder den Rücken hinab, als er durch die Gartenpforte trat. Es war ungewöhnlich still in Schielas Vorgarten. Als wären alle Geräusche plötzlich verstummt. Alles, was der Wirt über Unglücksfälle und Katastrophen gesagt hatte, ging Doppel plötzlich durch den Sinn. Ob tatsächlich alles Aberglaube war? Fast war er entschlossen umzukehren und schnell abzureisen. Er hatte sich schon halb umgedreht, als die Tür von Schielas Haus knarrend aufging. Erschrocken blickte Doppel ins düstere Innere des Hauses. Dann sah er, dass jemand im dunklen Flur stand und ihn heranwinkte. Doppels Ängste und Zweifel verschwanden sofort, denn die Gestalt im Flur war ein Mädchen. Eine junge Frau in einem weiten, weißen Kleid und mit langem, blondem Haar, das ihr tief ins Gesicht fiel. Doppel starrte sie mit großen Augen wortlos an. Sie winkte ihn nochmals heran. Gehorsam folgte Doppel ihr in den Flur. Er hatte auf einmal alles um sich herum vergessen. Vergessen auch, dass hier eigentlich eine alte Frau wohnte. Er war wie gebannt von der Schönheit des Mädchens. Sie führte ihn in ein kleines, niedriges Wohnzimmer, wo sie sich anmutig auf einer Couch niederließ, die ganz im Schatten stand.

Plötzlich fiel Doppel wieder die alte Frau ein. Er nahm an, dass das Mädchen ihre Tochter war.

»Nimm Platz, Maler«, sagte sie und ihre Stimme klang wie sanfte Musik in Doppels Ohren. Wie hypnotisiert, setzte er sich neben sie auf die Couch und stellte Koffer, Staffelei und Malkasten auf den

Boden. Mit leuchtenden Augen blickte er sie an. Sie war so schön, so zart. Am liebsten hätte er sie in die Arme genommen. Zu seinem Erstaunen begann sie erbärmlich zu schluchzen. Dabei neigte sie sich nach vorn, sodass das lange, blonde Haar ihr Gesicht verdeckte. Doppel empfand tiefes Mitleid. Er wollte das Mädchen trösten, wagte aber nicht sich zu rühren. Ach, alles würde er für sie tun, damit sie nur aufhörte zu weinen. Er konnte ihren Kummer nicht ertragen.

»Kann ich dir helfen?«, flüsterte er schließlich. »Du . . . du bist so schön. Ich möchte nicht, dass du weinst.«

»Ich bin nicht schön«, erwiderte das Mädchen schluchzend. »Sieh doch.« Sie warf ihr langes Haar nach hinten, sodass Doppel ihr Gesicht sehen konnte. Sie hatte ein schönes Gesicht. Nur mit ihrem rechten Auge schien etwas nicht in Ordnung zu sein. Es war geschlossen, als wäre es zugeklebt.

»Mein Auge«, sagte sie weinend. »Sie haben es zugenäht, weil sie mich verabscheuen.«

Doppel stieß einen wütenden Schrei aus. »Diese abergläubischen Dummköpfe! Erst nähen sie der Mutter das Auge zu und dann auch noch der Tochter.«

»Ich bin so unglücklich«, jammerte das Mädchen. »Erst, wenn mein rechtes Auge wieder offen ist, kann ich wirklich glücklich sein.«

»Wenn ich dir nur helfen könnte«, sagte Doppel. Schluchzend warf sie sich in seine Arme. »Ach, hilf mir doch, bitte!«

»Wie denn?«, fragte Doppel ratlos. Ihre Nähe machte ihn etwas verlegen. Sie roch so herrlich nach Jasmin, ihr Duft betäubte ihn nahezu.

»Öffne mein Auge«, flüsterte sie. »Du musst die Fäden durchschneiden, mit denen sie es zugenäht haben. Ich selbst kann es nicht tun.«

»Aber ich . . .«

»Ach bitte, ich weiß, dass du es kannst. Du hast doch gewiss eine feine Klinge in deinem Malkasten. Maler benutzen doch solche Klingen, um Farbe abzukratzen.«

Doppel zögerte. Er hatte tatsächlich eine scharfe Rasierklinge in seinem Kasten. Aber der Gedanke, ihr damit die zugenähten Augenlider aufzuschneiden, war ihm zuwider.

»Bitte, tu es doch!«, flehte das Mädchen.

Schließlich konnte er ihrem bittenden Blick nicht länger standhalten. Er kramte in seinem Kasten, bis er die Klinge fand. Mit laut pochendem Herzen begann er ganz vorsichtig die hauchdünnen Fäden zu durchtrennen. Seine Hand zitterte, aber das Mädchen sprach ihm Mut zu.

»Hab keine Angst, es wird gelingen.«

Doppel staunte über sich selbst, als er schließlich den letzten Faden säuberlich durchgeschnitten hatte. Sofort wich das Mädchen in die dunkelste Ecke des Zimmers zurück und bedeckte das rechte Auge mit der Hand.

»Weg! Geh weg!«, zischte sie. Ihre Stimme klang nicht mehr sanft und melodisch, sondern schrill und krächzend wie die Stimme einer alten Frau.

Doppel war sprachlos. Warum war sie plötzlich so unfreundlich zu ihm?

»Aber . . . ich . . .«

»Weg!«, kreischte sie. »Du hast mein Auge geöffnet. Dafür bin ich dir dankbar. Ich will dir nichts Böses antun. Aber die anderen werden ihren Teil bekommen . . .«

In der dunklen Ecke wirkte ihre Gestalt kleiner, gebeugt, krumm. Zwischen ihren Fingern, mit denen sie das rechte Auge zuhielt, sah Doppel ein seltsames, weißes Leuchten. Ihre Finger waren alt, sie sahen aus wie Krallen und das Licht, das zwischen ihnen hervordrang, wurde immer gleißender.

»Weg!«, krächzte ihre Stimme. »Geh weg, bevor es zu spät ist!«

Plötzlich begriff Doppel und wilde Panik überfiel ihn: Vor ihm stand Schiela. Schiela mit dem bösen Auge, die ihn hatte glauben lassen, sie wäre ein schönes, junges Mädchen, damit er ihr das Auge öffnete. Hals über Kopf stürzte er aus dem Zimmer. Nur seinen Koffer mit den Bildern nahm er in der Eile mit. Er stürmte aus dem Haus, auf die Straße und stürzte davon. Die Dorfbewohner sahen den Möchtegernkünstler mit leichenblassem Gesicht zum Hafen hinabrennen. Er konnte gerade noch an Bord eines Frachtschiffes springen, das soeben ablegte.

Er war aus Schielas Haus gekommen, das hatten die Dorfbewohner gesehen. Was hatte das zu bedeuten? Die Leute wurden unruhig. Manche gingen langsam zu Schielas Haus. Warum war der Fremde so eilig weggerannt? Irgendetwas stimmte da nicht. Allerlei Gerüchte schwirrten durch das Dorf und innerhalb einer Stunde hatte sich eine Menschenmenge vor Schielas Haus angesammelt. Jemand warf einen Stein gegen die Haustür. Und noch einen. Andere taten es ihm nach und gleich darauf prasselte ein Steinhagel gegen Schielas Tür und Fenster. Klirrend ging eine Scheibe zu Bruch.

»Komm raus, alte Hexe!«, schrien die Dorfbewohner. Sie johlten und tobten und stachelten einander auf. Die Menschenmenge schien sich in ein vielköpfiges Ungeheuer verwandelt zu haben. Plötzlich ging die Haustür auf. Schiela kam herausgeschlurft, eine gebeugte, alte Frau, die ihre gewölbte Hand vor das rechte Auge hielt. Keiner der aufgebrachten Dorfbewohner bemerkte das weiße Licht, das zwischen Schielas Fingern hervordrang.

»Da, seht!«, brüllte einer der Steinewerfer. »Wir haben sie am

Auge getroffen.« Einige lachten. Aber Schiela stand schweigend und unerschütterlich da. In der Menge kam Unruhe auf. Langsam ging Schiela den Gartenweg entlang.

»Die Zeit ist gekommen«, sagte sie. »Ich habe mir geschworen, dass ihr für alles, was ihr mir angetan habt, büßen sollt. Dachtet ihr wirklich, dass ich verrückt bin? Dass ich keine Schmerzen empfinde? Keinen Kummer? Pah!«

Ein unerklärliches Angstgefühl machte sich unter den Leuten breit. Die Dorfbewohner standen wie festgenagelt und konnten den Blick nicht von Schiela wenden.

»Die Zeit ist gekommen ...«, wiederholte Schiela. *»Jetzt!«*

Und dann nahm Schiela die Hand von ihrem rechten Auge und schlug es auf ...

Ein Angstschrei gellte durch die Menge.

»Hast du das gesehen?«, fragte der Kapitän des Frachtschiffes, das mittlerweile schon weit draußen auf dem Meer fuhr, seinen Steuermann. »Ein riesiger, weißer Blitz an der Küste bei Gark!« Er stellte sein Fernglas ein und spähte in Richtung Ufer. »Seltsam. Ich bin sicher, dass dort drüben Gark liegt. Aber da ist nichts mehr. Nur ein großer, leerer Fleck. Als sei das Dorf auf einen Schlag vom Erdboden verschwunden.«

Der Steuermann zuckte mit den Schultern und spuckte eine Ladung Kautabak aus. Er hatte in den langen Jahren auf See so viel Merkwürdiges erlebt, dass ihm nichts mehr unmöglich schien.

In einer kleinen Kabine auf dem Frachtschiff saß Doppel. Er zitterte immer noch. Mit bebenden Händen nahm er die Bilder aus seinem Koffer. Eines nach dem anderen legte er auf den Boden. Er starrte sie an, ohne zu begreifen, was er sah: Alle Gemälde, auf denen er

das Fischerdorf abgebildet hatte, waren leer. Nichts war mehr darauf zu sehen, als hätte es Gark nie gegeben und als hätte er das Dorf nie gemalt. Nur das letzte Bild war nicht ganz leer. In der unteren Ecke war noch immer die alte Frau zu sehen, genau so wie Doppel sie gezeichnet hatte. Aber eine Kleinigkeit war anders. Doppel hatte Schiela mit geschlossenem rechtem Auge abgebildet. Merkwürdigerweise aber war das Auge jetzt offen. Wie es ja auch in Wirklichkeit geschehen war. Und das rechte Auge blickte Doppel schielend an.

Der Maler stieß einen Schrei aus. Er packte das Bild, rannte damit auf Deck und warf es über Bord, ohne es noch einmal anzusehen. Mit einem Plumps landete es im Meer und wurde vom Wasser davongetragen, bis es schließlich unter den Wellen verschwand.

SECHS

Einen Moment lang ist es still. Diese Geschichte hat alle beeindruckt.

»Das Bild hier ist also das Gemälde aus der Geschichte?«, fragt Herr Bakker.

Der Schriftsteller zeigt wieder sein gewohntes Lächeln.

»Sie glauben mir nicht? Möchten Sie das Klebeband von Schielas Auge entfernen? Ich übernehme allerdings keine Verantwortung für die Folgen.«

Herr Bakker zögert. Dann streckt er die Hand aus.

»Nicht, Herr Bakker!«, schreit Julia.

»Ziehen Sie es ab!«, ruft Mick. »Es ist doch bloß eine Geschichte.«

»Aber vielleicht ist sie wirklich passiert«, sagt Sander. Alle rufen durcheinander. Emanuel hat sogar sein schmerzendes Auge vergessen.

»Hände weg!«

»Abziehen!«

»Nicht anfassen!«

Der Lehrer weiß nicht recht, was er tun soll. Er sieht erst seine Schüler an und dann Onnoval. Letzterer hat eine undurchschaubare Miene aufgesetzt. Seine Augen funkeln, als mache ihm das Spielchen großen Spaß.

»Das Bild war doch unter den Wellen verschwunden!«, ruft Mick.

Der Schriftsteller lässt Herrn Bakker nicht aus den Augen.

»Es ist wieder an die Oberfläche getrieben«, sagt er.

Herrn Bakkers Hand schwebt über dem Klebeband. Dann zieht er sie zurück. »Ich lasse es lieber. Es ist viel spannender, wenn man nicht alles weiß.«

Ein paar Kinder seufzen erleichtert. Der Lehrer lacht, aber Sander sieht die Schweißtropfen auf seiner Stirn. Der Schriftsteller steht mit triumphierendem Blick an der anderen Seite des Tisches.

»Er macht ein Gesicht, als hätte er gewonnen«, flüstert Sander. »Herr Bakker glaubt nicht an Geister und Spuk, aber er hat sich nicht getraut das Klebeband abzuziehen. Onnoval scheint das zu freuen. Warum nur?«

»Er versucht eben uns ins Bockshorn zu jagen«, sagt Mick. »Das ist ein Spiel und gehört nun mal zu einer Fahrt im Gruselbus. Ich wette, den Trick macht er bei jeder Schule.«

Sander lehnt sich in seinem Sitz zurück. »Komisches Spiel«, sagt er. »Eigentlich sind wir doch wegen der Geschichten hier. Aber ich habe schon den ganzen Abend das Gefühl, dass es um was ganz anderes geht.«

Mick reißt eine Dose Cola auf, nimmt einen Schluck und rülpst. »Du denkst zu viel, Sander. Regst dich auf wegen nichts. Wenn du es hier nicht aushältst, hättest du zu Hause bleiben sollen.«

Sander sagt nichts mehr. Mick hat immer eine Antwort parat. Und vielleicht hat er sogar Recht. Sander seufzt. Er sieht, dass Herr Bakker noch immer mit gerunzelter Stirn das Gemälde betrachtet.

Der Schriftsteller hat es auch bemerkt. Er hinkt auf den Lehrer zu. Der triumphierende Blick ist aus seinem Gesicht verschwunden und er sieht den Lehrer freundlich an.

»Vergessen Sie das Bild, Herr Bakker. Es war nur ein Spiel.«

Mick zwinkert Sander zu. »Siehst du, was habe ich gesagt?«

»Machen Sie es sich in Ihrem Sessel gemütlich. Es ist ein ganz besonderer Sessel, speziell für Lehrkräfte. Und zu einem besonderen Sessel gehört eine besondere Geschichte, die Sie bestimmt hören möchten.«

Der Lehrer nickt. Er legt seine Arme auf die dicken Armlehnen und schlägt die Beine übereinander. »Ich bin wirklich sehr gespannt, Herr Onnoval. Sie überraschen uns immer wieder. Was kommt wohl jetzt?«

Der Schriftsteller blättert in seinem Buch. »Mal sehen, ja, hier ist es. Seite 87. Die Geschichte über den Sessel. Hört zu.«

Während er zu lesen beginnt, hört man ein immer lauter werdendes, regelmäßiges Klopfen auf dem Dach. Es regnet.

Der Sessel

Wenn man aus der Klasse geschickt wurde, musste man sich bei Kienapfel melden. Kienapfel hieß der stellvertretende Direktor, den die Schüler auch kurz »das Ekel« nannten. Er hatte ein besonderes Zimmer, in dem er die Übeltäter empfing. Das Zimmer wurde von den Kindern »die Folterkammer« genannt.

Kienapfel thronte dort hinter einem großen Schreibtisch aus Eichenholz. Wenn es klopfte, antwortete er mit näselnder Stimme.

So wie jetzt, als Jasper leise an die Tür klopfte.

»Herein!«

Jasper öffnete die Tür und trat zaghaft über die Schwelle.

Im Schein einer Schreibtischlampe saß Kienapfel über einen Stapel Papiere gebeugt. Die schweren Vorhänge an den Fenstern machten das Zimmer düster.

Jasper blieb an der Tür stehen und wartete.

»Tür zu«, sagte Kienapfel, ohne aufzusehen. Gehorsam schloss Jasper die Tür. Mit einem leisen Klicken fiel sie ins Schloss und trennte ihn so vom Rest der Schule, vom Rest der Welt. Für ihn existierte jetzt nur noch dieses dämmrige Zimmer, Kienapfels Reich.

Jasper stand mit den Händen auf dem Rücken an der Tür und wartete. Er atmete so leise wie möglich. Sein linkes Bein juckte, aber er wagte nicht sich zu kratzen. Außerdem musste er auf die Toilette.

Der stellvertretende Direktor hatte noch kein einziges Mal aufgesehen. Regungslos wie ein Granitblock saß er hinter seinem Schreibtisch.

Jasper sah sich im Zimmer um, indem er die Augen von links nach rechts wandern ließ. An der Wand stand ein stählerner Aktenschrank mit vier Schubladen. Darin hatte das Ekel eine Kartei mit den Namen aller Schüler und mit Notizen über ihr Verhalten. An einer anderen Wand stand ein Bücherschrank mit vielen dicken Büchern und voll gestopften Aktenordnern. Die Wände waren kahl und grau. Jasper fand, dass das Zimmer wie eine Gefängniszelle aussah. Sein Blick schweifte weiter und blieb an einem riesigen Sessel hängen, der wie ein schweigendes, fettglänzendes Monster rechts neben dem Schreibtisch stand.

Der Sessel!

Jasper hatte schon viel über ihn gehört, ihn aber noch nie mit eigenen Augen gesehen. Das war also Kienapfels berüchtigter Sessel, über den die Kinder im Schulhof respektvoll flüsterten. Der Sessel, ein wahres Ungetüm, war mit derbem, braunem Büffelleder bezogen. Er hatte dicke, gerundete Armlehnen, massige Lederpolster und stand auf vier unförmigen, hölzernen Klauenfüßen. Die Lederpolster sahen wie riesige Lippen aus und Jasper kam der entsetzliche Gedanke, der Sessel könnte ihn verschlingen, wenn er sich hineinsetzte. Ein Schauder lief ihm über den Rücken, während er den Sessel betrachtete. Die Armlehnen waren abgewetzt und zeigten ein unregelmäßiges Muster aus tiefen Schrammen.

In der Schule war der Sessel durch die Geschichten derer, die mit ihm Bekanntschaft gemacht hatten, zur Legende geworden. Und doch war es nur ein unbeweglicher, alter Sessel.

Plötzlich schob Kienapfel seinen Stuhl so heftig zurück, dass die Stuhlbeine über den Dielenboden kratzten.

Jasper fuhr erschrocken zusammen.

Der stellvertretende Direktor rückte seine Brille zurecht und kam hinter dem Schreibtisch hervor. Er war klein, aber kräftig gebaut und wirkte fast viereckig. Sein Gesicht hatte harte Züge, neben seinem Mund hatten sich tiefe Furchen eingegraben.

»So!«

Jasper schlug die Augen nieder. Niemand wagte es, Kienapfel direkt ins Gesicht zu sehen.

»Also, warum bist du hier?« Kienapfels Stimme klang gelangweilt.

Jasper starrte weiter auf seine Füße. »Herr Vossen hat mich aus dem Klassenzimmer geschickt.«

»Aha! Und weshalb hat Herr Vossen das getan?« Ein Anflug von Neugier lag jetzt in seiner Stimme.

Jasper zögerte und wurde rot.

»Nun? Wird's bald?« Die Worte kamen kurz und knallend, wie Peitschenhiebe.

»Er fand es nicht gut, dass ich meine Tischplatte abgeschraubt habe.«

»*Waaas* hast du getan?« Ungläubig, bestürzt kam die Frage.

Jasper war es, als würde er immer kleiner.

»Ich habe die Platte von meinem Tisch abgeschraubt.«

»Deinen Tisch hast du ruiniert! Warum hast du deinen Tisch ruiniert?«

»Ich habe mich gelangweilt.«

Kienapfel atmete zischend aus. »Soso! Ge-lang-weilt hast du dich!«

Kienapfel trat plötzlich von seinem Schreibtisch weg. Jasper folgte ihm mit den Augen. Der stellvertretende Direktor ging zum Sessel, zog eine bewegliche Lampe darüber und knipste sie an. Ein greller Lichtstrahl fiel auf das Ungetüm, das nun einen pechschwarzen Schatten auf den Fußboden warf.

»Setz dich hin.«

Nein!, dachte Jasper. Ich will nicht in den Sessel. Er machte einen Schritt nach vorn, blieb dann aber stehen.

»Hinsetzen!«

Ehe er sich versah, saß Jasper im Sessel. Er versank fast in den Lederpolstern. Die Armlehnen waren so hoch, dass seine Schultern gerade noch darüber reichten. Das Leder fühlte sich kühl an. Es roch eigenartig, dumpf und tierisch.

Büffelgestank vielleicht, dachte Jasper. Oder es stank nach dem Angstschweiß der Schüler, die vor ihm hier gesessen hatten. Das Licht der Lampe über seinem Kopf war gleißend hell.

»So, du hast dich also gelangweilt«, sagte Kienapfel. Er ging zurück zu seinem Schreibtisch, nahm etwas aus einer Schublade und baute sich wieder vor dem Sessel auf. Er hatte eine schmale Latte in der Hand. Ein Lineal von einem halben Meter Länge. Sanft ließ er seine Finger darüber gleiten. Seine Fingernägel waren kurz geschnitten und blitzsauber. Jasper warf einen angstvollen Blick auf das Lineal.

»Wozu sind wir in der Schule?«, fragte Kienapfel mit leiser Stimme, während er um den Sessel herumging.

»Um zu lernen«, flüsterte Jasper.

»Aha! Um zu lernen!« Beim letzten Wort ließ Kienapfel das Lineal blitzartig auf die Armlehne des Sessels niedersausen.

Das laute, klatschende Geräusch ließ Jasper zusammenzucken, als hätte der Schlag ihn am Arm getroffen.

»Lernen bedeutet nicht, dass wir Tische ruinieren.« Zack! Wieder knallte das Lineal auf den Sessel. Diesmal auf die andere Armlehne, wo es eine schmale Schramme hinterließ. Jasper biss die Zähne zusammen. Es kam ihm vor, als würde er schrumpfen, als würde ihn der Sessel mit seinen riesenhaften Armen zusammendrücken.

Die nächste halbe Stunde war eine einzige Qual für Jasper. Kienapfel tigerte in einem fort um den Sessel herum. Er schimpfte Jasper nach Strich und Faden aus, und um seinen Worten Nach-

druck zu verleihen, schlug er immer heftiger auf die ledernen Armlehnen. Jasper war wie betäubt vom Knallen des Lineals. Bei jedem Schlag krümmte er sich zusammen, aus Furcht, das Lineal könnte ihn treffen. Der Schweiß rieselte ihm den Rücken entlang und seine Hose klebte am Sitzpolster. Jasper zitterte vor Angst so stark, dass man meinen konnte, der ganze Sessel bebte vor Schmerz.

Schließlich legte Kienapfel das Lineal auf den Schreibtisch, strich sich das Haar glatt und knipste die Lampe aus. Er ging zum Aktenschrank, zog eine Schublade auf und holte die Karte mit Jaspers Namen heraus. Er notierte etwas auf der Karte und schrieb das Datum dazu.

Jasper saß, wie ein Häufchen Elend, zusammengesunken im Sessel. Kienapfel nahm hinter seinem Schreibtisch Platz, beugte sich über seine Papiere und arbeitete weiter, als wäre nichts geschehen.

Jasper war vollkommen erschöpft und starrte abwesend vor sich hin.

»Du kannst gehen«, sagte Kienapfel nach einer Weile, ohne aufzusehen.

Jasper stolperte auf den Gang. Das schweißnasse Haar klebte ihm am Kopf und er blinzelte benommen in das helle Tageslicht, das durch die hohen Fenster hereinfiel. Ein Junge mit bleichem Gesicht kam den Gang entlang. Als er Jasper sah, blieb er stehen.

»Bist du beim Ekel gewesen?«, flüsterte er. »War's schlimm?«

Jasper schaute den Jungen müde an. Er konnte nur nicken.

Der Junge wurde noch bleicher, ging mit einknickenden Knien auf die Tür der Folterkammer zu und klopfte zaghaft an.

»Herein!«

Der Junge warf Jasper einen hilflosen Blick zu und machte

vorsichtig die Tür auf. Jasper wandte sich um und schlurfte den Gang entlang.

Er nahm sich vor nie wieder einen Tisch kaputtzumachen. Er würde ein braver, aufmerksamer Schüler werden, auch wenn die Stunden bei Herrn Vossen todlangweilig waren. Manchmal bekam er Lust eine Papierkugel zu schießen, aber dann dachte er an Kienapfel, das Ekel, und der Angstschweiß brach ihm aus. Wenn er zufällig an der Folterkammer vorbeikam, ging er unwillkürlich auf Zehenspitzen, als könnte Kienapfel plötzlich herauskommen, ihn ins Zimmer zerren und in den Sessel zwingen. Aber das passierte nie und im Laufe der Monate verblasste die Erinnerung an das schlimme Erlebnis. Ein einziges Mal nur hörte Jasper das Lineal auf das Leder klatschen, als er zufällig an dem berüchtigten Zimmer vorbeikam. Da wusste er, dass wieder jemand aus dem Klassenzimmer geschickt worden war und nun von Kienapfel zusammengestaucht wurde.

Einmal jedoch passierte etwas Merkwürdiges. Jasper ging in der Pause den langen Gang entlang und kam dabei an der Folterkammer vorbei. Hinter der geschlossenen Tür hörte er Kienapfel toben.

»Kusch!«, schrie der stellvertretende Direktor und danach hörte man in rascher Folge das Lineal auf den Sessel knallen. Dann stieß Kienapfel ein paar laute Flüche aus.

Ojemine, da wird wohl wieder jemand fertig gemacht, dachte Jasper. Plötzlich flog die Tür auf. Mit hochrotem Kopf kam der stellvertretende Direktor heraus. Er sah sehr aufgebracht aus und warf die Tür krachend hinter sich zu. Ein wilder Blick lag in seinen Augen.

»Was trödelst du hier herum?«, schnauzte er Jasper an. »Mach, dass du zum Unterricht kommst! Beeilung!«

Jasper rannte davon so schnell er konnte. Auf dem Weg zu seinem

Klassenzimmer fragte er sich jedoch, wer wohl diesmal im Sessel gesessen hatte. Kienapfel hatte unglaublich wütend ausgesehen. Aber seltsamerweise war er allein aus dem Zimmer gekommen. Vielleicht hat er jemanden totgeschlagen, dachte Jasper. Vielleicht liegt einer tot im Sessel. Vielleicht ist Kienapfel durchgedreht und hat sich in einen mordlustigen Irren verwandelt.

Doch die nächsten Tage verliefen wie immer. Es fehlte niemand und der Unterricht ging seinen gewohnten Gang. So dachte Jasper bald nicht mehr an diesen Vorfall.

An einem warmen Sommernachmittag, kurz vor den Ferien, vergaß Jasper jedoch seine guten Vorsätze. Auf dem Boden neben seinem Fuß lag ein Gummiband, das sich zu einer Acht geringelt hatte. Jasper rutschte auf seinem Stuhl ein Stück nach vorne, ließ sich unter die Bank gleiten und hob das Gummiband auf. Verstohlen grinste er vor sich hin. In der Bank vor ihm saß Hendrik Stok und lauschte aufmerksam dem Unterricht, den Herr Vossen herunterleierte. Hendriks kurz geschorener Hinterkopf sah so einladend aus, dass Jasper der Versuchung einfach nicht widerstehen konnte. Herr Vossen merkte nichts. Er stand mit dem Geographiebuch in der Hand vor der Klasse. Jasper legte das Gummiband um die Spitze seines Zeigefingers, spannte es mit Daumen und Zeigefinger der anderen Hand und zielte auf Hendriks Hinterkopf. Dann ließ er los. Das Gummiband zischte davon, verfehlte Hendrik um ein Haar und sauste über den Rand des Geographiebuchs Herrn Vossen mitten ins Gesicht.

Das Buch fiel zu Boden, Herr Vossen stieß einen Schrei aus und Jasper schlug sich mit der Hand gegen die Stirn.

Mit bleischweren Füßen ging Jasper den Gang entlang. Das Herz schlug ihm bis zum Hals, als er sich der Folterkammer näherte. Er erinnerte sich wieder genau an das erste Mal bei Kienapfel. Und ihm fiel auch wieder ein, dass er Kienapfel später einmal wild dreinblickend aus seinem Zimmer hatte stürmen sehen.

Am liebsten wäre Jasper davongelaufen, weit weg von Kienapfel und seinem Sessel. Als er vor der Tür stehen blieb, hörte er Geräusche aus dem Zimmer: das Knallen des Lineals und Kienapfels zornige Stimme. Offensichtlich war jemand vor ihm dran. Bestimmt ist Kienapfel danach doppelt so gemein wie sonst, dachte Jasper. Mit zitternden Knien stand er vor der Tür und lauschte. Der stellvertretende Direktor schrie so laut, dass jedes Wort zu verstehen war.

»Kusch! Kusch, sage ich!«, brüllte er. Dann hörte Jasper wieder das Lineal auf das Leder klatschen. Einen Augenblick war es still. Plötzlich erklang ein dumpfes Geräusch, als würde etwas Schweres geschoben. Es folgte ein Krachen, als würde etwas zerbrechen, und danach stieß Kienapfel ein ohrenbetäubendes Brüllen aus.

»Grrr!«

Stille.

Jasper wurde kreidebleich. Was war da drinnen los? Ein paar Minuten verharrte er regungslos vor der Tür, aber es kam kein Laut mehr aus dem Zimmer. Vorsichtig klopfte er an und wartete auf Kienapfels Stimme.

Keine Reaktion.

Er klopfte ein wenig lauter.

Stille.

Jasper zögerte kurz. Dann nahm er all seinen Mut zusammen.

Vorsichtig öffnete er die Tür einen Spalt. Sofort schlug ihm der dumpfe Tiergeruch entgegen, den er schon beim ersten Mal wahrgenommen hatte. Jetzt schien der Geruch das ganze Zimmer zu erfüllen. Jasper spähte durch den Türspalt und machte dann die Tür ganz auf. Wie gewöhnlich war es im Zimmer dämmrig. Jasper sah Kienapfels mächtigen Schreibtisch mit den Papierstößen. Aber Kienapfel saß nicht dahinter. Er war überhaupt nicht im Zimmer. Das kann doch nicht sein, dachte Jasper. Er hatte doch deutlich Kienapfels Stimme gehört. Und nun war keine Spur von dem stellvertretenden Direktor zu entdecken! Der Geruch hier war erdrückend. Jasper ließ seinen Blick durch das Zimmer schweifen. Der Sessel! Er war verschoben. Sogar ein ganzes Stück. Er stand jetzt auf der anderen Seite des Zimmers.

Jasper schauderte. Das reglose Ungetüm wirkte auf unerklärliche Weise bedrohlich. Dennoch näherte er sich mit vorsichtigen Schritten dem Sessel. Eine Weile starrte Jasper ihn an und versuchte zu begreifen, was er sah. Auf dem Boden neben dem Sessel lag Kienapfels Lineal. Zerbrochen. Im Sessel selbst, auf dem Sitzpolster, lag ein Knopf. Ein Knopf von Kienapfels Jackett. Jasper verstand überhaupt nichts, doch plötzlich entdeckte er etwas. Hinten im Sessel, wo Rücken- und Sitzpolster zusammenkamen, bewegte sich etwas. Jasper beugte sich über den Sessel und wich mit einem Schrei zurück. Zwischen den Polstern ragte eine Hand heraus! Eine Hand mit kurz geschnittenen und blitzsauberen Fingernägeln. Die Hand gehörte Kienapfel. Die Finger bewegten sich, sie zuckten krampfhaft. Während Jasper noch ungläubig auf diese unglaubliche Szene starrte, durchlief plötzlich ein heftiges Beben den Sessel – der Lederbezug warf Falten – und die Hand verschwand im Spalt zwischen Sitz- und Rückenpolster.

Jasper wurde eiskalt. Er drehte sich um, rannte aus dem Zimmer und warf die Tür zu. Dann stürmte er wie von Sinnen den Gang entlang. Immer wieder sah er den Sessel vor sich. Den Sessel mit den zahllosen Schrammen auf den Armlehnen, auf die Kienapfel jahrelang mit seinem Lineal eingedroschen hatte. Bis der Sessel es nicht mehr ertragen konnte und . . .

Jaspers Verstand wollte nicht wahrhaben, was er gesehen hatte. Ein Sessel verschlingt doch keine Menschen! So etwas gibt es nicht! Er versuchte das Ganze zu vergessen und sprach mit niemandem auch nur ein Wort darüber.

Von Kienapfel, dem stellvertretenden Direktor, hörte man nie wieder etwas. Niemand konnte sich sein spurloses Verschwinden erklären.

Nach ein paar Monaten ließ der neue stellvertretende Direktor die Folterkammer entrümpeln. Den großen Sessel schenkte er einem Obdachlosenasyl. Dort würde man an dem robusten Sitzmöbel noch viel Freude haben, meinte er.

SIEBEN

Herr Bakker schnellt so abrupt aus dem Sessel, dass er vornüber fällt und unter dem Tisch landet. Er bietet einen so komischen Anblick, dass etliche Schüler in Gelächter ausbrechen. Nur Julia schreit erschrocken auf.

Der Schriftsteller springt auf, bückt sich und schaut unter den Tisch.

»Ist alles in Ordnung, Herr Bakker? Es war nicht meine Absicht, ihnen einen solchen Schrecken einzujagen.« Er hilft dem Lehrer unter dem Tisch hervor und klopft dessen Jackett ab.

»Alles in Ordnung«, sagt der Lehrer mit hochrotem Kopf und schiebt den Schriftsteller zur Seite. Irritiert rückt er seine Krawatte zurecht und fährt sich durchs Haar.

»Es tut mir wirklich Leid«, beteuert der Schriftsteller.

»Schon gut. Ich habe mich wohl zu sehr in ihre Geschichte hineinversetzt«, sagt der Lehrer. Er wirft einen Seitenblick auf den Sessel, setzt sich aber nicht mehr.

»Der Arme ist ganz durcheinander«, sagt Julia leise zu Sandra. »Er kommt sich natürlich blamiert vor. Dieser blöde Schriftsteller!« Julia ist richtig empört. Sie sieht auf ihre Armbanduhr. Neun Uhr. Noch eine Stunde. Wenn es nur schon vorbei wäre, denkt Julia. Mir gefällt es hier nicht mehr.

Plötzlich beginnt der Bus stark zu holpern. Alle werden auf ihren Plätzen durcheinander gerüttelt.

»Was ist los? Wo sind wir?«, ruft Jacob. Mick steht auf und geht im Gang nach vorn. Er hält sich an einer verchromten Stange fest und späht am Fahrer vorbei durch die Windschutzscheibe. Über das Glas laufen kleine Regenbäche und die Scheibenwischer peitschen hin und her. Die Scheinwerfer erhellen einen breiten Streifen vor dem Bus. Mick sieht einen Sandweg. Im Licht der Scheinwerfer tauchen eigenartige Gebilde auf und hinter einem schmiedeeisernen Gitterzaun sind dunkle eckige Formen erkennbar. Kreuze. Auf einmal dämmert Mick, wo sie sind.

»Der Friedhof!«, ruft er. »Wir fahren über den Sandweg zum Friedhof!«

»Was?«, schreit der Schriftsteller. Wütend eilt er nach vorn und hinkt dabei auffallend stark. Die Knochen an seinem Mantel tanzen klappernd hin und her. Beinahe rennt er Mick um. Neben dem Fahrer bleibt er stehen.

»Knochenhauer, Sie sind wohl total verrückt geworden! Warum halten Sie sich nicht an die Route? Tausend Mal hab ich Ihnen erklärt, dass wir auf der Straße bleiben müssen. Was fällt Ihnen ein auf einem Sandweg herumzuholpern!« Der Schriftsteller ist zornig. Seine Augen blitzen und seine Stimme donnert. Alle halten den Atem an.

Der Busfahrer sagt nichts. Er dreht kräftig am Lenkrad. Noch eine Weile holpert und schaukelt der Bus, dann fährt er wieder auf einer asphaltierten Straße.

»Gut so, Knochenhauer«, sagt der Schriftsteller. »Und jetzt immer der Route nach, sonst ist dies Ihre letzte Fahrt als Busfahrer gewesen.«

Onnoval hinkt wieder nach hinten zu seinem Tisch.

Herr Bakker ist ebenso verblüfft wie die anderen.

»Was war denn genau los, Herr Onnoval? Ich verstehe nicht ganz.«

Onnoval seufzt und streicht sich durchs Haar. Seine Wut hat

sich offensichtlich wieder gelegt. »Ach, Sie kennen das sicherlich. Es ist heutzutage verteufelt schwierig, gutes Personal zu bekommen. Knochenhauer ist ein netter Kerl, aber eigensinnig wie ein alter Esel. Außerdem ist er ziemlich sentimental. Auf diesem Friedhof sind ein paar seiner Familienangehörigen begraben. Die wollte er wohl gern besuchen, weil wir gerade in dieser Stadt sind.«

Herrn Bakker bleibt vor Staunen der Mund offen stehen. »Jetzt? Abends, während er mit einem Bus voller Kinder unterwegs ist? Das ist doch idiotisch!«

Der Schriftsteller nickt. »Genau, das habe ich ihm heute Nachmittag auch gesagt. Sie können gern auf den Friedhof gehen, aber nicht während der Arbeitszeit. Aber, wie gesagt, er ist manchmal sehr eigensinnig.«

Alle haben schweigend zugehört.

»Hast du gehört?«, sagt Sander leise zu Mick. »Wir haben einen Idioten als Fahrer.«

Mick kichert. »Das weiß ich schon lange. Den ganzen Abend fährt er mit einer Karnevalsmaske auf dem Kopf herum.«

»Hab ich mich erschrocken!«, sagt Julia. »Ich dachte, er fährt geradewegs durchs Tor in den Friedhof hinein.«

Der Schriftsteller schüttelt den Kopf, als fände er es auch unbegreiflich. »Und dann bei so starkem Regen über einen Sandweg zu fahren! Durch Pfützen und Schlamm! Wisst ihr, was das bedeutet?«

Herr Bakker zieht die Augenbrauen hoch: »Was meinen Sie?«

»Wissen Sie das nicht?«, fragt der Schriftsteller, während er am Tisch entlanggeht. Vor dem schlammverkrusteten Stiefel bleibt er stehen und nimmt ihn in die Hand. »Vielleicht versteht ihr, was ich meine, nachdem ich die Geschichte des Stiefels vorgelesen habe. Ich bin ja oft in Schulen und zwei kleine Jungen haben mir diese Geschichte erzählt.«

Mit Schwung stellt er den Stiefel wieder auf den Tisch und sucht in seinem Buch nach der zugehörigen Geschichte.

Der Stiefel

Mark und Robbi hatten beide eine Höllenangst vor Willi Waterman. Seit dem Tag, an dem er in ihre Schule gekommen war, verfolgte die Angst vor WW sie bis in ihre Träume. Und WW wusste das. Er wusste es seit dem Augenblick, als er die beiden Freunde auf dem Schulhof hatte stehen sehen. Er roch ihre Angst, so wie ein Tier Angst riechen kann, und wusste, dass er zwei gefügige Opfer gefunden hatte. Zwei kleine Jungen, die alles tun würden, was er verlangte. Seit jenem Tag schien über den Köpfen von Mark und Robbi eine dunkle Wolke zu schweben. Jeden Tag schlichen sie gleich nach Schulschluss durch die Gänge nach draußen. An jeder Ecke blieben sie stehen und vergewisserten sich, ob WW nicht zufällig irgendwo stand und ihnen auflauerte.

Manchmal tauchte WW dann trotz aller Vorsicht unversehens hinter ihnen auf und hatte sie am Wickel. Er zog sie an den Haaren, kniff ihnen in die Wangen und trat ihnen auf die Füße. Wenn er fand, dass er sie genug gepiesackt hatte, sagte er drohend: »Ihr wisst Bescheid! Morgen einen Gulden mitbringen, sonst . . .« Dann zwinkerte er ihnen hinterlistig zu, lachte wiehernd und schlenderte davon. Schon das gemeine Lachen ließ Mark und Robbi schaudern. Auf dem Nachhauseweg schworen sie sich immer wieder, dass dies das letzte Mal gewesen sei. Nie mehr wollten sie sich von dem großen Kinderschreck einschüchtern lassen. Aber wenn sie dann abends im Bett lagen und wegen all der Probleme, die man als kleiner Junge so hat, nicht schlafen konnten, sahen sie im Dunkeln WWs Fratze auftauchen, die ihnen hinterhältig zuzwinkerte. Und in Gedanken hörten sie sein wieherndes Gelächter.

Am nächsten Tag nahmen Mark und Robbi heimlich einen Gulden aus der Geldbörse ihrer Eltern und hofften, dass WW sie künftig in Ruhe lassen würde. Natürlich hofften sie vergeblich, denn WW wollte immer öfter Geld von ihnen. Um seiner Forderung Nachdruck zu verleihen, schlug er Mark eines Tages die Nase blutig. Seit jenem Tag hasste Mark ihn wie die Pest.

Nur in ihrer Phantasie gelang es Mark und Robbi, ihrem Schreckensalltag zu entfliehen. In ihrer Freizeit, aber auch im Unterricht, erfanden sie die kühnsten Geschichten und malten sich aus, wie sie eines Tages für immer von WW erlöst sein würden. Je mehr Angst WW ihnen einjagte, desto mehr Möglichkeiten ersannen sie, um ihn loszuwerden. Sie stießen ihn in tiefe Abgründe, beschossen ihn mit Atomraketen, warfen ihn prähistorischen Ungeheuern zum Fraß vor, überfuhren ihn mit Lastwagen und stießen ihn aus Flugzeugen. Jedes Mal, wenn sie eine neue Geschichte erfunden hatten, fühlten sie sich ein wenig zuversichtlicher.

»Selber schuld, WW!«, riefen sie dann. »Das hast du nun davon!« Bis WW wieder leibhaftig vor ihnen stand, zwinkerte und wiehernd lachte. Dann wurden sie wieder zu zwei zitternden Schoßhündchen, die brav taten, was der Kinderschreck ihnen auftrug.

Eines Tages gingen Mark und Robbi nach der Schule einen versteckten Waldweg entlang. Hier spielten sie oft. In den letzten Tagen hatte es stark geregnet und der Weg war voller tiefer Wasser- und Schlammpfützen. Mark blieb stehen und betrachtete den Weg mit bedenklicher Miene.

»Was jetzt?«, murmelte er. »Wir können nicht weiter. Sonst müssen wir über die Schlammlöcher springen.«

»Macht doch nichts«, sagte Robbi, der noch nicht verstand, was Mark meinte. Mark sah ihn erstaunt an.

»Aber Robbi, Schlammlöcher sind lebensgefährlich, das weißt du doch! Alle möglichen grässlichen Wesen hausen darin. Geister und schleimige Kreaturen, die einem im Schlamm auflauern.«

Robbi verstand.

»Genau! Wie dumm, dass ich daran nicht gedacht habe.«

Und schon arbeitete ihre Phantasie wieder auf Hochtouren. Auf Zehenspitzen gingen sie möglichst nah am Wegrand entlang und mieden ängstlich alle Schlammlöcher. Wenn man die Schlammlöcher eine Weile betrachtete, schien es tatsächlich, als würden sie einen bösartig anstarren.

»Schau!«, rief Mark plötzlich. Er blieb stehen und zeigte auf den Weg. Robbi sah sofort, was gemeint war. Ein riesiges Schlammloch von gut eineinhalb Meter Durchmesser! Ganz still lag es da, ein riesenhaftes Auge, das sie drohend anblickte. Hin und wieder blubberte es, als würde ein schwarzes Untier unter der Oberfläche kräftig rülpsen.

»Hast du das gesehen?«, flüsterte Mark respektvoll. »Das ist ein ganz gefährliches, das kannst du mir glauben. Wer da aus Versehen reintritt, kommt nie wieder raus. Das Loch lebt! Es liegt auf der Lauer, und wenn jemand kommt, saugt es ihn an und zieht ihn in die Tiefe.«

Sie wechselten einen Blick und dachten beide dasselbe. Sie dachten an Willi Waterman und grinsten. Wieder hatten sie eine großartige Möglichkeit gefunden WW loszuwerden. Und dann schmiedeten sie einen phantastischen Plan. Gab es eine bessere Art, sich an WW zu rächen als ihn zu diesem scheußlichen Schlammloch zu locken? Geradewegs in die Fänge eines Schlammmonsters. Je mehr Mark und Robbi darüber nachdachten, desto begeisterter wurden sie. Sie sahen alles genau vor sich.

»Das machen wir!«, rief Mark.

»Wann?«, wollte Robbi wissen.

»Morgen nach der Schule«, antwortete Mark. Sie sahen einander an und wussten, dass es ihnen diesmal todernst war.

Am nächsten Tag warteten sie nach dem Unterricht auf dem Schulhof. Kaum war WW aus der Tür gekommen, erblickte er auch schon seine Opfer. Gemächlich schlenderte er auf sie zu. Die beiden Freunde erwarteten ihn mit weichen Knien.

»Na, ihr Zwerge«, grinste WW. »Wollt ihr heute nicht davonlaufen? Passt mir gut, weil ich morgen nämlich dringend Geld brauche.« Mark und Robbi sahen einander an. Sie hatten beide feuerrote Köpfe.

»Kannst du vergessen!«, sagte Mark plötzlich. »Von uns kriegst du nichts mehr, du aufgeblasener Kinderschreck.«

WW war so verdutzt, dass sie fast lachen mussten. Doch da stürzte er sich auch schon mit vorgestreckten Armen auf die beiden Jungen. Die hatten damit gerechnet und waren bereits davongerannt. Es schien, als liefen sie um ihr Leben. Hinter ihnen dröhnten WWs Stiefel auf dem Pflaster. Er brüllte vor Wut und beschimpfte sie mit Ausdrücken, die man in keinem Wörterbuch findet. Aber Mark und Robbi spurteten weiter, bis sie den versteckten Waldweg erreichten. Atemlos rannten sie noch ein Stück, dann warfen sie einander einen verschwörerischen Blick zu, denn da lag es, mitten auf dem Weg: das Schlammloch.

In Sekundenschnelle liefen sie in einem Bogen um das Loch herum und blieben auf der anderen Seite stehen. WW wunderte sich sehr, dass die beiden anhielten. Er zögerte, bremste und blieb unmittelbar vor dem Schlammloch stehen.

»Jetzt hab ich euch, ihr miesen Wichte«, zischte er. »Ihr seid wohl zu müde zum Weiterrennen, haha.«

»Überhaupt nicht«, rief Mark. »Wir sind nur stehen geblieben, um dir zu sagen, dass du ein ekliger, missratener Pudding bist!«

WW lief vor Wut knallrot an. Er tat einen Schritt nach vorn und kam wie ein wild gewordener Stier auf die Jungen zu. Mit seinen großen Stiefeln trat er in das Schlammloch . . . und schrie.

Mark und Robbi sahen, wie WW mit einem Bein bis zum Knie im Schlamm versank. Das Schlammloch blubberte und WW fluchte lauthals. Sein Bein saß im Schlamm fest. Mit dem anderen Bein stemmte er sich gegen den Sog und klemmte den Fuß unter eine Baumwurzel. Aber der Stiefel glitt ihm vom Fuß, WW verlor das Gleichgewicht und fiel der Länge nach mit dem Gesicht in den Schlamm.

»Das kommt davon, WW!«, riefen Mark und Robbi. »Jetzt hat dich der Geist der Tiefe!«

Und während WW im Schlamm herumzappelte, rannten Mark und Robbi nach Hause. Hinter sich hörten sie WW schreien, immer schwächer und immer leiser.

»Na, den haben wir schön fertig gemacht!«, rief Mark. Fröhlich schlug er Robbi auf die Schulter.

Am nächsten Tag war WW nicht in der Schule.

»Natürlich schämt er sich zu Tode«, sagte Mark. Aber auch an den folgenden Tagen tauchte WW nicht auf. Am Ende der Woche erzählte der Lehrer, dass Willi Waterman seit einigen Tagen verschwunden wäre. Ob ihn vielleicht jemand gesehen hätte?

Mark und Robbi sagten nichts. Nach der Schule überlegten sie gemeinsam, ob WWs Verschwinden wohl etwas mit ihrer Racheaktion zu tun hatte. Schämte WW sich etwa so sehr, dass er sich nicht mehr in die Schule traute?

»Oder glaubst du, dass wirklich ein Monster in dem Loch haust?«, fragte Robbi plötzlich. »Wir hatten das doch erfunden, oder nicht?«

Mark sah ihn einen Moment ganz seltsam an. Sie beschlossen nochmals zum Schlammloch zu gehen.

Es war noch immer da, mitten auf dem Weg: Groß und schwarz glänzte es in der Sonne. »Sieh mal«, sagte Mark. Am Rand des Lochs lag ein Stiefel neben einer Baumwurzel. WWs Stiefel. Die beiden Jungen tauschten Blicke aus und fühlten sich plötzlich unbehaglich. Der Wind rauschte in den Bäumen, sonst war es still. Plötzlich machte das Schlammloch ein blubberndes Geräusch. Robbi wurde kreidebleich und klammerte sich an Mark. Aus dem Loch kam mit einem Mal eine Hand zum Vorschein, ganz und gar mit schwarzem Schlamm bedeckt. Sie krallte sich an der Baumwurzel fest. Dann erschienen ein Haarschopf und ein Paar Augen . . . und ganz langsam zog sich WW, mit Schmutz und Schlamm bedeckt, an der Baumwurzel aus dem Loch. Mark und Robbi standen wie versteinert. Sie trauten ihren Augen nicht. WW stieg aus dem Loch, nahm seinen Stiefel und zog ihn an. Dann wandte er sich um und sah Mark und Robbi grinsend an. Und wieder erklang das wiehernde Gelächter.

»Hahaha.«

Einen Moment lang glaubten Mark und Robbi, dass WW ihnen einen gemeinen Streich gespielt hatte. Dass er sich die ganze Zeit versteckt hatte und als er sie kommen hörte, in das Schlammloch gestiegen war, um ihnen einen Schrecken einzujagen. Doch da fiel ein breiter Streifen Sonnenlicht zwischen den Bäumen hindurch, genau auf WW. Mark und Robbi schrien entsetzt auf.

Sie konnten durch WW hindurchsehen! Sie sahen die Bäume und Sträucher hinter ihm, als wäre er überhaupt nicht da. Willi Waterman, durchscheinend wie eine Fenstergardine, richtete sich auf und kam langsam auf sie zu. Schreiend drehten die Jungen sich um und liefen davon. Blindlings stürmten sie den Waldweg entlang. WWs Gelächter schien sie zu verfolgen, es klang aus den raschelnden Sträuchern und aus den rauschenden Baumkronen. Ohne anzuhalten, rannten sie um ihr Leben. Erst am Waldrand verstummte das Gelächter. Doch Mark und Robbi blieben nicht stehen. Sie rannten weiter, bis sie zu Hause in Sicherheit waren.

Am nächsten Tag wussten sie nicht, ob sie alles wirklich erlebt oder es sich nur ausgedacht hatten. In der Schule hieß es, Willi Waterman wäre umgezogen. Mark und Robbi aber machten seit jenem Tag einen riesigen Bogen um alle Schlammlöcher.

ACHT

Mit Grausen starren alle den Stiefel an, als ob jeden Augenblick ein Geist aus ihm hervorkommen könnte.

»Nie mehr trete ich in eine Schlammpfütze«, sagt Sander.

»Ich schon«, meint Mick. »Ich springe immer und mit beiden Füßen gleichzeitig in jedes Schlammloch. Ist doch alles Unsinn!«

»Ist das wirklich der Stiefel von Willi Waterman?«, fragt Joris ängstlich.

Der Schriftsteller schüttelt den Kopf. »Nein, das ist er nicht.« Er schweigt einen Moment und nimmt dann den Stiefel in beide Hände. Der Schlamm ist zu einer braunen Kruste getrocknet.

»Diesen Stiefel habe ich heute Nachmittag aus einem Schlammloch gezogen. In der Nähe eurer Schule. Denkt mal darüber nach, bevor ihr in Schlammlöcher tretet.« Bei diesen Worten wirft er Mick einen viel sagenden Blick zu.

»Quatsch«, sagt Mick, »den Stiefel hat er bei Woolworth gekauft und selber mit Schlamm beschmiert.«

Sander bemerkt jedoch, dass Mick leicht verunsichert ist. Er will es nur nicht zeigen.

Der Schriftsteller stellt den Stiefel wieder ab. »Entschuldigung«, sagt er. »Allmählich werde ich heiser vom Vorlesen. Ich muss rasch einen Schluck trinken.« Er geht durch den Mittelgang nach vorn. Sein rechter Fuß schleift am Boden entlang. Vorn im Bus, gleich neben der Tür, ist ein Kühlschrank eingebaut. Der Schriftsteller nimmt eine Flasche Mineralwasser heraus und setzt sie an den Mund. Dabei späht er durch die Windschutzscheibe nach draußen.

Es hat gerade aufgehört zu regnen. Am Vollmond treiben Wolkenfetzen vorbei. Knochenhauer sitzt schweigend am Steuer und wechselt kein Wort mit Onnoval.

»Gefällt es dir noch?«, will Annabel von Liselore wissen. »Mir wird ganz komisch bei diesen Geschichten. Immerzu will ich mich umsehen, ob nicht etwas Schreckliches hinter mir ist.« Sie wendet sich um. Durch die getönte, gläserne Trennwand sieht sie Knochenhauers Rücken. »Der Busfahrer ist ein komischer Kauz«, flüstert sie. »Die ganze Zeit hat er noch nichts gesagt und er hat immer noch diese blöde Maske auf. Und dann die Sache mit dem Friedhof!«

Liselore gibt keine Antwort. Es scheint, als höre sie Annabel überhaupt nicht zu.

Liselore fixiert eine Stelle direkt unterhalb des Fensters. Dort bewegt sich etwas. Eine große, haarige Spinne kriecht langsam nach oben. Annabel schlägt die Hand vor den Mund. Nach Mark Leiendekker aus der achten Klasse sind Spinnen für sie das Widerlichste, was es gibt.

Entsetzt folgt Annabel mit den Augen dem Krabbeln der Spinnenbeine. Liselore macht ihre Handtasche auf und nimmt ein Schraubglas heraus. Seelenruhig macht sie es auf. Dann packt sie die Spinne mit einer raschen Handbewegung, steckt sie in das Glas und schraubt den Deckel wieder zu. Einen Augenblick betrachtet sie die Spinne aufmerksam, dann bückt sie sich und stellt das Glas unter ihren Sitz.

Annabel starrt Liselore mit offenem Mund an.

»Fandest du das nicht unheimlich eklig?«

Liselore zuckt mit den Schultern. Das ist schon fast eine Gewohnheit bei ihr und macht den Eindruck, als fände sie alles uninteressant. »Wieso eklig?«, fragt sie. »Ich wusste doch, dass ich ein Glas in der Tasche habe. Eine Spinne zu fangen ist doch keine Kunst.«

Annabel sieht Liselore erstaunt an. »Was hast du eigentlich für einen Kram in der Tasche? Ein Kartoffelschälmesser, ein Taschentuch, eine Taschenlampe, ein Glas zum Spinnenfangen. Was noch?«

Liselore zuckt wieder mit den Schultern. »Ach, so ein paar Dinge eben, die man gut gebrauchen kann. Ich bin meist allein zu Hause und muss auf alles vorbereitet sein, weißt du.«

Nachdenklich beißt Annabel in ihren Apfel. Aus Liselore wird man einfach nicht schlau. Den Geschichten des Schriftstellers scheint sie kaum zuzuhören, dennoch hat sie Annabel an diesem Abend schon ein paarmal verblüfft.

Plötzlich erschrickt Annabel. Ohne dass sie es bemerkt hat, ist der Schriftsteller zu ihrem Platz gekommen. Er lächelt Annabel und Liselore freundlich zu. Sein Lächeln lässt Annabel schaudern. Warum, weiß sie selbst nicht. Sandra bekommt plötzlich wieder einen Niesanfall.

»Ich glaube, du hast meinen kleinen Liebling gefunden«, sagt der Schriftsteller zu Liselore. »Kann ich ihn bitte wiederhaben?«

Liselore zuckt mit den Schultern. Ohne den Schriftsteller anzusehen, holt sie das Schraubglas unter ihrem Platz hervor und reicht es ihm.

»Liselore hat die Spinne gefangen!«, ruft Pieter. »Die Wolfsspinne.« Seine Stimme klingt bewundernd. Alle wenden sich um und sehen Liselore groß an.

»Ist die mutig!«, flüstert Julia.

Sander stößt Mick an. »Und du hast gedacht, dass überhaupt keine Spinne da ist. Du hast gesagt, dass Schriftsteller immer lügen.«

Mick zieht ungerührt die Augenbrauen hoch. »Na und? Was er sonst noch erzählt, ist jedenfalls alles erfunden.«

Aber wenn es vielleicht doch wahr ist?, denkt Sander. Die Monster mit dem Babyfon und die merkwürdigen Geschichten von verhexten Gemälden und Geistern in Schlammlöchern. Und dann der Sessel, in dem der Lehrer gesessen hat. Wenn der tatsächlich …

Direkt vor Annabels Gesicht dreht der Schriftsteller jetzt das Schraubglas zwischen den Händen. Die Spinne krabbelt mit ihren haarigen Beinen gegen das Glas an.

»Na, Klara, da bist du ja endlich«, sagt er. »Ich habe dich vermisst.« Annabel will die Spinne nicht sehen. Sie drückt sich gegen die Rückenlehne.

»Was ist denn, Kind?«, fragt der Schriftsteller erstaunt. »Hast du solche Angst vor Klara?«

Annabel nickt.

»Das hättest du gleich sagen sollen.« Schnell verbirgt der Schriftsteller das Glas hinter seinem Rücken. »Wie kommt es, dass du solche Angst vor Spinnen hast?«

Annabel wird rot. »Durch einen Brief.«

»Einen Brief? Wie denn das?« Interessiert sieht der Schriftsteller sie an.

Annabel beginnt zu stottern. Sie merkt, dass jetzt alle zuhören. »Eigentlich war es kein Brief. Es war ein Umschlag, den mir jemand geschickt hat. Ich dachte, es wäre ein Brief, aber als ich ihn aufmachte, kam eine Spinne heraus.«

Empörte Rufe klingen durch den Bus. Hier und da ist auch ein Kichern zu hören.

»Annabel, davon hast du noch nie erzählt«, ruft Julia. »Was für eine Gemeinheit! Wer hat dir denn so einen miesen Streich gespielt?«

»Mark Leiendekker, dieses Ekel aus der achten Klasse!« Annabel wird allein beim Gedanken daran fuchsteufelswild.

»Dieser Leiendekker ist ein Quälgeist«, sagt Herr Bakker. »Den werde ich mir einmal gründlich vorknöpfen, Annabel. Solche Scherze darf man nicht durchgehen lassen.«

Der Schriftsteller kratzt sich mit dem Finger an der Oberlippe. »In der Tat, ein übler Streich. Aber gar nicht schlecht für eine Geschichte. Vielleicht verwende ich das irgendwann einmal.« Er blickt zu den Gegenständen auf dem Tisch, als käme ihm plötzlich eine Idee. Rasch geht er wieder nach hinten. Er stellt das Glas mit Klara beiseite und nimmt einen großen, viereckigen Modellbaukasten vom Tisch. *Build your own skeleton* steht an der Seite des Kartons. Oben auf dem Karton ist ein lachendes Gerippe abgebildet.

»Hey, das ist gut«, sagt Mick erwartungsvoll. Er baut leidenschaftlich gern Modellflugzeuge und kennt sich mit Baukästen bestens aus.

Der Schriftsteller streicht mit der Hand über den Karton. Dann legt er ihn weg und nimmt sein Buch zur Hand. Jetzt prasselt der Regen wieder aufs Dach und gegen die Fenster. Herr Bakker gähnt. Er steht schon, seit Onnoval die Geschichte mit dem Sessel erzählt hat. Jetzt wird er allmählich müde, aber er wagt nicht mehr sich in den Sessel zu setzen.

»Die Post bringt uns manchmal merkwürdige Überraschungen, wie man an Annabels Geschichte sieht«, sagt der Schriftsteller. »In der nächsten Geschichte bekommt jemand per Post einen Modellbaukasten geschickt. So einen wie diesen hier.«

»Ist in Ihrem Karton auch was drin?«, will Mick wissen.

Der Schriftsteller schüttelt den Kopf. »Nein, dieser Karton ist leer, aber das spielt keine Rolle. Es geht um den Inhalt des Kartons aus der nächsten Geschichte. Hört zu.«

Der Modellbaukasten

Mit größter Sorgfalt befestigte Maarten das letzte Schwanzteilchen an dem maßstabgetreuen Dinosauriermodell. Es war ein Tyrannosaurus Rex, der König der Schreckechsen. Im Schein der Schreibtischlampe sah er beängstigend echt aus. Einer Ameise zumindest würde dieses 20 Zentimeter hohe Modell, das Maarten als Bausatz gekauft hatte, einen ordentlichen Schrecken einjagen. Maarten reckte sich, lehnte sich im Stuhl zurück und betrachtete zufrieden sein Werk. Nun musste er nur noch letzte Hand anlegen und die Haut mit Kunstharzlack überziehen. Dann sollte der T-Rex einen Platz in einem der Wandregale seines Zimmers bekommen. Die Regale waren voller prähistorischer Tiere, Vogelskelette, Flugzeuge und Schiffe, die er alle selbst zusammengebaut hatte.

Maarten war Modellbau-Fan. Schon als kleiner Junge hatten ihn die Kartons voller Kleinteile fasziniert, aus denen man mit etwas Geschick und viel Geduld lebensecht wirkende Modelle bauen konnte. Die Bastelwut, wie sein Vater es nannte, hatte sich zu einem Hobby entwickelt, das Maartens gesamte Zeit in Anspruch nahm. Manchmal saß er bis tief in die Nacht und ließ nicht locker, bis auch das kleinste Plastikteilchen an der richtigen Stelle saß. Beim Anblick eines fertigen Modells empfand er jedes Mal eine so große Genugtuung, dass es ihm gleichgültig war, wenn andere Leute ihn ein wenig seltsam fanden. Und nun, da er ein möbliertes Zimmer bewohnte und sein eigener Herr war, brauchte er auf niemanden Rücksicht zu nehmen und konnte sich ganz und gar seinem Hobby widmen.

Maarten wollte gerade nach der Farbdose greifen, als die Türklingel ging. Er warf einen Blick auf seine Armbanduhr. Halb sechs.

Wer konnte das sein? Durch sein Hobby hatte Maarten kaum Zeit für Freundschaften. Er konnte sich daher nicht vorstellen, wer ihn besuchen kam. Rasch ging er zum Fenster, öffnete es und sah auf die dämmrige Straße hinunter. Es war Spätherbst und das Laub wehte raschelnd über die Straße. Neben dem Gehweg stand ein rotes Auto mit laufendem Motor.

»Ja?«, rief Maarten der dunklen Gestalt vor der Haustür zu.

»Paket für Sie, junger Mann.«

Jetzt erkannte er den Postboten an seiner Mütze. Der Mann hielt ihm mit ausgestreckten Armen ein großes, viereckiges Paket entgegen. Neugierig verließ Maarten sein Zimmer, stieg die Treppe hinab und ging durch den kahlen Flur zur Haustür.

Wenig später kam er außer Atem wieder oben an. Das Paket war schwerer, als er gedacht hatte. Maarten war nun doch sehr neugierig auf den Inhalt. Auf der Verpackung stand nichts außer seinem Namen, der Adresse und einem Poststempel aus England. England?, dachte Maarten. Hastig schnitt er mit seinem Stanleymesser die Schnur durch und ritzte das braune Packpapier auf. Ein Karton kam zum Vorschein. Auf ihm klebte ein Brief, der eine kurze Mitteilung enthielt: Laut Testament des Herrn Angus Brubaker geht zehn Jahre nach seinem Ableben dieser Bausatz in das Eigentum seines Neffen, Herrn Maarten Zangvogel, über.

Unter dem Brief stand die unleserliche Unterschrift irgendeines Notars und ein Datum aus der letzten Woche.

Ungläubig sah Maarten den Brief an. Angus Brubaker. Der Name seines Onkels, der vor zehn Jahren gestorben war! Maarten hatte ihn längst vergessen. Und die Erinnerungen, die ihm in diesem

Zusammenhang in den Sinn kamen, waren alles andere als angenehm! Onkel Angus war ein widerlicher Mensch gewesen. Als Maarten nun wieder mit diesem Namen konfrontiert wurde, erinnerte er sich sofort an einen Vorfall aus der Vergangenheit.

Ungefähr acht Jahre war er damals gewesen, als sein reicher Onkel Angus aus England zu Besuch kam. Aus unerklärlichen Gründen konnte Maarten ihn von Anfang an nicht ausstehen. Offensichtlich beruhte dieses Gefühl auf Gegenseitigkeit, denn Onkel Angus hatte sich in den Kopf gesetzt Maartens Eltern zu überzeugen, dass es mit dem Baukastenfimmel des Jungen ab sofort ein Ende haben müsste.

»Ein achtjähriger Junge, der den ganzen Tag in seinem Zimmer hockt und komisches Zeug zusammenbastelt, wird weltfremd und später im Leben ein Versager«, sagte er zu Maartens Eltern. »Ich verstehe nicht, dass ihr das zulasst! Schickt ihn ins Freie, lasst ihn Fußball spielen, Rad fahren, Kontakte knüpfen. Sein Zimmer sieht aus wie ein Gruselkabinett. Seht es euch doch an: Dracula- und Frankensteinfiguren, Fledermäuse, Skelette . . . Es ist doch nicht gesund, in so einem Zimmer zu leben.« Und zu Maartens Entsetzen hatte Onkel Angus all seine eigenhändig zusammengebauten Modelle mit einer Handbewegung vom Schreibtisch gefegt.

Noch größer war seine Bestürzung, als er merkte, dass seine Eltern dem Onkel zögernd Recht gaben. Es war unglaublich, aber Onkel Angus' Einfluss wurde so groß, dass sie Maarten sogar verboten neue Modellbaukästen zu kaufen. Und es kam noch schlimmer: Am gleichen Abend packte Maartens Vater alle Modelle in einen Plastiksack und warf sie in den Müllcontainer.

»Schluss mit dem Unsinn, Maarten«, sagte er. »Ab jetzt beschäftigst du dich mit gesunden und lehrreichen Dingen, wie andere vernünftige Kinder auch. Es ist nur gut, dass Onkel Angus uns beizeiten gewarnt hat. Er muss es schließlich wissen, denn er ist unser wohlhabendster und erfolgreichster Verwandter.«

Maarten war so geschockt gewesen, dass er eine Woche lang kein Wort gesagt hatte. Aber während dieser Woche sann er auf Rache.

Onkel Angus hatte vor einige Tage später nach England zurückzureisen, doch zuvor wollte Maarten seinen Racheplan durchführen.

Onkel Angus war in die Niederlande gekommen, um Kunstwerke zu kaufen. Er klapperte alle Kunsthandlungen ab und schließlich hatte er bei einer Kunstauktion in Amsterdam ein teures Gemälde erstanden. Es war von dem berühmten Maler Salvador Constantijn und es hatte, um genau zu sein, 49.900 Gulden gekostet. Onkel Angus war überaus stolz auf seinen Kauf und tat, als wäre es die normalste Sache der Welt, so viel Geld für ein Gemälde hinzublättern.

In der darauf folgenden Nacht schlüpfte Maarten aus seinem Bett und schlich auf Zehenspitzen ins Gästezimmer, wo der Onkel schlief. Er fürchtete, das geringste Geräusch könnte ihn wecken, doch Onkel Angus schlief wie ein Bär. Es gelang Maarten das Gemälde unter seinem Bett hervorzuziehen und ganz leise ins Wohnzimmer zu tragen. Mit einem Brotmesser trennte er das Bild aus dem Rahmen. Dann zerschnitt er es sorgfältig in viele hundert winzige Stückchen. Diese sammelte er in einem flachen Karton und schrieb darauf: *Bausatz für Kunstliebhaber. Basteln sie sich mit diesem phantastischen Bausatz ihr eigenes Gemälde!*

Das Ganze, den Bilderrahmen und den Karton, hatte er ins Gästezimmer zurückgetragen und wieder unter das Bett des schlafenden Onkel Angus geschoben. Der würde sich am Morgen schön wundern, dachte Maarten stillvergnügt, als er wieder im Bett lag.

Sogar jetzt musste er bei der Erinnerung daran noch grinsen. Wie hatte Onkel Angus sich aufgeregt, als er am nächsten Morgen die Bescherung entdeckte!

Maarten hatte ihn an dem Tag nur kurz gesehen. Er schien ein völlig anderer Mensch geworden zu sein. Sein Gesicht war blass, käseweiß und seine Gestalt wirkte elend und zusammengesunken, als wären ihm die Knochen unter der Haut zusammengestürzt. Als er Maarten sah, blickte er ihn einen Moment lang an und in seinen Augen lagen Hass und Mordlust. Aber er sagte kein Wort. Am selben Tag noch war er wortlos abgereist. Ein gebrochener Mann. Den Karton mit dem ruinierten Gemälde hatte er in die Mülltonne geworfen. Natürlich wurde Maarten von seinen Eltern bestraft – er bekam ein halbes Jahr lang kein Taschengeld und durfte in den Ferien nicht wegfahren –, aber das machte ihm nichts aus. Seine Rache verschaffte ihm so große Genugtuung, dass er die Strafe gern auf sich nahm. Vielleicht begriff Onkel Angus jetzt, was er ihm angetan hatte. Noch im gleichen Jahr kam aus England die Nachricht, dass Onkel Angus an einem Herzanfall gestorben war.

Und heute, genau zehn Jahre danach, stand hier ein großer Modellbaukasten, den ihm ebendieser Onkel Angus vererbt hatte. Komisch, dachte Maarten. Sollte es Onkel Angus etwa auf dem Sterbebett Leid getan haben, dass er seinem Neffen so übel mitgespielt hatte? Schon möglich, aber weshalb durfte der Bausatz erst nach zehn Jahren verschickt werden? Maarten wurde nicht schlau daraus. Er zuckte mit den Schultern und wandte seine Aufmerksamkeit dem Karton zu. Der Größe nach schien es sich um ein schönes Exemplar für seine Sammlung zu handeln. Was für ein Modell es wohl war? Er nahm den Deckel herunter und schaute in den Karton.

»Oh Mann!« Verblüfft stieß er einen Pfiff aus und sein Herz begann vor Aufregung schneller zu schlagen. Das würde eine harte

Nuss werden! Es war ein Bausatz für ein Skelett, das sah Maarten auf den ersten Blick. Knochen und Rippen lagen, ordentlich in Plastik verpackt, nebeneinander. Er sah die obere Schädelhälfte und daneben den Unterkiefer, ebenfalls säuberlich in Plastik verpackt. Das war ja großartig! Und es war kein verkleinertes Modell. Ein lebensgroßes Skelett würde es werden, genau wie er es aus dem Biologieunterricht in der Schule kannte. Das Skelett im Biologiesaal war aus Glasfaser oder einem ähnlichen Material gewesen, hatte aber ziemlich echt ausgesehen. Schon damals hatte Maarten sich einen Modellbaukasten gewünscht, mit dem er so ein phantastisches Gerippe selbst bauen konnte. Und nun hatte Onkel Angus, der gute, wunderbare, tote Onkel Angus dafür gesorgt, dass dieser Wunsch endlich in Erfüllung ging. Maarten juckte es in den Fingern. Er wollte sich sofort an die Arbeit machen.

»Heute ist Nachtarbeit angesagt«, sagte er zu sich selbst. Pfeifend begann er die Knochen aus den Plastikhüllen zu nehmen. Er legte die Teile übersichtlich nebeneinander auf den Boden, sodass er alles in Reichweite hatte. Als Maarten den Inhalt des Baukastens ausgebreitet hatte, kochte er sich erst einmal eine große Kanne Kaffee. Er aß ein paar belegte Brote und stürzte dazu hastig den Kaffee hinunter. Dann machte er sich an die Arbeit. In einer Ecke des Fensters stand der Mond wie ein großes, lauerndes Auge. Maarten arbeitete konzentriert und unermüdlich. Mit viel Geschick, das er sich durch jahrelange Übung erworben hatte, baute er die verschiedenen Einzelteile zusammen und verwendete hier und da ein Stück Stahldraht zur Befestigung. Er setzte die Wirbel zur Wirbelsäule zusammen und befestigte an ihrem unteren Ende die beiden Beckenteile. »Erstklassiges Material«, murmelte er. »Kaum von echtem zu unterscheiden.«

Er nahm den Schädel in beide Hände und betrachtete ihn von allen Seiten. Unglaublich, wie die das hinkriegen, dachte er.

Damit der Schädel möglichst echt wirkte, hatten sie sogar einen Schneidezahn mit Goldfarbe besprüht. Als würde das Skelett von einem richtigen Menschen stammen. Die Hersteller dieses Modellbaukastens hatten Sinn für Humor!

Der goldene Schneidezahn erinnerte Maarten an irgendetwas. Er überlegte eine Weile, aber es fiel ihm nicht ein. Nun ja, es war nicht wichtig. Er befestigte den Schädel an den Halswirbeln und stand dann mit einem Seufzer auf. »Fertig.« Das Skelett lag ausgestreckt auf dem Boden und schimmerte im Mondlicht, das durch das Fenster ins Zimmer fiel.

Zufrieden betrachtete Maarten sein Werk. Jetzt muss ich mir noch überlegen, wie man es aufhängen kann, dachte er. Oder ich mache eine zusätzliche Verstärkung entlang der Wirbelsäule und stelle es in die Ecke, neben die Tür, als Überraschung für Gäste.

Gut gelaunt, ging er in seine kleine Küche und setzte sich auf einen Barhocker. In der Kanne war noch ein Rest Kaffee, den er in einen Becher goss. Er trank einen Schluck und verzog das Gesicht: Der Kaffee war eiskalt. Maarten sah auf seine Armbanduhr. Beinahe zwölf Uhr. Mehr als sechs Stunden hatte er ohne Unterbrechung an dem Modell gearbeitet. Aber die Mühe hatte sich gelohnt. Nachdenklich sah er über den Becherrand zu dem Gerippe hinüber. Der mit Goldfarbe besprühte Zahn glänzte im Mondlicht. Maarten runzelte die Stirn. Wer hatte doch gleich so einen goldenen Schneidezahn?

Plötzlich fiel es ihm ein. Natürlich, Onkel Angus selbst hatte einen goldenen Schneidezahn gehabt! Maarten brach in Gelächter aus. Was für ein Zufall! Zu schön, um wahr zu sein! Ob Onkel Angus den Zahn des Modells selbst vergoldet hat, überlegte er, damit ich ab und zu an ihn denke?

Maarten stand vom Hocker auf und ging zu dem Skelett. Vor

Müdigkeit war ihm ganz weich in den Knien. Wie zum Gruß hob er die Hand an die Stirn. »Ich habe mir gerade einen Namen für dich ausgedacht, mein Freund. Ich nenne dich ab jetzt Angus.«

Der Totenschädel schien ihn anzugrinsen.

»Ich gehe schlafen, Angus«, sagte Maarten. »Morgen früh stelle ich dich auf. Jetzt bin ich zu müde.« Er wollte sich umdrehen, blieb dann aber stocksteif stehen. Hatte er richtig gesehen? Ein Arm des Skeletts lag anders als zuvor! Maarten hatte die Arme ganz gerade neben den Brustkorb gelegt und jetzt war der rechte Arm angewinkelt.

Maarten schüttelte den Kopf. Ich muss mich getäuscht haben. Natürlich habe ich den Arm selbst in diese Position gebracht, anders kann es gar nicht sein. Gähnend ging er zu seinem Bett, knipste das Licht aus und ließ sich samt seinen Kleidern darauf fallen. Noch einmal sah er zufrieden zu dem Skelett hinüber, das mitten im Zimmer auf dem mondbeschienenen Fußboden lag. Der Goldzahn funkelte.

»Gute Nacht, Angus«, sagte Maarten und drehte sich zur Seite.

Ein Klappern ließ Maarten hochfahren. Schlaftrunken setzte er sich auf.

Welcher Idiot macht mitten in der Nacht solchen Lärm, dachte er. Sind das schon die Müllmänner? Wieder klapperte es. Das Geräusch kam nicht von draußen. Maarten rieb sich die Augen, stieß einen Schrei aus und prallte erschrocken gegen die Wand hinter seinem Bett.

Im fahlen Mondlicht stand mitten im Zimmer auf unsicheren Beinen: Angus! Seine Arme schlenkerten um den Körper und der Totenschädel bewegte sich ruckartig hin und her wie der Kopf eines Breakdancers.

»Angus!«, rief Maarten und trotz seiner Todesangst wurde ihm plötzlich alles klar. »*Onkel* Angus!«

Die Knochen klapperten, als sich das Gerippe mit ausgestreckten Armen nach vorn warf.

Wieder schrie Maarten auf. Blitzschnell ließ er sich vom Bett rollen. Die Arme des Skeletts verfehlten ihn um ein Haar. Angus fiel vornüber auf das Bett.

Auf allen vieren kroch Maarten weg. Er sah, wie Angus sich aufrappelte und den Blick auf ihn richtete. Die leeren Augenhöhlen schienen zu glühen. Wieder kam Angus auf Maarten zu. Maarten sprang auf und rannte panisch in die kleine Küche. Wild blickte er um sich. Dann packte er den Hocker und riss ihn hoch über seinen Kopf. Er drehte sich um. Angus stand unmittelbar vor ihm. Seine knöcherne Hand schnellte nach vorn und schloss sich wie eine Zange um Maartens Hals. Maartens Kehle wurde zugedrückt. Vor seinen Augen tanzten dunkle Flecke. In höchster Not schlug er mit aller Kraft den Hocker nach vorn auf den grinsenden Totenkopf. Der Schädel sprang von den Halswirbeln und krachte gegen das Regal mit den prähistorischen Tieren. Das Regal geriet ins Wanken. Der Tyrannosaurus Rex fiel herab und zerschellte am Boden. Ein Iguanodon und ein Brachiosaurus folgten. Maarten sah es nicht. Der Griff um seinen Hals hatte sich zwar gelockert, aber die Hand ließ immer noch nicht los. Noch einmal hob Maarten den Hocker und stieß ihn mit aller Kraft gegen den Brustkorb des Skeletts. Volltreffer! Das Brustbein brach mitten durch und Rippen und Knochen flogen durch das Zimmer. Die Hand ließ Maartens Hals los und das Skelett sackte zusammen.

Keuchend und am ganzen Körper zitternd, stützte sich Maarten auf den Hocker und rieb sich den Hals. Als das Zittern etwas

nachließ, machte er Licht. Kreidebleich starrte er auf die Knochen, die im ganzen Zimmer verstreut lagen.

Der Totenkopf lag vor dem Wandregal zwischen den zerbrochenen Modellen.

Durch den Schlag mit dem Hocker waren die Zähne aus dem Kiefer gebrochen und in alle Richtungen gerollt. Der goldene Schneidezahn lag unter dem Fenster neben der Fußbodenleiste. Als Maarten ihn aufheben wollte, glitt er in einen Spalt zwischen den Dielenbrettern.

Maarten fegte Knochen, Rippen und Schädel zusammen und packte alles in einen Plastiksack. Er öffnete das Fenster und warf den Sack nach unten, neben die Mülltonne. Am nächsten Morgen schenkte er seine ganze Modellsammlung dem Müllmann. Mit Modellbaukästen wollte er in seinem ganzen Leben nichts mehr zu tun haben.

NEUN

Genau wie mein Onkel«, ruft Jacob. »Der hat auch einen Goldzahn. Hoffentlich wird er verbrannt, wenn er stirbt.«

Alle lachen. Doch in ihrem Gelächter klingt ein wenig Unruhe mit. Der Abend ist schon weit fortgeschritten und je später es wird, desto glaubhafter erscheinen die Ereignisse aus den Geschichten. Sander betrachtet nachdenklich den leeren Modellbaukasten des Schriftstellers. Er fragt sich, wo der Inhalt des Kartons geblieben ist.

»Stell dir vor, es kommt plötzlich ein wandelndes Skelett um die Ecke, wenn ich nach Hause gehe«, flüstert Sandra und niest dreimal.

»Ich hab Lust auf ein Pfefferminz«, sagt Annabel. »Von diesen Geschichten bekomme ich einen komischen Geschmack im Mund.«

Sie wundert sich schon gar nicht mehr, als Liselore eine Rolle Pfefferminz aus ihrer Handtasche holt und ihr diese wortlos reicht. Liselore scheint wirklich *alles* in ihrer Tasche zu haben.

Der Schriftsteller steht auf und reckt sich. Man hört seine Gelenke knacken. Er legt den Kopf in den Nacken und bewegt ihn von links nach rechts. Hals und Kinn sind dicht mit Bartstoppeln bewachsen.

»Hier und da sehe ich bleiche Gesichter«, sagt er. »Ich kann mir vorstellen, dass ihr euch allmählich ein wenig eingesperrt fühlt mit so einem komischen Kauz wie mir.«

»Ich muss aufs Klo«, ruft Pieter.

Der Schriftsteller lächelt. »Versuche es noch ein Weilchen auszuhalten. Es dauert nicht mehr lange. Unsere Gruselfahrt ist bald zu Ende. Wir wollen schon einmal die Rollos aufmachen.«

Er zieht an einer Leine, worauf alle Rollos von selbst hochschnellen. Jetzt sieht man die regennassen Fenster und dahinter die nächtliche Dunkelheit. Sander ist müde. Er döst ein wenig vor sich hin. Als er den Blick nach links wendet, sieht er zwischen den Regentropfen auf der Scheibe ein schattenhaftes Gesicht, das ihn anstarrt.

Sander stößt einen Schrei aus und springt Mick fast auf den Schoß. Dann erst begreift er, dass das Gesicht im Fenster sein eigenes vom Regen verzerrtes Spiegelbild ist.

Mick schubst ihn zurück auf seinen Platz. »Komm, stell dich nicht an!«

»Ich-ich dachte, am Fenster ist ein Gespenst«, stottert Sander. »Es war aber nur der Regen an der Scheibe und das schwache Licht hier im Bus . . .«

»Was ist los?«, will der Schriftsteller wissen.

»Sander sieht Gespenster!«, ruft Joris. »Gespenster im Regen.«

Etliche Schüler beginnen zu lachen, einige schauen jedoch etwas beunruhigt in die vorbeiflitzende Dunkelheit hinaus.

Der Schriftsteller lacht nicht. Seine Miene ist ernst. Er kratzt sich mit der rechten Hand am Bein und danach am Arm.

»Ihr braucht Sander nicht auszulachen. Nichts ist unmöglich, das versuche ich euch mit meinen Geschichten zu vermitteln. Da draußen in der Nacht können merkwürdige Wesen unterwegs sein.« Er kratzt sich im Nacken und am Hinterkopf. Man hört das scheuernde Geräusch durch den ganzen Bus.

»Vielleicht hat er Flöhe«, kichert Annabel. »Hast du zufällig was gegen Flöhe dabei, Liselore?«

Ohne mit der Wimper zu zucken, zieht Liselore eine kleine Sprühdose aus der Handtasche.

»Quatsch, steck es weg, ich hab doch nur Spaß gemacht«, flüstert Annabel. Beklommen blickt sie zu dem Schriftsteller hin, der lässig auf der Tischkante sitzt. Hoffentlich hat er das nicht gehört!

Zum Glück hat Onnoval nichts bemerkt. Nachdenklich betrachtet er das unregelmäßige Muster, das die Regentropfen auf einer Fensterscheibe bilden.

»Regen«, sagt er, mehr zu sich selbst als zu den anderen. »Wasser. Aus dem Wasser kommen manchmal unvorstellbare Dinge zu Tage. Das Meer, zum Beispiel, birgt viele Geheimnisse.« Er greift nach dem letzten Gegenstand auf dem Tisch. Es ist ein Stück verwittertes Holz, das mit Goldfarbe bemalt war, die nun aber größtenteils abgeblättert ist.

»Dies ist der Teil einer Galionsfigur. Früher hatten die meisten Schiffe vorn am Bug eine Galionsfigur. Meist war es eine Frauenfigur.« Der Schriftsteller kratzt sich am Kinn. »Wenn ihr die Geschichte der Galionsfigur gehört habt, werdet ihr das Meer mit anderen Augen sehen.«

Herr Bakker sieht auf seine Armbanduhr. Es ist halb zehn.

Das Stück Holz

Die Galionsfigur hatte die Gestalt einer Seejungfrau. Sie war an einem Holzpfahl befestigt, der zwischen den Strandhütten des kleinen Badeortes stand. Stolz reckte sie ihre hölzernen Brüste nach vorn. Auf ihrem verwitterten Antlitz lag noch immer ein aufgemaltes Lächeln. Ihre blauen Augen waren in die Ferne gerichtet, dorthin, wo, hinter den Strandhütten verborgen, das Meer lag.

Lausejungen hatten die Figur mit Sprühfarbe bekleckst und unanständige Worte darauf geschrieben. Doch die Seejungfrau schien dies nicht zu kümmern. Ihr Blick war unbeirrbar auf das unsichtbare Meer gerichtet.

Hoch am Himmel kreischten die Möwen. Vom Wind getragen, schwebten sie über den Schaumkronen der Wellen, die schwer auf den Strand rollten, um sich dann wieder zurückzuziehen. Es war noch früh am Morgen und der Strand wirkte verlassen. Sämtliche Fußspuren der Badegäste vom Vortag hatte das Meer weggespült. Hier und da flatterten an hohen Masten bunte Fahnen im Wind. Die Strandhütten standen leer, denn die Badesaison ging zu Ende.

Auf dem Kamm der Düne tauchte ein schwarzer, langhaariger Hund auf und gleich darauf erschien ein etwa zwölfjähriges Mädchen. Liesbet – so hieß sie – rannte hinter dem Hund her, die Natursteintreppe hinab, die zum Strand führte.

»Apport, Panda!«, rief Liesbet und warf einen knorrigen Stock über den glatt gespülten Strand. Ausgelassen bellend, stob der Hund hinter dem Stock her, bekam ihn zu fassen und trug ihn in der Schnauze zu Liesbet zurück. Vor ihren Füßen ließ er den Stock fallen und wartete hechelnd, dass sie ihn wieder werfen würde.

Liesbet blieb einen Augenblick stehen, strich sich das Haar aus den Augen und ließ ihren Blick über den menschenleeren Strand schweifen. Weit weg lag einsam ein umgewehter Strandkorb. Das Meer rauschte, die Möwen kreischten und die Fahnen flatterten im Wind. Die Fahnentaue schlugen immer wieder gegen die Masten, an denen sie festgebunden waren: Tack-tack-tack.

Liesbet warf den Stock nochmals und ging weiter den Strand entlang. Sie mochte die Stille und die Einsamkeit und diese Eindrücke wurden vom Schreien der Möwen und vom Rauschen des Meeres nur noch verstärkt. Panda rannte hinter dem Stock her. Plötzlich blieb er stehen, schnüffelte im feuchten Sand und knurrte. Dann winselte er unruhig und begann mit der Pfote im Sand zu kratzen.

Was hat er denn jetzt wieder entdeckt?, dachte Liesbet. Vielleicht eine Qualle oder etwas Ähnliches?

Der Wind blies ihr feine Sandkörnchen ins Gesicht, während sie auf den Hund zuging. Panda jaulte leise und schnüffelte noch immer an der gleichen Stelle. Seine schwarze Schnauze war mit feinem, weißem Sand bepudert.

»Was ist denn das?«, murmelte Liesbet. Erstaunt beugte sie sich nach vorn. Vor ihr führte eine Spur zum Meer hin.

Fußabdrücke. Aber etwas stimmte nicht. Liesbet kratzte sich am Kopf und plötzlich wurde ihr klar, was an dieser Fußspur so ungewöhnlich war. Sie führte nicht zum Meer hin, sondern kam von dort her. Große, breite Fußabdrücke bildeten, vom Meer kommend, eine lange Spur auf dem Strand und verschwanden hinter den Strandhütten.

Komisch, dachte Liesbet. Als wäre jemand aus dem Meer gekommen und über den Strand gegangen. Sie spähte über das Wasser und suchte den Horizont ab. Nirgendwo war ein Schiff zu sehen. Vielleicht die Spur eines Schwimmers, der an einer anderen Stelle des Strandes ins Wasser gestiegen war? Nein, das schien Liesbet unwahrscheinlich. Es waren eindeutig Abdrücke von Schuhen oder Stiefeln. Von schweren Stiefeln offensichtlich. Und kein Mensch ging in Stiefeln schwimmen.

»Das ist aber eigenartig, Panda«, sagte Liesbet. Der Hund sah zu ihr auf und winselte leise, den Schwanz zwischen die Hinterbeine geklemmt. Liesbet lief ein Schauder über den Rücken. Hier war etwas nicht in Ordnung und Panda schien das auch zu spüren.

»Komm, Panda«, sagte Liesbet. »Ich will wissen, wo die Spur hinführt.«

Die Fußabdrücke bildeten keine gerade Linie, als wäre der, von dem sie stammten, unsicher auf den Beinen gewesen. Müde oder sogar betrunken, vermutete Liesbet. Sie erreichten die Strandhütten. Verlassen standen die Hütten da und es haftete ihnen etwas Gespenstisches an, ähnlich wie den leeren Häusern eines Dorfs nach einer schrecklichen Katastrophe. Liesbet wurde plötzlich bewusst, dass sie mit Panda ganz allein am Strand war. Das Tack-tack-tack der Fahnentaue und das Flattern der Fahnen im Wind machten sie mehr und mehr nervös. Panda knurrte und drückte sich gegen Liesbets Bein.

»Ruhig, Panda«, flüsterte Liesbet. Sie schlich an der ersten Strandhütte vorbei und spähte um die Ecke. Es war niemand zu sehen.

Tack-tack-tack machten die Fahnentaue.

Hinter den Hütten ging die Spur weiter und verschwand hinter einer Sandböschung. Im Windschatten der Strandhütten ging Liesbet weiter. Tack-tack-tack.

Plötzlich hörte sie einen lauten Schlag. Liesbet erschrak so sehr, dass sie meinte, die Haare stünden ihr zu Berge.

Dann sah sie, was das Geräusch verursacht hatte. Der Wind hatte das Fenster einer Hütte losgerissen und schlug es immer wieder mit einem lauten Knall zu. Aber zu sehen war niemand. Die schlingernde Fußspur ging weiter. Liesbet folgte ihr, mit Panda im Schlepptau, über die Sandböschung, hinter der nochmals eine lange Reihe Strandhütten stand.

Tack-tack-tack.

Plötzlich bellte Panda laut. Liesbet hörte hinter sich ein Räuspern und fuhr erschrocken zusammen.

Hinter ihr stand ein braun gebrannter Mann in einer weißen Hose und einer hellblauen Windjacke. Er hatte einen krausen, schwarzen Bart und auf dem Kopf trug er eine Seemannsmütze.

Es war der Strandwächter, der Mann, der am Strand für Ordnung sorgte. Liesbet hatte ihn oft gesehen, wenn sie nachmittags am Strand war. Die meisten Kinder fürchteten sich vor ihm. Er war sehr streng und tat gerade so, als wäre man nicht zu seinem Vergnügen hier am Strand, sondern auf dem Schulhof. Ständig lauerte er, ob jemand Getränkedosen oder Papierabfall liegen ließ. Erwischte er einen, dann musste man den ganzen Nachmittag lang den Strand sauber machen. Er hatte auch ein paar Jungen ertappt, wie sie die Galionsfigur der Seejungfrau beschmierten. Die konnten sofort ihren Kram packen und verschwinden.

Auch jetzt sah der Mann Liesbet mit strenger Miene an.

»Was schleichst du hier heimlich herum, junge Dame?«

»Ich-ich bin mit meinem Hund am Strand spazieren gegangen«, sagte Liesbet.

»Nur spazieren gegangen? Oder wolltest du vielleicht in eine der Strandhütten einbrechen? Nachsehen, ob da was zu holen ist?«

»Nein, wirklich nicht«, sagte Liesbet. »Ich war am Strand und da sah ich die seltsamen Fußspuren und bin ihnen nachgegangen.«

»Was für seltsame Fußspuren?«

»Na, die hier!« Liesbet wies auf die breiten Fußabdrücke im Sand.

Der Strandwächter zog die Augenbrauen hoch. »Was ist daran so seltsam?«

»Sie kommen aus dem Meer«, sagte Liesbet. »Es führen aber keine Spuren zum Meer hin. Das finde ich seltsam und Panda auch, denn er ist ganz unruhig.«

Der Mann kniff ein Auge zu, als ob er Liesbet nicht glaubte.

»Außerdem schlingert die Spur«, fuhr Liesbet fort, »als ob sie von einem Betrunkenen stammt oder von jemandem, der schlecht zu Fuß ist.«

Der Strandwächter beugte sich über die Fußspur und betrachtete sie aufmerksam. Auf seinem Gesicht zeigte sich Erstaunen. »Ich glaube, du hast Recht.« Er sah verärgert aus. »Ein Betrunkener, hm. Das könnte durchaus sein. Aber ich dulde keine Betrunkenen an meinem Strand! Die machen nichts als Schwierigkeiten.«

Er richtete sich auf und blickte sich mit drohender Miene um.

Tack-tack-tack machten die Fahnentaue und im gleichen Augenblick war ein lautes Krachen, wie von splitterndem Holz, zu hören.

»Was ist das?«, flüsterte Liesbet.

»Was habe ich gesagt? Schwierigkeiten!«, knurrte der Strandwächter. »Es kommt von der Galionsfigur da drüben. Offenbar schlägt der Trunkenbold sie gerade kurz und klein. Aber da hat er sich verrechnet!«

Erzürnt stürmte der Strandwächter in die Richtung, aus der das Krachen gekommen war. Liesbet rannte hinter ihm her. Der Strandwächter fluchte. Liesbet konnte mit seinem Tempo kaum Schritt halten.

»Sieh dir das an!«, rief der Strandwächter und streckte den Arm aus. Sie sahen den hölzernen Pfahl hinter den Strandhütten, aber die Galionsfigur war verschwunden. Über ihren Köpfen kreischten die Möwen und hinter ihnen rauschte die Brandung. Sie gingen auf den Pfahl zu und betrachteten ihn mit großen Augen.

Der Strandwächter pfiff durch die Zähne. Oben war der Pfahl gesplittert, als hätte jemand die Galionsfigur mit roher Gewalt einfach abgerissen. Die Seejungfrau war nirgends zu sehen, nur am Boden neben dem Pfahl lag ein Haufen glitschiger, verrottender Seetang. Panda schnüffelte daran und wich winselnd zurück.

»Wandalismus«, knurrte der Strandwächter. »Aber den Schuft kriege ich, wer auch immer es ist!«

»Die Spur!«, rief Liesbet. »Sie geht wieder zurück!«

Die breiten Fußabdrücke führten von dem Pfahl weg auf einem anderen Weg in Richtung Strand. Jetzt waren die Fußabdrücke tiefer.

Liesbet und der Strandwächter eilten zwischen den Hütten hindurch zum Strand. Panda weigerte sich mitzukommen und blieb jaulend neben dem Pfahl stehen.

»Dort!«, rief Liesbet. Tief gebeugt unter der schweren Galionsfigur, stapfte jemand mühsam über den Strand. Er wandte ihnen den Rücken zu und ging auf unsicheren Beinen auf das Meer zu.

»He, Sie da!«, rief der Strandwächter wütend.

Sie stürmten durch den Sand hinter der schwankenden Gestalt her. Der Unbekannte schien ihre Rufe nicht zu hören oder beachtete sie nicht.

Als sie ihn fast eingeholt hatten, hörten sie seinen röchelnden Atem. Er trug einen langen, tropfnassen Mantel mit ausgefranstem Saum und schwarze Schaftstiefel. Auf dem Kopf hatte er einen schwarzen Hut, von dem Seetang herabhing. Unter der Krempe war sein langes, weißes Haar zu sehen, das ihm strähnig auf die Schultern fiel.

»Stehen bleiben!«, brüllte der Strandwächter. Der Dieb hatte beinahe die Wasserlinie erreicht. Als der Strandwächter ihn an der Schulter packte, hielt er sofort an. »Wo wollen Sie mit der Galionsfigur hin?«, fragte der Strandwächter mit barscher Stimme. Liesbet blieb keuchend neben ihm stehen.

Jetzt wandte der Fremde sich um und sie sahen sein Gesicht unter der Galionsfigur. Liesbet schrie gellend auf.

Das war nicht das Gesicht eines lebenden Menschen. Grünliche, fast durchsichtige Haut spannte sich um den Schädel. An Stelle einer Nase klaffte ein scheußliches, schwarzes Loch und um die Augen und den Mund war die Haut fast ganz verwest. Die Augen hingen halb aus ihren Höhlen. Sie baumelten auf den zerfressenen Wangen hin und her und blickten Liesbet und den Strandwächter voller Hass an. Plötzlich öffneten sich die gesprungenen Lippen. Schwarzes Wasser quoll zwischen den Zahnstümpfen hervor und die Gestalt sagte mit knarrender Stimme: »Ich bin Mordegai! Ich hole, was mir gehört.«

Sekundenlang standen sie einander bewegungslos gegenüber. Liesbets Mund war ausgetrocknet. Sie fühlte sich so elend, dass sie sich kaum auf den Beinen halten konnte. Das Gesicht des Strandwächters war zu einer grauen Maske erstarrt.

Langsam, ganz langsam, drehte sich die Schreckgestalt um. Dabei löste sich das linke Auge ganz aus der Höhle und fiel mit einem dumpfen Plopp in den Sand, unmittelbar vor die Wasserlinie. Der Fremde schien es nicht zu bemerken. Er stolperte weiter auf das Meer zu, ohne Liesbet und dem Strandwächter noch einen Blick zu gönnen. Sie sahen ihn ins Wasser gehen. Seine Mantelschöße trieben wie schwarze Flügel auf den Wellen.

Als er bis zu den Hüften im Wasser stand, wandte er sich noch einmal um. Er hob seine knochige Faust, eine Gebärde des Hasses gegen den Badeort, vielleicht gegen die ganze Welt. Im nächsten Augenblick war er samt der Galionsfigur im Wasser verschwunden. Vom Meer verschlungen, als wäre er nie da gewesen. Über den Wellen flogen kreischend die Möwen. Liesbet und der Strandwächter standen sprachlos am Wasser, wie zwei Standbilder, unfähig sich zu bewegen.

Vor ihren Füßen im Sand lag das Auge und starrte sie feucht-kalt an. Plötzlich durchbrach Pandas Gebell die Stille. Er kam über den Strand gerannt, stob an ihnen vorbei und blieb vor dem Auge stehen.

Endlich kam wieder Leben in Liesbet. »Panda! Pfui!«, rief sie. Aber der Hund schnappte knurrend in den Sand. Als er zu Liesbet aufsah, war das Auge verschwunden.

»Was war denn das? Ist das wirklich passiert? Ich kann's nicht glauben!«, stammelte Liesbet. Sie saß neben dem Strandwächter auf dem Kamm der Düne, wo ihnen eine steife Brise durch das Haar wehte. Panda tollte ausgelassen durch das hohe Gras. Der Strandwächter kaute auf einem Grashalm und blickte abwesend über die graue Wasserfläche in die Ferne. Die Möwen leuchteten wie weiße Punkte in der Sonne. Unten am Strand erschienen einige Badegäste.

»Es gibt eine alte Geschichte«, begann der Strandwächter. »Vor zweihundert Jahren wütete hier ein entsetzlicher Sturm. Vor der Küste fuhr ein Schiff namens Nomade. Es war Nacht und die Wellen türmten sich haushoch auf. Über dem Badeort, der damals noch ein Fischerdorf war, ging ein schlimmes Gewitter nieder. Hagelkörner, so groß wie Eier, prasselten auf die Hausdächer. Die Straßen waren überschwemmt. Das Schiff Nomade sandte Notsignale, aber es gab keine Möglichkeit, es zu retten. Innerhalb weniger Minuten wurde es von der See verschlungen. Übrig blieb nur die Galionsfigur, die Seejungfrau. Sie wurde ein paar Tage später, zusammen mit etwas Treibholz, an den Strand geschwemmt. Ein alter Fischer fand die Figur und stellte sie ihn seinen Garten. Danach stand sie lange Zeit in einem Heimatmuseum und schließlich hat man sie als eine Art Touristenattraktion hier an den Strand geholt. Woher sie stammte, hatten alle schon längst vergessen. Doch einst zierte sie den Bug des Schiffs, das hier vor der Küste auf dem Meeresboden liegt. Sein Kapitän hieß Mordegai. Man weiß kaum mehr über ihn, als dass er die Galionsfigur selbst geschnitzt hat.«

»Ich glaube kein Wort davon«, sagte Liesbets Vater. Er saß in ihrem Ferienhaus in einem Sessel neben der Stehlampe und suchte mit der Fernbedienung die Kanäle des Farbfernsehers ab. »So etwas Lächerliches ist unmöglich. Es gibt keine Gespenster. Und es ist ganz und gar unmöglich, das Auge eines Gespensts aufzufressen.« Er streichelte Panda über den Rücken und schaltete auf einen Kanal um, in dem ein Bericht über die Tour de France lief.

Es war Abend und Liesbet hatte die ganze Geschichte bereits dreimal erzählt. Panda lag neben Vaters Sessel auf dem Sockel der Stehlampe. Seinen Kopf hatte er auf die Pfoten gelegt und verfolgte mit den Augen das Gespräch zwischen Vater und Tochter. Panda war schon den ganzen Abend ungewöhnlich still und rührte sich nicht vom Fleck. Liesbets Mutter sollte noch an diesem Abend ankommen: Ihre Ferien hatten vier Tage später angefangen als die von Liesbet und ihrem Vater.

»Ich lüge wirklich nicht«, sagte Liesbet. »Denkst du etwa, ich sauge mir so eine Geschichte aus den Fingern?« Sie wurde vor Ärger ein wenig rot.

Vater reagierte zunächst nicht, denn im Fernsehen fuhr gerade ein Niederländer als Sieger über die Ziellinie.

»Hurra!«, jubelte Vater. Dann schaltete er auf einen anderen Kanal um.

»Ich behaupte nicht, dass du lügst, Liesbet. Aber vielleicht hast du geträumt. Wahrscheinlich bist du heute Morgen am Strand eingeschlafen.«

Liesbet seufzte. Kein Mensch würde ihr glauben. Nur Panda wusste, dass die Geschichte stimmte, aber er konnte nicht sprechen.

»Geh jetzt schlafen, mein Mädchen«, sagte Vater. »Morgen früh wirst du . . .« Er brach mitten im Satz ab und schnupperte in die Luft. »Was ist das? Riechst du das auch?«

Liesbet roch es. Ein ekelhafter Geruch nach verrottendem Seetang.

»Ich mach das Fenster zu«, sagte Vater. »Der Wind kommt vom Meer und trägt den Gestank herein.« Er schloss das kleine Klappfenster, doch dadurch verschwand der Geruch nicht. Er wurde sogar noch stärker und erfüllte den ganzen Raum. Liesbet merkte, dass ihr langsam schlecht wurde. Auch Vater sah bleich aus. Nur Panda lag ruhig auf dem Sockel der Stehlampe und schien nichts zu bemerken.

Plötzlich reckte er sich und gähnte mit weit aufgerissener Schnauze.

Liesbet stieß einen Schrei aus und wies auf Panda. Auch Vater sah es nun. Er wurde noch bleicher. Aus Pandas Rachen blickte ein Auge sie an: das Auge von Kapitän Mordegai. Es bewegte sich von links nach rechts, von Liesbet zu ihrem Vater. Dann würgte Panda und spuckte das Auge auf den Teppich. Vater wich zurück. Im gleichen Augenblick klopfte es laut an der Tür.

»Das-das wird Mama sein«, stammelte Vater. Ohne seinen Blick von dem Auge zu wenden, ging er zur Tür. Liesbet machte einen weiten Bogen um das Auge und zog Panda an sich. Das Auge lag reglos auf dem Teppich. Es klopfte wieder.

Vater griff nach der Klinke. Noch immer sah er über die Schulter zu dem Auge hin. Dann machte er rasch die Tür auf.

»Hallo, Liebling«, sagte er. »Hier ist . . .« Er brach ab und wich dann mit einem Schrei zurück. Im Türrahmen stand Kapitän Mordegai, tropfnass und mit Seetang bedeckt. Mit seinem verbliebenen Auge blickte er Vater an.

»Ich bin Mordegai und hole, was mir gehört.«

Panda winselte und verkroch sich hinter Liesbet. Vater stand starr neben der Tür. Kapitän Mordegai ging an ihm vorbei ins Zimmer. Aus seinen Stiefeln schwappte Wasser auf den Boden. Er ging zum Teppich, bückte sich und hob das Auge auf. Sein Gesicht verzog sich zu einem Grinsen. Dann drückte er das Auge in die leere Augenhöhle, wandte sich um und ging hinaus.

Mit einem lauten Knall schlug er die Tür hinter sich zu.

Vater hatte sich noch immer nicht gerührt. Schließlich sah er Liesbet mit kreidebleichem Gesicht an.

»Das, das . . .«

Liesbet nickte. »Das war mein *Traum,* Papa.« Sie umarmte Panda und zog ihn liebevoll an sich.

ZEHN

Sander betrachtet sein Spiegelbild im Fenster. Er seufzt. Nächsten Sommer im Meer zu schwimmen kann er also auch vergessen. Das Bild von Kapitän Mordegai mit seinem herausgefallenen Auge würde ihm ständig durch den Kopf spuken.

Offensichtlich haben andere Schüler ähnliche Gedanken. Die meisten schauen ziemlich betreten drein.

Endlich bricht Herr Bakker die Stille. »Das war's dann, glaube ich. Wir haben jetzt über alle Gegenstände auf dem Tisch Geschichten gehört. Es war sehr lehrreich, Herr Onnoval. Wirklich interessant. Wir sind im Gruselbus mitgefahren, um uns einen Abend lang schön zu gruseln. Das ist gelungen! Sie haben uns mit ihren Geschichten einen ordentlichen Schrecken eingejagt. Mir jedenfalls.« Der Lehrer sieht auf seine Armbanduhr. »Es ist jetzt Viertel vor zehn. Eine gute Zeit, um zur Schule zurückzufahren. Als Dankeschön haben wir einen großen Blumenstrauß für Sie.«

»Nein!«, sagt der Schriftsteller mit lauter Stimme, sodass alle erschrocken aufsehen.

»Nein, nein und nochmals nein! Ich lasse euch nicht gehen!« Kerzengerade steht er da und stemmt die Hände in die Hüften.

Herr Bakker ist so erstaunt, dass er kein Wort hervorbringt.

»Was soll denn das?«, flüstert Annabel mit bleichem Gesicht. Liselore rührt sich nicht. Unter ihrem langen Haar hervor beobachtet sie den Schriftsteller, während sie mit den Händen ihre Handtasche umklammert.

Der Schriftsteller verzieht das Gesicht zu einem breiten Lächeln, wobei seine Zähne deutlich zu sehen sind.

»Ich lasse euch nicht gehen, bevor ich nicht die allerletzte Geschichte vorgelesen habe«, sagt der Schriftsteller. Jetzt klingt seine Stimme wieder sanft und freundlich. Ein wenig heiser vielleicht, vom Vorlesen.

»Ihr habt neun Geschichten gehört, das stimmt. Mehr Gegenstände habe ich nicht. Aber in meinem Buch steht noch eine weitere Geschichte. Die zehnte ist meine eigene Geschichte.«

»Stimmt, er wollte zehn Geschichten erzählen«, sagt Sander zu Mick.

Herr Bakker setzt sich auf den Tisch. »Ich denke, für eine Geschichte ist noch Zeit. Besonders, wenn es darin um Sie selbst geht. Die Kinder finden es immer interessant, etwas Persönliches über einen Schriftsteller zu erfahren, nicht wahr?«

Allgemeines Nicken.

»Wenn's nicht zu lange dauert«, sagt Pieter. »Ich muss wirklich dringend aufs Klo.«

Der Schriftsteller nimmt sein Buch. »Ich werde schnell lesen«, sagt er. »Ich selbst verspüre auch ein gewisses Bedürfnis.«

»Pass auf«, flüstert Mick. »Jetzt erfahren wir, ob er Schweißfüße hat oder einen Ausschlag. Er kratzt sich schon die ganze Zeit. Vielleicht geht es in seiner Geschichte um eine eklige Hautkrankheit.«

Der Schriftsteller kratzt sich hinter den Ohren und unten am Rücken. Dann schlägt er das Buch auf.

»In dieser Geschichte geht es um mich selbst. Um etwas, was ich erlebt habe, als ich so alt war wie ihr. An dem Abend, als sich die Geschichte zutrug, war Vollmond.«

Sein Blick schweift zum Fenster. »So wie jetzt. Jede Fahrt im

Gruselbus beschließe ich mit der Geschichte des Schriftstellers. Dann versteht ihr zumindest, weshalb ich Gruselgeschichten schreibe.«

Sandra beginnt wieder heftig zu niesen. Es scheint, als hätte sich ihre Allergie im Laufe des Abends verschlimmert.

Die Geschichte des Schriftstellers

Vor langer Zeit, als ich noch zur Schule ging, besuchte ich häufig meinen Freund Jack. Bei Jack war es nie langweilig. Er war versessen auf alles, was mit Gruselgeschichten und Gruselfilmen zu tun hatte. Sein ganzes Zimmer hatte er entsprechend eingerichtet: Es war voll gestopft mit Plastikfiguren von Frankensteins Monster, Dracula, Dinosauriern aller Art und anderen Ungeheuern. Stundenlang konnte er mir begeistert erzählen, welche Grauen erregenden Dinge er wieder gelesen hatte. Er versuchte mir damit Angst und Schrecken einzujagen.

An einem Winterabend, als der Wind den Schnee durch die Straßen trieb, ging ich wieder einmal Jack besuchen. Er lag auf dem Bett und war in die Zeitung vertieft.

»Hier, hör mal«, sagte er mit erhobenem Finger, ohne aufzublicken. *»Alte Frau in ihrem Haus ermordet. Täter unbekannt. Keinerlei Hinweise auf Diebstahl gefunden. Die Polizei steht vor einem Rätsel.«* Er sah mich an. »Das war zweifellos ein Vampir, meinst du nicht auch? Oder dies hier: *Bauer P. aus W. in seinem Kuhstall tot aufgefunden. Fünf Kühe grausam abgeschlachtet. Motiv unklar. Die Polizei tappt im Dunkeln.«* Er raschelte mit der Zeitung und faltete sie zusammen. »Ich weiß, was die Polizei nicht weiß. Der Bauer war natürlich ein Werwolf und hat seine Kühe selbst abgeschlachtet. Nur glauben die phantasielosen Polizisten natürlich nicht daran.«

Wie gewöhnlich brachte er jeden rätselhaften Zeitungsbericht mit seiner Liebhaberei, dem Horror, in Zusammenhang. Jack wollte später Schriftsteller werden und Gruselbücher schreiben, das hatte er mir einmal anvertraut.

»Ein Werwolf?« Ich musste lachen. »Ist das ein Wolf, der nicht weiß, *wer* er ist?«

Jack fuhr hoch und setzte sich gerade hin.

»Oh, du Ahnungsloser«, klagte er, aber er war unverkennbar in seinem Element, weil er sich über eines seiner Lieblingsthemen ausbreiten konnte. »Ein Werwolf, du Trottel, ist kein gewöhnlicher Wolf. Ein Werwolf ist ein Mensch, der sich jedes Mal bei Vollmond in einen Wolf verwandelt, weil er an Lykanthropie leidet. So nennt man die Werwolfkrankheit. Wenn es hell wird, verwandelt er sich wieder in einen normalen Menschen.«

»Sollte so jemand nicht besser zum Arzt gehen, wenn es eine Krankheit ist?«, fragte ich. »Vielleicht hilft Aspirin dagegen?«

Jack hob verzweifelt die Arme zur Decke. »Aspirin! Er will einen Werwolf mit Aspirin kurieren! Unmöglich! Das Einzige, was gegen einen Werwolf hilft, ist eine silberne Kugel oder ein silbernes Messer.«

Er schwang die Beine über den Bettrand und stand auf. »Komm, wir machen einen Abendspaziergang.«

»Jetzt? Es schneit doch.«

»Nein, guck doch, es hat aufgehört. Und es gibt nichts Besseres als einen Spaziergang durch stille, verschneite Straßen, um in die richtige Stimmung für eine gute Gruselgeschichte zu kommen. Ich will nachher vor dem Schlafengehen noch ein tolles Gruselbuch lesen.«

Dick eingemummt, gingen wir durch die verlassenen Straßen an den verschneiten Häusern entlang. Unsere Stiefel hinterließen dunkle Spuren im frisch gefallenen Schnee auf dem Gehweg. Es war eine klare Frostnacht. Über den weißen Dächern hing der Vollmond. Tausende von Sternen standen am Himmel. Zum Glück hatte es aufgehört zu schneien.

»Da, sieh mal«, sagte Jack und wies zum Nachthimmel empor. »Wir haben Vollmond. Wetten, dass in den nächsten Tagen wieder solche rätselhaften Meldungen in der Zeitung stehen?« Sein Atem bildete beim Sprechen weiße Wolken.

»Ach, hör doch auf«, sagte ich. »Sonst glaube ich dir tatsächlich noch.« Hinter manchen Fenstern wurden die Lichter gelöscht. Die Leute gingen schlafen, ohne sich um Jacks Werwölfe Gedanken zu machen.

»Aha, nun kriegst du es also doch mit der Angst«, grinste Jack. »Dabei sagst du doch sonst immer, dass du nicht an den Unsinn glaubst, den ich lese?«

»Ich glaube auch nicht daran«, sagte ich und vergrub die Hände noch tiefer in den Manteltaschen. Aber Jack war nicht zu bremsen.

»Du brauchst jedenfalls keine Angst zu haben. Ich habe immer ein silbernes Messer dabei.«

Er zeigte mir ein blinkendes Brotmesser, das er in der Innentasche trug. »Hab ich meiner Mutter aus der Besteckschublade geklaut«, sagte er grinsend. Er spielte seine Rolle wirklich sehr überzeugend.

Wir bogen um eine Ecke. Der Wind blies uns eine Ladung Pulverschnee ins Gesicht. Plötzlich sahen wir vor uns einen riesigen Hund. Er stand mit erhobenem Hinterbein an einem Laternenpfahl. Als er uns sah, begann er sofort zu knurren und fletschte die Zähne. Ich wich zurück.

»Du brauchst dich nicht zu erschrecken«, lachte Jack. »Das ist ein gewöhnlicher Schäferhund.« Der Hund knurrte wieder.

»Schnuffi!«, rief eine Stimme. »Komm rein!«

Ein Stück entfernt, am Zaun eines Vorgartens, stand ein Mann im Bademantel. »Hierher, Schnuffi!« Der Hund knurrte noch einmal, dann winselte er leise, drehte sich um und trabte zu seinem Herrchen zurück. Jack hatte noch immer seinen Spaß daran, dass ich beim Anblick des Hundes so erschrocken war. Als wir weitergingen, grüßte er fröhlich den Mann, der den Hund ins Haus schickte.

»Tut mir Leid, dass Schnuffi dich erschreckt hat«, entschuldigte sich der Mann. »Er macht das sonst nie. Ich verstehe das gar nicht.«

»Das wird der Vollmond sein«, meinte Jack. »Mein Freund hat sich fast zu Tode erschrocken. Er dachte wohl, dass er einen Werwolf vor sich hat, hihi.«

Schulterzuckend, schlurfte der Mann wieder ins Haus. Jack konnte einfach nicht aufhören. Musste er mich denn unbedingt vor dem Mann lächerlich machen? Ich fühlte eine wilde Wut in mir aufsteigen.

Inzwischen fiel der Schnee wieder in dicken Flocken vom Himmel.

»Ist doch merkwürdig«, sagte Jack. »In den Büchern steht, dass Hunde eine Art sechsten Sinn für Werwölfe haben. Sie können sie sozusagen riechen. Mmm, Vollmond, verschneite Straßen, unruhige Hunde, das ist die richtige Atmosphäre!« Jack war in seinem Element. »Du bist ja auf einmal ganz blass«, sagte er zu mir.

»Ich hab genug«, sagte ich. »Ich geh nach Hause.«

»Stell dich nicht an. Ich hab doch nur einen Scherz gemacht. Guck mal, wie schön die Straße aussieht, wenn es schneit. Ein paar beleuchtete Fenster hier und da. Wie auf einer Weihnachtspostkarte. Ideales Wetter, um einen Spaziergang entlang der stillgelegten Bahnlinie zu machen.«

»Dann tu das«, sagte ich und unterdrückte mühsam die Wut in meiner Stimme. »Mir ist kalt. Tschüs.« Und ich drehte mich um.

»Na gut, dann geh ich eben allein!«, rief Jack mir nach.

Ich sah ihn hinter einem dichten Vorhang aus Schneeflocken verschwinden.

Am nächsten Tag klingelte gegen Mittag das Telefon. Es war herrlich sonnig und der Schnee in unserem Vorgarten leuchtete weiß. Ich rückte den Verband um meinen Fuß zurecht, hinkte zum Telefon und nahm den Hörer ab.

»Hallo Paul. Hier spricht Jack.« Seine Stimme klang anders als sonst. Sie zitterte leicht.

»Was gibt's?«

»Ich muss dir was Unglaubliches erzählen. Ich kann es selbst kaum glauben, aber gestern Abend ist was passiert.«

Vor Aufregung hatte er Mühe Worte zu finden.

»Also . . . gestern Abend, nachdem du nach Hause gegangen warst, bin ich noch ein Stück allein an der stillgelegten Bahnlinie spazieren gegangen. Super Atmosphäre dort! Das Wasser im Graben war zu Eis gefroren. Die zwei Weiden standen wie stumme Wachen neben dem unbeschrankten Bahnübergang. Kein Haus in der näheren Umgebung. Es schneite noch immer. Alles wirkte vollkommen verlassen. Ich bin dann auch zu Tode erschrocken, als ich plötzlich ein Knurren hinter mir hörte . . .«

»Interessant.«

»Quatsch nicht, hör zu!« Jacks Stimme klang gereizt. »Da war wirklich was. Die Schneeflocken fielen so dicht, dass man die Hand nicht mehr vor Augen sah. Plötzlich kam das Knurren wieder. Ach, das wird wieder Schnuffi sein, dachte ich. Aber auf einmal sah ich im dichten Schnee etwas Dunkles, eng an den Boden gedrückt, auf mich zukommen. Und dann stand er da, wie er leibt und lebt!«

»Wer? Schnuffi?«

»Nein, Mann! Ein Werwolf! Ein echter Werwolf!« Jacks Stimme zitterte noch mehr.

»Ach, hör doch auf, Jack. Immer musst du übertreiben!«

»Ich schwör's dir, Paul. Ein Riesenvieh! Schwarz wie die Nacht, mit einem breiten Kopf und blitzenden Zähnen. Und gelbe Augen hatte er. Er legte den Kopf in den Nacken. Wenn du sein Heulen gehört hättest ... furchtbar! Weit weg in der Stadt begannen sofort die Hunde zu jaulen und zu bellen. Ich dachte, ich mache vor Angst in die Hose.«

»Jetzt reicht es aber, Jack!«

»Nein, hör zu. Der Werwolf fixierte mich mit seinen gelben Augen ... und dann kam er langsam auf mich zu, den schwarzen Pelz voller Schneeflocken. Ich ging rückwärts, aber er kam immer näher. Ich stand Todesängste aus. Jetzt ist es aus, dachte ich. Jetzt werde ich auch so eine Zeitungsmeldung. Da spürte ich das Brotmesser von meiner Mutter in der Manteltasche. In dem Augenblick sprang mich der Werwolf an. Ich stolperte und fiel nach hinten. Das war meine Rettung. Ich fuchtelte wild mit dem Messer über meinem Kopf herum. Der Werwolf sprang über mich hinweg und dabei erwischte ich ihn zufällig mit dem Messer an der Hinterpfote. Er landete im Schnee und lief hinkend davon. Im Handumdrehen war er irgendwo hinter der Bahnlinie verschwunden. Aber im Schnee blieb eine Blutspur zurück. In der Ferne tobten die Hunde noch immer wie verrückt. Erst als ich merkte, dass mein Hintern fast gefroren war, stand ich auf und rannte, ohne anzuhalten, nach Hause.«

»Hübsche Geschichte, Jack«, sagte ich. »Aber mir machst du mit deinen Märchen keine Angst.«

»Es ist wirklich passiert, Mann. Komm doch vorbei. Ich hab das Messer absichtlich nicht abgewaschen. Es klebt noch getrocknetes Blut daran und sogar ein paar schwarze Haare.«

»Nein, lass nur. Außerdem kann ich heute nicht weg.«

»Wieso nicht?«

»Ich-ich hab mich am Fuß gestoßen und kann kaum gehen. Ich hab einen dicken Verband um den Fuß.«

»Sooo!?«, sagte Jack mit einem seltsamen Tonfall in der Stimme.

Das alles ist lange her. Ich habe Jack seitdem aus den Augen verloren. Es schien, als würde er mir plötzlich aus dem Weg gehen. Nie mehr lud er mich ein, um mir seine Geschichten zu erzählen. Tja, so geht das manchmal mit der Freundschaft.

»Aber nun habe ich euch genug erzählt. Andere dringende Geschäfte rufen mich, denn . . .«

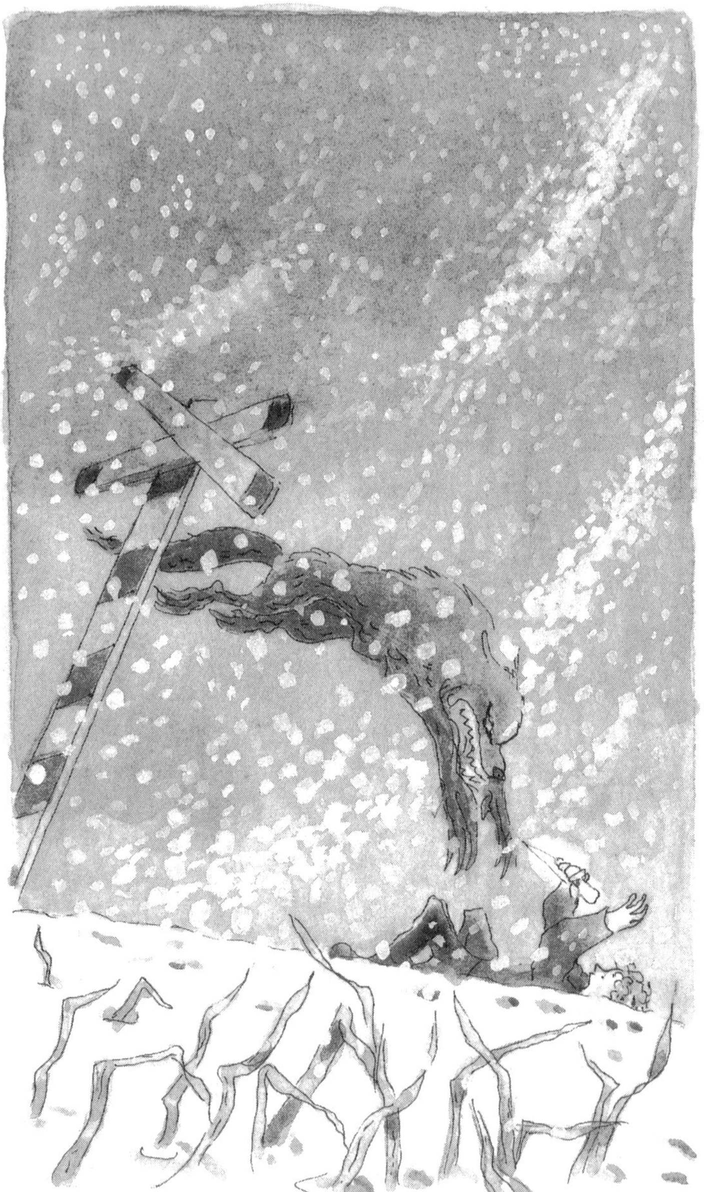

ELF

Zu spät wird Sander die Bedeutung der Geschichte bewusst. Alles, was in den nächsten Augenblicken passiert, ist so unglaublich, dass er zu träumen meint – unter dem Einfluss einer Überdosis Gruselgeschichten. Den anderen geht es ebenso. Mit offenem Mund verfolgen sie, was sich am Tisch abspielt: Der Schriftsteller ist aufgesprungen. Ratsch, platzt er aus seinem Anzug. Er ist über und über mit struppigen Haaren bewachsen und seine Hände sind zu Klauen geworden.

Noch immer begreift Sander nicht, dass dies Wirklichkeit ist. Er meint einen Alptraum zu haben. »Aufwachen!«, sagt er zu sich selbst. Ungläubig blickt er auf den Kopf des Schriftstellers, der sich in einen Wolfskopf mit gelben Augen verwandelt hat. In seinem spitzen linken Ohr blinkt der goldene Ohrring.

Die Schuhe des Schriftstellers platzen auf. Behaarte Pfoten mit langen Krallen kommen zum Vorschein. Der Mantel ist ihm von den Schultern gerutscht, nur noch die Zahnkette baumelt um seinen Hals. Herr Bakker sitzt noch auf dem Tisch, unbeweglich wie eine Statue. Auch er scheint nicht zu erfassen, was geschieht.

Julia löst sich als Erste aus der Erstarrung.

»Ein Werwolf! Er ist selbst ein Werwolf!«, schreit sie.

Panik bricht aus.

Ein merkwürdiger Gedanke schießt Sander durch den Kopf: Also deshalb hat er sich immerzu gekratzt. All die Haare, die ihm gewachsen sind. Das juckte natürlich ziemlich. Kein Wunder, dass Sandra dauernd niesen musste. Werwolfhaare sind bestimmt schlimmer als Katzen- oder Hundehaare.

Auf einmal wird Sander der Zusammenhang mit der letzten Geschichte klar. Der Werwolf, der ein Messer in die Hinterpfote bekam – der Schriftsteller, der ständig sein Bein nachzieht ...

Alle schreien durcheinander. Der Werwolf reißt das Buch mittendurch und wirft es in den Gang. Wie Herbstlaub schweben die Seiten zu Boden. Er legt den Kopf in den Nacken und stößt ein entsetzliches Geheul aus.

Herr Bakker springt vom Tisch. Gerade noch rechtzeitig. Mit einem einzigen Prankenhieb zertrümmert der Werwolf den Tisch. Holzsplitter fliegen durch die Gegend. Der Arm des Werwolfs trifft Herrn Bakker, der drei Meter durch die Luft fliegt und auf Pieter und Joris landet. Alle schreien und drängen zum Ausgang. Julia und Joris knallen im Mittelgang mit den Köpfen zusammen. Rudi und Emanuel prügeln sich, weil jeder als Erster zur Tür will.

»Steh auf, Mick«, keucht Sander. »Wir müssen aus dem Bus raus, bevor er uns zerreißt.«

Mick gibt keine Antwort. Er ist leichenblass und rührt sich nicht. Sander zerrt ihn vom Sitz. Im Mittelgang ist kein Durchkommen möglich. Jeder stolpert über jeden. Arme und Beine verknäulen sich ineinander. Es ist ein einziges Chaos.

Mit glühenden Augen blickt der Werwolf auf die kopflos durcheinander stolpernden Schüler. Er lässt seine Zunge über die scharfen Zähne gleiten. Jetzt hat er keine Zeit mehr für Geschichten. Jetzt will er etwas anderes!

Fast alle Plätze sind inzwischen leer. Im Gang herrscht ein unbeschreibliches Wirrwarr von Körpern. Herr Bakker liegt stöhnend am Boden, über ihm mindestens fünf Schüler. Der Werwolf grinst. Er wird leichtes Spiel haben, wie immer.

Der Gruselbus rast immer schneller durch die Nacht. Knochenhauer, der Busfahrer, sieht sich nicht einmal um, als wäre hinter ihm gar nichts los.

Da bewegt sich etwas auf dem Sitz direkt hinter dem Fahrer. Es ist Liselore. Die ganze Zeit ist sie ruhig auf ihrem Platz sitzen geblieben und steht erst jetzt auf. Sie ist so klein, dass sie selbst im Stehen kaum über die Rückenlehnen hinausreicht.

Der Werwolf bemerkt sie zunächst nicht. Er überlegt gerade, wen er als Erstes zerreißen soll. Er hat Zeit, denn niemand kann entkommen. Mit den Augen sucht er nach einem Opfer. Er entscheidet sich für Annabel. Die ist so schön pummelig. Annabel sieht die glühenden Augen des Wolfs auf sich gerichtet und beginnt zu schreien.

Plötzlich sieht der Werwolf aus den Augenwinkeln Liselore dastehen. Erstaunt wendet er ihr den Kopf zu. Liselore blickt ihn unverwandt an. Ihre Hände kramen in der Handtasche und kommen mit einer winzigen Pistole zum Vorschein.

Aus der Kehle des Wolfs kommt ein erstauntes Knurren. Noch nie hat jemand . . .

Ohne den Werwolf aus den Augen zu lassen, lädt Liselore ihre Pistole mit einer blinkenden Kugel. Die Schüler kriechen noch immer in wilder Panik durcheinander, das Chaos wird immer schlimmer.

Aber der Werwolf denkt nicht mehr an sie. Für ihn scheint es nur noch Liselore zu geben. Das Mädchen mit dem langen, blonden Haar hält die Pistole mit ausgestreckten Armen. Sie kneift ein Auge zu und man sieht ihre Zungenspitze zwischen den Lippen, als sie, ohne zu zittern, die Waffe auf den Werwolf richtet. Die Schnauze des Werwolfs verzieht sich, ein wütendes Knurren entringt sich seiner Kehle. Plötzlich macht er einen Satz nach vorn, über die Sitze hinweg.

Im gleichen Augenblick zieht Liselore am Abzug. Ein kurzer, dumpfer Knall klingt durch den Bus. Mitten im Sprung stürzt der Werwolf nieder.

»Er fällt mich an, er fällt mich an!«, kreischt Jacob.

Doch der Körper des Werwolfs liegt schlaff über der Rückenlehne eines leeren Sitzes. Das Untier rührt sich nicht mehr. Genau zwischen seinen Augen ist ein kleines Loch, aus dem das Blut strömt. Liselore steckt die Pistole in ihre Handtasche zurück und setzt sich wieder hin. Es dauert eine Weile, bis jeder begriffen hat, dass der Werwolf tot ist.

Kurz danach stehen alle wieder auf den Beinen und betrachten schaudernd den leblosen Werwolf.

»Was ist passiert? Wer hat ihn getötet?«, fragt Herr Bakker. Im Gedränge ist sein Oberhemd zerrissen und die Gläser seiner Brille sind zerbrochen.

»Liselore«, sagt Annabel. »Liselore hat ihn erschossen.«

Sie sieht Liselore bewundernd an, als wäre sie Madonna höchstpersönlich.

»Liselore?«, fragt der Lehrer verwundert. »Hattest du denn eine Pistole mit einer silbernen Kugel dabei? Nur mit einer silbernen Kugel kann man einen Werwolf töten.«

»Liselore hat alles in ihrer Handtasche«, sagt Annabel stolz. »Alles!«

Liselore zuckt mit den Schultern. »Nur ein paar Dinge, die vielleicht nützlich sind«, sagt sie. »Man muss auf alles vorbereitet sein. Ich bin oft auf mich allein gestellt, wissen Sie.«

Liselore ist mit einem Schlag eine Heldin. Die anderen sehen sie respektvoll an, als würden sie sie heute zum ersten Mal richtig wahrnehmen.

Herr Bakker hebt den Mantel mit den Knochen auf und bedeckt damit den toten Werwolf. Dann blickt er in die Runde. Er sieht nur erleichterte Gesichter, lediglich Pieter hat eine düstere Miene aufgesetzt.

»Was ist denn, Pieter?«, fragt der Lehrer. »Musst du immer noch so dringend auf die Toilette?«

»Nein, Herr Bakker. Ich-ich muss nicht mehr. Es ist schon zu spät.« Pieter wird knallrot.

Herr Bakker legt ihm die Hand auf die Schulter. »Macht nichts, mein Junge. Ich glaube, du bist nicht der Einzige. Ich bin froh, dass ich heute Abend nichts getrunken habe. Sonst wäre es mir ebenso ergangen.«

Diesmal lacht niemand.

»Herr Bakker, wir fahren immer noch«, ruft Rudi. »Wo bringt dieser Busfahrer uns hin?«

Der Lehrer wendet sich dem Fahrer zu. »He, Knochenhauer! Halten Sie an. Drehen Sie um und fahren Sie uns sofort zur Schule zurück.«

Knochenhauer reagiert nicht. Er fährt einfach weiter.

»Teufel noch mal, der Kerl ist wohl taub«, sagt der Lehrer. »Er hat nicht einmal bemerkt, was passiert ist.« Ärgerlich geht der Lehrer nach vorn. In diesem Moment schleudert der Bus und alle fallen auf die Seite. Der Bus holpert und rumpelt und kommt dann plötzlich ganz zum Stehen. Sander stöhnt. Er ist mit der Stirn gegen eine Fensterscheibe geknallt. Benommen schaut er durch das Fenster nach draußen. Sie sind von der Straße abgekommen und stehen auf dem Grünstreifen. Der Bus ist gegen einen Zaun gefahren. Über der Weide dahinter hängt der Mond, groß und voll, wie ein weißer Ballon.

»Ist jemand verletzt?«, fragt Herr Bakker.

Aber bis auf ein paar Beulen und Schrammen sind alle unversehrt. Herr Bakker geht auf den Busfahrer zu und packt ihn an der Schulter. Knochenhauer rührt sich nicht, er sitzt ganz ruhig, die Hände am Lenkrad.

»Knochenhauer, was soll dieses verantwortungslose Fahrverhalten?«, schimpft der Lehrer. »Wir haben heute Abend schon genug Schlimmes erlebt.« Wütend schüttelt er den Fahrer.

Durch die unsanfte Berührung fällt Knochenhauer seitwärts von seinem Platz. Seine Mütze rollt weg: Ein gelblicher Totenkopf blickt Herrn Bakker aus leeren Augenhöhlen an. Statt Armen ragen blanke Knochen aus der Jacke. Mit einem Schrei weicht Herr Bakker zurück. Das Skelett bewegt sich nicht.

»Von wegen Karnevalsmaske«, sagt Sander zu Mick. »Jetzt verstehe ich, warum Onnovals Modellbaukasten leer ist.« Mick starrt noch immer abwesend vor sich hin. Es wird wohl ein paar Tage dauern, bis er sich von dem Schrecken erholt hat.

»Kommt, Kinder, schnell raus, wir gehen zu Fuß«, sagt Herr Bakker. »Die Fahrt im Gruselbus ist jetzt wirklich zu Ende. Es ist eine tüchtige Strecke bis nach Hause, aber zumindest hat der Regen aufgehört.«

Das braucht er nicht zweimal zu sagen. Niemand will noch länger in diesem Bus bleiben. So schnell wie möglich verlässt Klasse sieben der Gesamtschule »Tulpe« den Bus. Kurz darauf marschieren sie in Zweierreihe auf der mondbeschienenen Straße Richtung Schule. Der Gruselbus bleibt einsam auf dem Grünstreifen zurück. An Bord ein toter Werwolf, ein Gerippe und neun Gegenstände, deren Geschichten preisgegeben wurden.

Niemand sieht sich noch einmal um. Niemand hat Lust zum Reden. Nur Mick findet auf einmal die Sprache wieder.

»Alles Unsinn«, sagt er. »Alles erfunden. Schriftsteller lügen immer.« Die Worte wiederholt er während des ganzen Wegs. Auch als endlich die Schule in Sicht ist, wo die Eltern besorgt auf ihre Kinder warten: »Schriftsteller lügen immer.«

ZWÖLF

Sollen wir wirklich? Womöglich haben wir dann gleich die Hunde auf dem Hals.« André weist auf das Schild mit den warnenden Worten, das an den eisernen Gitterstäben des Tores befestigt ist:

AUTOVERWERTUNG RUHE SANFT
GEÖFFNET VON 9:00 BIS 17:00 UHR
KUNDEN BITTE IM BÜRO MELDEN
KEIN ZUGANG FÜR KINDER OHNE BEGLEITUNG
NACH GESCHÄFTSSCHLUSS WIRD DAS
GELÄNDE VON HUNDEN BEWACHT
BETRETEN AUF EIGENE GEFAHR

Eddy C. spuckt auf den Boden. »Ach was, das Schild hat doch nichts zu bedeuten. Hassan und ich waren schon oft nach Geschäftsschluss hier. 'nen Hund haben wir noch nie gesehen, stimmt's, Hassan?«

»Was?« Hassan nimmt den Kopfhörer seines Walkmans ab. Aus dem Kopfhörer schmettert Rockmusik: »Knockin' on heaven's door« von Guns N' Roses.

»Keine Hunde! Da drin!« Eddy C. weist zwischen den Gitterstäben hindurch.

Hassan nickt und drückt auf die Stopptaste. Er schiebt das Schild seiner Chicago-Bulls-Mütze hoch. »Shit, alles nur Bluff. Kein Schwein, kein Mensch und auch kein Hund.« Er grinst André an.

»Da liegt höchstens noch ’ne Leiche in einem der Autos, irgendein Unfallopfer, das sie vergessen haben rauszuholen.«

»Pech für die Leiche, die liegt hier auf dem falschen Friedhof«, feixt Eddy C. »Vor Leichen hast du doch wohl keine Angst, André? Die tun dir bestimmt nichts, die sind nur bleich und steif und . . .«

»Hey, C., wollt ihr die ganze Zeit hier rumstehen und quatschen oder versuchen wir jetzt da reinzukommen?«, sagt Anke. Sie macht einen Schritt nach vorn und schubst Eddy C. beiseite. »Los, Hassan, hilf mir mal.«

Hassan stellt sich mit dem Rücken gegen das Tor. »Okay, steig auf.« Anke setzt den Fuß in seine Hände und klettert am Zaun empor. André sieht bewundernd zu, wie sie sich geschmeidig wie eine Katze am Gitter hochhangelt und gleich darauf mit einem sanften Plumps auf der anderen Seite landet. »Kinderleicht, Jungs, jetzt ihr.«

André seufzt unhörbar. Diese Anke traut sich wirklich alles: Kopfsprung vom Dreimeterbrett, auf dem Mofa durch die Stadt heizen, Schule schwänzen. Und Fußball spielen kann sie auch. Anke hat immer blaue Flecken. Kein Mädchen ist wie sie. Außerdem ist sie auch noch hübsch, denkt André. Wenn sie doch nur mal mit ihm . . .

»Los, André, was starrst du denn die Anke so an? Kommst du nun mit oder traust du dich nicht?« Eddy C. versetzt ihm einen Stoß in den Rücken. Hassan steht bereits neben Anke auf der anderen Seite des Tores und Eddy C. klettert jetzt auch mit affenartiger Geschwindigkeit am Gitter hoch.

Dann mal los, denkt André. Er wirft seinen Rucksack über das Tor und zieht sich an den Gitterstäben hoch. Eigentlich ist das nichts für ihn: heimlich in verbotenes Gelände eindringen, um in Autowracks rumzuschnüffeln. Eddy C. hatte die Idee. Er und

Hassan waren schon öfter hier. Sie nennen sich Schrotträuber und haben schon ganze Säcke voller Schätze von hier weggeschleppt: kaputte Autoradios, Sicherungen, Scheinwerfer, Musikkassetten, Feuerzeuge, Parkscheiben. Alles unbrauchbares Zeug, findet André. Er ist eigentlich nur mitgekommen, weil Anke dabei ist. Was sie daran findet, ist ihm allerdings schleierhaft. Kaputte Autoradios sind eigentlich nicht ihr Hobby und all das andere Zeug auch nicht. Vielleicht findet sie es spannend, abends auf einem verlassenen Autofriedhof herumzuschleichen, denkt er. Anke mag's nun mal abenteuerlich.

André springt, landet auf den Füßen und verliert das Gleichgewicht. Als er sich aufrappelt, hält ihm Anke seinen Rucksack entgegen. »Danke«, murmelt er und wird ein bisschen rot. Zum Glück dämmert es bereits, also hat sie es bestimmt nicht gesehen.

»Ganz schön schwer, dein Rucksack«, meint Anke. »Was hast du denn da drin?«

André zuckt mit den Schultern. »Bücher für meinen Bruder Mick. Gestern hat die Kinderbuchwoche angefangen und er hatte beim *Bücherwurm* ein paar Bücher bestellt. Ich habe sie für ihn abgeholt, weil ich heute sowieso bei der Buchhandlung vorbeimusste.«

»Kann dein Bruder sich so viele Bücher leisten?«, fragt Anke. »Ich lese auch gern, aber mein Geld gebe ich lieber für andere Sachen aus. Für CDs zum Beispiel.«

»Ich auch«, sagt André schnell und freut sich, dass Anke so locker mit ihm redet. »Aber Mick ist richtig lesesüchtig. Manchmal denke ich, er spinnt ein bisschen. Weil er nur Gruselgeschichten liest. Und wenn er dann ein Buch durchhat, sagt er jedes Mal: »Alles Unsinn. Schriftsteller lügen immer.«

Anke lacht. »Warum liest er sie dann? Ganz schön abgedreht, dein Bruder. Bist du ihm sehr ähnlich?«

»Nein, überhaupt nicht«, sagt André. »Ich mag keine Gruselgeschichten. Davon bekomme ich Alpträume.«

Sie gehen einen holprigen Sandweg entlang, der zu einem Bürogebäude und weiter zu einer riesigen Halle führt. So weit man sehen kann, ist das Gelände mit Schrottautos übersät; manche stehen ganz normal da, andere sind ein Stück im aufgeweichten Boden eingesackt, einige liegen übereinander, auf der Seite oder auf dem Dach mit den Rädern in der Luft. Etwa in der Mitte des Geländes steht ein Kran, riesenhaft wie ein Brontosaurus in einer prähistorischen Landschaft aus Schrott und Alteisen.

»Okay«, sagt Eddy C. »Wir machen Folgendes: Wir klettern auf einen Wagen und laufen dann über die Autodächer bis zum Ende des Geländes. Ganz hinten stehen die besten Schlitten, dort waren noch keine anderen Schrotträuber.«

»Woher weißt du das?«, fragt André.

Eddy C. lächelt. »Weil der Weg nach hinten weit und gefährlich ist. Überall liegen Schrottteile und Glasscherben herum. Wenn man also von einem Dach runterknallt . . .«

Er zwinkert André zu und klettert über die Stoßstange eines rostigen Opel Kadett auf dessen Dach. Die anderen folgen ihm; das Autodach gibt unter ihrem Gewicht ein Stück nach.

»Los, springen!«, ruft Eddy C. und schon schwebt er durch die Luft und landet mit einem Knall auf dem nächsten Auto. Anke folgt ihm sogleich. Dann springt Hassan, während ihm sein Walkman schon wieder Rockmusik in die Ohren dröhnt. Hassan singt lautstark mit und tanzt auf dem Autodach.

»Wo bleibst du, André?«, ruft Eddy C. Zusammen mit Anke springt er schon auf das nächste Dach. André hört das dumpfe Geräusch, wenn sie aufkommen und Beulen in die Autodächer stampfen. Anke kreischt begeistert und Eddy C. schreit mit.

Warum rennen die nur so?, denkt André. Und warum machen sie solchen Lärm? Wenn uns jemand hört, sind wir dran. Vielleicht gibt's hier doch Wachhunde. André ist vorsichtiger als die anderen, hat Angst, dass er von einem Dach abrutschen könnte, und bleibt ein Stück zurück. Dass er plötzlich auf seinem Gesicht einen Regentropfen spürt, macht das Ganze nicht viel besser. Auch das noch! Und Micks blöde Bücher auf seinem Rücken werden immer schwerer. Nächstes Mal soll er sie selbst abholen, denkt André. Keuchend bleibt er auf dem verbeulten Dach eines Peugeot stehen und blickt nach oben. Wieder fallen Tropfen auf sein Gesicht. Regen! Eigentlich nieselt es nur leicht, aber trotzdem! Es sieht ganz so aus, als sei noch eine Menge Wasser in der dunklen Wolke da oben. Wie ein drohender Schatten hängt sie über dem Schrottplatz und verdüstert die ganze Gegend. In der Ferne ist leises Grollen zu hören.

»Hey, Leute, lasst uns zurückgehen!«, ruft André. In weiter Entfernung sieht er die anderen von Auto zu Auto springen. Ankes Haar flattert und ihr fröhliches Lachen klingt schwach zu ihm herüber. Sie hören ihn nicht oder vielleicht wollen sie ihn auch nicht hören. Also, dann eben weiter. Keuchend springt André auf das nächste Dach. Immer schneller klopft der Regen auf das Blech. Es klingt wie das Klicken einer Computertastatur. Die Autodächer glänzen nass.

Hoffentlich rutscht Anke nicht aus, denkt André. An den Schrottteilen, die überall zwischen den Autos auf dem Boden herumliegen, kann man sich böse verletzen. Wie um ihn zu beruhigen, klingt plötzlich Ankes Stimme aus der Ferne: »André, bist du noch da?«

Sofort vergisst André den Regen und die glatten Dächer. Sie ruft nach ihm! Nicht Eddy C., nicht Hassan, sondern Anke denkt an ihn! Einen Moment lang ist ihm, als hätte er Flügel, und er schwebt zum nächsten Autodach. »Warte auf mich!«

Doch da gleitet André auch schon aus. Er fällt auf den Rücken, rutscht weiter, vom Dach herunter und landet unsanft auf der Motorhaube des Autos. Sein Hinterkopf kracht gegen die Windschutzscheibe. Vor Andrés Augen flimmert es und fluchend reibt er sich die schmerzende Stelle. Es blutet nicht, aber es wird garantiert eine ordentliche Beule geben.

Zum Glück ist er nicht mit dem Kopf durch das Glas geknallt. Er dreht sich um und betrachtet die Windschutzscheibe. Sie ist sternförmig gesprungen. In dem Moment taucht ein heftiger Blitz den Autofriedhof einen Augenblick lang in gleißend helles Licht. André sieht sein eigenes Spiegelbild in der Scheibe. Und dahinter: ein knochiges, weißes Gesicht, das ihn angrinst. Ein Totenkopf mit zwei schwarzen Augenhöhlen. Auf dem Fahrersitz des Autos sitzt ein Gerippe! Fetzen von Kleidung hängen ihm wie Spinnweben um Rippen und Brustkorb. Der Unterkiefer des Totenschädels klappt nach unten, gleichzeitig hebt das Skelett den Arm.

All dies sieht André in dem Bruchteil einer Sekunde, als der Blitz den Schrottplatz erhellt. Dann ist es wieder dunkel und Donnergrollen erfüllt die Luft.

Einen Moment ist André wie erstarrt, dann weicht er mit einem Schrei zurück und springt rückwärts von der Motorhaube. An der vorstehenden Kante einer Stoßstange reißt er sich das Hosenbein auf. Er landet auf den Knien und bleibt regungslos im Schlamm sitzen. Mit weit aufgerissenen Augen starrt er die Windschutzscheibe an, hinter der es nun dunkel ist. Die anderen haben seinen Angstschrei gehört und kommen zurück.

Das Licht einer Taschenlampe fällt auf Andrés Gesicht.

»Was ist passiert?«, fragt Eddy C. »Hast du ein Gespenst gesehen?«

André zeigt auf die Windschutzscheibe. Es hat ihm fast die Sprache verschlagen. »Da . . . hinter dem Fenster . . . ein Skelett! Hat mich angesehen!«

»Shit, was faselt er?«, fragt Hassan und nimmt seinen Walkman ab. »Ein Skelett?«

»Er . . . Es hat mir zugewinkt.«

Anke mustert André mit leicht besorgtem Gesichtsausdruck. Die nassen Haare kleben ihr im Gesicht. Eddy C. sagt nichts, er wischt die Regentropfen von seiner Brille und richtet die Taschenlampe auf das Auto. »Okay, ich schlage Folgendes vor: Ich sehe nach und ihr wartet hier.« Er macht die Autotür auf und leuchtet ins dunkle Wageninnere. Der Lichtkegel seiner Taschenlampe gleitet über zerrissene Sitzbezüge. Die Rückbank ist nach vorn umgeklappt. Eddy C. lässt den Blick durch das Auto schweifen und sagt dann: »Alles okay, André. Hier ist niemand.«

»Wirklich nicht?«, fragt André mit leicht zittriger Stimme.

»Absolut niemand«, bestätigt Eddy C. und leuchtet mit seiner Taschenlampe noch einmal das Wageninnere ab. Die Düsternis huscht jedes Mal vor dem Lichtkegel weg. Bis auf die Sitze ist der Innenraum vollkommen leer. Als Eddy C. die Tür wieder zuschlagen will, sieht er auf dem Boden neben dem Gaspedal etwas Weißes schimmern. Neugierig hebt er es auf und betrachtet es: ein Knöchelchen. Vielleicht von einem Tier, denkt Eddy C. Draußen im Regen wirft er es weg und vergisst es rasch wieder.

Andrés Gesicht ist noch immer schreckensbleich und er hat ganz weiche Knie. Dennoch bringt er ein mattes Lächeln zu Stande. »Ich . . . ich bin wohl in Panik geraten. Plötzlich hatte ich wahnsinnige Angst. Zu blöd! Bestimmt kam es davon, dass ich mit dem Kopf gegen die Scheibe geknallt bin. Und dann der Blitz.«

Hassan schlägt ihm auf die Schulter. »Macht nichts, Mann. Kann jedem passieren. Shit, ich bin ja mit schuld mit meinem albernen Gerede über eine Leiche im Auto.«

André ist erleichtert, dass ihn niemand wegen seines idiotischen Verhaltens auslacht. Auch Anke nicht. Ein Skelett, das den Arm hebt – wie kommt er bloß auf so etwas? Er versteht es selbst nicht. Aber seine Angst war echt. Was Anke nun wohl von ihm denkt? Er wagt kaum sie anzusehen. Sie beugt sich über die Windschutzscheibe und fährt mit der Hand über das sternförmig gesprungene Glas. »Du bist ganz schön hart aufgekommen. Tut dir denn der Kopf nicht furchtbar weh?«

»Ach was, kein bisschen.« André schüttelt den Kopf.

»Klar, so was steckt ein Schrotträuber doch weg, was, André?«, sagt Eddy C. und versetzt André einen Puff gegen die Schulter.

Au! Es ist, als würden lauter kleine Hämmerchen an seinen Hinterkopf klopfen. Nichts anmerken lassen, ich bin schließlich nicht wehleidig, denkt André und lächelt Anke verkrampft an. Über ihnen zuckt erneut ein Blitz und einen Moment lang sehen sie einander wie Spukgestalten im weißen Licht stehen. Dann bricht das Unwetter richtig los, alle Duschen im Himmel werden aufgedreht und der Regen prasselt auf hunderte von Autodächern. Der Autofriedhof verwandelt sich in ein Schlagzeugorchester. Der Lärm ist ohrenbetäubend.

»Los, wir müssen uns unterstellen«, ruft Eddy C. »Weiter hinten hab ich einen Bus gesehen. Da passen wir alle rein.« Der Regen ist so laut, dass die anderen ihn kaum verstehen, aber sie ziehen sich die Jacken über den Kopf und folgen dem Lichtkegel der Taschenlampe zwischen den Schrottautos hindurch. Mit vorsichtigen

Schritten gehen sie durch die Wasserlachen. Überall liegen Felgen, Stoßstangen, Glasscherben und andere gefährliche Teile, an denen man sich verletzen oder über die man stolpern kann. Eddy C. bleibt stehen und macht ihnen ein Zeichen, dass sie sich beeilen sollen. Mit der Jacke über dem Kopf im strömenden Regen sieht er aus wie Quasimodo, der bucklige Glöckner von Notre-Dame. Als sie ihn erreicht haben, blitzt es wieder. Im gespenstisch weißen Lichtschein steht plötzlich der Bus vor ihnen, als hätte ihn der Blitz gerade eben hierher gezaubert. An einer Seite sind seine Räder tief in den schlammigen Boden eingesunken. Vorn ist er verbeult, die Stoßstange hängt herunter und ein Scheinwerfer ist zersprungen. Beim Anblick des Busses überläuft André ein Schaudern, das er sich nicht erklären kann. In dem Augenblick, in dem der Blitz das Gelände erhellt, erkennt er, dass der Bus an der Seite mit merkwürdigen Figuren bemalt ist: mit Gerippen, Gespenstern, Fledermäusen. Und es steht etwas darauf, allerdings ziemlich schlecht lesbar, weil die Schrift ausgebleicht ist.

Gruselbus, liest André.

Ein lauter Donnerschlag dröhnt über den Autofriedhof und lässt den Boden unter ihren Füßen erzittern.

»Was hast du gesagt?«, schreit Anke ihm ins Ohr.

»Ich habe versucht zu lesen, was auf dem Bus steht. Gruselbus oder so was Ähnliches.«

»Scheint ein alter Karnevalswagen zu sein«, ruft Eddy C. »Macht nichts, wir gehen rein. Da drin ist es wenigstens trocken.« Die Tür des Busses steht halb offen. Nacheinander klettern die vier hinein.

»Shit, endlich trocken«, sagt Hassan.

André zögert und steigt dann als Letzter ein. Irgendetwas an dem Bus gefällt ihm nicht, aber er weiß nicht, was. Vielleicht ist es der

Geruch. Es riecht eigenartig, fast tierisch. Ihm ist, als komme er in eine dunkle Höhle, in der ein Monster schläft, ohne dass er es weiß.

»Komm, stell dich nicht an!«, murmelt André vor sich hin. »Erst siehst du ein Skelett und jetzt denkst du, dass sich im Bus ein Monster versteckt!«

Schnell steigt er ein. Drinnen ist es stockdunkel. Eddy C. leuchtet mit seiner Taschenlampe in die Runde. Der Strahl wird allmählich schwächer. Im Lichtschein fällt ihnen sofort etwas Ungewöhnliches auf: Alle Sitze sind verkehrt herum angebracht.

»Seht euch das an«, sagt Hassan. »Das war bestimmt ein Bus für Deppen, die nur rückwärts fahren wollten. Kein Wunder, dass er auf dem Schrott gelandet ist. Wenigstens ist das Steuer vorn!«

Ein Flattern lässt alle vier auffahren und selbst Eddy C. weicht erschrocken zurück, als aus der Dunkelheit etwas Schwarzes zum Vorschein kommt und mit den Flügeln schlägt. Sie ducken sich, als das seltsame Wesen einen hohen Pfeifton von sich gibt und durch die offene Tür im Regen verschwindet.

»Shit, was war das!?«, fragt Hassan erschrocken. André klopft das Herz bis zum Hals. Da bricht Eddy C. in lautes Gelächter aus.

»Eine Fledermaus! Kein Grund zur Aufregung. Wahrscheinlich hatte sie sich schon zum Winterschlaf zurückgezogen und wir haben sie gestört.« Eddy C. lacht wieder, ein bisschen übertrieben, damit die anderen nicht merken, dass auch er erschrocken ist.

André ist erleichtert. Eine Fledermaus, das war alles. Zum Glück kein Monster.

Eddy C. leuchtet mit der Taschenlampe den Innenraum ab, um festzustellen, ob noch mit weiteren Überraschungen zu rechnen ist. Im flackernden Licht sehen sie nur die Rückenlehnen der Sitze und einen zerrissenen Vorhang, der ungefähr in der Busmitte hängt. Hinter dem Vorhang sind die Sitze herausgerissen. Dort stehen ein langer Tisch und ein alter Ledersessel, ein riesiges Ungetüm mit dicken Polstern.

»Komische Einrichtung hat der Bus«, sagt Hassan kopfschüttelnd. Das Flackern der Taschenlampe wird immer stärker.

»Wenn wir nur Licht machen könnten«, sagt Anke. »Die Taschenlampe tut's nicht mehr lange. Und eine Heizung wäre auch nicht schlecht.«

»Ich habe ein Feuerzeug«, sagt André. »Damit kannst du dir die Hände wärmen.« Er nimmt ein Einwegfeuerzeug mit der Aufschrift *Bücherwurm* aus der Tasche und gibt es Anke. »Eigentlich habe ich es für Mick mitgenommen, aber du kannst es haben.«

Anke lächelt ihm zu. »Nett von dir.« Sie bewegt eine Hand über der Flamme hin und her. »Schön warm.«

André nickt ein wenig verlegen. »Verbrenn dir nicht die Finger.«

»Ha, André ist Feuer und Flamme für Anke«, grinst Eddy C.

André wird schon wieder rot, aber Anke streckt Eddy C. die Zunge heraus.

»Du kämst natürlich nie im Leben auf die Idee, einem Mädchen ein Feuerzeug zu geben, wenn sie friert, C.«

»Nö. Ich würde sie lieber selbst wärmen.«

»Mit deinen kalten Pfoten, was?«, sagt Anke. »Nein, vielen Dank!«

In dem Moment gibt die Taschenlampe den Geist auf. Bis auf den Schein der zitternden Flamme des Feuerzeugs ist es vollkommen dunkel im Bus. Der Regen prasselt weiter auf das Dach und wieder erhellt ein Blitz das Dunkel. Gleich darauf kracht ein gewaltiger Donnerschlag.

»Shit, seht mal!« Hassan zeigt auf den Kran, der etwa hundert Meter vom Bus entfernt steht. »Der Blitz hat in den Kran eingeschlagen!«

Anke steckt das Feuerzeug ein und blickt über Hassans Schulter nach draußen.

In der Finsternis flammt oben am Kran ein weißes Licht auf. Ein blauer Funkenregen wandert am Gestänge des Krans nach unten und läuft dann im Zickzack als blaue Lichtspur am Boden entlang, an Eisenteilen und Stoßstangen, von Auto zu Auto, knisternd und Funken sprühend. André, Eddy C., Hassan und Anke pressen ihre Gesichter an die Scheibe und verfolgen atemlos das blaue Licht, das wie eine Schlange auf den Bus zukommt.

»Deckung, es kommt hierher!«, schreit Eddy C. Noch bevor sich jemand rühren kann, hat der blaue Lichtstrahl bereits mit enormem Tempo den Bus erreicht. In dem Augenblick, als er in seine Vorderseite fährt, sprühen Funken aus dem Armaturenbrett und alle Lämpchen beginnen zu flackern. Ein kurzer, kräftiger Hupton ist zu hören und alle Fenster haben plötzlich Rahmen aus blauem Licht. Ein Ruck geht durch den Bus; es ist, als läge ein sterbendes Tier in den letzten Zuckungen. Durch die Erschütterung verlieren die Kinder das Gleichgewicht und schreien vor Schreck laut auf.

»Shi-it!«, ruft Hassan. Sein Walkman fällt zu Boden und rutscht im Mittelgang nach hinten. Im Bus riecht es nach Schwefel und nach Kurzschluss. Im nächsten Augenblick geht die Innenbeleuchtung an, aus und wieder an. Auch das Kontrolllämpchen des Radios brennt jetzt und aus den Lautsprechern kommen Rauschen, Knacken und Pfeifen.

»Was ist das?«, flüstert André. Sie liegen alle vier auf dem Boden und André spürt plötzlich ein Paar Beine unter sich. Die Innenbeleuchtung flackert noch immer, als wüsste sie nicht recht, was sie will, und beschließt dann anzubleiben. Im schwachen Licht haben sie alle bleiche Gesichter.

»Gehst du jetzt bitte mal von mir runter?«, sagt Anke.

»Entschuldigung!« Schnell springt André auf. Er hält ihr die Hand hin, aber Anke rappelt sich allein auf.

»Entschuldigung«, wiederholt André, doch Anke lächelt schon wieder. »Macht nichts. So was steckt ein Schrotträuber doch locker weg, wie C. immer sagt.«

»Super, er funktioniert noch!«, jubelt Hassan. Er ist auf den Knien nach hinten gekrochen und hat seinen Walkman wieder gefunden.

Jetzt haben sich alle aufgerichtet und stellen verblüfft fest, dass die Beleuchtung über den Fenstern angeblieben ist. Das Radio knistert noch immer. Durch das Rauschen ist sogar undeutlich eine Stimme zu hören, weit weg, wie ein geheimnisvolles Flüstern.

»Wie kann das sein?«, fragt André. »Ein Bus, der schon so lange auf dem Autofriedhof steht, hat doch keinen Strom mehr. Die Batterie muss doch vollkommen leer sein.«

Eddy C. betrachtet nachdenklich das Radio. »Okay, alles klar, ich weiß es jetzt: Es kommt durch den Blitzeinschlag. Ihr habt doch gesehen, wie der Blitz auf uns zukam und in den Bus fuhr? Ich glaube, dadurch hat die Batterie irgendwie wieder Saft bekommen.«

»Danke für Ihre aufschlussreiche Erklärung, Herr Professor C.«, sagt Hassan. »Aber so einen komischen Blitz hab ich noch nie gesehen. Wie der auf uns zusauste! Shit, gerade so, als hätte er deine Socken gerochen, C.«

»Die riechen besser als deine!«

»Auf jeden Fall haben wir jetzt Licht«, meint Anke. »Wie es aussieht, müssen wir noch eine Zeit lang hier bleiben.«

Der Regen rinnt in Bächen an den Scheiben herab und dahinter ist nichts als rabenschwarze Finsternis.

»Hat jemand Spielkarten dabei?«, ruft Hassan.

Bevor die anderen antworten können, hört das Rauschen im Radio urplötzlich auf und aus den Lautsprechern kommt klar und deutlich eine Stimme. »Willkommen bei *Der Gruselbus.* Einer Sendung für alle, die sich gern gruseln.« Eine Hupe tutet, dann hört man einen Motor anspringen.

»*Gruselbus* steht doch auch auf diesem Bus«, sagt André.

Das Motorengeräusch wird langsam ausgeblendet und die Stimme kommt wieder. »Guten Abend, liebe Kinder. Es ist wieder Kinderbuchwoche und deshalb Zeit für unsere beliebte Vorlesesendung *Der Gruselbus.* Auch heute Abend haben wir wieder eine Menge spannender Geschichten für die ganze Familie. In unserer letzten Sendung ging es um seltsame Geschichten zu ganz gewöhnlichen Gegenständen. Jetzt aber ist das Thema ›Liebe‹ angesagt. Geschichten über alles, was man liebt: Mamas und Papas, Omas und Lehrerinnen, Kuscheltiere und noch vieles mehr. Also macht euch bereit, schnallt euch an und schließt Fenster und Türen, denn hier ist euer Moderator: P. Onnoval.« Hohles Gelächter ertönt und dann dröhnt »Thriller« von Michael Jackson durch den Bus.

»Ich werd verrückt«, sagt Eddy C. »Gruselgeschichten und coole Musik. Auf Horror fahr ich ab, super!« Er streckt die Beine aus und macht es sich auf zwei Sitzen gemütlich.

»So ein Quatsch!«, sagt Hassan. »Gruselgeschichten und Liebe, das passt doch nicht zusammen. Ich hör lieber Guns N' Roses.« Er streckt sich ebenfalls auf zwei Sitzen aus, zieht sich das Schild seiner Chicago-Bulls-Mütze über die Augen und dreht seinen Walkman auf volle Lautstärke.

»Okay«, sagt Eddy C. »Wir machen's uns bequem, legen die Füße hoch und hören zu, bis der Regen aufhört. Und Hassan macht, was er will.«

André setzt sich auf den Platz neben Anke und stellt seinen Rucksack auf den Boden.

»Verrückt, was?«

»Was denn?«

»Wir sitzen in einem Gruselbus und hören eine Sendung die *Der Gruselbus* heißt.«

»Stimmt, jetzt, wo du's sagst. Komischer Zufall«, sagt Anke. »Ob der Bus früher einem Rundfunksender gehört hat?«

»Kann schon sein. Vielleicht sind sie damit auf Tournee gegangen. Als reisende Gruselshow.«

Anke nickt und sieht aus dem Fenster. Draußen prasselt der Regen auf die Autowracks. »Ein Erfolg war's bestimmt nicht, sonst wäre der Bus nicht auf dem Schrottplatz gelandet.«

»Thriller« von Michael Jackson endet mit schaurigem Gelächter und aus den Lautsprechern kommt wieder die Stimme: »Hallo, liebe Kinder! Sitzt oder liegt ihr gut? Hier ist euer großer Freund Onnoval und gleich beginnt die erste Geschichte. Doch zunächst ein Werbespot von unserem Sponsor, der Stiftung GGG – Geister, Gerippe und anderes Gesindel.«

Biep-biep.
Bedrohlich wirkende, dumpfe Klaviertöne. Eine Frauenstimme flüstert:
»Haben Sie auch solche Angst vor dem Tageslicht?
Schlüpfen Sie auch beim ersten Sonnenstrahl in Ihren Sarg?
Jetzt gibt es ›Vampirin‹. Die Sonnenschutzcreme mit dem ultrahohen Lichtschutzfaktor 130. Dazu gratis eine tageslichtundurchlässige Sonnenbrille.
›Vampirin‹. Damit Sie sich am Tag so sicher fühlen wie in der Nacht.«
Biep-biep.

»Hast du gehört, Hassan?«, ruft Eddy C. »Lauf mal rasch in die

Drogerie und hol 'ne Tube davon, dann kann dir nichts mehr passieren.« Aber Hassan hört nichts. Mit geschlossenen Augen lauscht er der Musik aus seinem Walkman.

»Merkwürdig, dieser Werbespot«, meint André. »Der ist doch wohl nicht ernst gemeint.«

»Gleich wird es noch viel merkwürdiger«, schallt die Stimme des Moderators aus dem Lautsprecher, als hätte er Andrés Worte gehört. »Nehmt eure Mutter oder eure Freundin in den Arm und hört gut zu: Jetzt kommt die erste Geschichte!«

Gern würde André den Rat des Moderators befolgen, aber er traut sich nicht, Anke zu berühren. Dann hören wir uns eben zusammen die Geschichte an, denkt er. Das kann auch spannend sein. Vielleicht nimmt sie ja meine Hand, wenn es richtig gruselig wird. Na ja, wohl eher nicht, Anke fürchtet sich nicht so schnell.

Als der Moderator mit heiserer Stimme zu erzählen beginnt, zuckt wieder ein Blitz und erhellt für Sekundenbruchteile die Dunkelheit hinter den Fenstern. André findet es plötzlich nicht mehr so kalt im Bus. Vielleicht ist gleichzeitig mit dem Radio auch die Heizung angegangen, denkt er. Oder aber es kommt davon, dass er jetzt so nahe bei Anke sitzt.

Liebe Mama, lieber Papa

Jacobs Vater kam am Morgen in die Küche und hatte ein Pflaster am Hals. Er sah bleich und müde aus. Jacobs Mutter sah ihn besorgt an. »Du siehst schlecht aus, Schatz. War es anstrengend heute Nacht?«

Vater nickte. »Wir haben einen neuen Pfleger bekommen. Der Kerl hat von Tuten und Blasen keine Ahnung und ausgerechnet ich muss ihn einarbeiten. Er kann nicht einmal eine Nadel setzen, ohne dass Blut spritzt. Ich weiß wirklich nicht, wo sie den herhaben.«

Jacobs Vater arbeitete als Pfleger im Abraham-van-Helsing-Krankenhaus und hatte deswegen unregelmäßige Arbeitszeiten.

Während er weiter vor sich hin schimpfte, tappte er durch die Küche, öffnete Schranktüren und machte sie wieder zu, als wüsste er nicht recht, was er suchte.

»Ich begreife absolut nicht, weshalb sie den Burschen eingestellt haben. Er sieht so ungesund aus wie eine Leiche – als ob er selbst eine Bluttransfusion brauchen könnte.«

Mutter stellte einen Teller Spiegeleier mit Speck auf den Tisch, das aß Vater am liebsten nach einem aufreibenden Nachtdienst. »Du Ärmster, du hast bestimmt großen Hunger. Vergiss jetzt mal den Neuen und setz dich, dein Essen ist schon fertig.«

Noch immer leise schimpfend, setzte sich Vater an den Tisch neben Jacob, der bis jetzt noch kein Wort gesagt hatte. Er hatte seinen Teller bereits leer gegessen und war in einen Donald-Duck-Comic vertieft. In der Geschichte war Donald auf Puppengröße geschrumpft, weil er sich an einer Nadel mit Schrumpfgift gestochen hatte, die in einer Voodoo-Puppe versteckt gewesen war.

Mit einem Seufzer legte Jacob das Heft beiseite; zum Glück war es mit Donald gut ausgegangen. Dann sah er seinen Vater neugierig an.

»Du, Papa, warum hast du ein Pflaster am Hals?«

»Was? Ach so, das!« Geistesabwesend strich Vater über das Pflaster. »Beim Rasieren geschnitten. Nichts weiter.«

Er schnitt ein Stück Spiegelei ab und führte es mit der Gabel zum Mund. Im nächsten Augenblick würgte er und spuckte den Bissen auf den Teller zurück. Jacob und seine Mutter starrten ihn erschrocken an.

»Was ist denn, Schatz? Hast du dich verschluckt?«

Jacobs Vater schüttelte den Kopf, machte ein angewidertes Gesicht und schob den Teller von sich.

»Es schmeckt mir nicht.«

Mutter sah ihn erstaunt an. »Es schmeckt dir nicht? Das wäre ja das erste Mal seit zehn Jahren. Für Spiegeleier mit Speck würdest du doch sonst mitten in der Nacht aufstehen.« Mit beleidigter Miene begann sie die Bratpfanne zu spülen.

»Und ich sage, es schmeckt mir nicht!«, donnerte Vater und schlug so heftig mit der Faust auf den Tisch, dass die Löffel wie kleine Akrobaten von den Tellern hochsprangen und auf die Tischplatte zurückfielen. Jacob war mucksmäuschenstill. Die Atmosphäre in der Küche war plötzlich geladen. Noch nie hatte sein Vater mit der Faust auf den Tisch gehauen. Das machte Jacob Angst. Dann sagte Vater plötzlich mit ruhiger Stimme: »Ich habe eben Appetit auf etwas anderes. Ich habe Appetit auf Blut. . .wurst.« Die Worte kamen langsam aus seinem Mund. Es war, als ob er nicht mit Mutter, sondern mit sich selbst sprach.

»Wenn du Blutwurst willst, dann geh in den Supermarkt und

kauf dir welche.« Jacobs Mutter war noch immer gekränkt. Sie griff nach der Zugschnur der Jalousie.

»Durst habe ich auch«, sagte Vater ebenso langsam wie zuvor, als hätte er Mutters Antwort nicht gehört.

»Höllischen Durst! Ein großes Glas helles, rotes . . . Mach zu!«, rief er und hielt sich die Hände schützend vors Gesicht. Jacobs Mutter hatte die Jalousie hochgezogen, sodass das Morgenlicht in die Küche fiel. Sie hatte ihren Ärger bereits wieder vergessen.

»Was ist denn nur los? Ich glaube, mit dir stimmt etwas nicht. Soll ich den Arzt holen?«

Vater schüttelte den Kopf und stemmte sich mühsam vom Stuhl hoch. »Ist nicht nötig. Ich brauche keinen Arzt. Schlaf, das ist alles, was ich brauche.« Er schlurfte aus der Küche und zog die Tür hinter sich zu. Sie hörten ihn die Treppe hinaufgehen. Mutter wandte sich zu Jacob um und zuckte mit den Schultern. »Na ja, einen schlechten Tag hat jeder mal, nicht wahr.«

Zwei Tage später war das Pflaster verschwunden und an Vaters Hals prangte ein hässlicher roter Fleck. Jacob sah seinen Vater selten, denn er arbeitete oft nachts und schlief tagsüber. Allerdings fiel Jacob auf, dass er immer bleicher aussah. Und er beklagte sich nicht mehr über den neuen Pfleger. Er fand ihn jetzt sogar nett und erzählte, dass sie zusammen Bluttransfusionen durchführten. Das lief inzwischen reibungslos, kein Tropfen Blut ging mehr daneben, sagte er.

In der Nacht konnte Jacob nicht schlafen. Es gefiel ihm überhaupt nicht, dass sein Vater so oft Nachtdienst hatte. Außerdem war es in letzter Zeit sehr ungemütlich zu Hause. Tagsüber mussten die Vorhänge und die Jalousien geschlossen bleiben, weil Vater kein Tageslicht vertragen konnte, wenn er aufstand. Er bekäme Kopfschmerzen davon, sagte er. Jacob konnte deshalb keine Freunde einladen, denn wer wollte schon in einem dunklen Haus spielen? Außerdem hätten er und seine Freunde sich dann mäuschenstill verhalten müssen, solange Vater schlief, und er wachte meist erst gegen sechs Uhr auf, wenn es draußen schon wieder dunkel wurde.

Während Jacob sich unruhig im Bett herumwarf, hörte er einen Schrei aus dem Elternschlafzimmer. Es war die Stimme seiner Mutter, ganz eindeutig. Er lauschte eine Weile. Dann hörte er eine Männerstimme. War Vater schon von der Arbeit zurück? Der Radiowecker zeigte fünf nach zwölf. So früh kam Vater normalerweise nicht nach Hause. Außerdem hatte Jacob die Haustür nicht gehört.

Wie war sein Vater dann hereingekommen? Jacob war sich ganz sicher, dass er die Haustür nicht gehört hatte und auch keine Schritte auf der Treppe. Er war verwirrt.

Am nächsten Morgen kam Mutter im Morgenmantel in die Küche. Sie hatte den Kragen hochgeschlagen und trug einen Schal um den Hals.

Vielleicht hat sie Halsschmerzen, dachte Jacob. Wortlos ging Mutter zur Anrichte. Sie sah bleich aus und hatte rot geränderte Augen.

»Hallo«, sagte Jacob. Sie drehte sich langsam zu ihm um und lächelte. Es war ein mattes Lächeln und Jacob hatte das Gefühl, dass sie ihn nicht wirklich ansah.

»Kommt Papa nicht frühstücken?«

Mutter setzte einen Topf Wasser auf. »Er schläft noch, er ist heute Nacht erst um vier nach Hause gekommen. Sein Nachtdienst war sehr anstrengend.«

Jacob sah sie verständnislos an. Um vier? Wie konnte das sein?

Er hatte doch selbst gehört, dass Vater bereits kurz nach Mitternacht zu Hause war! Geräuschvoll zog er die Nase hoch. Sonst schimpfte seine Mutter immer, wenn er das tat, aber diesmal schien sie es gar nicht zu hören. Sie goss Wasser in die Teekanne, stellte den Brotkorb auf den Tisch und bedachte Jacob erneut mit einem matten Lächeln. Jacob kam das seltsam vor; diesen Gesichtsausdruck kannte er nicht an ihr. Er wandte den Blick zum Fenster. Das Morgenlicht kam allmählich zwischen den Lamellen der Jalousie hindurchgekrochen.

Mutter schaute ebenfalls zum Fenster und blinzelte.

»Ich ... glaube, ich lege mich auch noch mal hin, Jacob. Ich bin ein wenig müde.« Sie beugte sich zu ihm und küsste ihn auf die Wange. Ihre Lippen fühlten sich eiskalt an.

»Willst du denn nichts essen?«, fragte Jacob.

»Nein, ich habe keinen Hunger.« Sie schüttelte den Kopf. Durch die Bewegung verrutschte ihr Schal. Jacob sah einen hässlichen roten Fleck an ihrem Hals.

Ein Knutschfleck?, dachte Jacob. Beim Rasieren ist das jedenfalls nicht passiert.

»Bis später, Jacob«, sagte Mutter und verließ rasch die Küche. Gedankenverloren sah Jacob ihr nach. Merkwürdig benommen wirkten die Eltern und beide hatten sie etwas am Hals.

Den ganzen Vormittag konnte sich Jacob nicht auf den Unterricht konzentrieren. Immer wieder sah er den roten Fleck am Hals seiner Mutter vor sich. Und Vater, der sich so seltsam benahm, seit er sich beim Rasieren geschnitten hatte. Und warum hatte Mutter behauptet, Vater wäre erst um vier nach Hause gekommen, obwohl Jacob seine Stimme schon viel früher gehört hatte?

Sie verschweigen mir etwas, dachte er.

Plötzlich spürte er eine Hand auf seiner Schulter und sah erschrocken auf. Es war der Lehrer. »Willst du nicht ein bisschen frische Luft schnappen, Jacob? Oder möchtest du die Pause im Klassenzimmer verbringen?«

Verwirrt sah Jacob sich um. Das Klassenzimmer war bereits leer; durch das Fenster sah er die anderen Schüler auf dem Schulhof. Die Uhr zeigte zehn nach zwölf. Er hatte nicht einmal das Läuten gehört.

»Ist was, Jacob?«, fragte der Lehrer. »Kann ich dir helfen? Hast du vielleicht Probleme?«

Jacob schüttelte den Kopf und stand schnell auf. »Nein, vielen Dank. Ich habe wohl . . .« Er wusste nicht, was er sagen sollte, griff nach seinem Brotbeutel und lief rasch ins Freie. Dort setzte er sich auf eine Mauer und sah den anderen zu, die herumsaßen oder -schlenderten und ihre Brote aßen. Es war ein ganz normaler Tag, nicht anders als sonst. Und dennoch hatte sich etwas verändert. Jacob schnäuzte sich die Nase und dachte an seinen Vater und seine Mutter, die wahrscheinlich beide noch schliefen und erst am Abend aufwachen würden. Er schüttelte den Kopf. Es war verrückt. Jacob nahm einen Bissen von seinem belegten Brot, aber er hatte keinen Hunger und packte es wieder weg. Er musste mit jemandem über das Ganze sprechen, er brauchte dringend einen Rat. Und es gab nur einen, der alles über dieses Thema wusste. Jacob stand auf und ging zum Fahrradschuppen. Wie erwartet, fand er dort Hendrik und Fleur. Seit einem Jahr gingen die beiden miteinander und in den Pausen zogen sie sich immer in eine stille Ecke und tuschelten. Auch jetzt standen sie wieder zusammen, hinten bei den Fahrradständern. Jacob hörte Fleur kichern.

»Puh, ich bin ganz außer Atem«, sagte Hendrik. Jacob räusperte sich und hustete dann übertrieben laut. »Hendrik?«

Hendrik wandte sich um und trat einen Schritt aus dem Schatten. Er war mager, trug eine Brille und hatte strohblondes Haar. Jacob sah einen roten Fleck an Hendriks Mundwinkel. Fleur benutzte schon Lippenstift, das wusste er, aber im Moment interessierte ihn das nicht.

»Was gibt's?«, fragte Hendrik und wischte sich mit dem Ärmel über den Mund.

»Ich muss dich kurz sprechen, Hendrik.«

Hendrik zögerte und warf einen Blick auf Fleur. »Muss das jetzt sein? Ich helfe Fleur gerade bei den Hausaufgaben.«

Fleur kicherte wieder, aber Jacob tat, als hörte er es nicht.

»Es ist wirklich wichtig.« Fast flehend sah er Hendrik an.

Hendrik seufzte und kratzte sich am Kopf.

»Also, dann schieß mal los, wenn es so wichtig ist . . .«

Jacob nickte heftig.

Fleur hüstelte. »Wir waren aber noch nicht fertig, Hendrik.«

»Wir machen gleich weiter, Fleur«, sagte Hendrik. »Üb schon mal ein bisschen.«

»Ich allein, du machst wohl Witze!«, rief Fleur.

Hendrik ging mit Jacob zum Ausgang des Fahrradschuppens. Dort setzten sie sich auf die Gepäckträger von zwei alten Rädern.

Hendrik rückte seine Brille zurecht. »Schieß los.«

Jacob zögerte und nahm sein Taschentuch zur Hand. Er wusste nicht recht, wie er anfangen sollte. Die ganze Geschichte erschien ihm auf einmal vollkommen lächerlich. Geräuschvoll schnäuzte er sich, betrachtete das Resultat und faltete das Taschentuch wieder zusammen.

»Du weißt doch alles über Vampire, Hendrik?«

Hendrik nickte und sah Jacob abwartend an.

Jacob räusperte sich. »Was ich wissen wollte: Woran, oder nein, *wie* merkt man, ob jemand ein Vampir ist? Geworden ist, meine ich.«

Hendrik wirkte erstaunt. Ihm war noch nie aufgefallen, dass Jacob sich für Vampire interessierte.

»Ganz einfach. Vampire haben kein Spiegelbild. Und sie vertragen kein Tageslicht, deshalb schlafen sie tagsüber, bis die Sonne untergeht.«

Jacob schluckte und nickte mühsam. »Aber wodurch wird jemand zum Vampir?« Eigentlich kannte er die Antwort bereits, doch er wollte sie von Hendrik hören.

»Indem er von einem anderen Vampir gebissen wird. Meist in die Halsschlagader. Jacob, warum fragst du das alles? Willst du etwa ein Buch über Vampire schreiben?«

»Hendrik, wo bleibst du denn? Ich stehe hier und friere, fühl mal, wie kalt ich bin!«, rief Fleur vom anderen Ende des Fahrradschuppens herüber.

Hendrik stieg vom Gepäckträger. »Jaja, ich komm ja schon.« Er zwinkerte Jacob zu. »Ihr wird immer so kalt vom Bruchrechnen.«

»Eines noch!«, sagte Jacob schnell. »Wie kann man sich gegen Vampire schützen?«

»Mit Knoblauch«, antwortete Hendrik. »Das verträgt ein Vampir nicht. Und mit einem Kruzifix kann man ihn auch verjagen.« Er grinste. »Aber am sichersten ist es natürlich, wenn man ihn im Schlaf tötet. Man muss ihm einen Holzpflock ins Herz treiben und ihm Knoblauch in den Mund stecken. Dann kann man sicher sein, dass er nie mehr aufsteht.«

Jacob nickte. Sein Mund war ganz trocken. »Hendrik, wenn deine Eltern sich in Vampire verwandelt hätten, was würdest du dann tun?«

Hendrik kratzte sich am Kopf und dachte kurz nach. »Keine Frage: ihnen einen Holzpflock ins Herz treiben und Knoblauch in den Mund stecken.«

»Hendrik, wo bleibst du?«, rief Fleur.

Jacob sah Hendrik ungläubig an. »Deinen eigenen Eltern!?«

Hendrik lächelte. »Man bringt sie nicht wirklich um, Jacob, denn Vampire sind ja schon tot oder – besser gesagt – untot. Dazu verdammt, ewig zu leben und Blut zu saugen. Man erlöst sie also lediglich von ihrem Vampirdasein, bevor sie sich an einen selbst ranmachen.«

Er schlug Jacob auf die Schulter. »Warum willst du das wissen, Jacob? Sind deine Eltern etwa Vampire geworden?« Er lachte über seinen eigenen Witz und ging wieder zu Fleur hinüber. Jacob starrte ihm nach. Ihm war nicht nach Lachen zu Mute.

Ich muss verrückt sein, dachte Jacob, als er den Gemüseladen betrat. Er zögerte einen Augenblick, ging dann aber zum Ladentisch.

»Was darf es sein?«, fragte das Mädchen, das uninteressiert auf einem Kaugummi herumkaute.

»Knoblauch«, verlangte Jacob.

»Eine Knolle?«, fragte das Mädchen und hielt eine Knolle Knoblauch hoch.

Jacob schüttelte den Kopf. »Den ganzen Strang bitte.«

Das Mädchen hob die Augenbrauen und hörte sogar kurz auf zu kauen.

»Gern.« Sie packte den Knoblauchstrang in eine Papiertüte. Jacob versteckte die Tüte unter seiner Jacke und radelte so nach Hause.

Seine Mutter war aufgestanden, trug aber noch immer ihren

Morgenmantel und den Schal um den Hals. Die Vorhänge und die Jalousien waren geschlossen und die Atmosphäre im Haus war dumpf.

»Kann ich die Vorhänge aufmachen, Mama?«, fragte Jacob. »Es ist so dunkel hier.«

»Lieber nicht«, sagte sie. »Ich fühle mich nicht besonders wohl und von dem Licht werden meine Kopfschmerzen nur noch schlimmer.«

Sie benutzt die gleichen Ausreden wie Papa, dachte Jacob.

»Außerdem ist es draußen schon fast dunkel, also hat es wenig Sinn, sie jetzt noch aufzumachen«, sagte Jacobs Mutter. Sie lächelte und im Halbdunkel sah Jacob ihre weißen Zähne glänzen. Dann rümpfte sie die Nase. »Du riechst irgendwie komisch, Jacob.« Er sah, dass sie ängstlich einen Schritt zurücktrat.

»Ich . . . ich habe vergessen frische Socken anzuziehen, Mama«, sagte er hastig. Dann rannte er in sein Zimmer und versteckte den Knoblauchstrang unter dem Kopfkissen.

Er setzte sich auf den Bettrand und stützte den Kopf auf die Hände.

Was ist nur mit mir los?, dachte er. Welches Kind glaubte denn schon, dass seine Eltern sich in Vampire verwandelt haben! So etwas gab es doch nicht! Vampire waren Phantasiewesen aus Büchern.

Vielleicht bin ich überreizt, dachte Jacob. Oder irgendein geheimnisvoller Virus hat mich befallen und jetzt löst sich mein Gehirn langsam auf und ich werde verrückt.

Aber sie können kein Licht vertragen. Und was ist mit den Flecken am Hals?, sagte eine Stimme in seinem Kopf.

»Na und? Das ist doch kein Beweis«, entgegnete Jacob der Stimme. Er schlug sich an die Stirn. Wahnsinn! Nun sprach er bereits mit sich selbst. Ganz bestimmt wurde er verrückt. Mit einem Seufzer ließ er sich nach hinten auf sein Bett fallen.

Als er die Augen aufmachte, zeigte sein Radiowecker elf Uhr. Elf Uhr! Er war einfach eingeschlafen. Und seine Mutter hatte ihn nicht einmal zum Abendessen geweckt. Jacob setzte sich auf und lauschte. Es war totenstill im Haus.

Still wie in einer Gruft, dachte er und schauderte. Er merkte, dass sein Magen knurrte. Hunger! Er überlegte, ob er rasch nach unten gehen und sich etwas zu essen machen sollte. Aber er blieb sitzen. Unten war seine Mutter. Jacob wurde bewusst, dass er zum ersten Mal in seinem Leben Angst vor seiner Mutter hatte. Vielleicht wartete sie dort auf ihn. Nein, vielen Dank, dachte er. Plötzlich hörte er die Treppenstufen knarren. Aus dem Flur schien Licht unter seiner Zimmertür durch. Sie kam!

Jacob geriet in Panik. Er sprang auf, setzte sich wieder und sah sich hilflos nach allen Seiten um. Er schlüpfte mit Kleidern und Schuhen unter die Bettdecke und stellte sich schlafend. Langsam ging seine Zimmertür auf und Licht fiel herein.

»Jacob«, flüsterte seine Mutter. Ihre Stimme klang fremd und heiser. Jacob lag ganz still und gab keine Antwort.

»Jacob, schläfst du?«

Er machte die Augen einen winzigen Spalt auf und sah seine Mutter in der Türöffnung stehen. Sie war noch immer im Morgenmantel.

Es ist doch nur meine Mutter, dachte Jacob. Alles ganz normal. Meine Phantasie ist mit mir durchgegangen.

Er lugte zu ihr hinüber und gab noch immer keine Antwort. Plötzlich stockte ihm der Atem. An der Wand im Flur hing ein großer Spiegel mit einem Kupferrahmen. Er hatte früher Jacobs Oma gehört. Der Spiegel hing so, dass von Jacobs Bett aus die

Türöffnung seines Zimmer sowie das Bett selbst darin zu sehen waren. Auch jetzt sah Jacob, als er an seiner Mutter vorbeischaute, den Türrahmen im Spiegel. Und sein Bett und sich selbst mit dem Kopf halb über der Decke. Nur seine Mutter sah er nicht im Spiegel.

»Jacob, darf ich reinkommen?«, flüsterte sie. »Willst du keinen Gutenachtkuss von deiner Mama?«

Das fehlt mir gerade noch!, dachte Jacob und stieß den Atem aus, den er, ohne es zu merken, gut zehn Sekunden angehalten hatte.

»Nein!«, schrie er. »Du darfst nicht rein! Geh weg!« Er griff unter sein Kopfkissen, packte den Knoblauchstrang und schleuderte ihn in Richtung Tür. Seine Mutter wich mit einem Schrei zurück und schlug die Tür zu. Mit einem Satz sprang Jacob aus dem Bett und begann alles Mögliche vor die Tür zu schieben: seinen Schreibtisch, den Tisch, mehrere Bücherstapel und die Kiste mit seinem alten Spielzeug. Erschöpft taumelte er zurück. So, vorläufig war er in Sicherheit. Er lauschte, aber auf dem Flur war nichts mehr zu hören. Anscheinend hatte seine Mutter bereits aufgegeben.

Jacob lehnte sich an die Wand und fuhr mit der Hand über sein Gesicht. Passierte dies alles wirklich? Oder bildete er es sich nur ein? Vielleicht war seine Mutter zum Telefon gelaufen und hatte einen Arzt angerufen. Oder das Irrenhaus.

Von draußen drang ein Laut in sein Zimmer. Jemand rief nach ihm. Jacob ging zum Fenster, öffnete es und schaute nach unten. Dort stand sein Vater und blickte zu ihm empor. Das Mondlicht fiel auf sein Gesicht und er lächelte Jacob an.

»Hallo, mein Junge, wir müssen einmal ernsthaft miteinander reden«, sagte er.

Meinetwegen, dachte Jacob, aber warum mitten in der Nacht? Und warum steht er da unten?

»Ich kann dir alles erklären«, sagte Jacobs Vater freundlich. »Warte, ich komme hoch, da redet es sich leichter.«

Mit diesen Worten begann er an der Hauswand emporzuklettern. Seine Fingernägel krallten sich in die Fugen zwischen den Klinkersteinen. Einen Moment lang starrte Jacob mit offenem Mund seinen Vater an, der rasch näher kam.

»Noch ein wenig Geduld, Jacob, gleich bin ich bei dir.« Er lachte und Jacob sah im fahlen Mondlicht seine langen Eckzähne glänzen.

Jacob wollte davonlaufen, konnte sich aber nicht von der Stelle rühren. Es schien, als wären seine Hände am Fensterrahmen festgefroren. Eine Hand seines Vaters umklammerte bereits den Fenstersims und dann erschien sein Gesicht vor dem Fenster.

»Hehe, da wäre ich also«, keuchte er. »Strengt mich noch ganz schön an, die Kletterei.« Dabei sah er keineswegs erschöpft aus und sein Keuchen klang auch nicht echt. »Kann ich in dein Zimmer kommen? Da redet es sich besser.«

Jacob löste sich ruckartig vom Fensterrahmen und wich einen Schritt zurück. »Nein!«

»Nun stell dich nicht an«, sagte sein Vater. »Du musst mich erst auffordern in dein Zimmer zu kommen. So ist das bei uns nun einmal Sitte.«

»Nein!«, rief Jacob und trat noch einen Schritt zurück. »Du bist ein Vampir! Verschwinde!«

Jacobs Vater setzte eine bekümmerte Miene auf. »Aber, aber, so spricht man doch nicht mit seinem Vater. Natürlich bin ich ein Vampir. Na und? Es ist herrlich, Vampir zu sein. Ich bin zwar untot, aber ich habe dich noch genauso lieb.«

»Kann schon sein«, sagte Jacob. Ungläubig, erstaunt und zugleich angstvoll sah er seinen Vater an, dessen Gesicht vor dem Fenster

zu schweben schien, während er sich mit den Händen ohne Anstrengung am Sims festhielt.

»Es ist wirklich so, Jacob. Vampir zu sein macht riesig Spaß. Man kann fliegen, an Wänden hochklettern und mit ein bisschen Übung kann man sich sogar in eine Fledermaus verwandeln. Du glaubst nicht, wie schön die Welt von oben aussieht!«

»Ja?«, fragte Jacob und stellte sich einen Augenblick vor, dass er frei wie ein Vogel über den Wolken schwebte.

»Herrlich, nicht wahr?«, sagte sein Vater, als könnte er Jacobs Gedanken lesen, und wahrscheinlich konnte er das tatsächlich.

Sein Gesichtsausdruck war nach wie vor freundlich, und wenn er den Mund geschlossen hielt, sodass die fürchterlichen Eckzähne nicht zu sehen waren, sah er aus wie immer, nur ein wenig bleich.

»Wie hast du dich denn in so ein ... so ein Ding verwandelt?«, fragte Jacob.

Sein Vater sah ihn an, als wäre er erschrocken, aber seine Reaktion wirkte nicht ganz überzeugend.

»Nun ja, als ein Ding empfinde ich mich nicht, Jacob. Und ich will auch nicht, dass du so denkst. Wenn ich gewusst hätte, wie großartig es ist, Vampir zu sein, wäre ich schon viel früher einer geworden. Und ...«

»Wie ist es passiert?« Jacob empfand keine Angst mehr, sondern Wut. Was fiel seinen Eltern eigentlich ein? Sich einfach in Vampire zu verwandeln, als wäre es das Normalste auf der Welt, und ihm nichts davon zu sagen! Hinterhältig fand er das. Gemein!

Sein Vater seufzte. »Es war der neue Pfleger, von dem ich dir erzählt habe. Er hat mich gebissen. Anfangs konnte ich ihn nicht ausstehen. Aber als ich entdeckte, wie herrlich das Leben als Vampir ist, wurde er mir immer sympathischer. Jetzt sind wir die besten Freunde. Beinahe Blutsbrüder.«

»Beim Rasieren geschnitten . . .«, sagte Jacob.

Sein Vater zuckte mit den Schultern, was nicht ganz einfach war, denn er hing noch immer mit den Händen am Sims. »Eine Notlüge, Jacob. Nichts weiter.«

»Und Mama?«

Vater sah Jacob eine Zeit lang schweigend an. »Tja, sie ist meine Frau. Was blieb mir denn übrig? Ich kann doch nicht als Vampir durchs Leben gehen, während ihr . . . äh . . . etwas anderes seid. Und Mama war einverstanden.« Vater zog sich langsam auf den Fenstersims. »Nun fehlst nur noch du, Jacob. Es geht ganz schnell. Du merkst fast nichts davon. Bittest du mich nun in dein Zimmer?«

»Zurück!«, schrie Jacob. Er hielt plötzlich ein Kruzifix in den ausgestreckten Händen, ebenfalls ein Erbstück von seiner Oma. Während sein Vater sprach, hatte Jacob es heimlich vom Nachttisch genommen. Das Gesicht seines Vaters verzog sich zu einer scheußlichen Grimasse, er entblößte seine Eckzähne und fauchte wie eine Wildkatze. Seine Augen glühten feurig.

»Verschwinde!«, schrie Jacob mit halb erstickter Stimme. »Geh weg! Lass mich in Ruhe!«

Die Hände seines Vaters flatterten wie zwei weiße Schmetterlinge vor dem Fenster auf und ab, dann stürzte er in die Tiefe. Jacob rannte zum Fenster und sah hinunter. Sein Vater fiel erst ein, zwei Meter, verwandelte sich dann aber im Fallen in eine Fledermaus, die einen hohen Ton ausstieß, eine Aufwärtskurve flog und durch das geöffnete Fenster im Elternschlafzimmer verschwand.

Jacob machte das Fenster zu, legte das Kruzifix auf das Fensterbrett und setzte sich im Dunkeln auf sein Bett. Sie waren beide im Haus, aber sie konnten nicht in sein Zimmer. Die Tür war verbarrikadiert, der Knoblauchstrang hing inzwischen an der Türklinke und das Kruzifix schimmerte im Mondlicht auf der Fensterbank.

Er war in Sicherheit. Bald würde es hell werden und dann ... tja, dann würde er weitersehen. Jacob konnte keinen klaren Gedanken fassen. Ihm war, als würde eine ganze Fledermausfamilie in seinem Kopf herumflattern. Er legte sich so aufs Bett, dass er die Tür im Auge hatte, und schlief fast sofort ein.

Das Morgenlicht weckte Jacob. Sein Kopf fühlte sich schwer an und er meinte sich an einen schlimmen Traum zu erinnern. Seine Muskeln waren verkrampft, denn er hatte die ganze Nacht in derselben Haltung gelegen.

Plötzlich fuhr er hoch. Jetzt fiel ihm alles wieder ein. Er sah zum Fenster. Tageslicht! Nun schliefen seine Eltern. Nein, nun schliefen die Vampire. Er warf einen Blick auf den Radiowecker: Viertel nach elf. Au Backe! Er hatte gründlich verschlafen – der Unterricht hatte schon lange angefangen. Macht nichts, dachte Jacob, heute kann ich sowieso nicht in die Schule.

Er stand auf, baute die Barrikade vor der Tür ab und betrat den Flur. Es war totenstill. Jacob warf einen Blick auf die Tür des Elternschlafzimmers. Da drinnen waren sie, das wusste er, und sie würden bis Sonnenuntergang im Zimmer bleiben. Er hastete die Treppe hinab, ging in die Küche und durch die Hintertür nach draußen zum Schuppen. Zum Frühstücken war keine Zeit, Hunger hatte er ohnehin nicht, schon gar nicht, wenn er an sein grausiges Vorhaben dachte.

Im Schuppen suchte er nach einem stabilen Holzstock. Omas Spazierstock. Der wäre gut, dachte Jacob. Er musste nur den gebogenen Handgriff absägen und ihn unten anspitzen. Insgesamt brauchte er eine Stunde dafür.

Zufrieden betrachtete er das Resultat seiner Arbeit: Jetzt hatte er einen Pflock. Das untere Ende war gefährlich spitz. Spitz genug, um einen ... Er dachte den Gedanken nicht zu Ende. Nachdenken hatte keinen Sinn. Das machte alles nur noch schwieriger. Jacob kramte im Werkzeugkasten seines Vater und nahm den schweren Tischlerhammer heraus. Damit müsste es klappen. Gedankenverloren sah er hinaus ins Freie, wo die Sonne heiter auf den Birnbaum im Garten schien.

»Dann mal los. Es ist eine Drecksarbeit, aber jemand muss sie ja machen«, sagte Jacob zur Sonne. Diesen Satz hatte er einmal auf einem Aufkleber auf einem Müllwagen gelesen. Müllmann schien ihm jetzt geradezu als ein Traumjob im Vergleich zu dem, was er würde tun müssen. Er lachte nervös. Mit dem Hammer in der einen Hand und dem Pflock in der anderen und mit bleischweren Füßen betrat Jacob das Haus.

Drinnen war es noch immer totenstill. Jacob blieb am Fuß der Treppe stehen und schaute hinauf. Da oben würde es geschehen. Im Grunde eine einfache Sache: Er würde schnell mal zwei Vampire mit einem Holzpflock erledigen. Jacob schluckte. Mit jeder Stufe kam er der Tür oben auf dem Flur näher. Der Hammer wurde zentnerschwer, als er vor der Tür stand. Er lauschte. Kein Laut war zu hören. Vampire atmen nicht, dachte er. Sie sind untot. Dann öffnete er vorsichtig die Tür und trat ein. Es war dunkel im Zimmer, weil die Vorhänge geschlossen waren. Ziemlich dunkel, aber nicht ganz. Er sah das große Bett in der Mitte des Raumes. Es war säuberlich gemacht – und es war leer.

Erschrocken sah Jacob sich um. Er hatte Angst, seine Vampir-Eltern könnten sich hinter der Tür oder unter dem Bett versteckt haben und plötzlich über ihn herfallen. Aber er sah niemanden. Wo steckten sie nur? Sie konnten schließlich nicht weg sein. Oder doch? Nein, er wusste, dass sie da waren! Irgendwie spürte er es.

Erneut sah er sich im Schlafzimmer um. Sein Blick blieb an dem großen Kleiderschrank hängen, der fast eine ganze Wand einnahm und bis zur Decke reichte. In diesem Schrank hatte er sich früher oft versteckt, wenn er nicht ins Bett wollte. Es war stockdunkel darin, und als Jacob noch klein war, hatte er manchmal Angst gehabt, dass er sich zwischen all den Kleidern und Jacken verirren könnte. Er knipste das Licht an und legte Hammer und Pflock auf den Boden. Dann ging er mutig zum Kleiderschrank und machte beide Flügeltüren gleichzeitig auf.

Den nächsten Augenblick stand er da und blinzelte verblüfft. Er hatte erwartet seine Eltern auf dem Schrankboden liegend vorzufinden. Aber sie lagen nicht. Wie Fledermäuse hingen sie kopfüber mit den Kniekehlen an der Kleiderstange und schliefen. Beide trugen ihre Morgenmäntel, die am Rücken wie Flügel bis zum Schrankboden herabhingen. Auch Mutters Haar hing nach unten, wie eine Pinselspitze sah es aus. Die Arme hatten sie vor der Brust verschränkt. Sie schliefen friedlich, ohne einen Laut von sich zu geben, und sahen vollkommen wehrlos aus.

Jacob stand reglos wie ein Standbild vor dem Schrank und betrachtete seine Eltern. Nun war es also so weit. Es bestand keine Gefahr, dass sie aufwachten, denn die Sonne würde erst in einigen Stunden untergehen. Er griff nach Hammer und Pflock. Den Hammerstiel hielt er mit einer Hand fest umklammert, während er mit der anderen den Pflock auf die Brust seines Vaters setzte.

Mitten durchs Herz, hatte Hendrik gesagt. Ein paar gezielte Schläge, und es wäre vorbei. Jacob hatte beschlossen auf den Knoblauch im Mund zu verzichten. Das wäre ein bisschen zu viel des Guten, fand er. Der Pflock musste ausreichen.

Wie im Traum betrachtete er die nach unten hängenden Gesichter seiner Eltern. Langsam bewegte sich seine Hand mit dem

Hammer nach hinten. Und während er seinen Blick nicht von den friedlichen Gesichtern lösen konnte, begann die andere Hand, mit der er den Pflock hielt, zu zittern. Erst ging nur ein leichtes Beben durch seinen Arm, aber die Bewegung wurde immer heftiger. Seine Hand vibrierte, als würde er versuchen eine schwere Bohrmaschine ruhig zu halten. Er konnte nichts gegen das Zittern tun. Der Hammer in seiner anderen Hand wurde so schwer, als ob das ganze Zimmer daran hinge. Jacobs Augen begannen zu brennen und er spürte, wie seine Wangen nass wurden. Der Hammer krachte auf den Fußboden und gleich darauf polterte der Holzpflock auf den Boden des Schranks.

Er konnte es nicht! Auch wenn sie Vampire waren, sie blieben doch seine Eltern. Schwer atmend, als hätte er soeben einen hohen Berg erklommen, stand Jacob vor dem Schrank. Erst jetzt konnte er wieder klar denken und die Situation überblicken.

Wenn ich sie umbringe, habe ich niemanden mehr, dachte er. Nun ja, er hatte die Schule und seine Klassenkameraden, aber ein richtiger Freund war eigentlich nicht darunter. Niemand liebte ihn so, wie seine Eltern ihn liebten. Und sie liebten ihn noch immer, hatte Vater gesagt, auch wenn sie jetzt untot waren.

Jacob straffte die Schultern. Eine schwere Last schien plötzlich von ihm abgefallen zu sein. Die Wahl war einfach: seine Eltern oder der Rest der Welt. Und im Grunde brauchte er darüber nicht mehr nachzudenken.

Er hob Hammer und Pflock auf und warf beides aus dem Fenster.

An die langen Eckzähne im Mund würde er sich erst gewöhnen müssen. Die Zahnspange jedenfalls wäre er dann los. Ihm fiel ein, dass er nie mehr die Sonne sehen würde. Was soll's, man gewöhnt sich an alles, dachte Jacob. Und nachts scheint ja der Mond. Jacob hatte einen Entschluss gefasst und war nun vollkommen ruhig.

Langsam zog er seine Schuhe aus und setzte sich im Schneidersitz genau zwischen die nach unten hängenden Köpfe seiner Eltern. Er küsste beide auf die eiskalten Wangen und lehnte dann den Kopf an die Rückwand des Schranks. In etwa fünf Stunden ging die Sonne unter. Wie würden sich die Eltern freuen ihn hier vorzufinden! Sie müssen losen, wer mich beißen darf, dachte Jacob. Nein, Mama soll es tun. Das ist mir lieber. Bis dahin kann ich vielleicht ein Nickerchen machen, um mich schon mal an das Schlafen am Tag zu gewöhnen. Lächelnd schloss Jacob die Augen und wartete . . .

DREIZEHN

Biep-biep.
Eine sonore Männerstimme:
»Schweifen Sie auch am liebsten im Dunkeln umher?
Fürchten Sie, dass sonst Ihr schöner, bleicher Teint leiden könnte?
Probieren Sie einfach mal unsere Blacklight-Sonnenbank aus.
Die angenehmste Art und Weise Ihre Blässe zu erhalten und zu pflegen.
Mit ultraschwarzem Licht für die empfindliche Haut.
Die Blacklight-Sonnenbank: sicher und bequem.
Für den Vampir, der mit der Zeit geht.
Geprüft und zugelassen von der Stiftung GGG.«
Biep-biep.

»Grässliche Geschichte«, sagt André. »Und dann diese Werbespots. Man könnte meinen, alles sei echt.« Die Geschichte hat ihm Angst gemacht, aber er wagt trotzdem nicht, Ankes Hand zu nehmen. Dann wüsste sie sofort, was für ein Feigling er im Grunde ist.

»Seid ihr noch da, liebe Kinder?«, flüstert der Moderator. »Ich hoffe, die Sendung gefällt euch. Schöne Geschichten, interessante Werbespots und ein netter Moderator. Und das ist bei weitem noch nicht alles! Wir haben einen langen, langen Abend vor uns.«

Er schweigt und André spitzt automatisch die Ohren. Einen kurzen Moment lang meint er draußen im Regen ein Jaulen zu hören. Er sieht Anke an.

»Hast du das gehört?«

»Was?«

»Ich dachte . . .«

»'ne witzige Sendung ist das!«, ruft Eddy C. »Ich wär auch gern ein Vampir. Das fände ich echt cool! Durch die Gegend fliegen, die ganze Nacht aufbleiben und ab und zu jemanden beißen.« Er grinst und bleckt die Zähne. »Ich wüsste schon, wen ich beißen würde. Die Kleine aus der Achten, wie heißt sie doch gleich? Yolanda. Die würd ich gern mal beißen, und zwar in . . .«

»Pfff, wer's glaubt«, sagt Anke. »Wenn die dich bloß ansieht, wirst du doch schlagartig rot wie 'ne Ampel.«

Eddy C. tut, als hätte er nichts gehört, und beugt sich nach vorn, zu Hassan hin, der noch immer wie gebannt der Musik aus seinem Walkman lauscht und der Geschichte gar nicht zugehört hat. Eddy C. zieht ihm die Chicago-Bulls-Mütze vom Kopf.

»Hey, Hassan, mach das Ding mal aus, Mann. Ich hab 'ne super Idee. Wir müssen hier mal ein Gruselfest veranstalten. Den Mädchen einen tüchtigen Schrecken einjagen. Yolanda laden wir auch ein und ich verkleide mich als Vampir.«

Hassan schüttelt den Kopf und grinst. »Dafür brauchst du dich nicht zu verkleiden, C. Die erschrecken auch so, wenn sie dich sehen.«

»Ich kann mir das schon gut vorstellen«, fährt Eddy C. unbeirrt fort. »Strahler an der Decke, einen tragbaren CD-Player, schaurige Musik.«

André hört Eddy C. nicht zu. Er schaut durch das Fenster nach draußen. Hat sich da nicht eben etwas bewegt? Ihm ist, als hätte er zwei rote Lichtpunkte aufglühen sehen. Etwas Dunkles huscht nahe am Boden außen am Bus entlang. Was war das? Eine große Katze? Ein Hund? Gibt es hier etwa doch Wachhunde? Oder bildet er sich alles nur ein, weil der merkwürdige Radiomoderator seine Phantasie auf Touren gebracht hat? André presst die Stirn an die Fensterscheibe, aber es ist nichts mehr zu sehen. Nur die düsteren Umrisse von hunderten von Autowracks im Regen.

»Jaja, nachts ist alles anders«, frohlockt der Moderator aus den Lautsprechern. »Da hört man Dinge, die man sonst nie hört. Da sieht man Dinge, die man sonst nie sieht. Da tut man Dinge, die man sonst nie tut. Besonders, wenn man eine Sendung wie *Der Gruselbus* hört.«

Spricht er etwa mit mir?, denkt André. Oder spinne ich? Nein, das kann nicht sein. Stimmen aus dem Radio sprechen nie wirklich mit einem. Trotzdem wird André sein ungutes Gefühl nicht los.

Vielleicht leide ich an Klaustrophobie, denkt er und sieht sofort die Bedeutung des Wortes deutlich vor sich, als Kreideschrift an einer Wandtafel: Platzangst, krankhafte Angst vor dem Aufenthalt in geschlossenen Räumen. So hat es der Lehrer erst vor zwei Tagen an die Tafel geschrieben.

Noch nie hatte André damit Probleme, aber jetzt vielleicht doch, in diesem geschlossenen, schlecht beleuchteten Bus mitten auf dem dunklen Schrottplatz.

Was es auch ist, André wird immer unruhiger.

Raus, denkt er, ich muss hier raus, bevor es zu spät ist.

Unvermittelt steht er auf. »Gehen wir?«

Anke sieht ihn an und bemerkt seinen gehetzten Blick. »Wollen wir nicht noch ein Weilchen warten? Es gießt fürchterlich.«

»Ja, aber ich . . .« André zögert und sieht sich um. Hassan liegt lang ausgestreckt, mit dem Walkman auf den Ohren, und zuckt im Rhythmus der Musik mit den Füßen. Eddy C. zählt an den Fingern ab, wie viele Personen er zu seinem Gruselfest einladen will. Merken die anderen denn nichts? »Ich . . . ich möchte nicht zu spät nach Hause kommen«, sagt er zu Anke.

Sie zieht ihn am Ärmel. »Setz dich wieder hin. Deine Eltern

werden sich schon denken, dass du dich irgendwo untergestellt hast. Meine Eltern würden sich eher aufregen, wenn ich total durchnässt nach Hause käme.«

André reibt sich die Augen. Vielleicht hat Anke Recht. Er nickt und setzt sich wieder hin. Sie lächelt und legt unerwartet ihre Hand auf seine. Das ist ein tolles Gefühl und beruhigt ihn ungemein. Anke hat auch keine Angst, also ist da bestimmt nichts, denkt er. Auf einmal weiß er gar nicht mehr, was in ihn gefahren ist. Natürlich wäre es idiotisch, jetzt im strömenden Regen ins Freie zu gehen. Hier neben Anke zu sitzen ist doch viel schöner!

»Genau, bei diesem Wetter schickt man nicht einmal einen Hund vor die Tür«, sagt der Moderator munter. André runzelt die Stirn. Aber Anke lacht.

»Wo der ist, schüttet es anscheinend genauso wie bei uns.«

»Ja«, sagt André, »sieht so aus.«

»Zeit für die nächste Geschichte. Da wir gerade von Tieren sprechen: In dieser fabelhaften Sendung über alles, was uns lieb und wert ist, darf natürlich auch ein Haustier nicht fehlen. Haustiere sind schließlich unsere besten Kameraden.«

»Na, und ob«, sagt Eddy C. »Ich wollte, ich wäre Yolandas Haustier, dann könnte ich gemütlich auf ihrem Schoß sitzen.«

»Wahrscheinlich würde sie dich draußen im Regen an die Kette legen, C.«, sagt Anke.

Lieblingstier

Also, Kinder, hört her«, sagte der Lehrer, Herr Dekkers, und klatschte in die Hände. »Wie ihr alle wisst, ist morgen der 4. Oktober, und das ist der . . .«

»Tag des Tieres«, ergänzte Marco.

»Genau, Tag des Tieres. Und deshalb dürft ihr alle ein Haustier mit zum Unterricht bringen. Wie findet ihr das?«

»Prima!«, schrie die ganze Klasse.

»Okay, dann packt euren Kram zusammen und macht, dass ihr nach Hause kommt«, sagte Herr Dekkers. »Ich bin gespannt, was ihr morgen mitbringt. Aber bitte keine Krokodile oder Giftschlangen«, fügte er lächelnd hinzu. »Ansonsten ist alles erlaubt.«

Tom hob den Finger. »Muss man?«

»Muss man *was*, Tom?«

»Ein Haustier mitbringen.«

Herr Dekkers seufzte unhörbar. »Natürlich nur, wenn man eines hat.«

»Also muss man«, sagte Tom.

»Bringst du auch ein Haustier mit?«, fragte Marco seinen Klassenkameraden. Tom war ein stiller Junge. Er trug immer abgelegte Kleidung von seinem Bruder, die ihm meist eine Nummer zu groß war. Sogar seine Schuhe waren immer von den Füßen seines Bruders vorgeformt. Marco glaubte nicht, dass Tom ein Haustier besaß.

Tom zuckte die Schultern. »Mal sehen. Wir haben zwar ein Haustier, aber ich weiß nicht, ob ich es mitbringen darf.«

»Was für ein Tier ist es denn?«, fragte Marco.

Wieder zuckte Tom die Schultern. »Weiß ich nicht. Wir nennen es einfach Haustier.«

Marco sah ihn erstaunt an. Jemand, der nicht wusste, was für ein Haustier er hatte – gab es so etwas? Manchmal kam ihm Tom wirklich ein bisschen einfältig vor. »Ist es ein großes Tier?«, fragte Marco.

»Es geht«, sagte Tom. »Nicht größer als die meisten. Aber es frisst uns die Haare vom Kopf.«

»Ja, so ist das mit Haustieren«, sagte Marco. Tom flunkert was zusammen, dachte er. Ich wette, dass er morgen nichts dabeihat.

»Tschüs«, sagte Tom. Er steckte die Hände in die Taschen und schlenderte nach Hause.

Am nächsten Tag hatte jeder sein Lieblingstier dabei. Nur Tom war noch nicht da. Marco hatte Lulu, seine graue Siamkatze, mitgebracht. Lulu hockte zwischen Marcos Füßen unter der Bank und fauchte Sam an, Nellies Schäferhund. Überall auf und unter den Bänken saßen Katzen, Kaninchen, Meerschweinchen und Hamster. Frank hatte einen Papagei in einem hohen Käfig mitgebracht und bei Trude stand sogar eine Ziege, die mit einer Leine am Tisch festgebunden war. Alles ist erlaubt, hatte Herr Dekkers gesagt, außer Krokodile und Giftschlangen.

Wo bleibt Tom?, dachte Marco. Er hat wohl doch kein Haustier und nun traut er sich nicht in die Schule.

Je länger er darüber nachdachte, desto wahrscheinlicher schien ihm diese Möglichkeit. Der arme Tom. Er konnte einem Leid tun. Deshalb also hatte er gestern gesagt, dass er ein Haustier habe, das nur Haustier genannt wurde. Wahrscheinlich schämte er sich und es war ihm so schnell kein Tier eingefallen.

Die Tür ging auf und Tom kam herein. Alle Blicke wandten sich ihm zu. Tom trug einen großen Karton, auf dem ein Fernsehapparat abgebildet war. Er stellte ihn auf seinen Tisch.

»Hallo, Tom. Da bist du ja!«, sagte Herr Dekkers. »Was hast du denn für ein Tier dabei?«

Tom zuckte die Schultern. »Wir nennen es Haustier, aber was es genau ist, weiß ich nicht.«

»Nun ja, das macht nichts, Tom. Hol es aus dem Karton. Vielleicht finden wir dann gemeinsam heraus, was für ein Tier es ist.«

»Nein«, sagte Tom.

Herr Dekkers sah Tom verständnislos an. »Wie bitte?«

»Haustier darf nicht aus dem Karton«, sagte Tom. »Das hat meine Mutter gesagt.«

»Gut, dann eben nicht«, sagte Herr Dekkers. »Dann machst du den Karton nur auf, damit wir reinschauen können.«

»Nein«, sagte Tom.

Herr Dekkers runzelte die Stirn und die anderen Kinder begannen zu lachen.

»Wahrscheinlich ist eine Maus drin«, flüsterte Nellie.

»Oder ein Teddybär«, kicherte Frank.

»Nun stell dich nicht so an, Tom«, sagte Herr Dekkers. »Du hast dein Haustier doch nicht umsonst mitgebracht? Lass es uns ansehen.«

»Ich habe Haustier mitgebracht, weil Sie gesagt haben, dass wir ein Haustier mitbringen müssen«, sagte Tom. »Aber meine Mutter hat gesagt, ich darf den Karton nicht aufmachen. Haustier ist nämlich sehr erpicht auf fremde Leute.«

Die Kinder lachten noch lauter.

»Sehr erpicht? Du meinst natürlich: nicht sehr erpicht.«

Tom überlegte kurz und schüttelte dann den Kopf. »Meine Mutter hat gesagt: sehr erpicht. Deshalb sollte es eigentlich nicht mit. Aber ich habe gesagt, Sie hätten gesagt, man muss.«

Herr Dekkers zog die Augenbrauen hoch. »Du machst uns wirklich neugierig, Tom. Willst du dein Tier nicht doch kurz aus dem Karton holen? Nur, um es uns zu zeigen? Danach kann es gleich wieder zurück.«

»Nein«, sagte Tom.

Wusste ich's doch, dachte Marco. Tom hat überhaupt kein Tier in seinem Karton. Er tut nur so, weil er nicht der Einzige ohne Haustier sein will. Damit macht er sich aber nur lächerlich, weil alle ihn durchschauen.

Auch Herr Dekkers schien zu begreifen. »Na gut, Tom«, sagte er. »Dann lass deinen Karton eben zu. Wir sehen uns erst einmal die anderen Tiere an. Ihr dürft der Reihe nach erzählen, wie euer Haustier heißt, wie alt es ist und was es sonst noch Wissenswertes gibt.«

Den ganzen Vormittag über verhielten sich die mitgebrachten Haustiere ungewöhnlich still. Es schien, als hätten alle beschlossen keinen Laut von sich zu geben. Marco fiel auf, dass Lulu die ganze Zeit mit angelegten Ohren unter dem Tisch liegen blieb. Der Schäferhund Sam kauerte mit eingezogenem Schwanz neben Nellies Platz. Die übrigen Katzen und Hunde verharrten in der gleichen ängstlichen Haltung. Als sie vorgestellt werden sollten, ließen sie sich nur widerstrebend und ängstlich maunzend und winselnd nach vorn führen. Die Nagetiere hockten bibbernd auf dem Arm ihrer Besitzer.

Das ist nicht normal, dachte Marco. Auch Herr Dekkers bemerkte die angespannte Atmosphäre. »Ich glaube, unsere Haustiere sind heute ein wenig nervös«, sagte er. »Kein Wunder, schließlich kennen sie sich nicht und dann sind sie auch noch zum ersten Mal in der Schule. Auch daran muss man sich erst gewöhnen, das wisst ihr vielleicht selbst noch.«

Plötzlich kam ein Geräusch aus Toms Karton. Alle sahen erstaunt zu ihm hin. Das Geräusch hörte sich an, als ob ein Tier mit seinen Krallen an der Kartonwand kratzte. Tom saß schweigend daneben und verzog keine Miene.

Er gibt nicht auf, dachte Marco. Jetzt kratzt er heimlich am Karton, damit wir denken, es sei doch etwas drin.

Sam begann auf einmal laut zu jaulen.

»Still, Sam«, sagte Nellie und strich ihm über den Kopf. Sam jaulte weiter und presste seinen Kopf angstvoll gegen Nellies Bein.

Tom macht mit seinem Gekratze alle Tiere nervös, dachte Marco. »Au!«, brüllte er. Lulu, die jetzt auf seinem Schoß lag, hatte ihm die Krallen in den Oberschenkel geschlagen. »Warum tust du das?«, flüsterte Marco. Da sah er Lulus geweitete Pupillen: Die Katze war vollkommen verängstigt.

Wieder kratzte es im Karton. Herr Dekkers fuhr sich durchs Haar und ging zu Toms Tisch.

»Tom, ich glaube, dein Liebling ist inzwischen genauso nervös wie die anderen Tiere. Aber er ist eingesperrt und kann überhaupt nichts sehen. Dadurch wird alles noch schlimmer. Das gefällt dem Tier sicher nicht. Wollen wir den Karton nicht doch kurz aufmachen, damit es etwas frische Luft bekommt? Ich verspreche dir, dass deine Mutter nichts davon erfährt.«

Das ist gemein von Herrn Dekkers, dachte Marco. So blamiert er Tom noch mehr.

»Nein«, sagte Tom. »Das geht nicht.« Erneut hörte man Kratzgeräusche und diesmal verrutschte der Karton sogar ein Stückchen.

Wie macht er das nur?, dachte Marco. Hat er vielleicht einen Faden am Karton befestigt und zieht daran?

Sam heulte unruhig und flüchtete dann so ungestüm unter Nellies Tisch, dass dieser umfiel. Lulu wand sich plötzlich aus Marcos Armen und kletterte wie der Blitz an der Gardine empor. Jetzt sprangen alle Katzen ihren Besitzern vom Schoss und nahmen gleichfalls Reißaus. Die Hunde stimmten ein erbärmliches Geheul an. Alle Schüler sprangen auf und versuchten ihre Haustiere zu beruhigen. Als Trudes Ziege losrannte und den Tisch hinter sich herzerrte, verlor Herr Dekkers die Geduld. »Jetzt reicht es, Tom! Du hast ein geheimnisvolles Haustier mitgebracht, das anscheinend die anderen Tiere ganz unruhig macht. Ich will jetzt wissen, was in diesem Karton ist. Ich hoffe für dich, dass es weder eine Giftschlange noch ein Krokodil ist.«

»Nein, nicht!«, rief Tom, aber Herr Dekkers kümmerte sich nicht darum und begann den Karton zu öffnen. Er klappte die Faltdeckel auseinander und beugte sich über den Karton. Tom sah sich voller Panik in der Klasse um, als ob er Hilfe brauchte. Marco empfand plötzlich so etwas wie Bewunderung: Dieser Tom konnte wirklich gut schauspielern.

Der Lärm der Tiere verstummte, als ein tiefes, fremdartiges Knurren aus dem Karton ertönte. Dann ging alles so schnell, dass Marco seinen Augen kaum traute.

Schlagartig war allen klar, dass Tom ihnen nichts vorgemacht hatte. Der Kopf des Lehrers verschwand im Karton und gleich darauf seine Schultern und Arme.

Das kann nicht sein, dachte Marco. Der Karton ist doch viel zu klein für Herrn Dekkers.

Es sah aus wie ein phantastischer Zaubertrick. Herr Dekkers steckte jetzt bereits bis zur Taille im Karton und wurde immer

weiter hineingezogen. Nur seine Beine schauten noch heraus – dann verschwanden auch sie. Aus dem Karton kamen Knurr-, Schmatz-, Knirsch- und Schluckgeräusche. Die Wände beulten sich aus und der Karton rutschte auf dem Tisch hin und her. Alle rissen ungläubig die Augen auf. Das Letzte, was sie von Herrn Dekkers sahen, waren seine Schuhe, die über den Rand glitten. Es war totenstill in der Klasse. Plötzlich ertönte ein überlauter Rülpser aus dem Karton und die Schuhe kamen wieder herausgeflogen. Danach herrschte Stille.

Marco war unfähig sich zu rühren. Wie die anderen saß er mit offenem Mund da. Tom brach schließlich das Schweigen: Er seufzte, stand auf und faltete den Deckel des Kartons wieder zu.

»Er wollte es so«, sagte er mit matter Stimme. »Haustier ist kein Krokodil und auch keine Giftschlange.« Er streichelte mit der Hand über die Oberseite des Kartons. »Ich habe Herrn Dekkers gewarnt. Der Karton darf nicht aufgemacht werden, hat meine Mutter gesagt.« Dann hob er den Karton hoch und verließ kopfschüttelnd das Klassenzimmer. Nellie begann als Erste zu schreien.

VIERZEHN

Die Geschichte ist zu Ende und noch immer regnet es in Strömen.

Ab und zu beleuchtet ein Blitz die Autowracks.

»Super, ein Haustier, das Lehrer frisst! So eines hätte ich auch gern«, sagt Eddy C.

Aus dem Radio kommt nun eine unheimliche Orgelmusik, die wohl für eine noch gruseligere Atmosphäre sorgen soll.

»Eddy scheinen die Geschichten zu gefallen«, sagt André zu Anke. »Mir nicht, aber das Schlimme ist, dass ich immer wissen will, wie sie ausgehen.« Er seufzt. »Bestimmt kriege ich Alpträume davon. Hast du das auch manchmal?«

Anke schüttelt den Kopf. »Ich hab zwei Brüder. Das härtet ab. Die schießen Rotzkügelchen durchs Zimmer und ziehen auf dem Klo mit Absicht die Spülung nicht, wenn sie ihr großes Geschäft gemacht haben.«

»Igitt!«

»Genau«, sagt Anke. »Außerdem holen sie sich aus der Videothek die grässlichsten Horrorfilme und wälzen sich dann vor Lachen vor dem Fernseher. Je mehr abgerissene Arme und gespaltene Köpfe, desto mehr Spaß macht es ihnen. Wer solche Brüder hat, braucht keine Alpträume.«

André nickt und schaut wieder geradeaus. Ich brauche auch keine Alpträume, denkt er. Aber ich bin sicher, dass ich welche kriege.

»Was guckst du so ängstlich, André?«, fragt Eddy C. »Ist doch gemütlich hier.«

»Ich musste plötzlich an das Skelett denken, das ich in dem Auto gesehen habe.«

»Ach was, das hast du dir eingebildet. Ich hab das Auto doch gecheckt. Da war keiner drin. Oder glaubst du vielleicht, dein Skelett hat sich heimlich aus dem Auto geschlichen und ist 'ne Runde spazieren gegangen?« Eddy C. lacht über seinen eigenen Witz und schlägt sich dabei auf die Schenkel.

»Natürlich nicht«, sagt André. Er sieht aus dem Fenster. Warum hat er nur jedes Mal das Gefühl, dass sich draußen etwas verbirgt, geduckt zwischen den Schrottautos? Wie eine schwarze Folie klebt die Finsternis an den Fenstern. André stellt sich vor, dass plötzlich eine weiße Hand die Folie aufreißt und ein bleicher Totenkopf durch das Fenster grinst. Ein Schädel ohne Augen und Nase, mit brüchigem Gebiss.

»Hey, ein Skelett, das ist 'ne super Idee für mein Gruselfest!«, sagt Eddy C. »Das stellen wir irgendwo in die Ecke. Oder wir setzen es ans Steuer. Das wär echt cool!«

Bong! Ein harter Schlag gegen das Fenster, unmittelbar neben Eddy C. Er schreit auf: »Verd. . . was war das?«

Hassan nimmt erstaunt den Kopfhörer ab. »Shit, C., du brüllst ja noch lauter als Axl Rose. Spinnst du oder was?«

»Da ist was ans Fenster gesprungen«, sagt Eddy C. Er späht hinaus, hält aber vorsichtshalber etwas Abstand zur Scheibe.

»Ich hab nichts gehört«, sagt Hassan. »Ich hör nur diesen Shitregen.«

Mit dem Ärmel wischt Anke über das Fenster. »Nichts zu sehen, C. Wahrscheinlich war es ein Vogel, der sich im Regen verirrt hat.«

»Oder ein Skelett, das sich verirrt hat«, sagt André halb scherzhaft, obwohl ihm der Schreck noch in den Knochen sitzt.

»Hör doch auf mit dem Skelett, Mann!«, sagt Eddy C. Seine

Stimme klingt ärgerlich und er rückt rasch noch ein Stück vom Fenster weg. »Es war bestimmt ein Vogel. Das dachte ich mir vorhin schon. Kein Grund zur Panik.«

Sieh mal an, denkt André. Eddy C. ist wirklich erschrocken, sonst würde er anders reagieren. So abgebrüht ist er also doch nicht.

»Immer noch Lust auf ein Gruselfest, Eddy?«, fragt er. Anke lacht und rempelt ihn mit dem Ellbogen an.

»Werbung!«, ruft der Moderator so unerwartet, dass sie erschrocken zusammenzucken.

Biep-biep.
Genüssliches Kauen und Schmatzen.
Dazwischen Schreie, die immer leiser werden.
Eine dumpfe Stimme:
»Jetzt bei MacMick: der Monsterburger.
Groß, saftig und schwer
macht er sich über dich her!
Mit literweise Ketschup.«
Biep-biep.

»Okay, gehen wir«, sagt Eddy C. »Ist ja doch ein lahmer Laden hier. Ich meine, die Werbespots sind zwar ganz gut und so, aber . . .«

Sieh mal an, jetzt will er plötzlich weg, denkt André. Eddy hat auch Angst. Ich bin also nicht der Einzige.

»Ist mir recht«, sagt Hassan. »Der Regen hört heute Abend bestimmt nicht mehr auf.«

»Mir auch«, sagt Anke und André nickt. Je eher er aus dem Bus kommt, desto besser. Und vielleicht hält Anke auch draußen in der

Dunkelheit seine Hand. Sie gehen zur Tür. Eddy C. zieht am Türgriff – aber die Tür geht nicht auf.

»Verflixt, hast du die Tür zugemacht, André?«

André schüttelt den Kopf. »Ich hab sie nicht einmal angefasst.«

»Hast du bestimmt! Du bist als Letzter eingestiegen! Schön blöd von dir, jetzt können wir nicht raus.« Eddy C. zerrt am Türgriff, aber die Tür bleibt fest verschlossen.

André läuft rot an. »Ich sagte doch, dass ich die Tür nicht zugemacht habe!«

»Seid nett zueinander, liebe Hörer!«, ertönt die Stimme des Moderators. »Der Abend ist noch lang und *Der Gruselbus* hat noch jede Menge Überraschungen zu bieten. Für jeden Geschmack etwas.«

»Reg dich nicht auf, C. Solche Türen funktionieren doch automatisch«, sagt Anke. »Die Tür ist natürlich von selbst zugegangen, als der Blitz einschlug und der Bus wieder Strom bekam. Wahrscheinlich im gleichen Moment, als das Radio anging.«

»Da ist was dran«, sagt Eddy C. »Ganz schön clever, Anke. Für ein Mädchen jedenfalls. 'tschuldigung, André, es war nicht deine Schuld.«

Hassan geht zum Armaturenbrett. »Hier muss irgendwo ein Knopf sein, mit dem man die Tür aufmachen kann.« Er drückt auf alle möglichen Knöpfe, aber die Tür bleibt zu.

»Shit, nichts funktioniert hier, nur das Radio«, sagt Hassan. »Wir kommen hier nicht raus, Leute. Was nun?«

Alle sehen Eddy C. an. Er hebt beschwichtigend die Hände. »Okay, keine Panik, damit erreichen wir gar nichts. Wir müssen ganz ruhig bleiben und überlegen, was wir tun können.« Er beginnt im Mittelgang auf und ab zu tigern. »Wir könnten ein Fenster einschlagen.«

»Womit denn?«, fragt Hassan. »Das ist dickes Glas, Mann. Das kriegst du nicht kaputt. Taugt nichts, die Idee.«

»Versuch's doch mal mit deinem Dickschädel, Hassan. Vielleicht ist der hart genug.«

»Nach dir«, sagt Hassan. »Mein Kopf ist zu wertvoll.«

»Macht das unter euch aus«, sagt Anke. »Ich jedenfalls setz mich hin, wenn wir schon nicht rauskönnen. Schlimmstenfalls müssen wir eben hier übernachten.«

»Ja, du hast Recht«, sagt André. Auf einmal gefällt ihm die Aussicht, zusammen mit Anke eine Nacht im Bus zu verbringen. So eine Chance bekommt er nie wieder. Vielleicht ergibt es sich ja, dass sie gemütlich aneinander gelehnt einschlafen . . . Was kann schließlich schon passieren? Wir sind hier in Sicherheit, denkt er. Wir können nicht raus, aber es kann auch niemand rein.

»Ich bin sicher, keinem Hörer würde es einfallen, jetzt zu gehen«, sagt der Moderator. *Der Gruselbus* fesselt alle ans Radio, zu dieser dunklen Stunde.«

»Shit, das kann man wohl sagen!« Hassan dreht die Kassette in seinem Walkman um. »Ich hör noch ein wenig Musik, dabei kann ich besser nachdenken.« Eddy C. streckt sich. »Wenn wir schon hier bleiben müssen, penne ich 'ne Runde. In dem Sessel da hinterm Vorhang.«

»Traust du dich, allein da zu sitzen?«, fragt André. »Es ist so dunkel hinten im Bus.«

Eddy C. wirft einen Blick in Richtung Vorhang. Dahinter ist es tatsächlich stockdunkel. Aber er will sich keine Blöße geben. »Na und? Ist mir doch egal! So ein bequemer Sessel ist gemütlicher als die miesen Sitze hier. Weckt mich, wenn es hell wird. Zum Frühstück hätte ich gern eine Tasse Tee und ein weiches Ei.« Pfeifend geht er in Richtung Sessel, hinter den Vorhang.

»Stark!«, flüstert Anke. »Wetten, dass er in spätestens einer Viertelstunde wieder da ist?«

Meinetwegen kann er dahinten bleiben, denkt André. Solange nur Anke bei mir ist.

»Liebe Freunde und Freundinnen, jetzt kommt etwas ganz anderes. Eine Geschichte, speziell für die einsamen Herzen unter uns. Für alle, die sich eine liebe Freundin wünschen.«

»Hör gut zu, André!«, ruft Hassan. »Das ist 'ne Geschichte für dich.« Er grinst André an und setzt den Kopfhörer auf.

Liebe Freundin

Sanne, sei so gut und geh mit deinen Freundinnen spielen«, sagte Mama. »Siehst du denn nicht, dass ich zu tun habe? Die ganze Zeit stehst du im Weg herum.«

Mamas Gesicht war rot angelaufen. Sie hatte sich ein Kopftuch umgebunden und wischte gerade den Fußboden auf.

»Ich habe aber niemanden, mit dem ich spielen kann«, sagte Sanne. »Sie sind alle weg.«

»Nun sieh dir das an!«, stöhnte Mama und fasste sich verzweifelt an die Stirn. »Kaum habe ich die Fliesen gewischt, latschst du drüber und machst sie wieder schmutzig! Raus jetzt!«

Seufzend ging Sanne zur Hintertür. Wenn Mama die Putzwut hatte, war nicht mit ihr zu reden. Sanne warf die Küchentür hinter sich zu und ging in den Garten.

Mit wem sollte sie bloß spielen? Alle ihre Freunde und Freundinnen waren verreist. Zur Zeit waren Herbstferien und viele Familien fuhren weg. In ein Feriendorf oder auf einen Kurztrip nach Spanien, wo es auch jetzt im Herbst noch warm war. Sanne fuhr nicht. Ihr Vater arbeitete in einem Schuhgroßhandel und konnte nicht ohne weiteres Urlaub nehmen. Außerdem fand er eine Woche in einem Feriendorf viel zu teuer. Sanne seufzte wieder. Sie beneidete Desiré und Annet, die jetzt wohl in einem Spaßbad herumplanschten. Das Leben war nicht gerecht. Sanne hob verträumt den Blick zum Himmel und stellte sich vor, sie wäre auch in so einem Schwimmbad. Sie konnte das Wasser sogar fühlen, ihre Nase wurde nass. Aber es war nur ein Regentropfen, der sie mitten ins Gesicht getroffen hatte. Zum Glück wurde kein richtiger Regenschauer daraus.

Ärgerlich trat Sanne nach einem Häufchen Blätter, das der Wind unter dem herbstlichen Birnbaum zusammengeweht hatte. Die Blätter stoben auseinander und wirbelten wie kleine Balletttänzer in gelben, dunkelbraunen und violetten Kostümen durch die Luft. Sannes Fuß stieß gegen etwas Hartes unter dem Blätterhaufen. Ein weißer Knochen kam zum Vorschein, etwa so lang wie Sannes Unterarm. Sie bückte sich und hob ihn auf. Wie kam das Ding wohl in ihren Garten? Der Knochen sah wie poliert aus.

»Pssst!«

Sanne wandte sich um. Am Gartentor stand ein Mädchen, das sie noch nie gesehen hatte. Sie hatte blonde Locken und sah ein wenig wie ein Engel aus. Neben ihr stand ein großer, pechschwarzer Hund.

»Kann ich den Knochen haben?«, fragte das Mädchen.

Sanne sah sie erstaunt an. »Gehört er denn dir?«

Das Mädchen kicherte und schüttelte den Kopf. Sie legte ihre Hand auf den Kopf des Hundes, der neben ihr stand. Er hechelte, die Zunge hing ihm halb aus der Schnauze.

»Natürlich nicht. Er gehört Hans. Hans versteckt seine Knochen immer an den unmöglichsten Stellen und ich muss sie dann suchen. Es ist ein Spiel.«

Hans! Komischer Name für einen Hund, dachte Sanne. Ich würde eher vermuten, dass so ein Hund Wotan oder Hasso heißt. Das würde viel besser zu ihm passen. Hans! Sie lachte in sich hinein.

Sanne ging zum Gartentor und gab dem Mädchen den Knochen.

»Danke«, sagte sie. »Nun muss ich noch die anderen Knochen finden. Er hat noch mehr versteckt.«

»Soll ich dir helfen?«, fragte Sanne. »Ich habe niemanden zum

Spielen und langweilig ist mir auch. Meine Freundinnen sind alle woanders.«

»Meine auch«, sagte das Mädchen und sah einen Augenblick lang träumerisch an Sanne vorbei in die Ferne. »Natürlich habe ich Hans, aber er sagt fast nie etwas.«

Sanne warf einen Blick auf den Hund und lachte. »Das kann ich mir vorstellen. Wollen wir Freundinnen sein? Ich heiße Sanne.«

»Ich bin Imme«, sagte das Mädchen und nahm den Knochen unter den Arm. »Komm, dann suchen wir jetzt den Rest.« Sanne hatte mit einem Mal das Spaßbad vergessen. Sie öffnete das Gartentor und ging neben dem Mädchen her. Imme trug ein hellblaues Kleid mit Blumenmuster, dadurch sah sie noch engelhafter aus.

»Wo sollen wir suchen?«, fragte Sanne. »Ich habe keine Ahnung, wo die Knochen sein können.«

Das Mädchen lachte. Ihre Stimme klang glockenhell. »Ich schon, ich kenne Hans nicht erst seit gestern. Ich kann mir denken, an was für Stellen er seine Knochen versteckt.«

Vor einer Mülltonne blieb sie stehen. »Hier drin zum Beispiel. Solche Verstecke gefallen ihm.« Imme machte den Deckel der Mülltonne auf. Sofort schlug ihnen ein übler Geruch nach fauligem Gemüse entgegen. Sanne rümpfte die Nase. Sie fragte sich, wie ein Hund es wohl fertig bringen sollte, einen Knochen in einer Mülltonne zu verstecken. Das musste schon ein raffinierter Trick sein.

Imme griff bereits zwischen die stinkenden Salat- und Kohlköpfe, die in der Tonne vor sich hin rotteten.

»Na also! Ich wusste es ja!«, rief sie und zog triumphierend einen Knochen heraus, der mit grünlichem Schleim bedeckt war.

Sanne staunte. Er hat es tatsächlich getan!, dachte sie. Er hat den

Knochen in der Tonne versteckt! Respektvoll sah sie den schwarzen Hund an, der wieder reglos neben ihrer neuen Freundin stand.

»Ist ja toll! Ich bin gespannt, wo er den Rest versteckt hat.«

»Toll?« Imme sah sie verständnislos an. »Findest du? Ich finde es eher ekelig, dass er so schmutzige Verstecke aussucht.«

Sie gingen weiter die Straße entlang, bis Imme an einem Baum stehen blieb. Sie stöhnte. »Oh, nein! Ganz bestimmt ist einer da oben zwischen den Zweigen. So eine Gemeinheit!«

Nun wurde es Sanne doch zu bunt. »In diesem Baum? Willst du damit sagen, dass Hans auch auf Bäume klettern kann?«

Imme sah sie erstaunt an. »Warum nicht? Das hat er schon öfter gemacht. Aber ich klettere überhaupt nicht gern auf Bäume, das weiß er genau. Früher, vor ganz langer Zeit, bin ich einmal von einem Baum gefallen.« Immes Gesicht hatte plötzlich einen traurigen Ausdruck.

Sanne schüttelte den Kopf. Sie glaubte das alles nicht. Vielleicht nahm Imme sie auf den Arm? Doch Imme sah ganz ernst aus und blickte ängstlich nach oben.

»Weißt du, was? Ich klettere hinauf«, sagte Sanne. »Ich kann prima klettern und außerdem habe ich ja meine Jeans an.«

»Oh, danke«, sagte Imme. »Das finde ich sehr nett von dir. Du bist eine echte Freundin.«

Sanne zog sich an einem dicken Ast hoch, schlang ihre Beine darum und schon war sie oben.

»Ich sehe nichts«, sagte sie.

»Höher!«, rief Imme. »Er versteckt sie immer möglichst weit oben, um mich zu ärgern.«

Sanne kletterte zum nächsten Ast. Verrückt, dachte sie. Kein Hund kann jemals so hoch . . .

Sie hatte noch nicht zu Ende gedacht, da lag vor ihr, in einer

Astgabel, ein Knochen von etwa zehn Zentimeter Länge. Dieser Hans war ein Wunderhund.

»Ich hab ihn!«, rief Sanne nach unten.

»Na also, ich wusste es ja!« Imme tanzte vor Vergnügen um den Baum herum. Von oben sah es aus, als ob sie schwebte und ihre Füße den Boden gar nicht berührten. Der schwarze Hund stand da und folgte Sanne mit den Augen, als sie aus dem Baum kletterte.

»Haben wir jetzt alle?«, fragte Sanne. »Oder hat Hans noch mehr versteckt?«

Imme hörte auf zu tanzen. »Noch zwei. Er sagte, dass er fünf Stück versteckt hat.«

Sanne betrachtete den schwarzen Hund. Leuchteten seine Augen besonders intelligent oder meinte sie das nur?

»Fünf? Kann Hans denn auch zählen?«

Imme sah sie irritiert an. »Natürlich kann er zählen! Er ist schließlich nicht dumm!«

»Das habe ich auch nicht behauptet. Komm, wir suchen rasch die zwei anderen, bevor es dunkel ist.« Die Dämmerung hatte schon eingesetzt. Sie fanden die zwei Knochen. Einer lag auf dem Dach eines Holzschuppens und der andere steckte im Auspuffrohr eines Autos. Sanne wunderte sich inzwischen nicht mehr über die Verstecke, die Hans ausgesucht hatte. Vielleicht war er ein Zirkushund, der allerhand Kunststücke konnte. Oder aber Imme führte sie an der Nase herum.

Wo haben die beiden eigentlich die vielen Knochen her?, dachte Sanne.

»So, jetzt müssen wir die Knochen zurückbringen«, sagte Imme. »Kommst du mit?«

Sanne nickte. Mama war bestimmt noch nicht mit Putzen fertig.

»Wohin bringst du sie?«

»Dorthin natürlich.« Imme zeigte auf ein großes, schmiedeeisernes Tor, das halb offen stand. Erst jetzt sah Sanne, dass sie sich vor dem Friedhof befanden. Hinter der Mauer sah man Bäume. Imme lehnte sich gegen das Tor, das sich quietschend weiter öffnete, und trat ein.

Sanne blieb vor dem Tor stehen. Das konnte nicht wahr sein! Imme würde die Knochen doch nicht aus einem Grab gestohlen haben!?

»Kommst du?«, rief Imme.

Sanne zögerte einen Moment, dann betrat auch sie den Friedhof. Unter den hohen Bäumen war es ganz still. Die Grabsteine standen in ordentlichen Reihen nebeneinander. Manche waren spiegelblank und mit frischen Blumen dekoriert, andere wirkten vernachlässigt, waren mit Moos bewachsen und nur von ein paar verblühten Stauden umgeben.

»Dahinten ist es«, sagte Imme. An diesem stillen Ort klang ihre Stimme anders, wie ein Flüstern mit Echo. Im hinteren Teil des Friedhofs lagen die älteren Gräber, von denen manche sogar über hundert Jahre alt waren. Die Namen und Jahreszahlen auf den Grabsteinen konnte man kaum mehr lesen. Imme blieb vor einem Grab mit einer rechteckigen Marmorplatte stehen.

»Hier ist es«, sagte sie.

Das Grab hatte die Form eines überdimensionalen Sargs, auf dem ein schwerer, steinerner Deckel ruhte. Es war ein Doppelgrab, groß genug für zwei Personen.

Sanne wurde es plötzlich eiskalt. Sie sah zu dem schwarzen Hund hin, der ganz still neben Imme kauerte und die Augen auf das Grab gerichtet hatte.

»Sind die Knochen etwa aus diesem Grab!?« Sannes Stimme war kaum hörbar. »Hat Hans die Knochen hier ausgegraben?«

Immes schrilles Lachen schallte über den Friedhof und wurde von den Grabsteinen ringsum zurückgeworfen.

»Ausgegraben? Du machst wohl Witze!« Mit nur einer Hand schob Imme die Grabplatte beiseite, als wäre sie aus Pappe. Sanne blieb vor Staunen der Mund offen stehen. Zwei Särge kamen zum Vorschein und bei beiden war der Deckel geöffnet. Ein Sarg war leer. In dem anderen lag ein Gerippe.

Sanne war so verstört, dass sie nur noch sprachlos in das Grab starren konnte. Sie sah, dass dem Skelett etliche Knochen fehlten: ein Schlüsselbein, eine Rippe, einer der Unterschenkelknochen ...

Der Hund hatte einem Gerippe die Knochen geklaut! Und Imme hatte ihm geholfen, indem sie die Grabplatte weggeschoben hatte. Wie Imme die schwere Platte hatte bewegen können, war Sanne allerdings ein Rätsel. Der Hund wackelte mit den Ohren und bellte laut.

»Still, Caspar«, sagte Imme. »Sonst weckst du alle auf.«

Sanne sah Imme an. »Warum nennst du ihn plötzlich Caspar? Er heißt doch Hans.«

Imme lächelte leicht verwundert. »Wie kommst du denn darauf? Er heißt Caspar. Er gehört dem Friedhofswärter und spielt immer mit uns. Hans liegt da!« Sie zeigte auf das Gerippe im Sarg. »Hans, wach auf! Ich habe alle deine Knochen gefunden. Zusammen mit meiner neuen Freundin.«

Sanne bekam weiche Knie, als das Gerippe im Sarg sich plötzlich aufsetzte. Eine Ratte sprang aus seinem Brustkorb und huschte davon. Imme warf die Knochen in den Sarg. »Hier, bau sie selbst wieder ein!« Das Skelett streckte die Hand aus und begann die Knochen nacheinander an sich zu befestigen. Sanne musste sich mit beiden Händen an der steinernen Grabeinfassung festhalten. Vor dem Mond, der mittlerweile aufgegangen war, sah sie die hohen

Bäume hin und her schwanken. Mit aller Kraft versuchte sie sich zusammenzureißen, damit sie nicht umkippte. Wie im Traum hörte sie Immes Stimme unmittelbar neben sich und dennoch wie von weit her.

»Ich finde es gemein von dir, Hans, dass du den einen Knochen in einem Baum versteckt hast. Du weißt genau, dass ich durch den Sturz von einem Baum gestorben bin. Wenn du das noch mal machst, spiele ich nicht mehr mit dir.«

Sanne hörte das leise Kichern eines Jungen aus dem Sarg.

»Morgen bin ich dran«, kam wieder Immes Stimme. »Dann musst du suchen und ich bleibe im Sarg.«

Sanne starrte ihre Freundin entgeistert an.

»Machst du mit?«, fragte Imme. »Dann verstecken wir morgen zusammen meine Knochen und Hans muss sie suchen.«

Sanne blieb die Antwort im Hals stecken. Während sie sich noch fragte, ob sie träumte, sah sie die Inschrift auf dem Grabstein: *Hier ruhen unsere geliebten Kinder Imme Sonders (1896–1906) und Hans Sonders (1897–1909).*

Imme legte Sanne die Hand auf den Arm. Ihre Hand war eiskalt. Die Haut war durchscheinend und man konnte deutlich die Knochen erkennen. Sanne riss erschrocken die Augen auf, als würde sie urplötzlich aus einer Betäubung erwachen. Vor ihr stand Imme: Um ihren Totenkopf ringelten sich lange, blonde Locken!

Sanne drehte sich um und rannte los.

»Warte doch! Bitte!«, rief Imme ihr mit klagender Stimme nach, aber Sanne verlor keine Sekunde. Sie hetzte an den Grabsteinen entlang. Aus den Baumkronen erklangen Eulenrufe. Sanne sah sich nicht mehr um. Sie rannte aus dem Friedhof und warf das eiserne Tor hinter sich zu. Dann jagte sie die Straße entlang, schnurstracks nach Hause, ohne anzuhalten. Sie riss die Küchentür auf und stolperte benommen ins Haus.

»Oh, nein!«, rief ihre Mutter. »Was machst du denn jetzt schon wieder! Sieh nur!« Auf dem Küchenfußboden war eine Spur aus Sand und dunkler Erde zu sehen.

Am nächsten Tag saß Sanne nachmittags mit einem Buch auf der Couch. Es regnete in Strömen. Sie versuchte zu lesen, konnte sich aber nicht auf das Buch konzentrieren. Noch immer suchte sie nach einer Erklärung für das, was sie erlebt hatte. Jetzt, einen Tag später, kam ihr alles unwirklich vor, wie ein Hirngespinst, das sie zusammenphantasiert hatte.

»Sanne, was macht denn der Junge da draußen im Regen?«, fragte ihre Mutter plötzlich. »Ist das vielleicht ein Freund von dir? Er steht schon eine ganze Weile da und starrt in unseren Garten.«

»Wer?« Sanne ging zum Fenster und ihr Herz begann schneller zu schlagen.

Am Gartentor stand ein Junge mit langen, braunen Locken im strömenden Regen. Er war auffallend bleich und trug eine Art Samtjacke. Neben ihm hockte ein großer, schwarzer Hund. Sanne wurde stocksteif.

Hans, dachte sie.

Lange Zeit stand der Junge unbeweglich da, als ob der Regen ihm nichts ausmachte. Suchend ließ er seinen Blick durch den Garten schweifen. Schließlich schüttelte er den Kopf und ging langsam weiter. Sanne sah ihm nach, bis er verschwunden war. Erst dann konnte sie sich wieder bewegen. Abrupt drehte sie sich um und brachte dabei versehentlich die Stehlampe zu Fall.

»Pass doch auf, Sanne!«, rief Mama. »Was war denn nun mit dem Jungen?«

»Nichts«, antwortete Sanne. »Überhaupt nichts. Er ist tot, das ist alles.«

Mama sah Sanne irritiert an. Sie stellte die Stehlampe wieder auf und knipste sie an. Dann schüttelte sie den Kopf und lachte. »Manchmal hast du einen merkwürdigen Sinn für Humor, Sanne.«

FÜNFZEHN

Ihr seid gewarnt, liebe Hörer«, flüstert der Moderator. »Passt gut auf, wenn ihr eure Freundin umarmt. Uiuiui! Vielleicht spürt ihr plötzlich nur noch Knochen und Rippen.«

»So ein Quatsch«, sagt André, aber er schielt trotzdem heimlich zu Anke. Zu seiner Erleichterung hat sie sich nicht in ein Skelett verwandelt. Im nächsten Moment ärgert er sich über sich selbst. Idiotisch, solchen Blödsinn zu denken! Daran ist nur dieser Moderator schuld. Er tut die ganze Zeit, als sei alles echt.

»Yolanda ist zum Glück gut gepolstert«, ruft Eddy C. von hinten. »Sie ist sogar ziemlich mollig. Bei der spürt man die Rippen nicht mal.«

»Mollig? Sei nicht albern, C.«, sagt Anke. »Ich dachte, du wolltest pennen. Und außerdem hast du nur eine große Klappe. Du hast Yolanda noch nie angefasst.«

»Das glaubst du!«, ruft Eddy C.

»C. ist manchmal genauso schlimm wie meine Brüder«, sagt Anke zu André. »Du bist zum Glück ganz anders.« Sie legt ihre Hand auf sein Knie.

André wird rot und senkt den Blick. Da entdeckt er etwas, unter dem Platz vor ihm. André bückt sich und hebt es auf. Es ist eine schwarze Mütze. Vorn über dem Schirm ist ein Abzeichen angebracht: ein kleiner, silberner Totenkopf.

»Sieht aus wie eine Chauffeurmütze«, meint Anke. »Bestimmt hat sie dem Fahrer dieses Busses gehört.«

»Merkwürdig, der Totenkopf«, sagt André.

»Setz sie mal auf.«

»Auf keinen Fall. So ein altes, dreckiges Ding!«

»Nur kurz. Ich möchte sehen, wie sie dir steht.« Kichernd nimmt Anke André die Mütze aus der Hand und setzt sie ihm auf den Kopf. Die Mütze rutscht ihm bis über die Ohren.

»Steht dir hervorragend«, sagt Anke. »Allerdings hatte der Vorbesitzer einen größeren Kopf als du.«

André fühlt sich unbehaglich. Ihm ist, als läge ein eiskalter Reif um seinen Kopf. Rasch nimmt er die Mütze wieder ab. Er merkt, dass ihm Schweißtropfen auf der Stirn stehen.

»Was ist? Du siehst so erschrocken aus!«, sagt Anke.

»Die Mütze ist nichts für mich. Gib sie Eddy. Der trägt so etwas gern und außerdem hat er einen größeren Kopf als ich.«

Anke wirft die Mütze nach hinten. »Fang, C., hier kommt was für dich. Lag hier unter einem Sitz.«

Eddy C. springt aus seinem Sessel und setzt die Mütze sofort auf.

Sie passt wie angegossen. »Echt stark. Ich wäre ein eins a Taxifahrer. Liegt zufällig auch noch ein Auto unter dem Sitz herum? Ein roter Ferrari wär nicht schlecht.«

Biep-biep.
Eine Autohupe: Tut-tut!
Eine Männerstimme: »Möchten Sie ein schnelleres Auto?
Einen Superflitzer mit allen Schikanen?
Ein Monster auf Rädern?
Dann entscheiden Sie sich für den neuen Fiat Zombie.
Damit räumen Sie alle anderen aus dem Weg.
Fiat Zombie.
Garantie- und Serviceleistungen bis lange nach Ihrem Tod.«
Biep-biep.

Eddy C. brüllt vor Lachen. »Habt ihr das gehört? Ich sage, dass ich ein Auto möchte, und dann kommt zufällig Autowerbung.«
»Merkwürdig«, murmelt André.

Ein Blitz zuckt über dem Bus und der Autofriedhof ist für Sekundenbruchteile in gleißend helles Licht getaucht. Plötzlich beugt sich André vor.
»Hast du das gesehen?«
»Was?«
André beugt sich noch weiter zum Fenster. »Da steht jemand, zwischen den Schrottautos!«
»Wo denn?« Anke kneift die Augen zu schmalen Schlitzen, um in der Dunkelheit besser sehen zu können.
»Da ist einer!«, ruft André.
Anke meint eine dürre Gestalt zwischen den Autos zu erkennen, aber im nächsten Moment ist sie schon wieder weg.
»C., Hassan, kommt schnell, da draußen ist jemand!«, ruft Anke.
Eddy C. kommt sofort angerannt und zieht Hassan den Kopfhörer herunter.
»Los, Hassan, wir müssen uns bemerkbar machen!« Zu viert beginnen sie gegen die Scheiben zu schlagen und zu rufen: »Hilfe, hierher! Wir sind eingesperrt! Wir wollen raus!«
André brüllt sich die Kehle heiser. Aber nach und nach werden ihre Stimmen schwächer. Wenn da überhaupt jemand war, dann hat er sie offensichtlich nicht gehört.
»Shit«, sagt Hassan. »Bist du sicher, dass du jemanden gesehen hast?«
André nickt. Er späht weiter aus dem Fenster und plötzlich sieht er zwischen den Schrottautos etwas Rotes glühen. Nur ganz kurz,

wie Augen, die schnell auf- und wieder zugehen. André ist verunsichert. Spielt ihm seine Phantasie schon wieder einen Streich?

Er schüttelt den Kopf. »Ich habe mich wohl getäuscht.«

»Ich meine, ich hätte auch etwas gesehen«, sagt Anke. »Aber ganz sicher bin ich nicht. Es ist zu dunkel, als dass man etwas deutlich erkennen könnte.«

Eddy C. schüttelt den Kopf. »Pech, dann geh ich jetzt wieder zurück zu meinem Sessel. Da sitzt man wenigstens gut.«

Anke fährt mit der Hand über Andrés Stirn. »Du schwitzt ja!«

»Das kommt, weil er neben dir sitzt«, sagt Hassan.

André merkt, dass er rot wird.

»Setz du deinen Kopfhörer auf und halt den Mund«, entgegnet Anke bissig.

Hassan zwinkert André zu und sagt grinsend: »Möchten unsere Kuschelbärchen vielleicht hinten im Sessel sitzen? Da kann man ungestört schmusen.«

Bevor André reagieren kann, sagt der Moderator: »Und nun, liebe Hörer, eine Geschichte über einen echten Kuschelbären. Kuschelbären mögen wir alle gern. Nehmt den euren fest in den Arm, denn die nächste Geschichte ist für jugendliche Stofftiere ungeeignet.«

Hassan starrt mit offenem Mund das Radio an. »Shit, der hat bestimmt gehört, was ich gesagt habe . . .« Vor Staunen vergisst er seinen Kopfhörer wieder aufzusetzen.

Ein Liebesdienst

Der Puppendoktor hielt einmal pro Woche Sprechstunde in einem kleinen Raum hinter dem Spielzeugmuseum. Er hatte einen weißen Kittel an, genau wie ein richtiger Arzt. Sein schwarzes Haar trug er straff nach hinten gekämmt und er hatte magere, weiße Hände mit langen Fingern. Auf den Regalbrettern an den Wänden seines Zimmers standen Gläser voller Augen, Schachteln mit Beinen, Armen und Gelenken sowie eine Anzahl Perücken. Mit Nadel, Faden, Schere und Leim reparierte der Puppendoktor Puppen und Stofftiere. Frank fand ihn etwas seltsam, denn es schien ihm Vergnügen zu bereiten, mit spitzen Nadeln in kaputte Teddys, Kaninchen, Tiger und Pinguine zu stechen. Ganz offensichtlich gab er sich große Mühe wie ein richtiger Arzt auszusehen. Um den Hals trug er ein Stethoskop und aus der Brusttasche seines weißen Kittels ragte ein Fieberthermometer.

Lächerlich, dachte Frank. Als ob Puppen einen Herzschlag hätten und man ihre Temperatur messen könnte. Aber wahrscheinlich wirkte er so auf kleine Kinder vertrauenswürdiger als in einem Overall und mit einer Schere in der Tasche.

Jedenfalls brachte er es fertig, dass alte, lädierte Kuscheltiere wieder wie neu aussahen.

Frank sah sich um. Aus einem Glasbehälter starrten ihn Dutzende von Knopfaugen an. Daneben stand ein Schraubglas mit Wasser, in dem schrumpelige, schwarze Gebilde schwammen. Trockenpflaumen vielleicht, überlegte Frank. Überall saßen, standen oder lagen Puppen auf den Regalbrettern. Sie schienen ihn mit ihren

Glasaugen anzusehen und plötzlich war ihm, als schwirrten hunderte von Puppengedanken durch seinen Kopf: »Wann darf ich nach Hause?« – »Mein Bein tut weh.« – »Ich habe Angst vor dem Doktor.« – »Wann näht er mein Ohr wieder an?« – »Er tut mir weh.« – »Mir geht es schon viel besser.« – »Warum glotzt du uns so an?«

Frank musste lachen. »Na los, gib dem Doktor deinen Bären«, sagte er zu Nele. Nele war vier Jahre alt. Frank hatte sie zum Puppendoktor mitgenommen, weil ihr Kuschelbär so ramponiert war, dass er bereits die Hälfte seiner Füllung verloren hatte. Nele hatte ihren Bären fest unter den Arm geklemmt und sah den Mann im weißen Kittel ängstlich an.

»Er tut Teddy doch nicht weh, oder?«

Der Doktor streckte die Hand aus und lächelte. Sein Lächeln enthüllte viel rosa Zahnfleisch und kurze, stumpfe Zähne. »Natürlich tue ich ihm nicht weh, liebes Kind. Ich bin doch der Doktor, ich mache ihn wieder gesund.«

Zögernd reichte Nele ihm den Bären. Der Puppendoktor nahm ihn und betrachtete ihn aufmerksam.

»Ein Prachtstück, so etwas wird heute nicht mehr hergestellt.« Unvermittelt fuhr er mit zwei Fingern in den Riss in Teddys Bauch und zerrte etwas Füllung heraus.

»Nicht!«, schrie Nele.

Der Puppendoktor ignorierte ihren Protest. »Das ist ganz altes Zeug. Das muss ausgetauscht werden«, sagte er und pulte noch mehr Füllung aus Teddys Bauch.

Nele war kalkweiß geworden und in ihren Augen glänzten Tränen. Teddy hing wie ein schlaffer Lappen in den Händen des Puppendoktors.

»Sie sollten ihn nur zunähen!«, sagte Frank.

Der Puppendoktor sah ihn durch seine runden, spiegelnden Brillengläser an.

»Junger Mann, wer ist hier der Doktor? Ich kenne mich mit kranken Bären aus. Geh mit deiner Schwester ein Eis essen. In einer Stunde könnte ihr den Bären wieder abholen.« Er legte Teddy auf seinen Arbeitstisch und zog eine helle Lampe über ihn. Frank sah, wie er eine Zange aus der Schublade nahm.

»Komm, Nele, wir gehen Eis essen«, sagte Frank. Nele sträubte sich, aber Frank zog sie zur Tür. Der Puppendoktor war bereits in seine Arbeit vertieft. Beim Hinausgehen sah Frank, dass er mit der Zange eines von Teddys Augen herauszog. Schnell machte Frank die Tür zu.

»Ich will bei Teddy bleiben!«, jammerte Nele, als sie durch das Spielzeugmuseum zum Ausgang gingen.

»Erst werden wir Eis essen«, sagte Frank. »Man darf den Doktor nicht bei der Arbeit stören. Du willst doch, dass er Teddy wieder gesund macht, oder?«

»Ich mag den Doktor nicht«, sagte Nele. »Er darf Teddy nicht wehtun!«

»Tut er auch nicht«, sagte Frank. »Mach dir keine Sorgen. Du wirst sehen, in einer Stunde ist Teddy wieder so gut wie neu.«

Allerdings war sich Frank seiner Sache selbst nicht ganz sicher. Der Puppendoktor war ein komischer Kauz und ging nicht sehr behutsam zu Werk. Wenn nun doch etwas mit Teddy schief ging, würde Nele ganz schön wütend auf Frank sein. Wahrscheinlich würde sie ihm nie verzeihen, dass er sie zum Puppendoktor geschleppt hatte.

Eine Stunde später standen sie wieder in der Puppenwerkstatt. Franks Befürchtungen erwiesen sich als grundlos. Teddy sah aus wie neu. Der Riss in seinem Bauch war fachgerecht zugenäht, man sah fast nichts mehr davon. Er hatte neue, leuchtende Augen, und sogar die kahlen Stellen in seinem Pelz waren verschwunden. Er sprühte vor Lebenslust und sah dick und gesund aus.

Der Puppendoktor nahm den Teddy und gab ihn Nele.

»Der Patient ist geheilt und darf wieder nach Hause. Zufrieden?« Nele schloss Teddy in die Arme und drückte ihn ganz fest an sich.

»Hoho, pass auf, dass du ihn nicht erwürgst«, sagte der Puppendoktor und setzte eine besorgte Miene auf. Nele war selig und Frank erleichtert. Er hatte sich offenbar umsonst Sorgen gemacht. Der Puppendoktor war vielleicht ein bisschen seltsam, aber er verstand jedenfalls sein Handwerk.

»Was kostet das?«, fragte Frank.

Der Puppendoktor stand auf und sah Frank mit merkwürdig starrem Lächeln an. »Es kostet, um genau zu sein . . . nichts.«

»Nichts?« Frank hatte von seinen Eltern fünfundzwanzig Gulden bekommen. Das Geld konnte er nun in die eigene Tasche stecken, das kam ihm sehr gelegen.

»Nichts«, wiederholte der Puppendoktor und hatte noch immer das starre Lächeln auf dem Gesicht. »Ich mache das aus reiner Gutherzigkeit. Aus Liebe. Das Glück eines Kindes ist für mich ein schönerer Lohn als Geld.«

Er kam hinter seinem Arbeitstisch hervor und ging zur Tür. »So, jetzt müsst ihr gehen, denn ich habe zu tun. Ich will noch viele andere Kinder glücklich machen.«

Von dem Geld kaufte sich Frank ein Piratenmesser mit einem Totenkopf auf dem Griff. Es hatte eine scharfe Klinge aus glänzendem Stahl. Frank wollte schon lange solch ein Messer haben, doch bisher war es ihm zu teuer gewesen. Nun hatte er es – dank dem Puppendoktor – doch noch bekommen.

Natürlich versteckte er es in seinem Zimmer, denn seine Eltern würden böse werden, wenn sie wüssten, dass er »eine Waffe« gekauft hatte. Nicht einmal Nele erzählte er davon. Nele interessierte sich ohnehin nicht für Piratenmesser. Sie war glücklich Teddy wiederzuhaben und hätte ihn am liebsten gar nicht mehr losgelassen.

Vater und Mutter konnten kaum glauben, dass Teddy dasselbe alte Kuscheltier war, das Nele jahrelang gedrückt, geherzt und voll gesabbert hatte.

»Dieser Puppendoktor ist ein Künstler«, sagte Vater. »Der Mann ist erstaunlich geschickt. Teddy sieht nagelneu aus, noch schöner als früher. Ich wollte, er könnte das auch bei meinem alten, rostigen Fiat Zombie machen.«

Nele wurde krank. Seit einigen Tagen war sie bleich und hatte dunkle Ringe unter den Augen. Fieber hatte sie keines, aber sie war ständig todmüde.

»Ob sie nun Fieber hat oder nicht, sie muss ins Bett!«, sagte Mutter. Nele sträubte sich nicht, sondern schlüpfte unter die Decke; Teddy hielt sie fest an sich gepresst.

Frank führte das neue Messer seinen Freunden vor, die alle neidisch wurden.

Nach ein paar Tagen ging es Nele noch immer nicht besser.

»Was hat das Kind nur?«, sagte Mutter. »Sie ist so schlapp und lustlos. Isst fast nichts, trinkt nur wenig und hat zu gar nichts Lust. Sie will immer nur Teddy bei sich haben. Sonst nichts.«

Der Arzt kam und untersuchte Nele. »Kein Grund zur Sorge«, sagte er. »Sie hat kein Fieber, wahrscheinlich ist sie nur übermüdet. Vielleicht hat sie in letzter Zeit schlecht geschlafen. Sie braucht Ruhe, dann geht es von selbst vorbei.«

Aber Nele lag nun schon eine Woche im Bett und wollte inzwischen nicht einmal mehr reden.

»Sie hat schlechte Laune, weil sie im Bett bleiben muss«, sagte Frank. »Ich werde sie ein bisschen aufmuntern.« Er ging in Neles Zimmer. Nele hatte sich tief unter der Decke verkrochen und Teddy lag neben ihrem Kopf auf dem Kissen. Frank warf einen Blick auf das Kuscheltier und staunte erneut über die ausgezeichnete Arbeit des Puppendoktors. Wie er so halb unter der Decke im Bett lag, sah der Bär fast lebendig aus. Seine Knopfaugen leuchteten vergnügt und seine Schnauze schien noch freundlicher zu lächeln als sonst.

Verglichen mit Teddy, sah Nele erbärmlich aus. Sie war bleich und ihre Wangen waren eingefallen. Die Augen lagen tief in den Höhlen und starrten unverwandt zur Decke.

»Nele, wie geht es dir?«, fragte Frank leise. Nele gab keine Antwort, sie blinzelte nicht einmal. Frank trat an ihr Bett. Er beugte sich zu ihr hinab und schnitt eine Grimasse.

»Hallo, Nele, lach deinen großen Bruder mal an.« Nele lachte nicht. Sie verzog keine Miene, sondern starrte leer vor sich hin, als ob sie durch Frank hindurchschaute.

Frank betrachtete seine Schwester nachdenklich. Sie ist ganz einfach bockig, dachte er. Da muss ich wohl schwerere Geschütze auffahren.

»Nele, wenn du jetzt nichts sagst, nehme ich dir Teddy weg.« Er streckte seine Hand aus und zog an einer von Teddys Pfoten. Mit einem Ruck warf Nele den Kopf herum und begann zu kreischen.

»Nein! Teddy gehört mir, lass los!«

Erschrocken wich Frank zurück. Mutter kam ins Zimmer.

»Frank, bist du denn verrückt geworden? Reicht es nicht, dass sie krank ist? Musst du sie auch noch ärgern?«

Frank zuckte mit den Schultern. »Ich hab nur versucht sie zum Reden zu bringen.«

»Reden nennst du das? Sie brüllt ja die ganze Nachbarschaft zusammen.« Mutter setzte sich auf den Bettrand und strich Nele über die Stirn. »Ruhig, mein Mädchen, du darfst dich nicht so aufregen.«

Nele gab keine Antwort. Sie starrte wieder mit leerem Blick an die Decke und presste Teddy fest an sich.

»Jedenfalls habe ich ein Geräusch aus ihr herausbekommen«, sagte Frank.

Mutter drehte sich ärgerlich zu ihm um. »Geh jetzt auf dein Zimmer!«

Beleidigt wandte Frank sich ab. »Meinetwegen. Damit du deinen Willen hast!«

»Was hast du gesagt?«

»Nichts.«

Bevor Frank das Zimmer verließ, warf er noch einen Blick auf das Bett seiner Schwester. Er erschrak. Teddys freundliche Miene hatte sich in ein falsches Grinsen verwandelt und der Bär schien Frank spöttisch anzusehen. Ganz kurz nur. Im nächsten Moment sah Teddy wieder so lieb und gutmütig aus wie immer. Frank musste sich getäuscht haben.

Wahrscheinlich kam es davon, dass er wütend auf seine Mutter war. Viel zu laut machte er die Tür hinter sich zu und ging auf sein Zimmer. Dort setzte er sich mit seinem Piratenmesser aufs Bett und dachte nach.

Um drei Uhr in der Nacht schrie Nele gellend. Schläfrig öffnete Frank die Augen. Auf dem Flur klangen Schritte und er hörte Vaters tiefe Stimme. Nele war wieder still.

Bestimmt ein Alptraum, dachte Frank. Er drehte sich auf die Seite und schlief wieder ein.

»Was war denn heute Nacht mit Nele?«, fragte er am nächsten Morgen. Sein Vater war schon zur Arbeit gegangen.

»Ich weiß nicht genau«, sagte seine Mutter. »Papa meinte, sie muss wohl schlecht geträumt haben. Sie hatte ihre Decke weggestrampelt und Teddy aus dem Bett geworfen, aber sie schlief, als er ins Zimmer kam.«

»Na, das muss wirklich ein schlimmer Traum gewesen sein, wenn sie Teddy aus dem Bett geschmissen hat.«

Mutter sah ihn ärgerlich an. »Pass ein bisschen auf, was du sagst, ja? Übrigens muss sie später doch noch wach geworden und aufgestanden sein, denn heute Morgen lag der Bär wieder neben ihr auf dem Kissen.«

Frank runzelte die Stirn. »Merkwürdige Krankheit. Mit uns redet sie nicht und wegen Teddy steht sie sogar auf.«

Mutter sah ihn erstaunt an.

»Meinst du, sie simuliert?«

Frank schüttelte den Kopf. »Ich sage nur, dass es merkwürdig ist.«

Später, in der Schule, dachte Frank nicht mehr an seine Schwester.

Als er nach Hause kam, sagte Mutter: »Passt du bitte kurz auf Nele auf? Ich muss noch zum Einkaufen in den Supermarkt.«

»Okay, Mama.« Frank ging nach oben und warf einen Blick in Neles Zimmer. Dort war es totenstill. Neles Gesicht war fast so weiß wie das Kopfkissen und wirkte noch eingefallener als am Tag zuvor. Die Augen hatte sie weit aufgerissen, aber sie sah ihn nicht an. In Neles spitzem, bleichem Gesichtchen wirkten die Augen riesengroß. Es ist, als ob sie langsam verschrumpelt, dachte Frank und begann erst jetzt sich wirklich Sorgen zu machen. Der Bär war vom Bett gefallen und lag auf dem Boden. Frank hob ihn auf und legte ihn neben Nele.

»Hier ist dein Freund, Nele, halt ihn gut fest.« Zum ersten Mal zeigte sich eine Andeutung von Leben in Neles Augen. Sie riss sie noch weiter auf und Frank bemerkte eine Mischung aus Angst und Panik in ihrem Blick. Nele versuchte den Kopf zu heben, aber es gelang ihr nicht. Sie war zu schwach.

»Nele, was ist denn?«, rief Frank. Ihr Blick begann ihm Angst zu machen.

»Weg!«, flüsterte Nele kaum hörbar, während sie zu Teddy hinschielte.

»Weg? Soll ich Teddy wegnehmen? Willst du ihn denn nicht bei dir haben?«

»Er . . . beißt.« Neles Stimme klang so schwach wie leises Blätterrauschen.

Ach du Schreck, sie phantasiert, dachte Frank.

»Ist schon gut, Nele«, sagte er. »Wenn Teddy so ungezogen ist, nehme ich ihn weg. Er darf dich nicht beißen.« Frank packte Teddy und setzte ihn auf einen Stuhl neben dem Bett.

»Gut so?«

»Weg!«, flüsterte Nele.

»Noch weiter weg? Na gut. Ich sperre ihn in den Schrank. Das hast du nun davon, böser Teddy. Ab in den Schrank!« Frank machte die Schranktür auf und legte Teddy zu Neles anderen Spielsachen.

»So, ich habe ihn zur Strafe in den Schrank eingesperrt. Schlaf jetzt schön, Nele. Mama ist bald wieder da.«

Er deckte seine Schwester zu, drückte ihr einen Kuss auf die Stirn und ging aus dem Zimmer. Als er am Schrank vorbeikam, hörte er ein leises Brummen hinter der Tür. Frank blieb stehen und lauschte. Nichts.

Er grinste, als das Geräusch eines Motorrads durch das Fenster ins Zimmer drang. Klar, das war es, was er gehört hatte! Behutsam zog er die Tür zu und ging in sein Zimmer. Er setzte sich aufs Bett, rückte seinen Nachttisch beiseite und holte das Piratenmesser hervor, das er dahinter versteckt hatte. Er warf es hoch. Der blanke Stahl glänzte, als das Messer, sich um die eigene Achse drehend, nach oben stieg und dann wieder nach unten fiel. Geschickt fing Frank es am Griff auf. Mit einer fließenden Bewegung warf er es anschließend in Richtung Tür. An der Tür hatte er ein quadratisches Brett aufgehängt, auf das er mit Filzstift einen großen Kreis und darin immer kleiner werdende Kreise gezeichnet hatte. Zitternd blieb das Messer mit der Spitze mitten im innersten Kreis stecken. Frank sah in den Wandspiegel und zeigte mit dem Finger auf sich selbst.

»Bingo!« Er ging zu dem Brett und zog die Klinge aus dem Holz.

In diesem Augenblick hörte er einen grässlichen Schrei aus Neles Zimmer. Vor Schreck ließ Frank fast das Messer fallen. Nele schrie wie am Spieß. Es klang, als würde sie umgebracht. Ohne Zögern stürmte Frank auf den Flur und war mit drei Sätzen in Neles Zimmer. Es überlief ihn kalt, als er sah, was dort vor sich ging. Nele hatte die Decke weggestrampelt und wand sich auf dem Bett. Über ihr lag Teddy. Mit seinen Bärenpfoten hielt er Neles Hals umklammert und presste die Schnauze gegen ihre Kehle. Nele versuchte das Stofftier wegzustoßen, aber offensichtlich war sie zu schwach. Sie brüllte ununterbrochen. Einen Moment lang fragte Frank sich, wie der Bär auf das Bett gekommen war. Er hatte ihn doch in den Schrank gelegt und Nele war zu geschwächt, um aufzustehen.

»Nele, was ist los?« Frank stürzte zum Bett und wollte Teddy von Nele wegreißen. Es gelang ihm nicht.

Teddy ließ nicht los. Stattdessen drehte er plötzlich den Kopf und starrte Frank an. Entsetzt wich Frank zurück. Er konnte kaum glauben, was er sah: Teddy bewegte sich, als wäre er ein lebendes Wesen und kein Stofftier.

Das ist ein Trick, dachte Frank. Das muss ein Trick sein!

Doch dann sah er, wie Teddy knurrte, dabei die Lippen verzog und rosa Zahnfleisch mit kurzen, stumpfen Zähnen zeigte, die viel zu groß für den kleinen Bärenkopf zu sein schienen.

Frank wurde stocksteif vor Schreck, als er das starre Lächeln des Puppendoktors erkannte. Der Bär ließ Nele los und stellte sich auf seine kurzen, stämmigen Beine. Wie gelähmt stand Frank neben dem Bett. Noch immer wollte er nicht wahrhaben, was er mit eigenen Augen sah. Schwankend tapste Teddy über das Bett auf Frank zu, während Nele unaufhörlich weiterschrie. Seine Glasaugen funkelten bösartig. Er hatte das Maul weit aufgesperrt, sodass nur noch rosa Zahnfleisch und stumpfe Zähne zu sehen waren. Er sprang . . .

Endlich begann Franks Gehirn wieder zu arbeiten. Er riss die Arme hoch, um sich gegen den Angriff zu schützen. Dass er noch immer sein Piratenmesser in der Hand hielt, hatte er ganz vergessen. Die Messerspitze war nach vorn gerichtet und traf Teddy mitten in den Bauch. Teddy stieß ein fürchterliches Brüllen aus. Er fiel auf die Erde, rollte seine Knopfaugen und strampelte wild mit allen vier Pfoten. Voller Abscheu starrte Frank auf das Kuscheltier, das nun wieder auf die Beine kam und sich sofort an Franks Bein festkrallte.

»Au!«, schrie Frank, als er Teddys Zähne in seiner Wade spürte. »Elendes Mistvieh!« Frank umklammerte das Messer fester. »Warte, du kleines Monster, jetzt musst du dran glauben!« Er packte Teddy und schleuderte ihn gegen die Tür. Nele schrie immer weiter. Der Bär rappelte sich brummend auf und wollte erneut angreifen. Aber Frank hatte bereits das Messer in die Luft geworfen, es am Griff aufgefangen und mit einer fließenden Bewegung in Richtung Teddy geschleudert. Zack! Da war Teddy an der Tür festgenagelt. Seine Pfoten zappelten nicht mehr und seine Glasaugen bekamen einen trüben Blick. Sein Maul klappte zu, die Zähne waren nicht mehr zu sehen und er hatte wieder eine normale Bärenschnauze und den gewohnten freundlichen Gesichtsausdruck.

»Bingo!«, sagte Frank.

Er lief zur Tür, ging vor Teddy in die Hocke und sagte: »Tut mir Leid, Teddy.« Dann hielt er mit einer Hand den Bären fest und zog mit der anderen das Piratenmesser aus der Tür und aus dem Bärenkörper. Erst als Frank das Messer ganz herausgezogen hatte, sah er, dass auf der Messerspitze ein pechschwarzes Gebilde steckte, das aussah wie eine verschrumpelte Pflaume, aber die Form eines Herzens hatte. Frank hatte Teddy mitten in sein schwarzes Herz getroffen!

Er starrte das schrumpelige Ding an und eine Reihe von Bildern schoss ihm durch den Kopf: der Raum hinter dem Spielzeugmuseum, die Wandregale voller Puppen, der Puppendoktor mit seinem rosa Zahnfleisch und den kurzen, stumpfen Zähnen, das Schraubglas mit den schwarzen, verschrumpelten Dingern, der Puppendoktor, wie er mit der Hand in Teddys Bauch herumwühlte und die Füllung austauschen wollte.

Mit spitzen Fingern hielt Frank das Messer möglichst weit von sich weg. Dieses Herz musste verschwinden. Und zwar schnell. Ihm graute entsetzlich vor dem Ding.

»Was hast du denn da?«

Erschrocken sah Frank auf. Er hatte gar nicht gehört, dass sein Vater nach Hause und die Treppe heraufgekommen war.

Frank sah Vater mit großen Augen an.

»Teddys Herz!«

Erst jetzt fiel ihm auf, wie still es im Zimmer war. Nele hatte aufgehört zu schreien und schlief. Sie atmete ruhig und ihre Wangen hatten sogar etwas Farbe.

Vater trat an Neles Bett und deckte sie zu. »Es scheint ihr endlich besser zu gehen. Gott sei Dank.«

Vater wandte sich um, sah Frank an und wies auf das Messer, das dieser noch immer mit zitternden Fingern festhielt.

»Erzähl.«

Am nächsten Tag hatte Nele einen wahren Bärenhunger. Sie fühlte sich noch immer ein wenig schlapp, aber sie saß bereits wieder aufrecht im Bett und ließ sich eine saftige Birne schmecken.

»Zuerst war Teddy ganz brav«, sagte sie. »Er hat mir liebe Worte ins Ohr geflüstert. Aber ich wurde so müde.« Mit großen Augen sah sie Frank und die Eltern an. »Dann wurde er unartig! Und böse!«

»Was hat er denn getan?«, fragte Mutter und streichelte dabei Neles Hand.

»Er hat gebrummt und mir die Luft weggeatmet.«

»Er hat dir die Luft weggeatmet?«

Nele nickte eifrig und biss in ihre Birne. »Ja. Und ich wurde immer müder und schlapper und Teddy immer kräftiger. Und dann wollte er mich beißen. Gemein, oder?«

Vater nickte. »Das war wirklich gemein von ihm, mein Mädchen. Aber jetzt ist es zum Glück vorbei.« Sie hatten Teddy in die Mülltonne geworfen, zusammen mit Franks Piratenmesser. Er wollte es nicht mehr haben – er hätte sonst immer wieder an das schwarze Herz denken müssen. Das Herz hatten sie im Garten verbrannt. Eine schwarze Rauchwolke war aufgestiegen und wie ein kleiner Wirbelwind über die Dächer davongeweht.

Vater küsste Nele auf die Stirn. »Frank und ich müssen kurz weg«, sagte er zu Mutter.

Kurz darauf hielt Vaters rostiger Fiat Zombie vor der Tür des Spielzeugmuseums. Vater zog die Handbremse an und sah zu Frank hinüber.

»Du bleibst besser im Auto. Wahrscheinlich sage ich zu dem Mann Dinge, die du noch nie von mir gehört hast.«

Frank grinste. »Ich weiß auch ein paar Ausdrücke, die du noch nie von mir gehört hast. Ich will mit, schließlich habe ich Nele damals hierher gebracht.«

Vater sah Frank eine Zeit lang schweigend an.

»Okay«, sagte er schließlich. »Aber du bleibst im Hintergrund und mischst dich nicht ein. Überlass die Sache mir.«

Sie stiegen aus und gingen zum Spielzeugmuseum. Es war geschlossen. An der Tür hing ein Schild: *Geöffnet Montag bis Donnerstag von 10:00 bis 17:30 Uhr.*

»Shit, heute ist Freitag«, sagte Frank.

»Das ist mir gleich«, sagte Vater und drückte auf die Klingel. »Ich muss den Kerl sprechen!«

Er hielt den Finger minutenlang auf dem Klingelknopf, bis schließlich jemand hinter der Glastür auftauchte.

»Wir haben geschlossen!«

»Machen Sie auf!«, rief Vater und drückte weiter auf die Klingel. Sie sahen, wie der Mann vor sich hin schimpfte, doch dann holte er seinen Schlüsselbund hervor und machte die Tür einen Spalt auf. Er trug eine Mütze und eine Uniform mit Namensschild.

»Was wollen Sie?«, fragte er mit verdrießlichem Gesicht.

Vater stellte sofort einen Fuß in die Tür. »Ich will den Puppendoktor sprechen, der hier arbeitet.«

Der Gesichtsausdruck des Mannes veränderte sich. »Tut mir Leid, aber das geht nicht.«

»Es muss aber gehen!«, sagte Vater. »Er hat meine kleine Tochter krank gemacht. Ich will ihn sprechen.«

»Das mit ihrer Tochter tut mir Leid, aber den Puppendoktor können Sie nicht sprechen.«

Vaters Gesicht lief langsam rot an. »Ich bleibe hier stehen. Ich gehe nicht weg, bevor Sie mich nicht zu dem Kerl gebracht haben.«

Der Mann seufzte. »Selbst wenn Sie bis zum Sankt-Nimmerleins-Tag hier stehen bleiben, ich kann sie nicht zum Puppendoktor bringen. Wenn Sie ihn sprechen wollen, müssen Sie warten, bis Sie im Himmel sind. Oder in der Hölle.«

»Wie bitte?«

»Er ist tot! Herzstillstand vermutlich. Gestern Nachmittag um viertel vor fünf.«

Frank wurde leichenblass. »Gestern Nachmittag um Viertel vor fünf? Da . . . da habe ich Teddy mit meinem Piratenmesser . . .« Er verstummte und sah seinen Vater erschüttert an. Vater verstand und legte beruhigend die Hand auf Franks Schulter. Dann warf er einen Blick auf das Namensschild des Mannes und sagte in einem etwas freundlicheren Tonfall: »Können Sie uns Näheres über diesen Puppendoktor erzählen, Herr Bohlen?«

Der Mann zuckte mit den Schultern.

»Nicht viel. Wir kannten ihn kaum. Er arbeitete die ganze Woche über in dem Hinterzimmer. Ein merkwürdiger Bursche, aber gestört hat er uns nicht.«

Der Mann kniff ein Auge zu. »Im Vertrauen gesagt, mir war er unsympathisch. Über die Toten soll man zwar nur Gutes reden, aber er hatte einen üblen Charakter.«

»Wie meinen Sie das?«

»Ich verstehe nicht, weshalb er für Kinder Puppen reparierte, denn er hasste Kinder. Oft kamen sie weinend aus seinem Zimmer und manchmal sah ich ihn dann dort stehen, mit diesem starren Lächeln, als hätte er Freude an ihrem Kummer.«

Frank dachte an Nele. Auch sie hatte fast geweint, als sie ihren Teddy beim Puppendoktor lassen musste.

»Aber die Kinder waren immer überglücklich, wenn er ihre Puppen repariert hatte«, fuhr der Mann fort. »Denn das konnte er hervorragend. Puppen, die er hergerichtet hatte, sahen besser aus als neue. Sie wirkten fast lebendig.«

»Das kann man wohl sagen!«, bemerkte Frank leise.

»Haben Sie ihn gefunden – gestern?«, fragte Vater.

Herr Bohlen nickte. »Er lag auf dem Boden hinter seinem Arbeitstisch. War samt Stuhl und allem umgekippt. Er sah grässlich aus.«

»Wie meinen Sie das?«

Herr Bohlen kratzte sich am Kinn. »Haben Sie schon mal eine Mumie gesehen? Genauso sah er aus. Sein Gesicht war eingefallen, die Haut spannte um den Schädel und er sah völlig vertrocknet aus. Als wäre er mit einem Schlag alt geworden. Steinalt.«

»Junge, Junge!«, sagte Vater und sah den Mann fassungslos an. »Und nun wird er also begraben.«

Herr Bohlen schüttelte den Kopf und senkte die Stimme zu einem Flüstern: »Nein. Passen Sie auf. Was ich Ihnen jetzt sage, ist eigentlich geheim. Sie müssen es sofort wieder vergessen.« Er schwieg einen Moment lang und sah sich nach allen Seiten um. »Man kann ihn nicht begraben.«

»Nein?«

»Nein. Als wir ihn vom Boden aufheben wollten, zerfiel er einfach. Ich meine, er zerbröselte, fiel auseinander, bis nur noch

Staub übrig war. Ein Häufchen grauer Staub oder Asche. Mehr nicht!«

»Shit«, sagte Frank.

Herr Bohlen nickte. »Genau.«

»Unglaublich!«, rief Vater und schüttelte fassungslos den Kopf.

Frank dachte an die Werkstatt des Puppendoktors und die Glasbehälter voller Einzelteile.

»Was machen Sie jetzt mit seinem Zimmer? Wird es geräumt?«

Herr Bohlen kratzte sich unter der Mütze. »Komisch, dass du danach fragst. Zufällig rief heute Morgen jemand an und erkundigte sich, ob wir einen Puppendoktor brauchen. Natürlich haben wir Ja gesagt. Puppendoktor ist ein aussterbender Beruf, also sind wir froh, dass es noch einen gibt. Er kann jeden Moment eintreffen, zum Vorstellungsgespräch.«

»Gut, wir wissen genug«, sagte Vater. »Danke für die Auskunft. Kommst du, Frank?«

Frank fühlte sich erleichtert und zugleich war er verwirrt. Was sie gerade gehört hatten, war wirklich unglaublich. So unglaublich wie die Vorstellung, dass ein Stofftier plötzlich lebendig wird. Und dennoch war es so gewesen! Frank wollte nicht weiter darüber nachdenken. Der Puppendoktor war jedenfalls tot. Er würde keinem Teddybären mehr ein schwarzes Herz einbauen. Nie mehr würde er unschuldige Kinder todkrank machen und langsam das Leben aus ihnen heraussaugen. Dieser Gedanke beruhigte ihn. Schluss mit dem Voodoo-Zauber!

Sie gingen zum Auto zurück.

»Ich weiß nicht, ob ich die Geschichte glauben soll«, sagte Vater kopfschüttelnd. »So etwas Merkwürdiges habe ich noch nie gehört. Na ja, was mit Teddy passiert ist, ist natürlich auch . . .«

In dem Augenblick stoppte hinter ihrem Fiat Zombie ein weißer

Sportwagen. Ein ordentlich gekleideter Herr stieg aus. Er war klein und dick, hatte silbergraues Haar und trug einen Hut. In der Hand hatte er einen Schirm und einen Koffer und unter dem Arm einen alten, zerschlissenen Puppenclown, dem ein Auge fehlte.

»Schau, das wird der neue Puppendoktor sein«, sagte Vater. Er grüßte den Mann, als sie an ihm vorbeigingen. Der neue Puppendoktor blieb stehen, blickte sie an und lächelte. Dabei zeigte er viel rosa Zahnfleisch und kurze, stumpfe Zähne.

Frank stieß einen Schrei aus, rannte zum Auto, stieg ein und verriegelte die Tür von innen.

»Frank, was hast du denn auf einmal?«, fragte Vater, als er einstieg.

Frank starrte vor sich hin. Er war leichenblass und auf seiner Stirn perlten Schweißtropfen.

»Fahr los!«, sagte er nur. »Fahr, so schnell du kannst!«

SECHZEHN

Plötzlich ertönt ein Schrei aus dem hinteren Teil des Busses. Eddy C. kommt nach vorn gerannt. Sein Gesicht ist käseweiß.

»Shit, Mann, was ist denn los?«, ruft Hassan. »Hast du vielleicht auch einen Kuschelbären gesehen?«

Eddy C. sieht die anderen drei mit wildem Blick an. »Der Sessel . . . Ich sitze da und penne und plötzlich fängt er an mich zusammenzudrücken.«

»Wer?«, fragt Hassan erstaunt.

»Der Sessel! Die Armlehnen kamen auf mich zu, fast hätte er mich zerquetscht. Und dann knurrte er!«

»Was?« Alle starren Eddy C. verwundert an. Dann bricht Hassan in Lachen aus. »Guter Witz, C. Fast hätten wir's geglaubt! Der Killersessel greift an, haha!«

Aber Eddy C. lacht nicht.

»Okay, es klingt vielleicht blöd, aber er hat wirklich geknurrt, ich schwör's!«

Anke geht nach hinten und betrachtet den Sessel. Er ist enorm groß und hat breite, abgerundete Armlehnen und dicke Lederpolster. Aber der Abstand zwischen den Armlehnen ist normal und der Sessel knurrt auch nicht.

Ein richtiges Ungetüm, denkt Anke und einen Moment lang hat sie den Eindruck, dass er unter seiner ledernen Haut atmet, wie ein schlafendes Tier. Kopfschüttelnd geht sie wieder nach vorn.

»Du hast geträumt, C.«, sagt Anke. »Das kommt von diesen

Gruselgeschichten. Dabei muss man ja auf komische Gedanken kommen.«

Eddy C. sieht sie wütend an. »Es stimmt aber!«

Biep-biep.
»Leiden Sie manchmal unter Nervosität?
Haben Sie das Gefühl, Wände und Sessellehnen würden auf Sie zukommen?
Vampirschwester Blutwein verschafft ihnen wieder Ruhe.
Trinken Sie davon und erleben Sie es selbst.
Vampirschwester Blutwein, frisch aus der Halsschlagader.
Jetzt in handlichen Taschenflakons.«
Biep-biep.

»Macht, was ihr wollt, ich bleibe hier jedenfalls nicht länger«, sagt Eddy C. »Und wenn ich die Tür aufbrechen muss.« Er rennt nach vorn und die anderen folgen ihm rasch.

Der Bus ist kein sicherer Zufluchtsort mehr, das ist ihnen jetzt klar. Die eigenartigen Werbespots und die Bemerkungen des Moderators haben auf einmal eine düstere Bedeutung bekommen.

Eddy C. nimmt einen Schraubenzieher aus seiner Jackentasche und versucht damit die Tür aufzubekommen. Es klappt nicht, aber im nächsten Moment öffnet sich die Tür von selbst, und zwar so schnell, dass Eddy C. vor Schreck den Schraubenzieher fallen lässt.

»Hey, was ist denn jetzt los? Hast du am Armaturenbrett rumgemacht, Hassan?«

Hassan schüttelt verblüfft den Kopf. »Ich hab nichts angefasst.«

»Komisch«, sagt Anke, »wieso geht die Tür plötzlich von selbst auf?«

Sie hören den Moderator leise lachen. »Warum lacht der Kerl

denn?«, sagt André und blickt über seine Schulter. Ihm war, als spürte er den Atem des Moderators im Nacken.

»Spielt keine Rolle – Hauptsache, sie ist offen. Endlich können wir raus.« Eddy C. zieht sich die Chauffeurmütze tief ins Gesicht und will die Stufen hinabsteigen. Der Regen peitscht ihm entgegen. Im gleichen Augenblick springt aus der Dunkelheit etwas bösartig knurrend auf ihn zu. André sieht breite, haarige Pranken, blitzende Zähne und rote Augen. Bestimmt vier oder sechs Paar. »Vorsicht!«, schreit er.

Eddy C. weicht erschrocken zurück. »Verd. . . was ist das?« Ein scharfer Schmerz schießt ihm durchs Bein und er brüllt auf.

»Tür zu!«, kreischt Anke. Zusammen mit André zerrt sie Eddy zurück in den Bus. Hassan sucht fieberhaft den richtigen Knopf auf dem Armaturenbrett, aber da geht die Tür bereits wieder automatisch zu. Mit einem Jaulen wird die Pranke weggezogen. Eddy C. betrachtet fassungslos sein Bein. Das Hosenbein ist zerfetzt und darunter sind blutige Kratzer zu sehen. Die anderen packen ihn und schleppen ihn zu einem Sitz.

Eddy C. stöhnt und betastet sein Bein. Zum Glück hat er keine tiefe Wunde, es sind tatsächlich nur Kratzer.

»Shit, du hast Glück gehabt, C.«, sagt Hassan. »Die hätten dir das Bein abreißen können. Solche Pranken hab ich noch nie gesehen.«

»Siehst du, ich hatte Recht«, keucht André. »Da war was draußen.«

Anke nimmt ein blütenweißes Taschentuch aus ihrer Jackentasche und bindet es Eddy C. ruhig und routiniert wie eine Krankenschwester ums Bein. »Läuft prima heute Abend, Leute. Jetzt sind schon zwei Hosen futsch. Erst die von André und jetzt deine, C. Wie bei meinen Brüdern, die kommen auch immer mit zerrissenen Klamotten nach Hause.«

»Die Hose ist mir egal«, stöhnt Eddy C. »Aber was sind das für Bestien? Und wo kommen die auf einmal her?«

»Die Wachhunde vom Autofriedhof«, sagt André. »Ich meine, ich hätte sie schon vorhin um den Bus schleichen sehen.«

Hassan späht durch das nass geregnete Fenster nach draußen. »Wachhunde? Das kannst du deiner Großmutter erzählen. Wenn das Hunde sind, dann bin ich Magic Johnson.«

Der Regen hat etwas nachgelassen und der Mond wirft nun fahles Licht auf den Autofriedhof. Es scheint fast, als würden die Autowracks rund um den Bus reglos und mit angehaltenem Atem das Geschehen verfolgen. Stumme Zeugen, in deren Scheinwerferaugen sich das Mondlicht spiegelt. Im Dunkeln schleichen sechs schattenhafte Wesen unruhig um den Bus herum. Sie sind groß, haben ein zottiges Fell und ihre roten Augen glühen in der Finsternis.

»Wölfe!«, sagt André. »Ich glaube, es sind Wölfe. Sie müssen aus einem Zoo ausgebrochen sein.«

»Meinst du?«, fragt Hassan. »Ich habe noch in keinem Zoo Wölfe mit rot glühenden Augen gesehen. Und außerdem gibt es hier im Umkreis von hundert Kilometern keinen Zoo.«

»Was soll es denn sonst sein?«

»Was weiß ich! Jedenfalls gehe ich nicht raus und frage sie.« Hassan schlägt mit der flachen Hand an die Fensterscheibe. »Haut ab, ihr Mistviecher, sucht euch ein anderes Abendessen!«

Eines der Tiere kommt auf den Bus zu und springt am Fenster hoch. Einen Moment lang sehen sie seinen Furcht erregenden Kopf mit glühenden Augen, entblößtem Zahnfleisch und blitzenden Zähnen. Hassan weicht zurück, als die Klauen an der Scheibe entlangkratzen und Schlammspuren auf dem Glas hinterlassen.

André blickt ängstlich nach draußen. »Was machen wir jetzt?«

Niemand antwortet. Stattdessen schallt die Stimme des Moderators überlaut durch den Bus.

»Je später der Abend, desto gemütlicher wird es. Drinnen ist es besser als draußen, nicht wahr? Besonders, wenn die Menschen drinnen sind und die wilden Tiere draußen.«

»Der meint uns!«, sagt André. »Nur uns!« Seine Stimme klingt merkwürdig hoch. Keiner sagt etwas.

»Tja, liebe Hörer, wenn man in der Patsche sitzt, wünscht man sich jemanden herbei, der einem hilft«, sagt der Moderator. »Die Eltern zum Beispiel oder die Lehrerin. Sicher habt ihr alle mal eine Lieblingslehrerin in der Schule gehabt, in die ihr heimlich verliebt wart. Ach ja, so eine Lehrerin . . . Aber leider ist hier keine nette Lehrerin, sondern nur ein netter Moderator. Und der einzige Trost, den ich für euch habe, ist eine Geschichte über eine Lehrerin. Lauft nicht davon, denn das kann ich nicht leiden!« Die Stimme hat plötzlich einen bösartigen Klang, aber dann lacht der Moderator wieder. Von draußen hören sie ein Geheul, das ihnen das Blut in den Adern stocken lässt.

Die Lieblingslehrerin

Fräulein Lilienberg hatte eiskalte Augen. Ganz hell, fast wie gefrorenes Wasser sahen sie aus. Ihr Haar war tiefschwarz und sie hatte eine einzige schlohweiße Haarlocke, die glänzte wie das Fell eines Huskys oder eines weißen Wolfes, fand Bela. Hinter den Brillengläsern versteckt, folgten seine Augen ihren elastischen Bewegungen, als sie zur Wandtafel ging. Geschmeidig wie ein Panther. Ihre langen, blutrot lackierten Fingernägel glänzten, als sie mit der Kreide Rechenaufgaben an die Tafel schrieb. Wenn sie die Kreide zu weit vorn anfasste, kratzten ihre Nägel über die Tafel. Sie hatte lange Finger und Bela fiel auf, dass ihr Zeige- und Mittelfinger gleich lang waren. Hin und wieder begegneten ihre Augen seinem Blick und dann huschte ein Lächeln über ihr Gesicht, als hätten sie ein Geheimnis miteinander. Dies bildete sich Bela zumindest gern ein. Zwar würde er es niemals laut sagen, aber insgeheim war er ziemlich verliebt in sie. In ihre Augenbrauen, die wie Halbmonde sanft gebogen waren und sich an einer Stelle oberhalb der Nasenwurzel fast berührten. Und in ihre blendend weißen, kräftigen Zähne.

Belas Schule war klein. Nie passierte etwas Aufregendes, und wenn Fräulein Lilienberg nicht gewesen wäre, hätte sich Bela entsetzlich gelangweilt. Bis dann vor einem Monat etwas geschehen war, was die ganze Schule in Schrecken versetzt hatte.

Man hatte Herrn Janssen, den Klassenlehrer der Sechsten, am Fluss gefunden. Tot. Mit durchgebissener Kehle und grässlich zugerichtet.

Alle wussten, dass Herr Janssen Fräulein Lilienbergs Freund war. Ein Hund hätte ihn totgebissen, hieß es, denn die Spaziergänger, die ihn entdeckten, hatten einen Hund von der Fundstelle wegrennen sehen. Einen ziemlich großen, schlohweißen Hund.

Am nächsten Tag hatte der Direktor jeder Klasse die traurige Nachricht mitgeteilt. Er war ein großer, kräftiger Mann mit Vollbart und behaarten Händen. Normalerweise wirkte er eindrucksvoll und selbstsicher, aber nun sah er angeschlagen aus. »Liebe Schülerinnen und Schüler, es tut mir Leid, euch sagen zu müssen, dass Herr Janssen von einem Hund totgebissen wurde.«

Alle waren fürchterlich erschrocken. Bela beobachtete den Gesichtsausdruck der Lehrerin. Sie wusste es natürlich bereits, deshalb erschrak sie nicht. Sie zeigte keinerlei Regung. Keine Spur von Tränen in den Augen. Merkwürdig, wo doch Herr Janssen ihr Freund gewesen war.

Als der Direktor die Klasse verlassen hatte, rief Roger plötzlich: »Das glaube ich nicht! Hunde beißen keine Menschen tot. Hunde sind gutmütig. Wir haben auch zwei, und die haben noch nie jemanden gebissen.« Er klang richtig wütend.

Die Lehrerin sah Roger mit ihren Nordpolaugen lange an. »Und wer hat es deiner Meinung nach getan, Roger?«

»Ein Werwolf.«

Die Augen der Lehrerin schienen sich leicht zu verengen.

»Ein was?«

»Ein Werwolf, Fräulein Lilienberg.«

Bela ließ die Lehrerin nicht aus den Augen. Es schien, als lächelte sie, ganz kurz nur.

»Wie kommst du denn darauf, Roger?«

»Nun, gestern war Vollmond. Und bei Vollmond werden manche Menschen zu Werwölfen. Dann streifen sie umher und morden.

Genau wie vorigen Monat. Da wurde auch jemand totgebissen. Es hat in der Zeitung gestanden.«

Alle Kinder in der Klasse fingen an zu lachen. Ein Werwolf! Wie kam Roger nur auf so etwas? Wo doch jeder weiß, dass Werwölfe nur in Filmen und Geschichten vorkommen!

Nur Bela lachte nicht mit. Er wandte den Blick nicht von der Lehrerin. Sie lächelte nicht mehr. Sie fuhr sich mit den langen Fingernägeln durchs Haar und sah Roger durchdringend an, als wollte sie ihn auf der Stelle mit ihrem Blick zu Eis erstarren lassen.

»Jetzt reicht es, Roger! Es ist schlimm genug, dass Herr Janssen tot ist. Wie kannst du es wagen, darüber Witze zu machen, mit deinen albernen Werwolfgeschichten!«

Selbst wenn die Lehrerin böse ist, ist sie bildschön, dachte Bela. Er seufzte tief.

Roger sagte nichts mehr. Mit beleidigter Miene saß er an seinem Tisch. »Ich habe keinen Witz gemacht«, murmelte er fast unhörbar. »Es stimmt, was ich gesagt habe.«

Die Lehrerin hatte bessere Ohren, als Roger dachte.

»Komm an die Tafel und rechne die Aufgaben aus, während ich aus dem *Gruselbus* vorlese«, sagte sie.

Nach Schulschluss lief Bela hinter Roger her. Roger ging schnell und mit festen Schritten. Er hatte die Hände tief in den Hosentaschen vergraben.

»Roger, warte doch!«, rief Bela.

»Was gibt's? Willst du mich noch mal auslachen?« Ärgerlich stapfte Roger weiter.

Bela ging neben ihm her. »Ich lache überhaupt nicht, Roger. Ich glaube dir.«

Roger blieb erstaunt stehen und sah Bela misstrauisch an. »Herzlichen Glückwunsch, da bist du der Einzige. Haben die anderen ein zweites Mal was zu lachen. Bela glaubt auch an Werwölfe, haha.«

Sie gingen weiter. »Red keinen Quatsch«, sagte Bela. »Ich glaube vielleicht an Werwölfe, aber ich bin nicht so blöd, das in der Klasse herumzuposaunen.«

Roger seufzte und kickte ein Steinchen weg. »Ja, das war blöd von mir, ich weiß. Ich hätte besser den Mund gehalten. Jetzt halten mich alle für verrückt.«

Bela klopfte ihm auf die Schulter. »Ach was, das vergessen die schnell wieder. Aber sag mal, warum glaubst du, dass es ein Werwolf war?«

Roger zuckte die Schultern. »Hab ich doch gesagt: Vorigen Monat ist auch jemand totgebissen worden, als Vollmond war.«

Er zögerte und sah sich nach allen Seiten um. Dann senkte er die Stimme zu einem Flüstern. »Soll ich dir mal was erzählen? Ich glaube, ich weiß, wer der Werwolf ist!«

»Tatsächlich?«, sagte Bela, ohne eine Miene zu verziehen. »Wer denn?«

»Die Lehrerin!«

»Die Lehrerin? Unsere Lehrerin?«

Roger nickte. »Hast du dir schon mal ihre Ohren genau angesehen? Sie sind oben ganz spitz. Das ist ein Kennzeichen von Menschen, die in Wirklichkeit Werwölfe sind.«

»Aber . . .«, begann Bela.

»Und ihre Zeige- und Mittelfinger sind gleich lang. Auch ein Kennzeichen von Werwölfen. Und dann ihre Fingernägel! Lang und scharf wie Klauen.«

»Woher weißt du das alles?«, fragte Bela.

»Das habe ich im *Gruselhandbuch* gelesen«, antwortete Roger.

Bela schüttelte den Kopf. »Es gibt viele Leute mit langen Fingernägeln. Das sind doch nicht alles Werwölfe?«

»Ihre Augenbrauen sind zusammengewachsen«, fuhr Roger unbeirrt fort. »Das ist noch ein Werwolf-Merkmal. Und dann die weiße Haarlocke. Schon im Mittelalter wusste man, dass Menschen mit solch einer weißen Haarlocke Hexenkinder sind oder Werwölfe.«

»Stimmt das wirklich?«

»Ja, ich glaube, dass die Lehrerin der große, weiße Hund ist, den man gesehen hat. Nur war es eben kein Hund, sondern ein Werwolf.«

»Du meinst also, dass sie Herrn Janssen umgebracht hat? Er war doch ihr Freund.«

Roger nickte wieder. »Ja und? Vielleicht hatte sie Krach mit ihm.«

Bela sah Roger nachdenklich an; er schien sich seiner Sache vollkommen sicher zu sein.

»Und was willst du jetzt tun?«

Roger zuckte die Schultern. »Weiß ich noch nicht. Ich kann schlecht zu ihr hingehen und sagen: ›Ich halte Sie für einen Werwolf.‹ Beim nächsten Vollmond muss ich ihr eine Falle stellen. Ich werde mir schon was ausdenken.«

Inzwischen war ein Monat vergangen und Roger hatte seitdem nicht mehr von Werwölfen gesprochen. Bela dachte, er hätte die Sache bereits wieder vergessen. Er saß über sein Heft gebeugt und warf ab und zu einen Blick auf die Lehrerin, die Rechenaufgaben an die Tafel schrieb. Alle waren beschäftigt. Auch Roger schrieb eifrig. Die Lehrerin ging zu ihrer Tasche, die auf dem

Schreibtisch stand, und machte sie auf, um etwas herauszunehmen. Bela sah, dass sie die Augen weit aufriss. Dann stieß sie einen grässlichen Schrei aus. Alle fuhren von ihren Heften auf. Die Lehrerin stand hinter ihrem Schreibtisch. In der Hand hatte sie ein faustgroßes Stück rohes Fleisch. Es war ein Zettel daran gepinnt, auf den ein Wolf mit blutverschmiertem Rachen gezeichnet war. Die Lehrerin starrte den Klumpen ein paar Sekunden angeekelt an, dann ließ sie es auf den Schreibtisch fallen und stürmte aus dem Klassenzimmer.

Einen Augenblick lang war es mäuschenstill. Dann begannen alle durcheinander zu reden.

»Hatte sie das Ding in ihrer Tasche?«

»Was ist das überhaupt?«

»Herz – gibt's beim Metzger zu kaufen. Katzen mögen so was.«

»Aber die Lehrerin anscheinend nicht.«

»Wie ist es denn in ihre Tasche gekommen?«

Bela sagte nichts. Er sah Roger an, der lächelnd neben ihm saß.

»Musste das sein?«, flüsterte Bela mit verhaltener Wut in der Stimme. Er spürte, wie sich seine Zehen in den Schuhen krümmten.

Roger zuckte die Schultern. »Ich wollte nur sehen, wie sie reagiert. Ihr zeigen, dass jemand sie durchschaut. Werwölfe mögen doch rohes Fleisch? Hast du gesehen, wie sie erschrocken ist?«

Bela schnaufte. »Na klar. Jeder erschrickt, wenn er so etwas in seiner Tasche findet. Das ist doch kein Beweis!«

In diesem Augenblick kam der Direktor mit dröhnenden Schritten ins Klassenzimmer. Wortlos ging er zum Schreibtisch. Mit gerunzelter Stirn betrachtete er das Stück Herz, nahm es und warf es in den Papierkorb. Dann wandte er sich zu der Klasse um. Seine

Augen unter den buschigen Brauen glühten und er strich sich mit einer heftigen Bewegung über seinen schwarzen Bart.

»Also, raus mit der Sprache! Wer war das?« Er sprach ganz leise, aber man hörte genau, dass seine Stimme vor Wut zitterte. Niemand sagte etwas.

»Eure Lehrerin ist völlig aufgelöst. Sie kann heute keinen Unterricht mehr halten. Deshalb frage ich noch einmal: Wer hat ihr diesen unverschämten Streich gespielt?«

Der Direktor knallte die Faust auf den Schreibtisch. »Welcher Lümmel hat heute in der Mittagspause dieses unappetitliche Ding in Fräulein Lilienbergs Tasche gesteckt? Wer zum Teufel war das?«

Alle zitterten. Noch nie hatten sie den Direktor so zornig erlebt. Aber keiner sagte etwas. Hauptsächlich deshalb, weil außer Bela niemand wusste, wer es getan hatte. Doch selbst wenn die anderen Kinder etwas gewusst hätten, hätten sie nichts gesagt. Einen Klassenkameraden verpetzt man nun einmal nicht.

Der Direktor betrachtete die Mauer aus schweigenden Gesichtern. Er lief langsam rot an.

»Na gut, wie ihr wollt. Nehmt euer Sprachbuch heraus und schreibt es komplett ab. Ich bleibe hier, bis der Schuldige sich meldet.«

Ein paar Schüler stöhnten.

»Ruhe!«, rief der Direktor. »Fangt an zu schreiben. Ich kann warten, und wenn wir bis Mitternacht hier sitzen.« Er ließ sich auf den Stuhl der Lehrerin nieder und griff nach einem Bleistift, den er zwischen den Fingern hin und her drehte.

Die Kinder nahmen ihre Sprachbücher heraus und begannen zu schreiben. Langsam vergingen die Minuten. Bela beobachtete Roger, während sein Füller Worte auf das Papier kritzelte. Er dachte an die Lehrerin. Wie war sie doch erschrocken! Er hatte großes Mitleid mit ihr und hätte sie gern getröstet. Dieser Roger mit seinen dummen Plänen. Bela fühlte eine heiße Wut in sich aufsteigen. Niemand durfte der Lehrerin wehtun. Niemand. Auch nicht dieser Herr Janssen. Bela war eigentlich nicht traurig, dass er tot war, denn er wusste, dass Herr Janssen die Lehrerin manchmal geschlagen hatte. Er hatte es selbst gesehen, als er eines Tages ziemlich spät aus dem Schulgebäude gekommen war. Fräulein Lilienberg und Herr Janssen standen neben dem dunkelblauen Jeep der Lehrerin und sprachen miteinander. Plötzlich hatte Herr Janssen die Hand gehoben und Fräulein Lilienberg hart ins Gesicht geschlagen. Schluchzend war sie ins Auto gestiegen und davongebraust. Abends im Bett hatte Bela deswegen sogar geweint. Am nächsten Morgen im Unterricht hatte er den roten Fleck auf ihrer Wange gesehen, trotz der dicken Make-up-Schicht, die sie aufgelegt hatte. Bela hatte niemandem von dem Vorfall erzählt, aber er vergaß ihn auch nicht. Herr Janssen hatte seinen verdienten Lohn bekommen und Bela weinte ihm keine Träne nach.

Und nun hatte Roger Belas Lieblingslehrerin traurig gemacht. Das war dumm von ihm. Sehr dumm! Und das werde ich ihm sagen!, beschloss Bela. Wer meiner Lieblingslehrerin wehtut, ist nicht mehr mein Freund.

Bela merkte plötzlich, dass er eine ganze Weile vor sich hin geträumt hatte. Seine Hand hatte sich automatisch bewegt, aber es stand nur unleserliches Gekritzel in seinem Heft. An einer Stelle hatte der Füller sogar ein Loch ins Papier gerissen. Die anderen um ihn herum schrieben noch immer. Der Direktor kaute auf dem Bleistiftende herum und starrte dabei die hintere Wand des Klassenzimmers an, als wären die Schüler überhaupt nicht da.

Roger hatte anscheinend nicht vor sich zu melden, also konnte es ziemlich spät werden.

Draußen hatte schon mehrmals das Telefon geläutet. Besorgte Eltern erkundigten sich nach ihren Kindern, denn es war schon eine Stunde nach Unterrichtsschluss. Der Direktor musste immer wieder das Klassenzimmer verlassen, um den Anrufern die Situation zu erklären.

Um halb sechs gab er endlich auf. Alle hatten einen Schreibkrampf und der Direktor selbst sah auch erschöpft aus.

»Gut«, sagte er und stand auf. Noch immer hielt er den Bleistift in seinen großen, behaarten Händen. »Packt eure Sachen zusammen und geht nach Hause. Aber glaubt nicht, dass die Sache damit erledigt ist. Ich komme schon noch dahinter, wer Fräulein Lilienberg diesen Streich gespielt hat.«

Unter seinen buschigen Augenbrauen hervor sah er die Schüler drohend an. »Und wenn ich den Schuldigen gefunden habe, kann er sich auf etwas gefasst machen. Ich werde ihn persönlich . . .« Knacks! Der Bleistift brach entzwei, ohne dass er es zu merken schien.

»Ich werde ihn persönlich von der Schule werfen. Und nun macht, dass ihr wegkommt.«

Draußen war es bereits dunkel. Die Straßenlaternen brannten und winterliche Kälte wehte den Kindern entgegen. Bela schlug seinen Kragen hoch und hob den Blick. Am Himmel glänzten Sterne und hinter den kahlen Zweigen eines Kastanienbaums ging der Vollmond auf.

Bela sah sich zum Schulgebäude um und erkannte die große Gestalt des Direktors, der am Fenster stand und ihnen nachschaute. Rasch wandte Bela sich ab und rannte los, um Roger einzuholen, der ein Stück vor ihm ging.

»Du blöder Ochse, du!« Bela packte Roger an der Schulter.

Roger blieb kurz stehen und ging dann weiter. »Reg dich nicht auf, Mann«, sagte er patzig. »Übrigens, danke, dass du mich nicht verpfiffen hast«, fuhr er etwas freundlicher fort.

Bela ging hinter Roger her.

»Du hättest das nicht tun dürfen! Es war gemein, Roger. Meine Lehrerin, meine Lehrerin ist . . .«

»Ach was, ich glaube, sie hat nur so getan.« Roger zuckte mit den Schultern. »Ich wette, sie hat schon Schlimmeres gesehen. Durchgebissene Kehlen und Bäuche, aus denen die Därme herausquellen. Werwölfe sind nicht besonders zimperlich.«

Bela merkte, dass eine wilde Wut in ihm hochkochte. Sie gingen eine einsame Allee mit Kastanienbäumen entlang. Hinter den kahlen Zweigen schwebte der Mond neben ihnen her. Eine große, runde Kugel.

»Woher willst du so genau wissen, dass sie ein Werwolf ist?«, fragte Bela ärgerlich.

»Das hab ich dir doch gesagt. Ihre Zeige- und Mittelfinger sind gleich lang, ihr . . .«

»Blödsinn. Ich glaube an so was nicht.«

Roger sah ihn kurz an. »Ach, Mann, was weißt du schon von Werwölfen.«

Bela schaute zum Vollmond empor, der wie ein weiß glühendes Auge am dunklen Himmel stand.

»Sie hat es nicht getan«, sagte Bela. Vor seinen Augen färbte sich der Mond langsam blutrot. Dann wurde alles um ihn herum rot. Die Bäume, die Straße, die Häuser. Und Roger.

»Du hast *mich* noch nie genau angesehen, Roger.« Belas Stimme wurde rauer. »Meine Zeige- und Mittelfinger sind auch gleich lang.« Er hielt die Hände mit gespreizten Fingern vor Rogers Gesicht.

Roger blieb der Mund offen stehen, als er sah, wie Belas Finger und Nägel länger wurden. Aus Belas Handrücken wuchsen lange Haare. Weiße Haare.

»Meine Ohren sind auch ziemlich spitz, Roger«, knurrte Bela. Mit seiner unförmigen Hand strich er sich die Haare zurück. »Das ist dir nie aufgefallen, du Trottel!«

Roger wich zurück und starrte Bela entsetzt an. Dessen Augenbrauen wölbten sich vor, als wollten sie aufbrechen. Zwischen den Haaren kamen seine Ohren zum Vorschein. Sie waren spitz und wurden immer länger. Roger schnappte nach Luft. »Du!«, stammelte er. »Du bist es!«

»Roger, du hättest das nicht tun dürfen«, knurrte Bela. »Niemand darf der Lehrerin wehtun! Herr Janssen nicht und du auch nicht.«

Seine Stimme hatte fast nichts Menschliches mehr und seine Augen färbten sich rot.

Roger war einer Ohnmacht nahe, als Belas Gesicht sich zu einer behaarten Wolfsschnauze verformte. Er sah, wie Bela sich Jacke und Pullover vom Leib zu reißen begann und eine breite, behaarte Brust sichtbar wurde. Dann begann Roger zu rennen. Er rannte, als wäre der Teufel höchstpersönlich hinter ihm her. Die Kastanienbäume und die Häuser flitzten an ihm vorbei. Oben am Himmel raste der Mond neben ihm her und der Wind sauste in seinen Ohren. Hinter Roger ertönte wütendes Geheul. Bela versuchte seine Hose abzustreifen, aber er hatte sich in den Hosenbeinen verheddert. Mit einem Prankenhieb riss er die Hose entzwei und kickte seine Schuhe weg: Ein schlohweißer Wolf stand da, aufrecht auf den Hinterpfoten.

Er hob seinen Kopf dem Mond entgegen und heulte. Dann ließ er sich vornüber fallen und nahm auf allen vieren die Verfolgung auf.

Roger war schon fast am Ende der Straße. Er rannte, so schnell er konnte, aber Bela kam mit großen Sprüngen näher. Bela lief, ohne sich zu verausgaben, denn er wusste, dass Roger keine Chance hatte. Im Mondlicht warf er einen langen Schatten. Roger rannte keuchend mitten auf der Straße. Das Hemd klebte ihm am Rücken und der Angstschweiß rann ihm in Strömen die Schläfen entlang. Er konnte nicht mehr, die Kraft in seinen Beinen ließ nach und er wusste, dass er verloren war.

Urplötzlich kam aus einer Seitenstraße ein dunkelblauer Jeep geschossen, der gerade noch rechtzeitig bremsen konnte. Der Jeep drehte sich halb um seine eigene Achse und kam mit quietschenden Reifen genau vor Roger zum Stehen. Roger überlegte keine Sekunde: Er riss die Beifahrertür auf, sprang ins Auto und knallte die Tür hinter sich zu.

»Bitte! Fahren Sie!«, schrie er. »Schnell!« Im Außenspiegel sah er Belas schwarzen Schatten mit geschmeidigen Sprüngen näher kommen.

»Aber Roger, du siehst ja aus, als wäre der Teufel persönlich hinter dir her.«

Roger wandte erstaunt den Kopf. Am Steuer saß Fräulein Lilienberg. Sie gab Gas und der Jeep raste los. Im Spiegel konnte Roger beobachten, wie der Abstand zwischen ihnen und Bela sich rasch vergrößerte. Mit einem Seufzer lehnte er sich im Sitz zurück.

»Roger, du zitterst ja am ganzen Leib. Was ist los, wovor läufst du davon?«

»Vor Bela«, sagte Roger. »Er ist ein Werwolf.«

»Was sagst du da?«

»Er ist ein Werwolf, wirklich. Ich dachte erst, Sie wären es ... tut mir Leid, das mit dem Herz in ihrer Tasche. Aber es ist Bela. Erst hat er Herrn Janssen umgebracht und jetzt ist er hinter mir her.«

Der Jeep bog nach links ab, in einen unbeleuchteten Seitenweg.

Roger warf noch einen Blick in den Außenspiegel. Der Werwolf war nirgends mehr zu sehen. Bela hatte wohl aufgegeben, Gott sei Dank!

»Bela ist also auch ein Werwolf«, sagte Fräulein Lilienberg. Es klang nicht erschrocken, eher überrascht, als hätte sie es die ganze Zeit vermutet, aber nie sicher gewusst. »Ich habe mich schon gefragt, wer Herrn Janssen so zugerichtet hat.« Roger sah hinaus in die schwarze Nacht. Der Weg wurde immer holpriger. Nirgends standen mehr Häuser. Nirgends waren Laternen. Sie waren nicht mehr in der Stadt, sondern fuhren über das Marschland. Wohin wollte Fräulein Lilienberg eigentlich?

Dann erst wurde ihm bewusst, was sie gesagt hatte. Sie hatte gesagt: »Bela ist also *auch* ein Werwolf!« Roger sah zu Fräulein Lilienberg hinüber.

Die Lehrerin lachte und warf ihm einen Blick aus rot glühenden Augen zu. Ihre Zähne waren plötzlich scharf und doppelt so lang wie sonst. Sie legte ihren Kopf in den Nacken und Roger sah ihre spitzen, behaarten Ohren.

»Du hattest Recht, Roger«, knurrte die Lehrerin. »Pech für dich!« Ihre Klauen krallten sich um das Steuer, sie trat auf das Gaspedal und der Jeep verschwand in der finsteren, einsamen Marschlandschaft, über der der Vollmond blutrünstig grinste.

SIEBZEHN

Ich fürchte, der arme Roger ist nie wieder nach Hause gekommen.« Der Moderator lässt ein heiseres Lachen hören. »Nun ja, so ist das Leben: Manchmal geht alles wie am Schnürchen und manchmal läuft man einem Werwolf in die Arme. Und vor Werwölfen muss man sich in Acht nehmen, liebe Kinder. Schön, dass ihr noch da seid. Ach ja, Werwölfe. Ich hatte schon immer ein Herz für Werwölfe.«

»Aufhören!«, schreit André plötzlich. »Ich will diese Stimme nicht mehr hören! Er versucht uns verrückt zu machen. Er weiß genau, was hier passiert.«

»Aber wie soll das gehen?«, fragt Anke.

»Vielleicht ist es ein Amateurfunker, der in einem der Schrottautos draußen sitzt«, sagt Eddy C. »Bestimmt ist der Bus voller Wanzen, um uns abzuhören.«

André stützt das Kinn in die Hände und starrt mutlos vor sich hin. »Ich weiß nicht mehr weiter. Dieser Moderator treibt ein Spiel mit uns. Wir kommen nicht aus diesem Bus raus, weil *er es so will.*«

Hassan nickt. »André hat Recht. Erst ging die Tür nicht auf. Und als sie dann aufging, waren plötzlich die Wölfe da.«

»Die hat natürlich er auf uns gehetzt«, sagt Anke.

Eddy C. schaut aus dem Fenster. »Sie sind immer noch da. Als ob sie uns bewachen würden. Einer ist schlohweiß, wie der Werwolf aus der Geschichte.«

»Vielleicht ist er es sogar«, sagt André, »vielleicht sind wir von Werwölfen umzingelt.«

»Ach, wie ist es doch gemütlich, dem *Gruselbus* zu lauschen, liebe Hörer. Nein, ich verrate nicht, welche Überraschungen ich noch für euch habe. Aber es wird ein wahres Gruselfest, das verspreche ich euch.«

»Jetzt klaut er mir auch noch meine Gruselfest-Idee!«, sagt Eddy C. entrüstet.

Hassan schlägt sich an die Stirn. »Klick! Endlich ist der Groschen gefallen! Ich hab 'ne Idee! Ich stelle einfach einen anderen Sender ein, dann hören wir diesen Idioten nicht mehr und sind das Ganze los. Ein bisschen gute Musik, dann können wir wenigstens tanzen, bis jemand kommt und uns hier rausholt.«

»Und die Wölfe?«, fragt André.

»Vielleicht hauen die von selbst ab, wenn sie merken, dass sie uns nicht kriegen.«

»Die hauen nicht ab.« André sieht so verzweifelt aus, dass Anke den Arm um ihn legt. »Kopf hoch, bestimmt wird alles wieder gut.«

Hassan geht zum Radio und dreht am Senderknopf.

»Manchmal gibt es Hörer, die lieber eine andere Sendung hören wollen«, sagt der Moderator mit drohender Stimme. »Aber das funktioniert nicht, liebe Kinder. Der *Gruselbus* wankt und weicht nicht.«

»Shit, ich kriege keinen anderen Sender rein!«, ruft Hassan. »Was ist das für ein Mistradio?«

»Bevor wir weitermachen, noch rasch ein Werbespot. Bis gleich, liebe Freunde.«

Biep-biep.
Ein Kinderchor:
»Es hagelt, es hagelt

»Shit, es klappt nicht!«, ruft Hassan.

dicke Tropfen Blut.

»Ich habe alle Sender probiert, aber der Kerl ist überall mit seiner blöden Sendung!«

Hellrot und lecker:

»Mach das Ding aus, Hassan«, sagt Anke, »dann hören wir eben keine Musik. Lieber gar nichts.«

Blut, Blut, Blutorangen.«
Biep-biep.

Hassan nickt. »Okay.« Er dreht an einem Knopf. Klick.

Stille. Fast gleichzeitig sind vier Seufzer der Erleichterung zu hören.

Hassan lächelt. »Jawohl! Endlich hält er die Klappe! Shit, eigentlich ganz einfach. Das hätte uns schon früher einfallen können.« Er setzt seinen Kopfhörer auf und dreht den Walkman auf volle Lautstärke.

»Pssst!«

»Wer war das?« Erschrocken sieht André sich um.

»Pssst.«

»Bist du das, Eddy C.?«

»Juhu«, frohlockt die Stimme des Moderators. »Ich bin es. Euer geliebter Moderator Onnoval. Ihr dachtet doch nicht, dass ich euch im Stich lasse? Ich habe noch viele schöne Geschichten zu erzählen. Und ihr müsst mir zuhören. Ob ihr wollt oder nicht, denn was taugen Geschichten ohne Zuhörer? Den *Gruselbus* kann man nicht abschalten.«

Hassan reißt sich den Kopfhörer vom Kopf und schleudert ihn weg, als wäre er eine Giftschlange. »Shit, jetzt kommt die Stimme auch noch aus meinem Walkman! Ich höre ihn im Kopfhörer!«

»Zauberei«, flüstert André.

Die Stimme des Moderators kommt von allen Seiten, von oben und von unten, von vorn und von hinten. Sie ist überall, wie ein Gespenst, das im Bus umherspukt. Bald hier, bald da, als wären überall unsichtbare Lautsprecher angebracht.

»Shit, Mann«, sagt Hassan. »Wir sind einer Geisterstimme ausgeliefert. Hier geht es zu wie in der Geisterbahn auf dem Jahrmarkt! Fehlen nur noch ein paar Gerippe.«

»Was nicht ist, kann noch werden!«, flüstert die Stimme des Moderators. »Und wenn ihr schön zuhört und brav seid, bekommt ihr auch mich noch zu sehen. Bald fahren wir los. Doch zuerst fahren wir mit dem Zug zu einer lieben Oma.«

André hält sich die Ohren zu. Er will nicht mehr zuhören.

Liebe Oma

Tania hastete die Treppe zum Bahnsteig hinauf. Zu dumm, dass sie so viel Zeit mit dem Packen ihrer Tasche vertan hatte. Wie ein Wirbelwind stürmte sie nun, mit flatternden Haaren und die Reisetasche schwingend, auf den Bahnsteig. Der Bahnsteig wirkte verlassen, kein einziger Reisender war zu sehen, doch der Zug stand zum Glück noch da. Es war offensichtlich ein älteres Modell. Er sah schmutzig und verstaubt aus. Macht nichts, dachte Tania. Hauptsache, er fährt. Sie stieg ein und betrat rasch ein Abteil, wuchtete ihre Tasche ins Gepäcknetz und ließ sich auf einen Sitz plumpsen.

Puh, gerade noch geschafft!

Seit sie vor dem Bahnhof das Taxi verlassen hatte, war sie nur noch gerannt. Sie hatte sich nicht einmal vergewissert, ob sie auch in den richtigen Zug gestiegen war. Aber es musste stimmen; laut Fahrplan fuhr um diese Zeit kein anderer Zug ab. Tania pustete eine Haarsträhne vor ihrem Auge weg, erst dann sah sie sich um. Außer ihr befanden sich etwa fünf Leute in dem Waggon.

Ihr gegenüber saß eine bleiche Frau. Sie sah so zerbrechlich aus, als wäre sie aus Porzellan, und sie starrte wortlos aus dem Fenster. Auf der anderen Seite des Ganges, Tania schräg gegenüber, saß ein Pfarrer und las in einem dicken Buch. Der Zug fuhr an und Tania sah aus dem Fenster: Gebäude und Lichter zogen in der Abenddämmerung vorbei und wichen nach einer Weile weiten Grasflächen, auf denen hier und da ein paar einsame Kühe weideten. Kurz darauf klatschte Regen an die Scheibe. Es war Oktober und die Tage wurden immer kürzer. Jetzt war es halb sechs, und wenn der Zug ohne Verspätung durchfuhr, würde Tanja um acht Uhr auf dem Bahnhof von Siebenbürgen ankommen, wo ihre Oma auf sie wartete. Ziemlich spannend, dachte Tania. Es war Jahre her, dass sie Oma zuletzt besucht hatte. Damals war sie mit ihren Eltern hingereist und sie waren am gleichen Tag wieder nach Hause gefahren. Tania konnte sich kaum an den Besuch erinnern. Sie war vier Jahre alt gewesen. Aber nun war sie zwölf und reiste zum ersten Mal allein. Vierzehn Tage sollte sie bei Oma bleiben.

Ganz schön lang, die Fahrt, dachte Tania. In der Eile hatte sie beim Packen vergessen ein Buch einzustecken, und das fand sie jetzt schade.

Um sich die Zeit zu vertreiben, betrachtete sie unauffällig die Mitreisenden. Auf der anderen Seite des Ganges, neben dem Pfarrer, saß ein Mann. Er schlief und hatte seinen Hut tief ins Gesicht gezogen. Auf seinem Schoß stand eine Aktentasche, die er sogar im Schlaf mit beiden Händen fest umklammerte. Der Pfarrer las mit gerunzelter Stirn in seinem Buch. Offensichtlich war es spannend. Tania versuchte, den Titel zu entziffern. »ES« stand darauf und Tania musste leise kichern. Wie es schien, lasen auch Pfarrer ab und zu etwas anderes als die Bibel. Aber einen Thriller von dem amerikanischen Schriftsteller Stephen King hätte sie zuallerletzt erwartet. Plötzlich merkte sie, dass der Pfarrer sie über den Rand des Buches fixierte. Sie erschrak über den grimmigen Ausdruck in seinen Augen. Womöglich hatte er sie kichern hören. Hastig wandte sie den Blick ab. Hinter der Rückenlehne des Pfarrers konnte sie einen Arm sehen, der ganz und gar mit Verbänden umwickelt war. Und dem Pfarrer gegenüber saß ein dürrer Mann, der düster vor sich hin starrte. Er trug einen alten, verschlissenen Mantel, der ihm viel zu weit war.

Keiner sagte etwas, jeder schien mit seinen eigenen Gedanken beschäftigt zu sein.

Langweilige Gesellschaft, dachte Tania. Sie schloss die Augen. Der Zug ratterte gleichmäßig über die Gleise und kurz darauf war sie eingeschlafen.

Tania wurde wach, als ein heftiger Ruck durch den Zug ging. Sie hatte keine Ahnung, wie lange sie geschlafen hatte. Inzwischen war es draußen ganz dunkel geworden. Gähnend sah Tania auf ihre Armbanduhr. Halb acht! Sie hatte fast zwei Stunden geschlafen! Die Frau mit dem bleichen Gesicht, die ihr gegenübersaß, schaute noch immer aus dem Fenster. Es schien, als hätte sie sich seit zwei Stunden nicht gerührt. Um den Hals trug die Frau einen Seidenschal. Unvermittelt wandte sie den Kopf, ganz vorsichtig, als hätte sie Angst, er könnte herunterfallen. Sie sah Tania an und lächelte, indem sie leicht die Mundwinkel verzog. Tania nickte ihr zu. Die Frau blickte sie weiter lächelnd an. Tania fühlte sich unbehaglich und wandte den Blick ab. Ihre Augen begegneten denen des Pfarrers. Auch er starrte sie über den Rand seines Buches an. Er hatte buschige Augenbrauen, die sich über der Nasenwurzel berührten. Tania überlegte, wie wohl der Rest seines Gesichts aussah, der hinter dem Buch verborgen war. Erst jetzt fiel ihr auf, dass seine Hände stark behaart waren, sogar auf seinen langen Fingern wuchsen Haare. Sein Nebenmann war aufgewacht und linste unter der Hutkrempe hervor in Tanias Richtung. Seine Augen funkelten und sie hörte ihn leise kichern. Er hatte merkwürdig geformte Ohren: Sie waren ein wenig spitz und ragten unter der Hutkrempe hervor.

Warum starren die mich so an?, dachte Tania. Ist irgendetwas Komisches an mir? Der Mann mit dem Hut grinste und Tania sah, wie er etwas aus seiner Aktentasche nahm. Etwas Schwarzes, was

sich zwischen seinen Fingern wand. Tania schnappte nach Luft. Es war eine Ratte! Der Mann streichelte das Tier, ohne den Blick von Tania zu wenden.

Sie sah rasch weg und blickte den Gang entlang. Der Fahrgast, von dem sie zunächst nur einen verbundenen Arm gesehen hatte, glotzte sie über die Rückenlehne des Pfarrers hinweg an. Auch sein Kopf war bandagiert, mit Ekel erregenden, schmutzigen Lappen. Zwei Öffnungen waren frei gelassen, in denen seine Augen blitzten. Der Dürre mit dem weiten Mantel war aufgestanden. Seine Arme hingen schlaff am Körper herab und sein Kopf saß irgendwie schief. Auch er starrte Tania unentwegt an. Er hatte eine kränklich wirkende, gelbgrüne Gesichtsfarbe.

Er fühlt sich nicht wohl, dachte Tania. Anscheinend macht ihm die Reisekrankheit zu schaffen.

Plötzlich hob der Mann mit einer hölzernen Bewegung den Arm und wies auf Tania.

Tania wusste nicht, was er meinte. Ihr wurde schwindlig von all den stummen Blicken, die auf sie gerichtet waren. Auf einmal beugte sich die bleiche Frau vor und legte Tania ihre Hand aufs Knie. Die Hand war eiskalt und Tania zog instinktiv ihr Knie weg. Die Frau lächelte weiter und hielt den Arm ausgestreckt. Sie öffnete den Mund und flüsterte: »Du gehörst nicht hierher, Schätzchen.« Die Worte strichen wie ein kalter Hauch an Tanias Gesicht vorbei.

Erschrocken sah sie die Frau an. Was meinte sie? In diesem Augenblick gingen die Schiebetüren auf und wieder zu. Der Schaffner kam.

Gott sei Dank, dachte Tania. Ich gehe mit ihm in einen anderen Waggon, dann bin ich diese wunderlichen Gestalten los. Rasch suchte sie in ihrer Jackentasche nach der Fahrkarte. Durch den Gang sah sie den Schaffner näher kommen. Er trug eine schwarze Uniform und hatte eine Dienstmütze auf. Seltsamerweise lief er an den Fahrgästen vorbei, ohne nach den Fahrkarten zu fragen. Er sah sie nicht einmal an. Er ging weiter und blieb plötzlich vor Tania stehen. Sie hob den Blick: Der Schaffner musterte sie mit funkelnden Augen.

»Du gehörst nicht hierher!«, sagte er.

Jetzt fängt der auch noch an, dachte Tania. Vielleicht glauben sie alle, ich hätte keine Fahrkarte. Schnell streckte sie die Hand aus und hielt ihm ihre Karte hin.

»Ich habe aber bezahlt.«

Er nahm die Karte, betrachtete sie und biss hinein. Als er sie Tania zurückgab, waren zwei Löcher darin. Tania runzelte verblüfft die Stirn. Der Schaffner lachte und sie sah zwei spitze Eckzähne in seinem Mund. »Jetzt bitte noch eine gültige Fahrkarte«, sagte der Schaffner. Er beugte sich zu ihrem Hals. Tania schrie auf und duckte sich. Hinter dem Schaffner war der Pfarrer aufgestanden. Das Buch fiel ihm aus den Händen, die sich in behaarte Pranken verwandelt hatten. Auch sein Gesicht war nun über und über mit Haaren bewachsen. Der Mann mit der Ratte schob seinen Hut aus dem Gesicht. Er war gar kein Mann – er war eine riesige Ratte. Tania sah, wie sich sein Schwanz auf dem Boden zwischen seinen Schuhen ringelte. Sie wollte ihren Augen nicht trauen und rang nach Luft. Auch der Mann mit den Verbänden stand jetzt neben dem Pfarrer im Gang. Die Binden verrutschten und fielen langsam von ihm ab: Ein ausgetrocknetes, verschrumpeltes Gesicht kam zum Vorschein. Tania spürte den Atem des Schaffners an ihrem Hals und ließ sich von ihrem Platz fallen. Statt in Tanias Hals biss der Schaffner in den Sitzbezug. Er spuckte Stofffetzen aus.

Ein heftiger Ruck ging durch den Zug. Tanias Reisetasche fiel durch die Erschütterung aus dem Gepäcknetz und traf den Schaffner am Kopf. Rasch kroch Tania zwischen seinen Beinen hindurch. Die bleiche Frau streckte seufzend die Arme nach Tania aus, aber durch die Bewegung fiel ihr der Kopf von den Schultern und landete auf dem Boden, genau vor Tania. Die Augen zwinkerten und glotzten Tania an. Sie stieß einen Schreckensschrei aus.

»Du gehörst nicht hierher, Schätzchen«, sagte der Kopf. »Du bist so herrlich . . . lebendig!«

Dann griffen die Hände der bleichen Frau nach dem Kopf. Tania zögerte nicht länger und rutschte auf den Knien in den Gang. Der Pfarrer knurrte und streckte seine Klauen nach ihr aus. Aber der Schaffner hatte sich bereits umgedreht und schlug ihm auf die Pfoten.

»Sie gehört mir!«, zischte er.

Der Pfarrer brummte wütend.

Auf Händen und Füßen krabbelte Tania weiter, während die beiden, knurrend und zischend, miteinander stritten. Der Rattenmann ließ sich auf seine vier Pfoten fallen und kam ihr nach. Tania hörte ihn schnüffeln und kichern. Sie sprang auf und schob die Zwischentür zum nächsten Waggon auf. Schnell verließ sie ihn und machte die Tür vor der Nase des Rattenmanns wieder zu. Sie warf einen Blick durch die Scheibe. Der Rattenmann kratzte mit den Pfoten am Glas. Es gelang ihm nicht, mit seinen Rattenpfoten die Tür aufzuschieben. Doch hinter ihm tauchten der Schaffner und der Pfarrer auf. Auch die bleiche Frau war da, mit dem Kopf unterm Arm. Und dahinter erschienen noch weitere Gestalten. Es wurden immer mehr. Woher sie kamen, war Tania ein Rätsel, denn so viele Personen hatten nicht in ihrem Waggon gesessen. Abscheuliche Fratzen sah sie, mit Augen, die aus den Höhlen hingen. Auch ein Mann mit gebrochenem Genick war dabei, der ein Beil schwang.

Tania drehte sich um und rannte in den nächsten Wagen.

»Hilfe!«, schrie sie. Aber niemand hörte sie. Alle Plätze waren leer. Sie hörte den Rattenmann schnüffeln und sah ihn hereinkommen; der Schaffner und die anderen folgten ihm.

»Halt, du hast keine gültige Fahrkarte!«, rief der Schaffner.

»Du gehörst nicht hierher, Schätzchen«, kreischte der Kopf der bleichen Frau.

Der Zug raste weiter und an den Fenstern flitzte die nächtliche Landschaft vorbei.

Tania rannte an den leeren Plätzen entlang, zum nächsten Waggon. Leer! Auch der übernächste war leer! Mit Schrecken begriff Tania, dass außer ihr keine Menschen in diesem Zug waren. Denn die Horde ihrer Verfolger bestand nicht aus Menschen. Das war ihr inzwischen klar. Es waren Wesen der Nacht und sie wollte sich lieber nicht vorstellen, was sie mit ihr vorhatten. Nicht nachdenken, rennen!, dachte sie. Der Abstand zwischen ihr und ihren Verfolgern war etwas größer geworden. Sie drängten sich in dem schmalen Mittelgang und waren einander im Weg, sodass sie nur langsam vorwärts kamen.

Ich kann nicht ewig weiterrennen, dachte Tania. Gleich ist der Zug zu Ende und dann bleibt mir kein Ausweg mehr. Sie überlegte kurz, ob sie die Notbremse ziehen sollte, verwarf jedoch den Gedanken schnell wieder. Bevor der Zug zum Stehen kam, hätten sie sie erreicht. Und aus dem fahrenden Zug zu springen schien ihr auch kein Vergnügen.

Keuchend blieb sie stehen. Die Toilette, das war die einzige Lösung! Sie musste sich in der Toilette einschließen und hoffen, dass die Nachtgestalten sie dort nicht finden würden. Tania rannte weiter, bis sie eine schmale Tür mit den Buchstaben WC sah. Schnell schlüpfte sie hinein, verriegelte die Tür und ließ sich neben dem Klosettbecken auf den Boden sacken. Mucksmäuschenstill und zusammengekauert saß sie da. Eine Weile hörte sie nur das Rattern des Zuges, der über die Schienen hinwegraste, danach Gepolter, Gebrumm, Gemurmel, Gefauche und Geschnüffel vor der Toilettentür. Tania gab keinen Laut von sich. Ein eiskalter Luftstrom drang unter der Tür hindurch, doch die Geräusche entfernten sich allmählich und es war wieder still da draußen. Gott sei Dank, anscheinend waren sie weitergegangen, ohne sie zu entdecken. Tania zitterte und machte sich möglichst klein. Was nun? Sobald der Zug hielt, musste sie versuchen zu fliehen. Würde sie es schaffen, unbemerkt wegzukommen? Plötzlich zuckte sie zusammen. Etwas kratzte an der Tür. Sie hörte Geschnüffel, dann ein leises Kichern und wieder das Kratzen.

Der Rattenmann!, dachte Tania. Er hat mich entdeckt! Die Tür bebte und Tania hörte ihn mit seinen Zähnen am Türblatt nagen. Sie rührte sich nicht und hielt den Atem an.

Hau ab!, dachte sie. Hau ab! Lass mich in Ruhe!

Immer lauter kratzte und nagte der Rattenmann am Holz. Tania sah auf ihre Armbanduhr. Es war zehn vor acht. Wann hielt dieser Zug? Die Toilette hatte ein kleines Fenster, und wenn der Zug anhielt, konnte sie vielleicht durch dieses Fenster ins Freie entkommen. Aber der Zug donnerte weiter über die Gleise. Und jetzt hörte sie wieder andere Geräusche vor der Tür: Knurren, Fauchen, Plappern, Seufzen. Sie waren alle zurückgekommen und standen vor der Tür!

»Komm raus! Du hast keine gültige Fahrkarte!«, rief der Schaffner.

»Du gehörst nicht hierher, Schätzchen.« Die Stimme der bleichen Frau klang fast traurig.

Es wurde an die Tür gehämmert. Dann folgten harte Schläge. Das Scheusal mit dem Beil!, dachte Tania. Das Holz splitterte. Bumm!

Wieder ein Schlag. Bumm! Noch einer. Bei jedem Schlag zuckte Tania zusammen. Sie hielt sich die Ohren zu und schrie entsetzt auf. Beim nächsten Schlag drang die Klinge des Beils durch die Tür. Holzsplitter flogen Tania um die Ohren. Draußen wurde die Aufregung immer größer. Triumphschreie und lautstarkes Gemurmel drangen herein, und dazwischen heulte der Werwolfpfarrer blutrünstig. Tania schlug die Hände vors Gesicht, spähte aber zwischen ihren Fingern hindurch zu dem Loch im Holz. Das Beil wurde zurückgezogen und eine dürre Hand mit langen, weißen Fingern schob sich herein. Es war die Hand des Schaffners. Seine Finger tasteten das Holz ab und suchten nach dem Schloss, um die Tür zu öffnen.

»Hau ab!«, schrie Tania, aber sie wurde von dem ohrenbetäubenden Kreischen der Bremsen übertönt.

Der Zug wurde langsamer! Aber noch immer suchten die Spinnenfinger die Tür ab und fanden schließlich das Schloss.

»Nein!«, schrie Tania. Sie sprang auf, packte einen großen, spitzen Holzsplitter und rammte ihn mit aller Kraft in die weiße Hand. Sie hörte einen Wutschrei und der Schaffner zog die Hand zurück. In diesem Augenblick kam der Zug zum Stehen. Keuchend stand Tania hinter der Tür, den Holzsplitter wie ein Messer im Anschlag.

»Wehe, wenn du noch einmal deine Hand reinsteckst, du altes Scheusal!«, rief sie. Aber nichts geschah. Auf dem Gang war es still geworden. Kein Gebrumm und Gemurmel mehr. Auch das Schnüffeln und Kichern des Rattenmanns hatten aufgehört und er nagte nicht mehr am Holz. Vorsichtig legte Tania ihr Ohr an die Tür. Totenstille. Sie stellte sich auf die Zehenspitzen und spähte mit einem Auge durch das Loch. Es war niemand mehr zu sehen. Sie waren weg.

Ob das ein Trick ist?, dachte Tania. Sie zögerte. Hier bleiben kann ich nicht. Ich muss raus. Gleich fährt der Zug wieder an, und wer weiß, was dann passiert?

Mit zitternden Händen schob sie den Riegel zurück. Vorsichtig öffnete sie die Tür einen Spalt und lugte hinaus. Die Plattform war leer. Wo waren sie geblieben?

Egal. Nichts wie weg!, dachte Tania. Sie rannte zur Waggontür und sprang aus dem Zug. Mit beiden Füßen landete sie auf dem Bahnsteig und kam durch die Wucht des Aufpralls zu Fall. Als Erstes fiel ihr auf, dass es kalt war. Dünne Nebelschwaden zogen über den Bahnsteig. Plötzlich dachte sie an ihre Reisetasche. Sie war noch im Zug, doch um keinen Preis wäre Tania noch einmal hineingegangen. Sie rappelte sich auf und sah sich um. Auf dem Bahnsteig stand ein Schild mit einem Ortsnamen darauf: Siebenbürgen.

Sie war also doch noch gut angekommen! Ob Oma hier irgendwo auf sie wartete? Tania hoffte es, denn sie musste unbedingt jemandem erzählen, was sie erlebt hatte. Und zwar sofort. Sie merkte, wie ihr die Knie zitterten. Sie schaute den Bahnsteig entlang. Er war schmal und primitiv, eine Art längliche Insel aus Pflastersteinen. Ein Bahnhofsgebäude gab es nicht, lediglich einen Holzverschlag mit einem Schalter, der geschlossen war. Zwei Laternen verbreiteten schwaches, gelbliches Licht. Für die meiste Helligkeit sorgte noch der Mond, der groß und rund war und tief über der Landschaft hing.

»Oma, wo bist du?«, flüsterte Tania.

Am Ende des Bahnsteigs sah sie schattenhafte Gestalten im Gänsemarsch davonschlurfen. Trotz des Nebels erkannte Tania sie sofort. Den Schaffner mit seiner Mütze, die bleiche Frau mit dem Kopf unter dem Arm und die vielen anderen Wesen, die sie im Zug verfolgt hatten. Den Schluss bildete der Rattenmann; er ging auf den Hinterpfoten. Plötzlich wandte er sich um und Tania spürte, dass er sie durch den Nebel hindurch anstarrte. Sein leises Kichern wehte zu ihr herüber. Dann verschwand er in den Nebelschwaden am Ende des Bahnsteigs. Tania schauderte.

»Kind, da bist du ja endlich!«

Erschrocken fuhr Tania herum. Hinter ihr stand eine große, korpulente Frau, gehüllt in ein Umschlagtuch von der Größe eines kleinen Zeltes. Sie stützte sich auf einen derben Spazierstock und in der anderen Hand hielt sie eine Pfeife, in der kleine Funken aufglühten. Um den Hals trug sie eine silberne Perlenkette, die im Mondlicht glitzerte.

»Oma!«, rief Tania und warf vor Erleichterung die Arme in die Luft.

Oma zog an ihrer Pfeife und blies eine streng riechende Rauchwolke in Tanias Richtung. Tania roch ein Gemisch aus Knoblauch und Tabak. Sie hustete.

»Wie bist du hierher gekommen, Tania? Wartest du schon lange?«

»Mit diesem Zug«, sagte Tania noch immer hustend und wandte sich um. Vor Staunen blieb ihr der Mund offen stehen. Der Zug stand nicht mehr da. Er war verschwunden, als hätte er sich im Nebel aufgelöst.

»Mit welchem Zug?«, fragte Oma.

»Mit dem, der eben noch hier stand«, sagte Tania.

Die Oma sah ihre Enkelin verwundert an und schüttelte ihren grauen Kopf. Die Perlen ihrer Halskette klirrten aneinander und machten ein Geräusch wie die Glöckchen am Schlitten des Weihnachtsmannes. »Ich sehe keinen Zug.«

Jetzt wurde Tania ungeduldig. »Aber da war wirklich ein Zug! Ein Haufen seltsamer Gestalten fuhr mit und . . .«

»Seltsame Gestalten? Was für seltsame Gestalten?«

Tania zögerte einen Moment, denn sie wusste, wie lächerlich ihre Geschichte klang.

»Na ja, Vampire, Werwölfe, Gespenster, Zombies, was weiß ich.« Sie verstummte. Oma würde sie nun wohl für verrückt halten, aber die alte Frau sah Tania nur schweigend an. Nachdenklich zog sie an ihrer Pfeife und pustete eine neue Knoblauchwolke zu Tania hin.

»Sie sind gerade gegangen«, sagte Tania. »In diese Richtung!« Sie wies zum Bahnsteigende, wo die Nebelbänke unter dem großen, runden Mond zu leuchten schienen. Aus dem Nebel ragten Steine empor, krumm und schief.

»Was ist das?«

»Grabsteine«, sagte Oma. »Da drüben ist der Friedhof von Siebenbürgen.«

»Aber . . .« Tania blickte ihre Oma mit großen Augen an. In diesem Moment fuhr ein Zug heran und hielt mit kreischenden Bremsen an dem schmalen Bahnsteig.

»Dies«, sagte Oma, »ist eigentlich dein Zug, Tania. Du bist in den falschen Zug gestiegen.«

»Was könnte das denn für ein Zug gewesen sein, Oma?«, flüsterte Tania.

»Dieser andere Zug gehört denen«, sagte Oma und zeigte in Richtung Friedhof. »Den *Nosferatu*, den *Vukodlak*, den *Strigoü*, wie wir das Friedhofsvolk nennen, die Untoten und ähnliche Gestalten. Einmal im Jahr machen sie einen Ausflug. Zufällig war das heute.«

Oma sah Tania an und ihre Augen leuchteten munter. »Du kannst von Glück sagen, dass du lebend aus diesem Zug gekommen bist, mein Kind.«

Tania starrte Oma sprachlos an. Sie sprach über diese Wesen, als ginge es um den Milchmann oder den Postboten. Tania fasste Oma fest am Arm und blickte sich ängstlich um, als sie den Bahnsteig verließen. Vom Friedhof starrten zwischen den Grabsteinen rote Augen zu ihnen herüber.

»Willst du damit sagen, dass du diesen Gestalten jeden Tag begegnest?«, fragte sie.

Oma lachte mit der Pfeife zwischen den Zähnen.

»Nicht jeden Tag. Jede Nacht! Sie kommen normalerweise nur nachts zum Vorschein. Hier in Siebenbürgen sind wir an so etwas gewöhnt.«

Tania stieß einen Schreckensschrei aus, als eine schwarze Ratte auf den Bahnsteig gekrochen kam und über ihre Schuhe huschte.

»Komm, mein Kind, wir gehen nach Hause. Ich habe den Ofen angeheizt«, sagte Oma, während sie mit ihrem Spazierstock aushol-te und die Ratte mit einem gezielten Schlag in die Dunkelheit zurückbeförderte. »Es ist alles eine Frage der Voraussicht. Verstehst du, was ich meine?«

Tania schüttelte den Kopf.

»Schau, das ist so. Wenn du denkst, dass es regnen wird, nimmst du einen Regenschirm mit, das ist logisch, oder?«

Eine Fledermaus kam auf sie zugeflattert. Ihre blinden Augen leuchteten blutrot und in ihrer Schnauze glänzten messerscharfe Zähne. Wieder schrie Tania auf und versteckte sich unter Omas großem Umschlagtuch.

»Wir in Siebenbürgen achten immer darauf, dass wir alles Notwendige bei uns haben, wenn wir aus dem Haus gehen«, fuhr Oma unbeirrt fort. Sie zog an der Pfeife und blies eine dicke Knoblauchwolke nach der Fledermaus, die quietschend davonflatterte und halb tot hinter dem Bahnsteig zu Boden fiel. Vom Friedhof her ertönte blutrünstiges Geheul. Behaarte Geschöpfe auf vier Pfoten kamen hinter den Grabsteinen hervor und schlichen auf den Bahnsteig zu. Im Mondlicht sah Tania ihre Augen glühen. Eine Wolfsklaue schob sich über den Bahnsteigrand. Tania klammerte sich an Omas Arm.

»Moment«, sagte Oma. Sie löste eine Silberperle aus ihrer Halskette. Erst jetzt sah Tania, dass die Perlen kugelförmig waren. Unter ihrem Umschlagtuch holte Oma eine riesige Pistole hervor, lud sie mit der Silberkugel und drückte ab. Der Knall klang wie eine Explosion. Dann hörte man lautes Geheul. Die Wolfsklaue wurde zurückgezogen, die Tiere jagten heulend davon und verschwanden auf dem finsteren Friedhof.

»Komm weiter, Tania«, sagte Oma schmunzelnd. Sie pustete den Pulverdampf weg und steckte die Pistole wieder unter ihr Umschlagtuch. »Ich habe eine Kanne leckeren Kräutertee aufgesetzt, bevor ich hierher kam. Den sollten wir nicht kalt werden lassen. Ich bin sicher, dass du hier wunderschöne Ferien erleben wirst.«

ACHTZEHN

Achtung! Eine Mitteilung an alle Fahrgäste: Wir nähern uns allmählich dem Ende des Programms. Der *Gruselbus* wird sogleich zu seinem Zielort losfahren.«

Eddy C. springt auf. »Ich weiß nicht, was er meint, aber er bringt mich auf eine Idee. Vielleicht kriege ich den Bus zum Fahren!«

»Wie denn?«, fragt Anke. »Du hast doch keinen Zündschlüssel.«

»Ich hab auch keinen Führerschein«, antwortet Eddy C. »Aber ich bin ziemlich geschickt. Ich bekomme sogar einen kaputten Trecker zum Laufen. Außerdem . . .« – er tippt an die Chauffeurmütze, die er noch immer auf dem Kopf hat – ». . .bin ich bereits passend angezogen.«

Aber als sich Eddy C. auf den Fahrersitz schwingt, beginnen die Wölfe zu heulen.

»Was ist denn jetzt schon wieder?«, fragt Eddy C. Bevor er dem Geheul auf den Grund gehen kann, öffnet sich bereits die Tür. Eisige Kälte weht herein. In der Türöffnung steht jemand. Er hat eine dürre, eckige Gestalt und trägt eine lange, schwarze Jacke mit hochgeschlagenem Kragen. Langsam, als hätte er Mühe sich zu bewegen, erklimmt er die Stufen. Hinter ihm in der Dunkelheit glühen die Augen der Wölfe, aber seltsamerweise rühren sie sich nicht vom Fleck.

Auch Eddy C. sitzt reglos hinter dem Steuer. Er blickt geradewegs in zwei leere Augenhöhlen. Die Gestalt mit der Jacke hat einen weißen, völlig glatten Kopf. Die Jacke ist ausgefranst und bedeckt einen knöchernen Brustkorb. Aus den zerrissenen Ärmeln ragen bleiche Knochen.

»Shit!«, sagt Hassan und starrt mit offenem Mund auf die Erscheinung. »Ein Skelett!«

Das Skelett streckt einen Arm aus und Eddy C. sieht eine Knochenhand auf sich zukommen.

»Hilfe! Nein!«, piepst er. Langsam nimmt der Knochenmann Eddy C. die Mütze vom Kopf und setzt sie sich auf den kahlen Schädel.

Eddy C. hechtet hinter dem Steuer hervor und rennt Hals über Kopf in den hinteren Busteil. Schreiend und stolpernd laufen die anderen hinter ihm her, bis sie nicht mehr weiterkönnen.

»Hier hinten ist auch ein Ausgang«, keucht Eddy C. »Wenn wir den aufkriegen würden . . .« Kaum hat er die Hand nach der Tür ausgestreckt, lässt ein bösartiges Knurren ihn zurückfahren. Vor der Scheibe taucht der Kopf eines Wolfes auf. Eddy C. blickt direkt in seinen aufgesperrten Rachen.

»Nichts drin«, sagt Hassan. »Keine Chance, die Mistviecher passen auf.« Erschreckt fahren sie herum, als plötzlich auch hinter ihnen ein Knurren ertönt. Da steht der schwere Ledersessel. Das Knurren kommt zwischen den dicken Polstern hervor, die sich wie riesenhafte Lippen bewegen. Langsam rutscht der Sessel auf sie zu.

»Seht ihr, der Sessel lebt, ich hab's doch gesagt!«, schreit Eddy C. André bricht in hysterisches Lachen aus. Nach Werwölfen und einem wandelnden Skelett ist ein lebender Sessel wohl das Idiotischste, was man sich vorstellen kann. Leider scheint der Sessel anderer Ansicht zu sein. Die Polster klaffen auseinander wie das Maul eines Monsters und enthüllen Zähne, so groß wie Klaviertasten. Das Ungetüm macht ein schmatzendes Geräusch und schnappt nach den Kindern.

»Shit, zurück!«, schreit Hassan. In Panik prallen sie gegeneinander, als sie sich alle gleichzeitig umdrehen. André sieht, wie Anke nach hinten fällt. Sofort sperrt der Sessel sein Maul weit auf und Anke schreit um ihr Leben. André zögert keine Sekunde. »Hier, friss das!«, ruft er und schleudert seinen Rucksack in das Maul. Er packt Anke am Arm und zerrt sie weg. Die Polster klappen zu und der Rucksack ist verschwunden. Anke und André rennen in die Mitte des Busses, zu den anderen.

Auf einmal beginnt die Beleuchtung zu flackern; man könnte glauben, der Bus hätte sich in eine Diskothek verwandelt. In den kurzen Lichtblitzen sehen die vier jedes Mal die bleichen Gesichter der anderen. Von allen Seiten zucken schwarze Schatten auf sie zu. Vorn im Bus steht das Gerippe im flackernden Licht und starrt sie an. Hinter ihnen knurrt der Sessel. Ihre Lage scheint aussichtslos.

»Die Fahrgäste werden gebeten Platz zu nehmen und sich ruhig zu verhalten, dann geschieht ihnen nichts«, ertönt die Stimme des Moderators. »Der *Gruselbus* fährt ab.«

Der Sessel rutscht auf seinen Platz zurück und rührt sich nicht mehr.

Biep-biep.
Hupe: Tut-tut.
»Buchen Sie jetzt Ihre nächste Ferienreise mit diesem komfortablen Bus, inklusive Klimaanlage und Stereosound.
Planen Sie beispielsweise eine unvergessliche Reise nach Transsylvanien, ins Land der Vampire?
Kein Problem, wir buchen für Sie im Hotel Dracula.
Oder bevorzugen Sie eine Pauschalreise zum Schloss Frankenstein?
Wir machen's möglich.

Von welchem Ziel auch immer Sie träumen, der Gruselbus *bringt sie hin.*
Reisen – bis zum bitteren Ende!«
Biep-biep.

Eddy C. blickt panisch in die Runde. »Hat noch jemand eine gute Idee?«, fragt er mit zitternder Stimme. »Ich bin mit meinem Latein am Ende.«

»Ich denke, wir setzen uns am besten hin«, sagt Anke. Sie nimmt Andrés Hand und zieht ihn mit sich. Mutlos sinken sie wieder in die Sitze, genau in der Mitte des Busses. Ihnen ist, als könnten sie nicht mehr richtig denken. Der Moderator hat das Sagen und sie müssen tun, was er will. Jetzt ist jedem klar, dass er den Bus in seiner Gewalt hat und nach Belieben mit ihnen verfahren kann. Die Beleuchtung funktioniert nun wieder einwandfrei und der Sessel hinten im Bus knurrt nicht mehr. Es ist, als sei nichts geschehen.

»Das kann doch alles nicht echt sein«, flüstert Anke. »Wir sitzen in einer Art Spukbus und irgend so ein Moderator macht uns etwas vor. Er bringt uns sogar dazu zu denken, ein Sessel sei lebendig. Mit Hypnose wahrscheinlich.«

»Kann schon sein«, sagt André, »aber mein Rucksack ist weg. Den hat der Sessel wirklich aufgefressen. Samt Micks neuen Gruselbüchern.«

Anke legt ihm die Hand auf den Arm. »Übrigens, danke. Das war sehr mutig von dir.«

André nickt ein wenig verlegen. »Ich hoffe, es war nicht umsonst. Wir müssen hier erst noch lebend rauskommen.«

Hassan hebt ein Stück Holz auf, das er auf dem Boden entdeckt hat. »Shit, wenn der Knochenfritze hierher kommt, hau ich ihn in

Stücke. Ich lass mich doch nicht von einem Haufen Knochen ins Bockshorn jagen!«

Aber das Gerippe hat offenbar nicht vor in ihre Richtung zu kommen. Stattdessen vergewissert es sich im Rückspiegel, ob seine Mütze richtig sitzt.

»So, nachdem nun alle wieder sitzen, darf ich den einzig wahren Fahrer des Gruselbusses vorstellen. Meine Damen und Herren, bitte Applaus für: Knochenhauer!« Die Stimme des Moderators klingt jetzt so enthusiastisch wie die eines Sportreporters.

Knochenhauer wendet den Kopf und sieht die Kinder aus seinen leeren Augenhöhlen an. Er verbeugt sich unbeholfen und setzt sich dann ans Steuer. Bei jeder Bewegung klappern seine Knochen wie ein locker sitzendes Gebiss. Ein Schlüsselbund klirrt in seinen Knochenhänden.

»Sieh mal, ihm fehlt ein Finger«, flüstert Eddy C., »jetzt weiß ich, was für ein Knochen das war, den ich in dem Auto gefunden habe.«

»Er war's, ihn habe ich in dem Auto gesehen! Wären wir doch bloß umgekehrt, dann säßen wir jetzt nicht in der Patsche«, sagt André. »Die ganze Zeit über habe ich gespürt, dass es auf diesem Autofriedhof nicht mit rechten Dingen zugeht.« Ihm wird beinahe schlecht, wenn er daran denkt, dass er vorhin die Mütze des Skeletts auf dem Kopf gehabt hat.

»Jedenfalls ist nun Eddys Wunsch in Erfüllung gegangen«, sagt Anke. »Ein Gruselfest mit einem Skelett am Steuer.«

Der Fahrer dreht den Schlüssel im Zündschloss. Klick. Die Lämpchen auf dem Armaturenbrett gehen an, die Scheibenwischer peitschen hin und her und der noch intakte Scheinwerfer beleuchtet die aufeinander gestapelten Schrottautos.

Im Lichtkegel stehen die Wölfe und jaulen den Mond an. Der Motor des Gruselbusses schnurrt, brummt, heult auf.

Keiner sagt mehr etwas. Sie hören, wie die Räder im Schlamm durchdrehen. Plötzlich macht der Bus einen Ruck, der sie tüchtig durcheinander rüttelt, dann setzt das Fahrzeug sich in Bewegung und fährt den Weg entlang auf den Ausgang zu. Röhrend und brüllend, wie ein Monster mit einem einzigen weiß leuchtenden Auge. Die Wölfe heben noch einmal den Kopf und heulen, dann verschwinden sie in der Dunkelheit zwischen den Autowracks.

»Die wären wir los, aber dafür haben wir jetzt den Knochenmann am Hals«, sagt Hassan. »Ich hoffe, er hat wenigstens 'nen Führerschein.«

»Wahrscheinlich ist der schon seit hundert Jahren abgelaufen«, sagt Eddy C. mit düsterem Gesichtsausdruck.

Der Bus wird immer schneller und holpert an den Autowracks vorbei. Der Fahrer sieht sich nicht ein einziges Mal um. Seine knochigen Hände umklammern das Steuer und sein Fuß tritt das Gaspedal durch. Im Licht der Scheinwerfer sehen sie, wie das Tor auf sie zurast.

»Stopp!«, schreit Eddy C. »Sieht der Idiot denn nicht, dass das Tor zu ist!«

Statt anzuhalten, gibt der Fahrer Vollgas.

»Der Idiot ist tot. Er hört dich nicht«, ruft Hassan, »er hat keine Ohren. Und Augen übrigens auch nicht. Aufgepasst, Leute!« Alle vier ducken sich. Anke drückt Andrés Hand.

Im nächsten Moment rammt der Bus in voller Fahrt das Eisengitter. Das Tor wird aus den Angeln gehoben und kracht auf die Straße. Funken springen vom Asphalt. Der Bus fährt mit unverminderter Geschwindigkeit weiter und erreicht mit quietschenden Reifen die Straße.

»Geschafft! Jetzt geht es los!«, jauchzt die Stimme des Moderators. »Der Gruselbus fährt wieder! Aus Sicherheitsgründen bitten wir Sie, während der Fahrt nicht mit dem Fahrer zu sprechen.«

»Shit, schade«, flüstert Hassan. »Gerade wollte ich mich mit ihm über das Wetter unterhalten.«

»Schön, dass ihr noch da seid, liebe Hörer, denn ohne Publikum kann ich meine Geschichten nicht erzählen. Und sie sind doch sooo schön!«

»So ein Dummschwätzer«, sagt Hassan.

»Pst, er kann uns hören«, flüstert Eddy C. mit bleichem Gesicht. Aber der Moderator spricht munter weiter. »Und nun, da wir unterwegs sind, habe ich natürlich wieder eine Geschichte für euch. Eine Geschichte über ein paar liebe Kinder, wie ihr, und eines ihrer Lieblingsspiele.«

»Was ist das?«, fragt Anke plötzlich. Sie bückt sich und hebt etwas vom Boden auf. Es ist ein dickes Buch. *Der Gruselbus* heißt es. Unter dem Titel steht der Name des Verfassers: P. Onnoval.

»Wo kommt das Buch her?«, fragt André.

»Es lag unter dem gleichen Sitz wie die Mütze«, sagt Anke. »Als der Bus vorhin gegen das Tor fuhr, ist es vorgerutscht.«

»Macht es euch gemütlich, liebe Hörer«, sagt der Moderator. »Fasst euch an den Händen, vielleicht ist es eure letzte Chance. Die letzten Runden werden eingeläutet. Oder klingelt da etwa die Alarmglocke? Hört zu und gruselt euch schön.« Anke schlägt das Buch auf, einfach irgendwo, auf Seite 315. André rückt etwas näher zu ihr hin.

Lieber nicht klingeln

Traust du dich, da zu klingeln?«, fragte Mustafa. Er zeigte auf das große, alte Haus, das wie ein Fremdkörper zwischen lauter nagelneuen Doppelhäusern stand. Eine Steintreppe führte zur Haustür. Die Fensterscheiben im ersten Stock waren zerbrochen und im Erdgeschoss waren die Fenster mit Brettern zugenagelt.

Johnny sah sich die Haustür an: massiv, schwer und fest verschlossen. Nummer 99.

»Bei dem alten Kasten? Warum? Das ist doch keine Kunst. Da wohnt doch niemand.«

»Ich glaube doch«, sagte Mustafa. Er hob den Blick zu den zerbrochenen Fensterscheiben. »Da hat sich was bewegt.«

»Das kann nicht sein. Das Haus stand schon leer, als mein Vater noch in den Windeln lag.«

»Dann mal los, Klingelgeist!«

»Klingelputzen« war Johnnys und Mustafas Lieblingssport. Die Regeln waren einfach: Man klingelte und passte auf, dass man nicht gesehen wurde. Vor allem Johnny hatte den Bogen raus. »Klingelgeist« nannte er sich.

»Man hört mich, aber man sieht mich nicht«, hatte er in der Schule an die Toilettenwand geschrieben. Unterschrift: Der Klingelgeist.

In der ganzen Gegend gab es kein Haus, auf dessen Klingelknopf nicht der Fingerabdruck des Klingelgeists war – außer ebendiesem alten, unbewohnten Haus, vor dem Mustafa und Johnny nun standen.

»Nun mach schon«, sagte Mustafa. »Oder hast du Angst, dass ein Geist aufmacht.«

»Quatsch nicht«, sagte Johnny. Mit drei Sätzen war er die Steinstufen hinaufgesprungen und drückte mit dem Daumen auf den Klingelknopf. Im Flur hinter der Tür hörte er die Klingel schrillen. Johnny grinste Mustafa an. Er drückte weiter auf die Klingel, als wollte er das Haus provozieren. Dann ließ er los und lauschte, mit dem Ohr an der Tür. Das gehörte zu den Regeln. Immer, wenn er irgendwo klingelte, horchte er so lange, bis er Schritte oder ein anderes Geräusch hinter der Tür hörte. Erst dann, kurz bevor die Tür aufging, rannte er schnell davon. Das machte die Sache so richtig spannend.

Aber bei diesem verlassenen Haus war natürlich nichts zu hören. Oder doch? Johnny presste sein Ohr fest gegen die Tür.

»Was ist denn?«, fragte Mustafa, aber Johnny gab keine Antwort. Er hörte etwas. Jammernde Stimmen, das Schluchzen von Kindern. Irgendetwas war merkwürdig an den Stimmen. Sie klangen schwach, seltsam hohl und schienen eine Art Echo zu haben. Dann hörte er stampfende Schritte, die durch den Flur hinter der Haustür hallten. Schwere, wütende Schritte, die sich rasch näherten. Sie klangen wie dumpfe Trommelschläge, dröhnten in Johnnys Ohr und übertönten alle Straßengeräusche. Bumm-bumm-bumm-bumm! Er spürte, wie das hölzerne Türblatt an seiner Wange vibrierte. Die Schwingungen drangen in sein Ohr und schienen sich in seinem ganzen Körper zu verbreiten, bis in die Fingerspitzen. Johnnys Nackenhaare sträubten sich. Mit zwei Sätzen sprang er die Treppe hinab.

»Los, weg!«, rief er Mustafa zu und stürmte davon. Ohne groß nachzudenken, wusste er: Sie mussten verschwinden, und zwar schnell. Mustafa konnte ihm kaum folgen.

»Warte doch! Was ist denn?«, rief er, während er hinter Johnny herrannte. Erst hinter der nächsten Straßenecke blieb Johnny stehen. Er keuchte und brachte zunächst kein Wort hervor. In seinen Fingerspitzen kribbelte es noch immer, als hätte er sie in eiskaltes Wasser getaucht.

»Was ist denn los, Mann? Du tust ja, als hättest du ein Gespenst gesehen.« Johnny schüttelte den Kopf und rang nach Luft.

»Das Haus . . . das Haus . . .« Er verstummte. Wie sollte er Mustafa erklären, was er gehört hatte, ohne sich lächerlich zu machen?

»Ja? Was ist mit dem Haus?«

Johnny sagte nichts und spähte um die Ecke zu dem alten Gebäude. Es stand noch genauso da wie zuvor. Die Haustür war geschlossen. Es war nichts Besonderes daran zu sehen. Und dennoch hatte er eine nie gekannte Art von Angst empfunden. Die Stimmen, die Schritte! Da drinnen war etwas! Er merkte, dass sein Herz heftig pochte. Johnny fragte sich, ob Mustafa es wohl auch gehört hatte. Mustafa sah ihn ungeduldig an. »Also? Was ist? Schieß los!«

Johnny sah Mustafa an. Ein breites Grinsen überzog sein Gesicht. »Nichts«, sagte er. »Es war nichts. Ich wollte dir nur einen Schrecken einjagen. Haha.«

»Haha«, äffte Mustafa ihn nach. »Wer's glaubt. Dann kannst du aber gut schauspielern. Du warst plötzlich leichenblass, Mann.«

Aber Johnny gab nicht klein bei. »Das bildest du dir ein. Gib zu, dass du darauf reingefallen bist.«

Mustafa schnaufte. »Von wegen. Die Klingel ging ja gar nicht, ich hab nichts gehört.«

»Doch! Ich hab sie ganz deutlich gehört. Du bist wohl taub.«

Sie konnten sich nicht einigen und gingen leicht verstimmt auseinander.

Das Haus ließ Johnny nicht mehr los. Ständig musste er daran denken und immer wieder sah er plötzlich die Haustür vor sich und hörte die jammernden Kinderstimmen und die dröhnenden Schritte. Er war noch ein paar Mal an dem Haus vorbeigegangen, hatte aber nicht geklingelt, obgleich es ihn in den Fingern gejuckt hatte. Es ist, als würde das Haus mich rufen, dachte Johnny eines Abends, als er durch das Fenster seines Zimmers nach draußen spähte. Dort, halb verborgen hinter einer Häuserzeile an der anderen Straßenseite, stand es. Zwischen zwei Wohnblocks hindurch konnte Johnny einen Teil der Rückseite des Hauses sehen. Während er angespannt zu dem Haus hinüberstarrte, sah er ganz kurz einen grünen Lichtschein hinter einem der Fenster. Einen Augenblick setzte sein Herzschlag aus. Doch sogleich war der Schein auch wieder verschwunden. Hatte er richtig gesehen? Vielleicht war es nur die Reflexion eines Autoscheinwerfers auf der Fensterscheibe, dachte er. Aber warum klopfte dann sein Herz so wild?

Er hatte allmählich genug. Was kümmerte ihn dieses dumme, verlassene Haus? Ärgerlich zog er den Vorhang zu und schlüpfte ins Bett.

Johnny konnte es aber doch nicht lassen und wenig später stand er wieder auf den Stufen vor dem Haus. Zwischen den Steinen unter seinen Füßen wucherte Unkraut; wie kleine Fangarme wuchsen die Triebe in alle Richtungen. Johnny betrachtete die Fassade. Die zerbrochenen Fenster blickten schweigend auf ihn herunter.

»Glaubst du etwa, ich trau mich nicht?«, sagte Johnny. Er sprach laut und seine Stimme hallte. Niemand beachtete ihn – die Straße war leer.

Er streckte die Hand aus und drückte auf die Klingel. Wieder hörte er im Flur die Klingel laut schrillen. Johnny grinste das Haus frech an. »Der Klingelgeist ist hier«, sagte er. »Mach auf, wenn du dich traust.« Er hob den Blick zum Obergeschoss und das Grinsen gefror auf seinem Gesicht. Hinter der zerbrochenen Fensterscheibe waren zwei weiße Augäpfel mit blutroten Pupillen zu sehen, die ihn unverwandt anstarrten. Das Haus hatte Augen bekommen! Johnny taumelte zurück. Urplötzlich fuhr die Haustür auf. Johnny sah einen langen Flur, einen riesigen Schlund mit einem rosa Gaumenzäpfchen ganz hinten. Ein fleischiges Etwas kam auf ihn zugekrochen und gab schlürfende Geräusche von sich. Eine Zunge, weich und glitschig, wand sich um seine Beine und zog ihn hinein.

»Hilfe!«, brüllte Johnny, während er in der unergründlichen Tiefe des Schlunds verschwand.

Er riss die Augen weit auf. Um ihn herum war es stockdunkel und sein Körper war eingeschnürt. Schweißtropfen standen ihm auf der Stirn. Es dauerte einen Moment, bis er begriff, dass er in seinem Bett lag. Er hatte so unruhig geschlafen, dass sich das Laken um ihn gewickelt hatte. Sein Pyjama war durchgeschwitzt und er war am ganzen Körper klitschnass. Er zitterte. Was für ein scheußlicher Traum! Johnny befreite sich aus dem Laken und knipste die Leselampe über seinem Bett an. Die vertrauten Dinge wurden sichtbar: das Poster von Magic Johnson, das Modell des Triceratops aus dem Film Jurassic Park, der Stapel Comics im Bücherregal. Er wagte nicht die Lampe auszumachen, als er sich wieder schlafen legte.

Am nächsten Morgen kam sich Johnny lächerlich vor, als er die Augen aufschlug. Idiotisch, er war doch kein kleines Kind mehr, das nur bei Licht schlafen konnte. Der Traum existierte nur noch als vage Erinnerung in seinem Gedächtnis.

»Papa, kennst du das zugenagelte Haus, die Nummer 99 in der Barneveldstraße?«, fragte Johnny, als er in der Küche am Frühstückstisch saß.

»Das alte Haus?« Sein Vater bestrich eine Scheibe Brot dick mit Nussnugatcreme und biss hinein. »Mmm. Der Kasten steht schon jahrelang leer.«

»Ich glaube, dort wohnt jemand«, sagte Johnny.

Vater schüttelte den Kopf. »Das kann nicht sein. Es wurde für unbewohnbar erklärt.«

Johnnys Mutter presste gerade eine Orange aus. Sie stellte ein Glas frischen Saft neben Johnnys Teller.

»Treib dich nicht dort herum, so eine Bruchbude kann irgendwann ganz plötzlich einstürzen.«

»Warum hat man das Haus dann noch nicht abgebrochen?«, fragte Johnny.

Vater zuckte mit den Schultern. »Das weiß keiner so recht. Es gibt eine merkwürdige Geschichte über das Haus. Opa müsste sie kennen.«

Johnny nahm seine Schultasche. »Ich komme heute ein wenig später nach Hause.«

»Warum?«, fragte Mutter.

»Ich gehe nach der Schule bei Opa vorbei.«

»Die Barneveldstraße«, sagte Opa. »Junge, Junge, dort war ich schon ewig nicht mehr.« Er stellte jeweils ein Glas Limonade vor Johnny und Mustafa hin und eine Keksdose, die bis zum Rand mit Spekulatius und Sirupwaffeln gefüllt war. »Nehmt euch einen Keks, Jungs. Nehmt euch ruhig zwei.«

Johnny war gleich nach der Schule mit dem Rad zu Opa gefahren. Eigentlich wollte er allein hingehen, doch Mustafa hatte sich auf seinen Gepäckträger geschwungen. »Ich brauch 'ne Mitfahrgelegenheit«, sagte er.

»Aber ich fahre zu meinem Opa«, sagte Johnny.

»Ist okay«, sagte Mustafa. »Dann lerne ich den auch mal kennen. Oder hat er was gegen Marokkaner?«

Da konnte Johnny natürlich nichts mehr sagen. Nun saßen sie also zusammen am Couchtisch in Opas kleiner, aber gemütlich eingerichteter Seniorenwohnung. Mustafa betrachtete die vielen Fotos an der Wand. Er zeigte auf eines davon. »Bist du das?«, fragte er. Johnny schüttelte den Kopf. »Das sind Fotos von Opa, von früher.«

»Oh, Mann, ihr seht euch ja ähnlich wie ein Ei dem anderen«, sagte Mustafa. Opa setzte sich in einen schweren Ledersessel, der auf vier Holzfüßen in Klauenform ruhte.

»Die Barneveldstraße kenne ich gut, von früher«, sagte er. »Als ich klein war, wohnten wir dort, wo du jetzt wohnst, Johnny. Damals habe ich die ganze Gegend unsicher gemacht.« Er lachte in sich hinein. »Ich war ziemlich berüchtigt als Klingelputzer. Ich wette, dass an manchen Häusern noch mein Fingerabdruck auf dem Klingelknopf ist.«

Johnny lachte. Das hatte er also nicht von ungefähr.

»Jetzt nicht mehr, Opa. Jetzt ist mein Fingerabdruck drauf.«

»Was?« Opa sah Johnny erstaunt an. »Ach so, ich verstehe.« Er lachte so laut, dass er rot anlief.

»Das Haus, Opa«, drängte Johnny, als Opa sich wieder beruhigt hatte. »Papa sagte, dass es eine merkwürdige Geschichte über das alte Haus gibt. Nummer 99.«

»Nummer 99.« Opas Blick wurde verschwommen, als ob er in eine ferne Vergangenheit blickte. »Steht das Haus immer noch?«

Johnny nickte. »Dort wohnt niemand. Es scheint schon lange leer zu stehen.«

»Warum willst du etwas über das Haus wissen?«

Johnny biss in seine Sirupwaffel. »Ich weiß nicht genau«, sagte er mit vollem Mund. »Aber mit dem Haus stimmt etwas nicht. Ich träume sogar davon.«

Mustafa sah ihn verblüfft an. »Tatsächlich? Davon hast du kein Wort erzählt.«

»Nummer 99«, sagte Opa. »Ich erinnere mich noch sehr gut. Es war mitten im Winter. Ich war zehn. In dem Haus wohnte das Monster.«

»Ein Monster?« Johnnys Nackenhaare stellten sich auf.

»Kein richtiges Monster natürlich. Aber wir nannten ihn so: das Monster. Seinen wirklichen Namen wusste niemand. Er war ein Kleiderschrank von einem Kerl. Wisst ihr, so einer, der jungen Katzen den Hals umdreht. Und er hasste Kinder. Stach einem den Ball kaputt, wenn man ihn versehentlich in seinen Garten kickte. Hetzte den Hund auf einen, wenn man wegen Altpapier klingelte.« Opas Blick war noch immer in eine unsichtbare Vergangenheit gerichtet. Johnny sah, dass auf seiner Stirn kleine Schweißtropfen perlten.

»In jenem Winter verschwanden drei Kinder. Es war ein sehr strenger Winter, Flüsse und Seen waren zugefroren und wir sind viel Schlittschuh gelaufen. Man nahm an, dass die Kinder im Eis eingebrochen waren und von der Strömung mitgerissen wurden. Jedenfalls wurden sie nicht mehr gefunden.«

Johnny und Mustafa sahen Opa schweigend an. Sein Gesicht war grau geworden. Er rieb nervös die Hände aneinander.

»Einer von den dreien war mein bester Freund.« Plötzlich wurde Opas Blick hart. »Aber ich wusste genau, dass sie nicht im Eis eingebrochen waren. Das Monster hatte sie geschnappt. Beweisen konnte ich es nicht, aber ich wusste es.«

»Und dann, Opa?«, fragte Johnny leise.

Opa sah ihn an, als wäre er ein Fremder. Seine Augen waren feucht.

»Dann? Dann habe ich angefangen ihn zu ärgern, weil ich meinen Freund rächen wollte. Ich wollte das Monster zum Wahnsinn treiben. Ich habe bei ihm geklingelt. Morgens in aller Frühe, mittags und nach der Schule. Jeden Tag. Manchmal auch abends.«

Jetzt lächelte Opa wieder. »Ich habe mir phantastische Streiche ausgedacht. So habe ich ihm zum Beispiel Hundedreck vor die Tür gelegt, eine zerknüllte Zeitung darüber gebreitet und dann geklingelt.«

Johnny fing an zu lachen.

»Du weißt, was ich meine«, sagte Opa. »Das Monster machte die Tür auf, sah niemanden und stampfte wütend auf die Zeitung.«

»Mitten in die Kacke!« Mustafa wieherte vor Lachen.

»Mann, Opa, was für ein gemeiner Streich!«, sagte Johnny. »So etwas machen nicht mal wir.« Er sah Mustafa an und sie brachen beide abermals in Lachen aus.

»Aber am besten war die Sache mit dem Mülleimer. Früher hatten wir keine Kunststoffmülltonnen, sondern Behälter aus Zink – eine Art große, graue Eimer mit Deckel und Griff. Einmal hängte ich seinen Mülleimer an die Haustürklinke und läutete.« Opa verschluckte sich fast vor Lachen. »Könnt ihr euch das vorstellen? Er versuchte in einem fort die Tür aufzumachen, aber es ging nicht, weil der Mülleimer im Weg war.«

»Du warst ja früher ganz schön durchtrieben«, sagte Johnny. »Das hätte ich nie gedacht.«

»Stimmt schon«, sagte Opa. »Aber weiter. Natürlich kam er mir auf die Schliche. Und eines Tages lauerte er hinter der Haustür. Ich ging gerade über den Gartenweg zu seinem Haus, als er die Tür aufriss und im Unterhemd herausgestürmt kam, mit einem Beil in der Hand.«

»Ach, du dickes Ei!«, sagte Mustafa.

»Ja, das dachte ich auch«, sagte Opa. »Der Mann war wirklich geistesgestört. Ich dachte, er würde mir den Kopf abhacken. Aber zum Glück sitze ich noch hier.«

»Wie bist du ihm entwischt?«, fragte Johnny. Seine Wangen hatten sich gerötet und er nagte an der Unterlippe.

»Ich bin ihm überhaupt nicht entwischt. Als ich ihn mit dem Beil herauskommen sah, konnte ich mich vor Schreck nicht mehr rühren. Ich blieb einfach stehen.«

»Aber . . .«

»Wie ich bereits gesagt habe, fror es in jenem Winter Stein und Bein. Die Bürgersteige waren spiegelglatt und ebenso die Steinstufen vor dem Haus Nummer 99.« Opa trank einen Schluck Tee. »Er rannte im Unterhemd die Treppe herab und wollte sich auf mich stürzen. Aber auf halbem Weg rutschte er aus, fiel hin und brach sich auf den Steinstufen das Genick. Tot. Will noch jemand einen Keks?«

»Puh!«, sagte Johnny und lehnte sich mit einem Seufzer und seiner dritten Sirupwaffel in der Hand auf dem Sofa zurück.

»Nein, danke«, sagte Mustafa. »Kein Wunder, dass das Haus leer steht.«

Opa nickte. »Die Leute mögen nun einmal keine Häuser, in denen sich etwas Schlimmes zugetragen hat.« Auf einmal wurde sein Blick traurig. »Er war tot. Das Monster war tot, aber meinen Freund habe ich dadurch auch nicht zurückbekommen.«

Es schneite leicht, als sie mit dem Rad zurückfuhren.

Mustafa saß auf dem Gepäckträger und hatte den Kragen seiner Jacke hochgeschlagen. »Merkwürdige Geschichte, was? Wenn man sich vorstellt, dass so ein Irrer mit dem Beil auf einen zukommt!«

Johnny blinzelte eine Schneeflocke von seinen Augenwimpern. Er bog in die Barneveldstraße ein und stoppte gegenüber dem Haus Nummer 99. Ihm war, als starrte es ihn aus seinen zerbrochenen Fensterscheiben an.

Was passiert wohl, wenn ich noch einmal läute?, dachte er. Er stieg vom Fahrrad.

»Was hast du vor?«, fragte Mustafa.

»Klingeln.«

Johnny ging über die Straße und stieg die Steinstufen hinauf, auf denen das Monster sich das Genick gebrochen hatte. Mustafa lehnte das Rad an eine Mauer und folgte Johnny.

»Warum? Du hast doch schon mal geklingelt. Da wohnt keiner, das hast du doch selbst gesagt.«

Johnny sah Mustafa an. »Ich weiß nicht. Das Haus lässt mir keine Ruhe. Beim letzten Mal habe ich Schritte und Kinderweinen gehört. Vielleicht wohnt doch jemand in dem Haus, ein Landstreicher oder so. Ich muss es wissen.«

Er drückte auf den Klingelknopf. Wieder schrillte die Glocke hinter der Haustür.

»Na, siehst du, die Klingel funktioniert nicht mal«, sagte Mustafa. »Kann auch gar nicht sein, denn bei leer stehenden Häusern ist der Strom abgestellt.«

Johnny, der den Finger noch immer auf der Klingel hatte, sah Mustafa erstaunt an. Es klingelte schrill und anhaltend, wie bei einem Feueralarm.

»Red keinen Unsinn! Hör doch!«

Mustafa lauschte aufmerksam. Er hörte nichts.

Johnny ließ die Klingel los. Hinter der Tür klang, kaum hörbar, leises Schluchzen.

»In dem Haus sind Kinder!«, rief Johnny. »Sie weinen, genau wie beim letzten Mal!«

Mustafa schüttelte den Kopf. Er verstand gar nicht, was Johnny meinte.

»Da, hörst du? Schritte! Es kommt jemand!«

Mustafa sah seinen Freund besorgt an. Mit Johnny war wohl etwas nicht in Ordnung, denn im Haus war es totenstill.

Johnny presste sein Ohr an die Tür und lauschte. Die gleichen dröhnenden Schritte wie beim ersten Mal hallten durch den Flur hinter der Tür. Bumm-bumm-bumm! Wieder befiel ihn diese merkwürdige Angst und das Herz schlug ihm bis zum Hals.

»Wenn du das nicht hörst, bist du stocktaub!«, rief Johnny ärgerlich, weil er dachte, Mustafa wollte ihn zum Besten halten.

Mustafa dachte das Gleiche von Johnny und schüttelte erneut den Kopf. »Ich geh jetzt. Mach, was du willst!« Er drehte sich um und stieg die Treppe hinab. Johnny merkte es nicht. Er hielt sich die Ohren zu, denn die Schritte klangen jetzt unerträglich laut.

Nichts wie weg!, dachte er, kam aber keinen Millimeter von der Stelle. Es war, als hätte sich die Steintreppe an seinen Füßen festgesaugt. Inzwischen schneite es stärker, die Schneeflocken wirbelten ihm um den Kopf und blieben in seinen Haaren hängen. Plötzlich verstummten die Schritte. Durch das Schneegestöber starrte Johnny die Tür an. Er konnte kaum glauben, was er sah. Das massive Türblatt aus Eichenholz wölbte sich, als wäre es aus Gummi. Mit hängenden Armen stand Johnny da und sah, wie aus der Tür zwei Hände hervorwuchsen. Hölzerne Hände, mit Fingern, die sich wie Würmer wanden. Die Hände streckten sich nach ihm aus und nun wuchsen aus der Tür hölzerne Arme, die immer länger wurden.

Johnnys entgeisterter Blick wanderte zwischen den beiden Händen hin und her. Sie tanzten mit wiegenden Bewegungen vor ihm auf und ab, sodass ihm ganz schwindlig wurde. Dann kamen sie auf ihn zu und umklammerten ihn so hart, dass seine Rippen schmerzten und die Luft aus seinen Lungen gepresst wurde. Im nächsten Augenblick zerrten die Arme ihn ins Haus, mitten durch die Tür. Das Holz des Türblatts wich einfach zur Seite, als wäre es Wasser, und schloss sich hinter ihm wieder zu einem massiven Ganzen.

Mustafa stand auf dem Bürgersteig. »Kommst du nun? Deine Witze werden allmählich langweilig!«, rief er und wandte sich um. Johnny war weg. Die Steintreppe vor der Haustür, auf der Johnny soeben noch gestanden hatte, war leer.

»Johnny? Wo bist du?« Mustafa sah sich unsicher um. War dies wieder einer von Johnnys Scherzen? Wo war er nur? So schnell konnte er doch nicht davongerannt sein. Außerdem stand sein Fahrrad noch da. Mustafa ging zurück zu der Steintreppe. Im Schnee waren Johnnys Fußabdrücke noch zu sehen. Aber keine Spuren, die darauf hindeuteten, dass er die Treppe wieder hinuntergegangen war. Mustafa blies in seine Hände, um sich zu wärmen. Er stand vor einem Rätsel. Johnny hatte gerade noch hier gestanden und war dann im nächsten Moment einfach verschwunden. Mustafa warf einen Blick auf das Haus. Es gab nur eine Möglichkeit: Johnny musste in das Haus gegangen sein. Er probierte die Klinke, aber die Tür war verschlossen. Er drückte auf die Klingel. Sie funktionierte nicht, genau wie zuvor. Dabei behauptete Johnny immer, er würde sie hören. Irgendetwas stimmte hier nicht. Mustafa wurde allmählich unruhig. Er schlug an die Tür. »Johnny, Johnny, bist du da drin?« Keine Antwort. Nur diese unheilvolle Stille.

Ich gehe hier nicht weg, bevor ich weiß, wo Johnny geblieben ist, dachte Mustafa. Irgendwie muss ich in dieses Haus kommen.

Johnny landete auf einem harten Dielenboden. Er schnappte nach Luft und sah mit wildem Blick um sich. Die hölzernen Arme, die ihn durch die Tür gezogen hatten, waren nicht mehr da. Er saß ganz allein in einem dämmerigen Flur auf dem Boden. Die Wände waren mit rosa Blümchentapete tapeziert, deren Muster im Lauf der Jahre völlig ausgebleicht war. Er erkannte zwei Zimmer. In beiden war es dunkel, weil die Fenster mit Brettern zugenagelt waren. Es war totenstill. Unnatürlich still. Kein Geräusch von draußen war zu hören. Johnny kam es vor, als wäre das Haus von der Außenwelt abgeschnitten.

Er stand auf und warf einen ängstlichen Blick zur Haustür. Es schien ihm unmöglich, dass hölzerne Hände ihn durch diese Tür gezogen hatten. Aus Türen wuchsen doch keine Hände! Und nirgendwo war ein Loch zu sehen. Dennoch war er hier, im Flur des Hauses.

Ich muss hier raus!, dachte Johnny.

Vorsichtig ging er zur Haustür. Sie sah ganz normal aus, wie eine massive Holztür eben. Oben hatte sie ein langes, schmales Fenster aus hellgrünem Strukturglas, durch das gedämpftes Licht in den Flur fiel. Johnny probierte die Klinke: Die Tür war fest verschlossen. Johnny konnte sie nicht öffnen. Von weit her hörte er ein Lachen. Es schien aus den Wänden zu kommen oder aus der Decke. Oder vielleicht war es auch Einbildung. Dann vernahm Johnny leises Weinen. Die schluchzenden Kinderstimmen, die er schon früher gehört hatte. Sie kamen von oben. Johnny zögerte. Er wollte aus dem Haus fliehen, aber das Weinen klang so verängstigt.

Vielleicht werden in diesem Haus Kinder festgehalten, dachte Johnny. Er musste nachsehen. Ganz vorsichtig stieg er die Treppe hinauf, die sich in einem Bogen nach oben schwang. Die

Stufen knarrten unter seinen Füßen, als wären sie zu alt, um sein Gewicht auszuhalten. Die Stimmen waren nun deutlicher zu hören; sie klangen unendlich traurig. Auf Zehenspitzen schlich Johnny weiter die Treppe hinauf. Er betrat einen Flur mit drei Zimmertüren. Zwei der Türen standen offen. Die Zimmer waren beide leer, das sah Johnny mit einem Blick. An den Wänden waren keine Tapeten und der Boden bestand aus groben Holzbrettern. Die Tür des dritten Zimmers war geschlossen. Hinter ihr hörte er die weinenden Kinderstimmen. Johnny schlich auf die Tür zu. Außer dem Weinen kam kein anderer Laut aus dem Zimmer. Sie sind mutterseelenallein hier im Haus, dachte Johnny. Eingeschlossen, womöglich halb verhungert. Bilder von abgemagerten Kindern schossen ihm durch den Kopf. Er drückte die Klinke hinab und machte die Tür vorsichtig ein Stück auf. Eisige Kälte schlug ihm entgegen. Durch die zerbrochenen Fenster wehte Schnee herein. Er steckte den Kopf durch den Türspalt und sah sich im Zimmer um.

»Hallo«, sagte Johnny leise und trat ein. »Wo seid ihr? Ihr braucht keine Angst zu haben.«

Das Zimmer war ebenso leer wie die beiden anderen und dennoch hörte er die Kinderstimmen. Sie wurden von den Wänden zurückgeworfen und schienen aus allen Ecken des Zimmers gleichzeitig zu kommen. Johnny war verwirrt. Wo waren die Kinder nur? Dann bemerkte er einen Schrank und schlagartig war ihm klar, dass die Stimmen von dort kamen. Kein Wunder, dass die Kinder so weinten, wenn sie in einem dunklen Schrank eingesperrt waren. Was für eine unglaubliche Gemeinheit!

»Ihr braucht nicht mehr zu weinen«, sagte Johnny. »Ich hole euch raus.« Trotzdem hörte das Jammern nicht auf. Der Schlüssel steckte im Schloss. Johnny drehte ihn um und öffnete die Schranktür. In diesem Augenblick verstummten die Stimmen, als wären sie weggesaugt worden.

»Kommt doch raus, ihr seid . . .« Die Worte blieben Johnny im Hals stecken. Aus dem Schrank kam ihm ein muffiger Geruch, wie aus einer Gruft, entgegen. An der Rückwand des Schranks saßen drei Skelette, etwa so groß wie Johnny. Sie hatten ihre Totenköpfe aneinander gelehnt und sahen aus, als würden sie friedlich schlafen.

Fassungslos starrte Johnny sie an und plötzlich begriff er: Dies waren Opas Freunde von damals, als er noch klein war. Sie waren nicht im Eis eingebrochen, genau wie Opa gesagt hatte, sondern das Monster hatte sie umgebracht, vor über fünfzig Jahren. Und hier, in diesem Schrank, lagen ihre Gerippe.

Aber . . . woher kamen dann die Stimmen, die er gehört hatte? Ein eiskaltes Angstgefühl kroch von seinen Füßen empor und er konnte den Blick nicht von den drei Skeletten lösen. Plötzlich hob das mittlere Gerippe den Kopf, glotzte Johnny aus seinen leeren, dunklen Augenhöhlen an und kicherte. Jetzt sahen auch die beiden anderen Totenköpfe ihn an und auch sie kicherten. Ihre Knochen klapperten, als sie die Arme hoben und mit den Fingern auf Johnny zeigten. Ihre Kiefer klappten nach unten und drei grausige Kinderstimmen sangen:

»Ene, mene, miste,
es rappelt in der Kiste,
ene, mene, muh
und raus bist du!«

Mit einem Schrei wich Johnny zurück, schlug die Schranktür zu und schloss sie ab. Hinter ihm ertönte dröhnendes Gelächter.

»Ha, nun sitzt du in der Falle, du kleiner Quälgeist. Endlich habe ich dich unverschämten Klingelputzer!«

Johnny fuhr herum. Im Zimmer war niemand zu sehen.

»Hast du etwa geglaubt, du könntest mir entkommen?«, polterte die Stimme. Sie kam von links.

»Mir entkommt niemand!« Von rechts.

»Ich habe dich hierher gelockt. Lange musste ich warten, aber ich wusste, dass du irgendwann kommen würdest. Jetzt ergeht es dir wie deinen drei Freunden im Schrank.« Die Stimme kam nun aus der Decke und dröhnte über ihn hinweg. Er duckte sich, als würde er mit Steinen beworfen. Verwirrt und hilflos sah Johnny sich im Zimmer um.

Plötzlich erschien an der Wand eine Wölbung, die langsam größer wurde. Ein Gesicht zeichnete sich ab und schließlich ein Körper. Es sah aus, als ob jemand durch eine Art Haut nach außen drängte. Ein Mann trat aus der Wand. Sein Kopf saß schief auf dem gebrochenen Hals. Er trug lediglich ein Unterhemd, Pantoffeln und eine ausgebeulte, schwarze Hose. Er hatte ein Beil geschultert, das er mit einer Hand festhielt. Sein weißes Haar stand in alle Richtungen ab und um ihn herum waberte ein hellgrünes Leuchten, als würde unter seiner Haut eine Neonlampe brennen.

Johnny bekam weiche Knie. Er hatte Opa gut genug zugehört, um zu wissen, dass dieser Mann das Monster sein musste. Aber das Monster war doch schon lange tot? Das hatte Opa selbst gesagt!

Wie auch immer, nun stand das Monster vor Johnny und sprach.

»Jetzt werde ich dir deine Streiche heimzahlen: den Hundedreck unter der Zeitung, den Mülleimer an der Tür.«

Schlagartig begriff Johnny: Vor ihm stand der Geist des Monsters. Und der glaubte, Jonny wäre Opa!

Deshalb hat Mustafa die Klingel nicht gehört, dachte Johnny. Der Kerl will nur mich, weil er mich für Opa hält.

Johnny stürzte ans Fenster und schrie durch die zerbrochene Scheibe: »Hilfe! Hilfe!«

Als er hinaussah, erstarb seine Stimme. Da war etwas nicht in Ordnung. Die Umgebung sah auf einmal ganz anders aus. Die Reihenhäuser und die asphaltierte Straße waren weg. An beiden Straßenseiten standen Bäume, dazwischen kleine, alte Häuser, manche davon mit Strohdächern. Über das Kopfsteinpflaster rumpelte ein Auto, wie es Johnny nur aus dem Automuseum kannte. Auf der gegenüberliegenden Straßenseite zog ein Pferd einen Karren mit Milchkannen. Und alles war weiß gefroren. So sah die Welt auf den alten Fotos aus Opas Kindheit aus. Niemand hörte Johnny rufen, niemand sah ihn hinter der zerbrochenen Scheibe stehen. Was er vor sich sah, war die Vergangenheit. Dieses Haus lebte in der Vergangenheit.

Damals gab es mich noch nicht, dachte Johnny, darum kann mich keiner sehen und hören. In dieser Welt bin *ich* ein Geist.

Hinter sich hörte er Gelächter. Johnny wandte sich um und sah das Monster auf sich zukommen. Dessen Kopf hing schräg auf die eine Schulter herab und seine Augen waren blutunterlaufen. Das Neonleuchten flackerte um seinen Körper und sein Haar sprühte grüne Funken. Das Monster prüfte mit dem Daumen die Klinge seines Beils und holte dann aus. Johnny zögerte keine Sekunde. Er duckte sich und rannte durch die Tür auf den Flur.

Das Monster lachte. »Du entkommst mir nicht. Ich bin überall. Ich bin dieses Haus.«

Unvermutet stand der Geist wieder vor Johnny, wie aus dem Boden hervorgewachsen. Er schwang sein Beil und ließ es herabsausen. Krachend splitterte der Dielenboden, denn Johnny war bereits zwischen den Beinen seines Verfolgers hindurchgetaucht und stürmte nun die Treppe hinab. Er glitt aus und landete auf dem Dielenboden im unteren Flur. Johnny rappelte sich auf und sah sich um. Wie kam er bloß hier heraus? Die Haustür ging ja nicht auf, das hatte er bereits versucht.

An der Decke über ihm bildete sich eine tropfenförmige Ausstülpung, die immer größer wurde.

»Kuckuck, da bin ich wieder!«, sagte eine bekannte Stimme, während die zähflüssige Masse Gestalt annahm.

»Eine nette Überraschung, nicht wahr?«, säuselte das Monster, während es mit dem Beil ausholte.

Johnny machte sich klein, das Beil sauste über seinen Kopf hinweg und blieb in der Wand stecken.

»Willst du wohl stehen bleiben!«, knurrte das Wesen. In diesem Moment hörte Johnny, dass in einem der Zimmer an der Straßenfront eine Fensterscheibe zu Bruch ging.

»Johnny! Johnny, bist du da?«

»Mustafa!« Johnny überlegte keine Sekunde und rannte in das Zimmer. Der Boden war mit Glasscherben übersät. In der Scheibe klaffte ein großes Loch. Eines der Bretter vor dem Fenster war herausgebrochen und lag nun im Zimmer, zwischen den Glasscherben.

»Johnny!«

Johnny stürzte zum Fenster. Er konnte Mustafa deutlich hören, aber nicht sehen. Er sah die Straße, wie er sie bereits aus dem Obergeschoss gesehen hatte, als lebendes Bild aus der Vergangenheit. Eine Hand packte ihn an der Schulter. Unmittelbar hinter ihm stand der Geist.

»Jetzt ist es aus mit dir«, sagte er.

Johnny riss sich los, schwang sich auf die Fensterbank und sprang durch das Loch im Fenster. Wieder flogen Glasscherben durch die Gegend. Johnny spürte einen stechenden Schmerz am Bein. Im Sprung bemerkte er, dass die Umgebung sich veränderte und wieder so wurde, wie er sie kannte. Die Kastanienbäume, die niedrigen, alten Häuser, der Milchmann mit Karren und Pferd und die gepflasterte Straße lösten sich auf. Reihenhäuser, moderne Autos und eine asphaltierte Straße kamen zum Vorschein, wie auf einem Foto im Entwicklerbad. Es hatte aufgehört zu schneien. Und vor dem Fenster stand Mustafa. Johnny landete direkt auf ihm. Zusammen fielen sie der Länge nach in den Schnee.

»Uff«, stöhnte Mustafa. »Wo kommst du denn her? Ich hab mir solche Sorgen um dich gemacht, aber ich hatte keine Ahnung, wie ich in dieses blöde Haus reinkommen sollte. Ich habe ein Brett abgerissen und das Fenster eingeworfen.«

Johnny gab keine Antwort. Er betrachtete sein Bein. Die Hose hatte einen Riss an der Stelle, wo sie am Glas hängen geblieben war, und auf seinem Oberschenkel bildete sich ein roter Fleck.

Nur eine Schnittwunde, dachte er. Glück gehabt! Ebenso gut hätte er mir den Kopf abhacken können.

Johnny schaute zurück zum Haus und sah den Geist am Fenster stehen. Der blickte sich nach allen Seiten um, schien Johnny jedoch nicht zu sehen.

»Er sieht uns nicht!«, rief Johnny. »Er kann uns hier nicht sehen, haha!«

Mustafa sah ihn mit hochgezogenen Augenbrauen an. »Von wem sprichst du?«

»Von Opas Monster, das weißt du doch. Zumindest ist das sein Geist, da drinnen. Aber er kann uns nicht sehen, weil dieses Haus in der Vergangenheit lebt. Wenn du aus dem Haus hinausschaust, siehst du alles so, wie es vor langer Zeit, in Opas Kindheit war.«

»Ich sehe niemanden«, sagte Mustafa.

Johnny hörte ihm nicht zu, sondern hüpfte wild vor dem Fenster auf und ab. »Juhu! Guck du nur, altes Scheusal. Hier bin ich. Und du siehst mich nicht!«

Mustafa sah Johnny leicht besorgt an. »Gehen wir jetzt nach Hause?«

»Warum denn, er kann uns doch nicht sehen.« Johnny streckte die Zunge heraus und schnitt dem Haus eine Grimasse. Das Monster am Fenster ließ den Blick die Straße entlangschweifen und schien angespannt zu lauschen.

»Hihi, du hörst mich zwar, aber du siehst mich nicht!«, schrie Johnny. »Ich bin der Klingelgeist!«

Aber plötzlich kletterte das Monster mit geschultertem Beil auf die Fensterbank. Erschrocken hörte Johnny auf zu hüpfen.

»Achtung, er kommt!«, rief er. »Er kommt raus!«

Wie Johnny kurz zuvor sprang der Geist aus dem Fenster. In dem Moment, als er sich von der Fensterbank löste, sah Mustafa einen grünen Lichtblitz, in dem er deutlich den Umriss eines Mannes erkennen konnte. Im nächsten Augenblick war die Erscheinung bereits verschwunden.

»Hast du ihn gesehen?«, rief Johnny.

Mustafa nickte, sagte aber nichts. Er starrte mit offenem Mund zu der Stelle, an der er soeben eine einzige Sekunde lang einen grün leuchtenden Mann gesehen hatte.

»Jetzt kapier ich's!«, rief Johnny und versetzte Mustafa vor Erleichterung einen derben Puff gegen die Schulter.

»Er ist ein Geist, der in der Vergangenheit lebt. Und als er gerade aus dem Fenster sprang, landete er in der Gegenwart.«

»Au«, stöhnte Mustafa. »Deshalb brauchst du mich doch nicht zu schlagen!«

Johnny achtete nicht auf Mustafas Gejammer und schlug ihm begeistert ein zweites Mal auf die Schulter.

»In unserer Zeit ist er unsichtbar, verstehst du? Ein unsichtbarer Geist.«

»Super«, murmelte Mustafa. »Aber ich verstehe nur Bahnhof. Was machen wir denn jetzt?«

Johnny überlegte kurz. Seine Augen begannen zu glänzen. »Hast du Streichhölzer dabei?«

Mustafa kramte in seinen Taschen, in denen er immer alles Mögliche hatte, und fand tatsächlich eine Schachtel Streichhölzer.

»Was willst du damit? Heimlich eine Zigarette rauchen? Ich hab keine dabei.«

Johnny sah sich schnell nach allen Seiten um. Es war Essenszeit und die Straße war menschenleer. »Wir zünden den Kasten an«, flüsterte er. »Es ist ein Unglückshaus. Die ganze Schlechtigkeit des Monsters hat sich darin aufgestaut. Das Haus muss weg! Es ist gefährlich.«

»Und das willst du jetzt tun?«, fragte Mustafa. »Wir werden Ärger kriegen.«

Johnny nahm sein Taschentuch heraus, riss ein Streichholz an und hielt die Flamme unter das Tuch.

»Quatsch. Das erfährt kein Mensch. Außerdem kann man dann endlich ein schönes, neues Haus hierher bauen.« Das Taschentuch brannte sofort.

»Ich habe superbrennbaren Rotz«, sagte Johnny grinsend und warf das Taschentuch durch das Fenster ins Haus. Die Flammen griffen auf den trockenen Dielenboden über. Langsam breitete sich das Feuer im Zimmer aus.

»Mann, o Mann, die Bude brennt tatsächlich ab«, sagte Mustafa.

Johnny nickte mit glänzenden Augen. »Toll, was? Komm, jetzt nichts wie weg!«

Sie gingen schnell zu Johnnys Fahrrad, ließen dabei aber das Haus nicht aus den Augen. Hinter dem Fenster war nun deutlich eine rote Glut sichtbar. Rauchwolken quollen heraus. Am Fenster sahen sie einen grünen Lichtblitz. Der Geist war nun wieder in seinem Haus und stand mit glühenden Augen mitten in den Flammen. Wild schlug er mit dem Beil um sich, als wollte er auf diese Weise das Feuer löschen. Dann verschwand seine Gestalt hinter schwarzen Rauchwolken.

»Was ist denn hier los?«

Erschrocken sahen sich die beiden Jungen um. Aus einem Haus auf der anderen Straßenseite war ein Mann gekommen. Er führte einen Hund an der Leine.

Johnny warf Mustafa einen warnenden Blick zu: Vorsicht, sonst sind wir dran!

»Es brennt«, sagte Johnny und machte sein harmlosestes Gesicht.

Mustafa nickte eifrig. »Das alte Haus hat auf einmal zu brennen angefangen.«

»Ja, das sehe ich«, sagte der Mann. »Auf einmal!« Nachdenklich sah er zu dem Fenster hin, aus dem immer dickerer Qualm kam. Das Feuer war mittlerweile durch die Holzdecke ins Obergeschoss vorgedrungen und auch dort sah man nun eine rote Glut hinter den Fenstern. Inzwischen kamen noch mehr Leute aus ihren Häusern. Schon bald hatte sich eine Menschenmenge um Johnny und Mustafa gebildet.

»Das Haus ist nicht mehr zu retten«, sagte der Mann mit dem Hund. »Eigentlich müsste man jetzt die Feuerwehr rufen.« Er machte jedoch keine Anstalten etwas zu unternehmen.

»Eigentlich schon«, sagte Johnny und sah Mustafa wieder an. Wenn die Feuerwehr schnell kommen und das Feuer löschen würde, bliebe das Haus vielleicht stehen und dann ...

»Brennt wie Zunder«, sagte einer der Umstehenden.

»Wenn wir uns beeilen, kann die Feuerwehr vielleicht noch etwas retten«, sagte der Hundebesitzer, ohne sich jedoch in Bewegung zu setzen.

»Es ist ein unheimliches Haus«, sagte eine Frau, die im Bademantel auf der Straße stand und vor Kälte zitterte. »Ich bekomme jedes Mal eine Gänsehaut, wenn ich daran vorbeigehe. Meine kleine Tochter behauptet, dass es in dem Haus spukt. Sie bekommt davon Alpträume.«

Der Mann mit dem Hund nickte und sah Johnny unverwandt an.

»Warten wir noch ein Weilchen«, sagte er dann. »Es ist windstill, also besteht keine Gefahr für die angrenzenden Häuser. Die Feuerwehr können wir immer noch rufen.«

Johnny seufzte erleichtert und stieg auf sein Fahrrad. »Los, Mustafa, ich muss nach Hause.«

Mustafa schwang sich auf den Gepäckträger und die Umstehenden traten zur Seite, als sie davonfuhren.

»Sie wissen Bescheid«, sagte Mustafa, als sie am Ende der Straße abgebogen waren. »Sie wissen, dass wir es waren.«

»Und wennschon!«, rief Johnny und brach in Lachen aus. »Wir haben den Geist des Monsters besiegt, Mustafa. Wir haben sein Haus niedergebrannt. Ich hoffe, er selbst ist auch verbrannt.«

Mustafa schüttelte den Kopf. »Das glaube ich nicht. Ich habe noch nie gehört, dass man einen Geist verbrennen kann.«

Johnny lächelte noch immer, als er an diesem Abend einschlief. Er schlief tief und traumlos, bis plötzlich mitten in der Nacht die Haustürklingel laut schrillte. Johnny wachte auf und schreckte hoch. Verschlafen stieg er aus dem Bett, ging zum Fenster und öffnete es. Er spähte zur Haustür hinunter. Es war niemand zu sehen. Noch einmal läutete es durchdringend. Für einen Moment meinte Johnny im Mondlicht ein grünes Leuchten an der Haustür zu sehen. Er glaubte sogar ein spöttisches Lachen zu hören, das im Wind verklang. Johnny schlug das Fenster zu. Er setzte sich aufs Bett und stützte den Kopf auf die Hände. Kurz darauf kam seine Mutter ins Zimmer.

»Bist du auch von dem Klingeln aufgewacht, Johnny? Ich verstehe das nicht. Jemand hat Sturm geläutet, aber es war niemand an der Tür. Wer macht denn mitten in der Nacht so üble Scherze?«

Johnny sah seine Mutter mit bleichem Gesicht an.

»Ich weiß nicht. Vielleicht war es ein Klingelgeist.«

Seine Mutter lächelte, als sie aus dem Zimmer ging. »Du hast zu viel Phantasie, Johnny. Leg dich wieder schlafen.«

Am nächsten Morgen, als Johnny zur Schule gehen wollte, bekam er die Haustür nicht auf. Er ging durch die Hintertür, und als er vor dem Haus stand, sah er die Ursache. Am Türknauf hing ein altertümlicher Mülleimer . . .

NEUNZEHN

Schon wieder so eine wunderschöne Geschichte und alles ganz umsonst«, säuselt der Moderator mit zuckersüßer Stimme. »Wie werdet ihr doch verwöhnt, liebe Hörer, auf dieser herrlichen Busfahrt. Und wir sind noch immer nicht am Ende.«

»Die Geschichte steht in dem Buch hier«, flüstert Anke.

»Ist doch egal«, sagt André. »Ein Buch nützt uns nichts. Oder willst du damit dem Fahrer das Hirn einschlagen? Der hat gar keines!«

»Ich weiß nicht. Vielleicht finde ich einen Hinweis, etwas, woraus hervorgeht, was dies alles zu bedeuten hat.«

André schüttelt den Kopf. »Wie kannst du nur die ganze Zeit so ruhig bleiben? Hast du denn überhaupt keine Angst?«

Ein leichtes Lächeln spielt um Ankes Mund. »Natürlich habe ich Angst. Ich habe nur keine Zeit schreiend durch den Bus zu rennen. Ich versuche etwas über den Moderator herauszubekommen.«

André seufzt. »Was bedeutet das alles nur? Das sind doch alles Hirngespinste, wie Mick immer sagt. Ich wünschte, der Unsinn würde endlich aufhören.«

Aber der Unsinn hört nicht auf. Der Moderator ergreift wieder das Wort, diesmal klingt seine Stimme wie die eines Nachrichtensprechers.

»Achtung, Achtung! Es folgt eine Durchsage an alle Verkehrsteilnehmer. In der Innenstadt wurde ein Geisterfahrer gesichtet, der auf der richtigen Fahrspur fährt. Versuchen Sie nicht, ihn mit der

Lichthupe zu warnen, und überholen Sie ihn nicht. Es besteht die Gefahr, dass sie von der Straße gedrängt werden.«

»Scherzkeks«, sagt André. »Shit!«

Anke hebt den Blick von ihrem Buch und lächelt. »Hey, pass auf, du redest schon wie Hassan. Mir gefällst du viel besser so, wie du bist.«

Überrascht sieht André sie an, aber Anke hat schon wieder eine ernste Miene aufgesetzt und liest weiter.

»Die Geschichten, die er vorhin erzählt hat, stehen auch in diesem Buch«, sagt sie. »Und noch viele andere.«

»Super, von Gruselgeschichten kann ich nie genug kriegen«, sagt André säuerlich. »Steht vielleicht auch etwas über uns drin?«

Die Frage war natürlich nicht ernst gemeint, aber er würde sich nicht wundern, wenn dies tatsächlich der Fall wäre. Wenn man in einem Bus sitzt, der von einem Skelett mit Mütze gesteuert wird, dann ist schließlich alles möglich, denkt er. Und man fühlt sich, als wäre man selbst mitten in einem Gruselroman.

»Nein, es sind nur erfundene Geschichten«, sagt Anke. Offensichtlich findet sie seine Frage gar nicht so abwegig.

Mit quietschenden Reifen fährt der Bus durch eine Kurve. Ein Auto kann gerade noch auf den Bürgersteig ausweichen und kommt durch einen Baum zum Stehen. Der Bus rast mit unverminderter Geschwindigkeit weiter und reißt zwei Mülltonnen mit, die in hohem Bogen auf die Straße fallen. Dabei verteilt sich ihr Inhalt auf die Dächer und Scheiben der geparkten Autos.

»Der Knochenfritze ist wahnsinnig«, schreit Eddy C. »Der fährt ja noch schlimmer als mein Vater.«

»Soll er doch«, meint Hassan. »Wenn wir Glück haben, sind gleich alle Streifenwagen hinter uns her.«

Den Fahrer scheint die Polizei nicht zu kümmern. Mit einem Affentempo rast er an der Polizeiwache vorbei und hält dabei fröhlich den erhobenen Mittelfinger in Richtung der erleuchteten Fenster. Mit brüchiger Stimme summt er den »Totenmarsch«. Zum ersten Mal hören sie seine Stimme, sofern man es überhaupt eine Stimme nennen kann. Am ehesten klingt es noch wie ein rostiger Zahnarztbohrer. Die vier rutschen unruhig auf ihren Plätzen hin und her. Sie fühlen sich matt. Wie erschlagen von den Ereignissen und todmüde vom Geschichten-anhören-Müssen. Die Fahrt scheint kein Ende zu nehmen. Es regnet nicht mehr. Der Mond ist zwischen den Wolken zum Vorschein gekommen und segelt am dunklen Himmel neben ihnen her. Die Straßen sind menschenleer, und als sie an der Kirche vorbeirasen, sehen sie auf der erleuchteten Turmuhr, dass es halb zwölf ist.

»Halb zwölf! Wir sitzen schon seit Stunden in diesem Mistbus. Wo bringt er uns eigentlich hin? Wir können doch nicht ewig durch die Gegend fahren!«, sagt Eddy C. zu Hassan.

André denkt an seine Eltern. Wie soll er ihnen nur erklären, was passiert ist? Und wird er überhaupt noch die Möglichkeit haben ihnen etwas zu erklären? Sie machen sich gewiss große Sorgen.

Der Bus kommt von der Straße ab. Er holpert ein Stück über den Bürgersteig, bricht durch den Zaun eines mustergültig angelegten Vorgartens und fährt die Hälfte der Pflanzen platt, dann erreicht er wieder die Straße. Die unfreiwilligen Passagiere werden über die Sitze geschleudert und Hassan knallt mit dem Kopf gegen ein Fenster. Fluchend massiert er sich die Schläfe.

»Shit, ich will ja nichts sagen, aber wenn der so weiterfährt, landen wir alle auf dem Friedhof.«

Der Fahrer lacht plötzlich mit seiner brüchigen Stimme, als hätte Hassan einen guten Witz erzählt.

»Ein wenig Geduld noch, liebe Hörer. Erst steigen noch weitere Fahrgäste zu«, sagt er mit der Stimme des Moderators. Dann stimmt er mit offensichtlichem Vergnügen ein schauriges Lied an:

»Meine Mutter war ein Werwolf,
mein Vater ein Vampir,
und darum, liebe Kinder,
bin ich ein ganz besondres Tier.«

Dem Lied folgt wieherndes Gelächter, das André die Haare zu Berge stehen lässt.

»Noch weitere Fahrgäste? Was meint er?«

»Vielleicht steigt gleich ein Fernsehteam ein«, sagt Hassan. »Und dann stellt sich heraus, dass alles nur ein Scherz war und wir von einer versteckten Kamera gefilmt worden sind.«

»Genau«, sagt Eddy C. »Und der Fahrer ist ein ferngesteuertes Gerippe, so wie die Modellboote mit Fernsteuerung.«

»Hoffen wir es«, sagt André. »Er sieht allerdings nicht gerade aus wie ein ferngesteuertes Boot. Er hat nicht mal eine Antenne.«

Wieder gerät der Bus auf den Bürgersteig und fährt rasant im Zickzack eine Böschung hinab.

»Eine Achterbahn ist nichts dagegen«, sagt Eddy C. »Der Fahrer sollte sich vielleicht mal auf dem Jahrmarkt bewerben.«

»Höre ich da Jahrmarkt?«, ruft der Moderator im Tonfall eines Auktionators. »Zum Ersten, zum Zweiten, zum Dritten! Herzlichen Glückwunsch, liebe Fahrgäste. Hiermit sind Sie Besitzer einer Jahrmarktsgeschichte. Achterbahnen, gebrannte Mandeln, Autoskooter und vor allem: eine Geisterbahn. Ach, wie ist es doch herrlich auf dem Jahrmarkt!«

Liebes Jahrmarktsmonster

Es war bereits dunkel, als sie den Festplatz erreichten. Weit weg drehte sich das große, hell erleuchtete Riesenrad. Sie hörten die Musik vom Autoskooter und rochen den Duft gebrannter Mandeln. Alle drei fanden sie es aufregend.

»Wohin gehen wir zuerst?«, fragte Volkan.

»Riesenrad«, sagte Johan.

»Nein, zur Geisterbahn«, sagte Robbi. »Ich hab Lust mich richtig schön zu gruseln.«

»Die Geisterbahn ist doch öde«, flüsterte eine Stimme hinter ihnen. »Ein bisschen Geschrei im Dunkeln und ein paar Skelette aus Pappe.«

Gleichzeitig drehten sie sich um. Hinter ihnen, im Schatten der Bäume am Rand des Festplatzes, stand ein Wohnwagen. Er war gut zwölf Meter lang. Sogar im Dunkeln sah er alt und schäbig aus. Auf den Stufen des Wohnwagens hockte jemand. Er saß vornübergebeugt, trug einen Hut und hatte einen bodenlangen Mantel an, dessen Kragen hochgeschlagen war. Anders als die übrigen Jahrmarktsattraktionen war der Wagen nicht mit bunten Glühbirnen verziert. Es war keinerlei elektrische Beleuchtung zu sehen. Die einzige Helligkeit kam von einer Kerze, die neben dem Mann in einem Ständer brannte. Unter der breiten Krempe seines Hutes waren nur zwei funkelnde Augen sichtbar. Er winkte sie mit einem krummen Finger zu sich heran. »Kommt nur. Wenn ihr euch richtig gruseln wollt, seid ihr bei mir richtig. Für einen Gulden zeige ich euch etwas, was ihr noch nie gesehen habt.«

Seine Stimme klang rau, als hätte er Kieselsteine im Hals.

»Das hier ist nur etwas für ganz Mutige. In diesem Wagen könnt ihr das letzte Monster sehen.«

Robbi, der größte und wagemutigste der drei Freunde, machte einen Schritt nach vorn. Die Augen des Mannes funkelten ihn unter der breiten Hutkrempe hervor an.

»Was meinen Sie mit ›das letzte Monster‹?«

Der Mann lachte. Ein Geräusch wie knirschender Kies. »Das, was ich sage: das allerletzte Monster. Monster gibt es nicht mehr, das weiß jeder. Aber in meinem Wagen habe ich das allerletzte Monster dieser Erde.« Der Wagen wackelte plötzlich, als ob sich etwas sehr Schweres in seinem Innern bewegte. Der Mann kicherte heiser. »Na, was ist? Wollt ihr es sehen? Oder seid ihr auch solche Angsthasen wie die meisten?«

»Wir gehen zum Riesenrad«, flüsterte Volkan. »Ich trau dem Burschen nicht.«

Aber Robbi blieb stehen. Niemand sollte behaupten können, dass er Angst hätte.

»Okay, ich möchte das Monster gern sehen.« Er gab dem Mann einen Gulden. Johan zögerte, aber dann holte auch er einen Gulden hervor. Volkan schüttelte den Kopf. »Ich gehe zum Riesenrad. Dort warte ich auf euch.« Er entfernte sich.

»Feigling«, sagte Johan leise. »Dann geh doch Büchsen werfen.«

Der Mann öffnete die Tür an der Vorderseite des Wohnwagens. »Kommt mit, ihr Helden.« Er nahm die Kerze aus ihrem Ständer und ließ die Jungen vorangehen. Leise schloss er hinter ihnen die Tür. Ein übler Geruch schlug den beiden entgegen – es roch wie in einem übervollen Reptilienhaus. Robbi und Johan blieben stehen, aber der Mann schob sie weiter.

»Weiter! Wer A sagt, muss auch B sagen. Ihr wollt doch das Monster sehen.«

»Können Sie bitte Licht machen?«, fragte Robbi. »Ich sehe fast gar nichts.«

»Kein Licht!«, sagte der Mann in scharfem Tonfall. »Das letzte Monster verträgt kein Licht. Aber macht euch keine Sorgen. Ihr werdet genug zu sehen bekommen. Vielleicht mehr, als euch lieb ist . . .«

»Haha, was für ein Witzbold!«, flüsterte Robbi Johan zu.

Langsam gingen sie weiter. Die Kerzenflamme war so schwach, dass sie einander kaum sehen konnten. Die Wände des Wohnwagens waren in der Dunkelheit nicht zu erkennen, doch hin und wieder sahen sie knochige Gesichter. Masken vermutlich, dachte Johan. Er fühlte sich immer unbehaglicher und hatte mit einem Mal den Eindruck, er würde von allen Seiten beobachtet. Plötzlich schaukelte der Wagen hin und her und Johan fiel gegen Robbi.

»Stell dich nicht so an«, schimpfte Robbi und schubste Johan weg, aber seine Stimme klang etwas unsicher.

»Da!« Johan zeigte mit dem Finger. In der Finsternis vor ihnen bewegte sich etwas. Es war jedoch zu dunkel, als dass sie erkennen konnten, was es war. Jedenfalls hatte es einen massigen Kopf und Hörner.

»Das Monster!«, schrie Johan und klammerte sich vor Schreck an Robbis Arm.

Hinter ihnen lachte der Mann mit seiner rauen Stimme und hielt die Kerze hoch. Im flackernden Lichtschein sahen sie nun deutlich das Tier, das sie so erschreckt hatte. Es war eine Kuh. Eine stinknormale Kuh, die aus einem Trog fraß.

Robbi wollte sich seine Erleichterung nicht anmerken lassen. Er spürte, dass Johan neben ihm immer noch zitterte.

»Sie haben uns betrogen!« Robbi bemühte sich um einen ärgerlichen Tonfall, aber seine Stimme zitterte. »Eine Kuh ist kein Monster!«

Die Kuh stupste Johan mit ihrer Nase an. Er streichelte sie und begann zu lachen. »So ein liebes Jahrmarktsmonster«, sagte er.

Der Mann lachte mit brüchiger Stimme. »Ich glaube, ihr habt nicht verstanden.« Mit einer einzigen Bewegung warf er Hut und Mantel ab. Im Kerzenschein sahen sie einen flachen, schlangenartigen Kopf mit hunderten kleiner, spitzer Zähne und einer gespaltenen Zunge. Speichelfäden troffen aus dem Maul. Im orangefarbenen Licht funkelten gelbe Augen.

»*Ich* bin das letzte Monster auf Erden! Die Kuh ist meine Mahlzeit . . .« Dann wurde die Kerze ausgeblasen und es war stockdunkel.

»Und ihr seid die Vorspeise.«

Der Wohnwagen begann heftig zu schaukeln.

»Robbi!«, schrie Johan. »Wo bist du?« Er sah jedoch nur die gelben Augen des Monsters, die im Dunkeln leuchteten, und er konnte dessen faulen Atem riechen.

Der Ausgang, er musste den Ausgang finden! Wenn sie geschickt waren, konnten sie vielleicht noch entkommen. Aber wo steckte Robbi? Hatte das Monster ihn bereits aufgefressen? Bei dem Gedanken wurde Johan übel. Die gelben Augen kamen auf ihn zu. Er wich zurück und spürte eine Hand an seinem Oberarm. Er schrie. »Johan, ich bin's«, flüsterte Robbi. »Los, wir müssen hier raus.«

Sie hörten das Monster kichern. »Ihr braucht nicht zu flüstern, ich höre euch trotzdem. Und ich kann euch auch sehen, ich habe Nachtaugen.« Die gelben Augen glänzten nun teuflisch vergnügt, wie zwei geisterhafte Lichter in der Finsternis. Johan trat einen Schritt zurück, stolperte und riss Robbi mit sich. Die Kuh muhte, denn sie hatten ihren Futtertrog umgestoßen. Unvermutet wurden sie von zwei stahlharten Klauen gepackt und durch die Luft geschleudert. Sie prallten gegen die Seitenwand des Wohnwagens.

»Zu dumm, wenn man im Dunkeln nichts sehen kann, was, ihr Wichte? Fühlt ihr die Todesangst? Habt ihr schon die Hosen voll?« Wieder kamen die gelben Augen auf sie zu.

»Wären wir doch nur zum Riesenrad gegangen«, sagte Johan kleinlaut.

Das Monster blies ihm seinen abscheulich stinkenden Atem ins Gesicht, sodass er fast ohnmächtig wurde.

»Aufstehen, ihr Hosenscheißer«, knurrte es. »Versucht mir zu entkommen, versucht es, los!«

Johan wurde hochgerissen und erneut durch den Wagen geschleudert. Gleich darauf fiel Robbi unsanft auf ihn.

»Er treibt ein Spiel mit uns!«, keuchte Robbi.

»Wo ist er jetzt?«, flüsterte Johan. Das Monster hatte seine Augen geschlossen und nun sahen sie nichts mehr. Es war vollkommen finster. Sie hörten eine Art Schlurfen. Es klang, als ob sich etwas langsam fortbewegte.

»Schnell, zur Tür!«, zischte Robbi und zerrte Johan hoch. Mit vorsichtigen Schritten schlichen sie in die Richtung, in der sie den Ausgang vermuteten. Ihre Knie waren weich und ihre Schultern verkrampft. In der Dunkelheit erschien ihnen der Wohnwagen so groß wie ein Fußballplatz. Ständig hörten sie hinter sich das Schlurfen. Jetzt mussten sie gleich an der Tür sein. Robbi streckte die Hand aus.

»Ich glaube, ich habe die Klinke«, flüsterte er. »Wir sind gerettet!«

Er drückte die Klinke hinunter, aber es war gar keine Klinke. Es war eine schuppige Klaue.

»Buh!«, machte das Monster und riss dicht vor ihnen seine gelben Augen auf.

»Mama!«, schrie Johan.

»So hab ich's gern«, sagte das Monster. »Kinder schmecken lecker, ängstliche Kinder noch leckerer und Kinder in Todesangst am allerleckersten. Jetzt seid ihr schlachtreif.«

»Hilfe, er packt mich!«, kreischte Robbi. Das Monster gab ein Schmatzen von sich. Johan fiel in Ohnmacht.

In diesem Augenblick wurde die Tür aufgerissen und ein heller Lichtstrahl fiel herein.

In der Türöffnung stand Volkan mit einer Taschenlampe in der Hand.

»Was ist hier los?«, fragte er.

Es dauerte einen Moment, bis er begriff, was er im Lichtkegel der Taschenlampe sah: Robbi mit kreideweißem Gesicht, steif wie eine Wachsfigur, und Johan, der bewusstlos auf dem Boden lag. Und zwischen ihnen stand ein Wesen mit gelben Augen, einem weit aufgerissenen Maul und Doppelreihen von Widerhaken als Zähnen. Das Monster hatte eine blasse Färbung, wie verrottender Fisch. Es sah wie ein riesiger, aufgequollener Ringelwurm aus und war mit feucht glänzendem Schleim bedeckt. Sein Kopf ähnelte dem einer Schlange und am Rumpf hatte es sechs Beine, dünn und staksig wie Heuschreckenbeine, und unten dran Klauenfüße. Und Volkan sah noch etwas: Die Wände des Wohnwagens waren mit Totenschädeln und Knochen behängt. Auch von der Decke hingen an Fäden Schädel herab, die sich im Luftzug bewegten, wie ein Mobile über der Wiege eines Monsterbabys.

Da hängen wir auch bald, schoss es ihm durch den Kopf. Er wollte die Taschenlampe fallen lassen und davonrennen, aber er konnte den Blick nicht von dem merkwürdigen Wesen wenden. So etwas

gab es doch gar nicht! Diese Kreatur musste ein Versehen sein, ein Irrtum der Natur. Aber die Todesangst in Robbis Augen bewies, dass das Wesen tatsächlich existierte. Plötzlich fiel Volkan auf, dass das Monster sich gar nicht rührte. Es stand ebenso unbeweglich da wie Robbi und starrte mit seinen gelben Augen direkt in den Lichtstrahl der Taschenlampe. Sein Maul schwebte weit aufgerissen über Robbis Kopf und drohte jeden Moment zuzuschnappen und den Kopf wie eine Eierschale zu knacken. Aber das Maul schnappte nicht zu.

Auf einmal begriff Volkan: Es verträgt kein Licht! Solange ich ihm in die Augen leuchte, kann es sich nicht rühren.

»Robbi«, flüsterte Volkan und streckte die Hand aus. »Komm her, ganz vorsichtig.« Robbi reagierte nicht. Die Angst hatte ihn regelrecht gelähmt. Volkan machte einen Schritt nach vorn und hielt dabei die Taschenlampe auf die Schlangenaugen des Monsters gerichtet. Er versetzte Robbi eine Ohrfeige.

»Los, komm!«, fuhr er ihn an. Robbi blinzelte. Ein Schaudern durchlief ihn, dann bewegte er die Arme. Mit vorsichtigen Bewegungen tauchte er unter dem reglosen Monster weg. Seine Beine zitterten so stark, dass er sich kaum aufrecht halten konnte.

»Halt!«, zischte Volkan. »Du musst Johan rausschleppen. Ich halte den hier so lange mit der Taschenlampe in Schach.« Er warf einen Blick auf das Monster. In den gelben Augen glommen Hass und Furcht. Noch immer hatte das Scheusal sich nicht gerührt. In diesem Augenblick wurde das Licht der Taschenlampe schwächer. Sofort fuhr der Kopf des Monsters nach vorn und die gespaltene Zunge schoss gut einen halben Meter weit aus seinem Maul.

»Vorsicht!«, schrie Robbi. Volkan schlug mit der flachen Hand auf die Rückseite der Taschenlampe und der Lichtstrahl war wieder so hell wie zuvor. Das Monster erstarrte und seine Zunge blieb einen Zentimeter über Volkans Hand in der Luft hängen. Ein Tropfen Gift lief daran herab. Volkan trat rasch einen Schritt zur Seite und der Tropfen klatschte vor seinen Füßen auf den Boden und zischte gefährlich.

»Schnell, bring Johan ins Freie, bevor die Batterie leer ist und der abscheuliche Wurm uns alle drei am Wickel hat.« Jetzt zögerte Robbi keinen Moment mehr. Er packte Johans Knöchel und zerrte ihn über die Schwelle und die Stufen hinab. Unten an der Treppe schlug Johan die Augen auf.

»Ein Alptraum«, stöhnte er. »Ein entsetzlicher Alptraum! Ich darf vor dem Schlafengehen keine Fritten mit Teufelssoße mehr essen.«

Volkan trat rückwärts aus der Tür und hielt die Taschenlampe weiter auf die Augen des Monsters gerichtet.

»Wie geht's Johan?«, fragte er, ohne sich umzusehen.

»Ein bisschen angeschlagen scheint er noch zu sein, aber er ist schon wieder auf den Beinen.«

»Gut. Dann hauen wir jetzt ab. Los, nichts wie weg!« Volkan warf dem Monster die Taschenlampe an den Kopf, knallte die Tür zu und sprang die Stufen hinab. Wie gehetzt jagten sie davon. Aus dem Wohnwagen ertönte ein markerschütternder Schrei, aber sie blickten sich nicht mehr um. Sie rannten, rannten, rannten, bis der Jahrmarkt weit hinter ihnen lag.

Erst als auch alle Jahrmarktsgeräusche verklungen waren, verlangsamten sie ihr Tempo etwas.

»Sag mal«, keuchte Johan. »Woher hattest du eigentlich die Taschenlampe?«

»Gewonnen«, antwortete Volkan grinsend, »beim Büchsenwerfen.«

Am nächsten Morgen gingen sie mit heftig pochendem Herzen zum Festplatz. Sie sahen bleich und übernächtigt aus. Alle drei hatten kaum geschlafen. Immer wenn sie versucht hatten die Augen zu schließen, tauchte der Schlangenkopf des Monsters vor ihnen auf.

»Ich kriege kein Auge mehr zu, solange dieses Monster existiert«, sagte Johan.

Robbi war wieder der Alte und gab sich überlegen, aber er hatte ebenso wenig geschlafen wie Johan und Volkan.

»Vielleicht wollte uns jemand auf die Schippe nehmen«, sagte er. »Das Monster kann unmöglich echt sein. Vielleicht war es jemand in einem Karnevalskostüm.« Er zögerte und schien nicht sehr überzeugt von seinen Worten. »Ich meine . . . es war stockdunkel und so. Wir konnten es doch gar nicht genau sehen. Oder?«

»Ich schon«, sagte Volkan. »Ich habe es im Licht der Taschenlampe ganz genau gesehen. Diese Augen . . .« Er schüttelte den Kopf. »Das Monster war so echt wie ihr und ich!«

Sie wollten es genau wissen.

Schon von weitem sahen sie, dass der Platz leer war. Wie ein Dieb in der Nacht war der Jahrmarkt verschwunden, davongeschlichen samt Riesenrad, Autoskooter, Achterbahn, Buden, Lichtern, Musik und Wohnwagen. Johan seufzte erleichtert. Er sah, dass auch Robbi und Volkan im gleichen Moment aufatmeten. Dann betraten sie den Platz.

»Irgendwo dort drüben war es«, sagte Robbi.

Schweigend gingen sie zu der Stelle, an der der Wohnwagen des Monsters gestanden hatte. Jetzt, im hellen Morgenlicht, schien alles wie ein böser Traum. In den Bäumen am Rand des Platzes zwitscherten die Vögel. Johan hob den Blick.

»Was ist?«, fragte Robbi, als er Johans erschrockenen Gesichtsausdruck sah.

Johan zeigte nach oben: »Da!«

Sofort sahen auch Robbi und Volkan das Ding, das an einem kahlen Ast aufgespießt hing. Es war der abgenagte Schädel einer Kuh. Die leeren Augenhöhlen starrten sie gespenstisch an. »Verd. . .«, sagte Robbi. Sie warfen sich gegenseitig irritierte Blicke zu und dachten alle drei dasselbe.

»Aber wir brauchen keine Angst mehr zu haben«, sagte Robbi. »Das Monster ist weg. Mit dem Jahrmarkt an einen anderen Ort gezogen.«

»Um sich neue Opfer zu suchen«, ergänzte Johan. »Andere Kinder, die in seine Falle tappen.«

Volkan dachte an die Schädel und Knochen, die er im Wohnwagen gesehen hatte.

»Hoffentlich haben sie dann so viel Glück wie wir«, sagte er. »Hoffentlich nehmen sie eine Taschenlampe mit, wenn sie auf den Jahrmarkt gehen . . .«

ZWANZIG

Unerwartet bremst der Bus scharf, sodass die Kinder in ihre Sitze gepresst werden. Hassan dreht sich um und späht durch den Mittelgang nach vorn.

»Shit, da ist 'ne Bushaltestelle und da stehen Leute. Wie ein Filmteam sehen die aber nicht aus«, fügt er hinzu, doch die Geschichte mit der versteckten Kamera hat ohnehin niemand so recht geglaubt.

»Na, die werden sich hüten einzusteigen, wenn sie unseren Fahrer sehen«, sagt Eddy C.

Mit einem Ruck kommt der Bus zum Stehen. Der Fahrer drückt auf einen Knopf und die Tür geht auf.

Vielleicht können wir jetzt raus, denkt André, wenn wir uns gleich bemerkbar machen. Doch bevor er diesen Gedanken aussprechen kann, ist der erste neue Fahrgast bereits eingestiegen.

»Der muss blind sein«, sagt Eddy C. und springt auf. »Hallo, Sie müssen uns hel. . .« Erschrocken verstummt er, als er den Passagier näher betrachtet. Es ist ein gewalttätig aussehender Kerl, unrasiert und mit einer Schlinge aus dickem Tau um den Hals. Er würdigt den Fahrer keines Blickes und setzt sich schweigend auf den Platz direkt hinter dem Fahrersitz, mit dem Rücken zum Fahrer. Nach ihm steigt eine alte Frau ein. Sie wirkt sanft und freundlich, aber in der linken Hand hat sie ein riesiges Fleischermesser. Sie nickt dem Fahrer zu und setzt sich dann neben den Mann mit der Schlinge um den Hals. Anscheinend kann sie ihren Kopf nicht ruhig halten. Er wackelt leicht hin und her, als würde sie ständig Nein sagen wollen.

»Sieh doch mal«, flüstert André. »Das sind keine normalen Fahrgäste.«

Anke nickt und blättert dabei in dem Buch auf ihrem Schoß. »Aha, der Mann ist aus der Geschichte hier«, murmelt sie vor sich hin. Rasch blättert sie ein paar Seiten um. »Und die Frau gehört zu dieser.«

André versteht nicht, was sie meint, hat aber keine Zeit darüber nachzudenken, denn schon steigt der nächste Fahrgast ein. Er trägt einen langen Mantel, schwarze Schaftstiefel und einen schwarzen Hut, der mit Seetang bedeckt und merkwürdigerweise tropfnass ist. Er sieht aus wie ein Kapitän aus einem alten Piratenfilm. Mit seinem Eintreten verbreitet sich ein durchdringender Gestank, den man bis in den hintersten Teil des Busses riechen kann.

»Shit«, flüstert Hassan und Eddy C. schlägt sich die Hand vor den Mund, um einen Schrei zu unterdrücken.

Zwar sind sie inzwischen einiges gewöhnt, aber das Gesicht des Kapitäns jagt ihnen kalte Schauder über den Rücken. Seine Haut ist grünlich und um Mund und Augen halb verwest. Wo man eine Nase erwarten würde, klafft ein scheußliches, schwarzes Loch. Unter der Hutkrempe glotzt ein einziges blutunterlaufenes Auge hervor. Die andere Augenhöhle ist leer, aber es bewegt sich etwas darin. André spürt, wie sich ihm der Magen umdreht. Der Mann hebt die Hand, zieht einen fetten Wurm aus seiner Augenhöhle und wirft ihn achtlos über die Schulter. Dann lässt er sich auf den Platz vor der alten Frau mit dem Fleischermesser sacken.

Reglos starren die Kinder die neuen Fahrgäste an. André fühlt sich schlapp und erschöpft, als hätte ihm der Anblick der Einsteigenden den letzten Rest Energie geraubt. Aber was soll's, er kann ja doch nirgendwohin. Gleich wache ich in meinem Bett auf, denkt er, und alles war nur ein böser Traum.

Anke blättert noch immer in dem Buch *Der Gruselbus*. Zwischendurch wirft sie einen Blick auf die seltsamen Fahrgäste, nickt und knickt jedes Mal die Ecke einer Buchseite um. André bemerkt eine gewisse Erregung in ihrem Gesicht. Mittlerweile ist noch ein Fahrgast zugestiegen, ein Junge. Er trägt seltsamerweise nur einen Stiefel, der mit Schlamm bedeckt ist. Noch etwas ist ungewöhnlich an ihm: Er ist durchsichtig, wie eine Fenstergardine. Er sieht kurz in Andrés Richtung und lässt ein wieherndes Lachen hören, von dem André eiskalt wird. Auch der Junge hat sich nun hingesetzt, neben die Schreckgestalt mit dem Hut und den Schaftstiefeln. Offenbar kommt niemand mehr, aber der Fahrer schließt die Tür noch nicht. Die neu Hinzugekommenen starren ungerührt vor sich hin und scheinen einander überhaupt nicht zur Kenntnis zu nehmen.

»Geister«, flüstert Eddy C., der sich die Jacke über den Kopf gezogen hat. »Wir haben Geister als Mitfahrer, genau wie das Mädchen in der Geschichte mit dem Zug.«

Anke klappt das Buch zu. »Stimmt alles«, sagt sie. »Genau, wie ich dachte. Sie kommen alle aus diesem Buch.«

André wirft ihr einen besorgten Blick zu. Vielleicht wird ihr das alles zu viel, denkt er. Sie redet konfuses Zeug. Sanft nimmt er ihre Hand: »Anke . . .«

Ganz ruhig sieht sie ihn an. »Allmählich begreife ich, was hier läuft, André.«

»Was meinst du?«

»Na, sieh mal, alle die Gestalten hier im Bus kommen in diesem Buch von P. Onnoval vor. Unser Moderator ist Schriftsteller und ich glaube, er hat sie sich ausgedacht.«

Erst nach ein paar Sekunden versteht André, was das bedeutet. »Das sind also keine Geister. Oder jedenfalls nur erfundene Geister.«

»Ja, so was Ähnliches.«

»Aber wie ist es dann möglich, dass sie bei uns im Bus sitzen? Sie sehen so gruselig echt aus.« André wirft einen Blick über die Schulter, dreht sich aber schnell wieder um, als der Kapitän ihn mit seinem einen Auge unverwandt anstarrt.

Anke klopft mit den Fingerknöcheln auf das Buch und steckt es danach unter ihre Jacke. »Das weiß ich noch nicht. Vielleicht kommen wir dahinter, wenn wir dem Moderator begegnen.« Sie schweigt einen Moment lang. »Und das wird nicht mehr lange dauern, glaube ich.«

Vorn im Bus hören sie Kindergeschrei. Ein Baby mit einer Windel um den Po krabbelt gerade die Stufen an der Tür hoch. Durch den Mittelgang robbt es zu einem Platz. Es ist ein Monsterbaby mit langen Eckzähnen und spitzen Ohren. Es nuckelt an einem kleinen, weißen Kästchen, einem Babyfon, dessen Schnur sich um seinen Hals gewickelt hat.

»Stimmt, das Baby gehört auch dazu«, sagt Anke.

Das Monsterbaby klettert auf einen Sitz, während der Fahrer die Türautomatik bedient. Er legt den Gang ein und der Bus fährt los. Alle sitzen. Die Kinder spüren die Blicke ihrer merkwürdigen Mitfahrer im Rücken. Sie hören das wiehernde Lachen des unsichtbaren Jungen, der Mann mit der Schlinge knurrt ab und zu und der Kapitän gibt gurgelnde Geräusche von sich, als hätte er die Lungen voller Wasser.

»Hoffentlich bleiben die Freaks, wo sie sind«, flüstert Hassan. »Die Schlinge möchte ich lieber nicht um den Hals haben. Und der Oma mit dem Messer traue ich auch nicht über den Weg.«

»Wenn wir uns still verhalten, lassen sie uns vielleicht in Ruhe«, murmelt Eddy C. mit zusammengebissenen Zähnen. Hinter ihnen lässt der Kapitän einen Rülpser hören. Keiner wagt es, sich umzusehen.

Sie sind beinahe erleichtert, als der Moderator wieder das Wort ergreift. »Und nun geht es in die letzte Runde. Bald wird alles enthüllt und dann gibt es kein Zurück mehr.« Seine Stimme nimmt einen tiefen, düsteren Klang an.

»Um den Schleier schon mal etwas zu lüften, erzähle ich euch noch eine letzte Geschichte, liebe Hörer. Nach all den schönen Geschichten über Mamas und Papas, Haustiere, Lehrerinnen und andere Wesen zum Liebhaben, darf natürlich eine Geschichte über einen Schriftsteller nicht fehlen. Sicherlich habt ihr alle einen Lieblingsschriftsteller, nicht wahr? Wenn nicht, dann solltet ihr euch schleunigst einen zulegen, zum Beispiel mich. Schriftsteller sind die nettesten Menschen der Welt. Das ist wahr, ich muss es wissen, denn ich bin selbst einer. Und ich lüge nie, außer wenn ich nicht die Wahrheit sage.«

»Shit, hält der Typ denn nie die Klappe?«, seufzt Hassan.

André will sich die Ohren zuhalten, lässt es dann aber sein. Was soll's, denkt er. Jetzt habe ich so viele Gruselgeschichten gehört, bin selbst mitten in einer drin und mir ist himmelangst. Mehr Angst kann ich gar nicht mehr bekommen.

Also hört er zu. Ein Alptraum mehr oder weniger, darauf kommt es nun wirklich nicht mehr an.

Lieblingsschriftsteller

Mit einem Seufzer klappte Liane das Buch zu. Ein herrliches Gruselbuch! Sicherheitshalber schaute sie rasch unter ihr Bett, ob da nicht etwa ein Werwolf lag oder vielleicht eine abgehackte Hand, die noch zuckte. Glücklicherweise war nichts zu sehen. Liane betrachtete das Buch. Vorn auf dem Umschlag war ein Vampir abgebildet, der sie mit aufgerissenem Mund anstarrte, als wollte er sie jeden Augenblick in den Hals beißen. Schade, dass sie das Buch schon ausgelesen hatte. Nun musste sie warten, bis wieder ein neues Buch von E. D. Tinbert erschien.

E. D. Tinbert war Lianes Lieblingsschriftsteller. Alle seine Gruselbücher standen in Reih und Glied in ihrem Regal. Liane hatte jedes Buch mindestens zweimal gelesen, manche sogar dreimal. Besonders gut gefiel ihr, dass E. D. Tinbert seine Bücher immer jemandem widmete. *Für Janneke* stand da zum Beispiel oder *Für Hildegunde.* Liane fragte sich, wer diese Mädchen wohl waren, und insgeheim war sie eifersüchtig, weil er ihnen einfach so ein Buch widmete. Wenn er mir doch einmal ein Buch widmen würde!, dachte sie manchmal. Aber das war natürlich nur ein Wunschtraum, denn der Schriftsteller kannte sie ja nicht einmal. Ab und zu bekam sie Alpträume von seinen Gruselgeschichten, aber das fand sie nicht so schlimm. Früher, als sie noch schlafwandelte, war sie mitunter im stockdunklen Wandschrank im Flur aufgewacht. Das war viel schlimmer gewesen als jeder Alptraum.

Ob er wohl schon wieder an einem neuen Buch arbeitet?, überlegte Liane. Hoffentlich. Plötzlich wurde ihr bewusst, dass sie noch niemals ein Foto ihres Lieblingsschriftstellers gesehen hatte. Das war eigentlich merkwürdig. Sie kannte nur seinen Namen von der Titelseite der Bücher, aber ansonsten wusste sie nichts über ihn. War er verheiratet? Hatte er Kinder, Haustiere? Liane wusste nicht, wie er aussah, hatte noch nie seine Stimme gehört, und dennoch war ihr, als würde sie ihn durch seine Bücher gut kennen.

»Du übertreibst, Liane«, sagte Papa einmal. »Du tust gerade so, als sei dieser Tinbert ein berühmter Popstar.«

»Na und?«, sagte Liane. »Er schreibt ja auch supertolle Bücher.«

Papa lächelte, als sie ihren Lieblingsschriftsteller so leidenschaftlich verteidigte. »Ich wollte, du würdest mich so bewundern. Aber ich bin ja nur ein einfacher Büroangestellter. Das ist nichts Besonderes, was?«

»Na ja, jeder tut, was er kann«, meinte Liane.

»Ich glaube, diesen E. D. Tinbert gibt es in Wirklichkeit gar nicht«, fuhr Papa fort. »Vielleicht ist es ein Pseudonym von jemandem, der nicht bekannt werden will. Deshalb sieht man auch nie ein Foto von ihm. Vielleicht ist er selbst ein Geist.«

Liane ließ ihren Vater reden. Er war eifersüchtig, eindeutig.

Sie stand auf und stellte das Buch ins Regal.

Ich schreibe ihm einen Brief, dachte Liane. Darin bitte ich ihn um ein Foto mit Autogramm und frage, wann sein neues Buch erscheint.

Liane fand ihre Idee so gut, dass sie sich gleich ans Schreiben machte. Warum war ihr das nicht schon früher eingefallen?

Lieber E. D. Tinbert,
ich heiße Liane und habe alle Ihre Bücher gelesen. Ich finde, Sie sind der beste Gruselschriftsteller. Viel besser als Tais Teng, Eddy Bertin

und Paul van Loon. Ihre Bücher sind herrlich gruselig. Als wäre alles, was Sie schreiben, wirklich passiert. Arbeiten Sie schon wieder an einem neuen Buch? »Mädchen in Todesangst« fand ich supertoll! Ich hoffe, dass bald ein neues Buch erscheint. Woher nehmen Sie eigentlich Ihre Ideen? Würden Sie einmal meinen Namen in einer Ihrer Geschichten verwenden? Das fände ich toll! Ich wüsste so gern, wie Sie aussehen. Würden Sie mir bitte ein Foto mit Autogramm schicken? Und noch weitere Informationen, denn ich möchte eine Buchbesprechung über den »Nägelbeißenden Vampir« schreiben.
Bitte schreiben Sie mir zurück!

Viele Grüße von Liane

PS: Mein Vater glaubt, dass es Sie in Wirklichkeit gar nicht gibt und dass E. D. Tinbert ein erfundener Name ist. Aber ich glaube das nicht. Schreiben Sie mir bald?

Da die Anschrift des Schriftstellers in keinem Buch zu finden war, schickte Liane ihren Brief an den Verlag. Dort würde man ihn bestimmt an E. D. Tinbert weiterleiten. Jetzt musste sie nur noch auf Antwort warten.

Die Tage krochen dahin und Liane wurde immer nervöser. Ob E. D. Tinbert ihren Brief schon gelesen hatte? Vielleicht schrieb er gerade in diesem Moment einen Antwortbrief. Falls er Zeit hatte, denn Schriftsteller haben natürlich immer viel zu tun. Ganz bestimmt schrieb er an einem neuen Buch.

Zwei Wochen waren vergangen und noch immer hatte Liane keine Post erhalten. Sie begann die Hoffnung zu verlieren. Vielleicht hatte E. D. Tinbert ihren Brief noch gar nicht gelesen. Vielleicht hatte er ihn nicht einmal bekommen. Oder er hatte einfach keine Lust ihr zu antworten, das könnte natürlich auch sein. Nach der dritten Woche gab Liane die Hoffnung auf. Nun würde kein Brief von E. D. Tinbert mehr kommen, das wusste sie genau.

Eines Tages, als Liane aus der Schule nach Hause kam, sagte ihre Mutter: »Liane, es ist Post für dich gekommen. Ein Päckchen.«

Liane war erstaunt und überrascht. Auf dem Päckchen stand kein Absender, nur ihre Anschrift. Hastig riss sie das Papier auf. Sie hielt ein dickes Buch in den Händen. Der Umschlag war pechschwarz. Auf der Vorderseite stand in blutroten Buchstaben: *»Das Alptraumbuch«*. Und darunter, in kleinerer Schrift: *E. D. Tinbert.*

Liane stieß einen Freudenschrei aus.

Sofort begann sie in dem Buch zu blättern. Ihre Miene verfinsterte sich. Weiße Seiten und nochmals weiße Seiten, ohne eine einzige Zeile Text. Es war ein Dummy, ein Buch, das nur leere Seiten enthält, weil das richtige Buch noch nicht fertig ist. Lianes Laune besserte sich wieder. Im Grunde genommen war dies doch etwas Besonderes. Bestimmt gab es niemanden, der ein Dummy von einem Buch E. D. Tinberts besaß.

Lianes Stimmung wurde noch besser, als sie sah, dass E. D. Tinbert vorn in das Buch seine Unterschrift gekritzelt hatte. Nahezu unleserlich, mit großen, krakeligen Buchstaben. Als sie das Buch noch einmal sorgfältig durchblätterte, entdeckte sie auf der vierten Seite die Worte *Für Liane.*

Liane glühte vor Stolz. Das war fast so toll, als hätte er ihr ein richtiges Buch gewidmet. Ihre Klassenkameraden würden staunen! Nur schade, dass kein Foto von E. D. Tinbert beilag. So wusste sie noch immer nicht, wie er aussah. Und er hatte auch nicht geschrieben, woher er die Ideen für seine Geschichten nahm. Nun ja, er hatte eben viel zu tun.

Am Abend war Liane noch immer ganz aus dem Häuschen wegen des Geschenks, das ihr E. D. Tinbert geschickt hatte. Sie hatte das Dummy zu ihren anderen Gruselbüchern gestellt, sodass es wie ein echtes Buch wirkte. Sie las noch einmal den Titel auf dem Buchrücken. Jedenfalls wusste sie nun, dass das neue Buch von E. D. Tinbert *Das Alptraumbuch* heißen würde. Was für Geschichten wohl darin stehen würden? Bestimmt total horrormäßige. Liane warf noch einen Blick auf ihr Regal und knipste dann die Nachttischlampe aus.

Wenn es nur nicht zu lange dauert, bis das Buch erscheint, dachte Liane kurz vor dem Einschlafen. Ich kann es kaum erwarten. Im Dunkeln begann sie sich auszumalen, was für Geschichten in dem neuen Buch stehen würden. Hoffentlich eine Vampirgeschichte, darauf war sie ganz versessen. Oder vielleicht etwas über ein Grauen erregendes Monster, das . . .

Weiter kam Liane nicht, denn sie schlief ein. Fast sofort begann sie zu träumen. Es war kein angenehmer Traum. Es ging darin um Monster, die aus Gullys hervorkamen und durch die Fenster in Häuser eindrangen. Unruhig wälzte sich Liane im Bett hin und her. Der Schweiß stand ihr auf der Stirn und sie krallte sich am Laken fest, bis sie schließlich aufwachte und merkte, dass sie aufrecht auf der Bettkante saß. Lianes Herz pochte heftig und in ihrem Kopf ratterte es, als ob jemand rasend schnell auf eine Schreibmaschine einhämmerte.

Grauenhaft, was für ein Alptraum! Liane wusste nicht mehr genau, was sie alles geträumt hatte – sie erinnerte sich vage an eine angstvolle Flucht durch ein endloses Labyrinth dunkler Gassen, während ihr die Monster auf den Fersen waren. Es war mächtig gruselig gewesen. Eigentlich noch gruseliger als die Bücher von E. D. Tinbert. Es dauerte eine Weile, bis Lianes Angst nachließ und das Geratter in ihrem Kopf aufhörte. Sie lächelte. Vielleicht sollte ich E. D. Tinbert mal ein paar Ideen schicken, dachte sie.

Liane knipste die Nachttischlampe an. Beim Anblick der vertrauten Gegenstände in ihrem Zimmer verflog das letzte Restchen Angst. Dann sah sie, dass ein Buch vom Regal gefallen war. Es war das *Alptraumbuch*. Anscheinend hatte sie es nicht ordentlich ins Regal gestellt. Liane gähnte, stand auf und stellte das Buch wieder an seinen Platz. Sie ließ ihren Blick über ihre Gruselbücher gleiten, dann schlüpfte sie ins Bett und machte das Licht aus.

Am nächsten Tag lag ein Brief für Liane im Briefkasten.

Neugierig schlitzte sie den Umschlag auf. Es war ein maschinegeschriebenes Blatt mit einer kurzen Mitteilung.

Das **Alptraumbuch** macht gute Fortschritte, Liane.
Hab noch ein wenig Geduld! Das Warten lohnt sich, denn es wird bestimmt das gruseligste Buch, das ich je geschrieben habe.

Darunter stand mit großen, krakeligen Buchstaben die Unterschrift von E. D. Tinbert.

Liane machte einen Luftsprung. Kaum zu glauben, E. D. Tinbert hielt sie persönlich über den Fortschritt seines Buches auf dem Laufenden. Sie wurde immer neugieriger auf das *Alptraumbuch*.

Besonders kurz vor dem Einschlafen lief ihre Phantasie auf Hochtouren und sie versuchte sich den Inhalt der Geschichten vorzustellen. Wahrscheinlich bekam sie deshalb jede Nacht schlimmere Alpträume. Vampire, Werwölfe, Zombies, abartige

Monster . . . sie alle kamen in ihren Träumen vor und jede Nacht wachte Liane schweißgebadet auf. Am schlimmsten war, dass sie selbst in allen Träumen die Hauptrolle spielte. Auch tauchte in jedem Traum dieselbe unheimliche Gestalt auf; nämlich ein schwarzer, buckliger Mann mit grün leuchtenden Augen und langen, spitzen Klauen. Wie ein Zuschauer saß er einfach nur da, rieb sich die Hände und lachte ab und zu in sich hinein. Manchmal war ihr, als könnte sie ihn im Schlaf durch die geschlossenen Augenlider in ihrem dunklen Zimmer umhergehen sehen.

Am nächsten Morgen beim Frühstück erzählte Liane ausführlich von ihren Alpträumen. Im hellen Morgenlicht schienen sie ihr nicht mehr so beängstigend. Papa schüttelte nur den Kopf, wenn er ihre Geschichten hörte, besonders, als sie von dem schwarzen Buckligen mit den leuchtenden Augen erzählte, der in jedem Traum auftauchte und sich ins Fäustchen lachte.

»Was für eine blühende Phantasie!«, sagte er nur.

Liane beschloss noch einen Brief an E. D. Tinbert zu schreiben. Vielleicht konnte er ihr inzwischen sagen, wann das Buch erscheinen würde. Dann kann ich die Tage im Kalender abstreichen, dachte Liane. Rasch machte sie sich ans Werk:

Lieber Herr Tinbert,
vielen Dank für das Dummy vom Alptraumbuch , das Sie mir geschickt haben. Es hat mich sehr neugierig gemacht und ich hoffe, dass das Buch bald fertig ist. Können Sie mir bitte sagen, wann Ihr Buch erscheinen wird? Ich kann es kaum mehr erwarten. Ich bekomme sogar Alpträume, weil ich versuche mir vorzustellen, worum es in dem Buch geht. Bestimmt kommt das durch den Titel, meinen Sie nicht auch? Aber das macht

nichts, ein Alptraum ist ja nicht so schlimm. Viel lieber würde ich aber Ihr Buch lesen. Bitte schreiben Sie mir zurück!

Ihr größter Fan
Liane

PS: Bitte schicken Sie mir doch ein Foto mit Autogramm.

Schon zwei Tage später war die Antwort da. Es war ein kurzer, freundlicher Brief:

Liebe Liane,
Mit dem **Alptraumbuch** komme ich sehr gut voran. Allerdings muss ich dich noch um etwas Geduld bitten. Das Buch erscheint bald, sehr bald! Ich arbeite an der letzten Geschichte. Sie wird besonders gruselig, es geht darin um einen Werwolf. Aber mehr möchte ich nicht verraten. Träum inzwischen schön.

Grieselgruselgrüße von
E. D. Tinbert

PS: Das Foto bekommst du, sobald das Buch fertig ist. Versprochen!

Liane war sofort in Hochstimmung. Bald, sehr bald, schrieb E. D. Tinbert. Lange konnte es also nicht mehr dauern. Sie heftete das Schreiben an ihre Pinnwand, neben den ersten Brief.

In der folgenden Nacht träumte Liane, ihr Vater hätte sich in einen Werwolf verwandelt. Er hatte behaarte, spitze Ohren, gelbe Augen und eine Wolfsschnauze. Mit seinen Pranken brach er die Tür ihres Zimmers auf und kam herein. Liane schrie im Schlaf, als der Werwolf auf ihr Bett sprang, die Decke zerfetzte und ihr die Klauen in den Hals schlug. Es war grässlich! Schreiend wachte sie auf: »Nicht, Papa!«

Sie schrie noch lauter und hielt die Hände schützend vor sich, als ihr Vater ins Zimmer kam. Aber er war kein Werwolf. Er war Papa, wie immer. Papa in seinem schlabberigen Pyjama, mit zerwühltem Haar und müden Augen.

»Du . . . du bist ja gar kein Werwolf«, sagte Liane.

»Schön, dass du das merkst«, sagte Papa. »Aber im Ernst, Liane, allmählich wird es mir zu bunt. Du liest zu viele Gruselbücher. Jede Nacht hören wir dich stöhnen und im Schlaf reden. Damit muss jetzt Schluss sein.«

»In letzter Zeit habe ich überhaupt keine Gruselbücher gelesen«, sagte Liane. Sie sah ihren Vater wütend an. »Ich warte, bis das neue Buch von E. D. Tinbert herauskommt.«

Vater fuhr sich durch sein wirres Haar und warf einen besorgten Blick auf Liane. Sie hatte Ringe unter den Augen und ganz offensichtlich schlecht geschlafen. Er zeigte auf das Buch, das auf ihrem Schreibtisch lag. »Ach nein? Und was ist mit diesem Buch? *Das Alptraumbuch*, das ist doch ein Gruselbuch von deinem geliebten E. D. Tinbert? Diesem Spuk-Schreiberling. Hat der Mann denn nichts Besseres zu tun, als Kindern mit seinen verdrehten Geschichten Angst einzujagen?« Er nahm das Buch und schlug es auf.

»Das ist kein richtiges Buch, Papa. Es ist ein Dummy, es hat nur leere Seiten.«

Lianes Vater runzelte die Stirn. »Ich sehe aber nur volle Seiten.«

»Was?« Mit einem Satz war Liane aus dem Bett und riss ihrem Vater das Buch aus der Hand. Ungläubig blätterte sie darin. Tatsächlich. Die Seiten waren mit Text bedruckt. Vorn im Buch fand sie ein Inhaltsverzeichnis mit den Kapitelüberschriften. Liane wurde blass, als sie die Überschriften las: *Die Monster aus dem Gully, Der Vampir in der Schule, Mein Vater war ein Werwolf . . .*

»Was ist denn?«, fragte Papa. »Du bist ja leichenblass, mein Mädchen. Ist dir schlecht?«

»Das . . . das Buch! Erst stand nichts darin, aber jetzt . . .« Sie schleuderte das Buch von sich und schwankte.

Ihr Vater konnte sie gerade noch auffangen.

»Was ist mit dem Buch, Liane?«

»Meine Alpträume stehen darin. Alles, was ich geträumt habe, steht in dem *Alptraumbuch* von E. D. Tinbert.«

»Du meinst, du hast die Geschichten gelesen und danach davon geträumt?«

Liane schüttelte heftig den Kopf. »Nein! Umgekehrt! Ich meine, ich habe sie zuerst geträumt und nun stehen sie plötzlich in diesem Buch!«

Papa sah sie einen Augenblick lang an, seufzte tief und nahm ihr das Buch aus der Hand.

»Das kann nicht sein, Liane. Schlaf jetzt und denk nicht mehr an das Buch.«

Behutsam half er Liane ins Bett und deckte sie zu. »Ich glaube, du bist ein wenig durcheinander. Morgen sieht alles ganz anders aus.« Liane warf einen ängstlichen Blick auf das Buch, das ihr Vater noch immer in der Hand hielt.

Er machte das Licht aus. »Schlaf gut. Ich brauche auch noch ein paar Stunden Schlaf. Morgen muss ich früh aus dem Haus. Vier Tage zu einer Fortbildung, du weißt doch.« Leise zog er die Tür hinter sich zu.

Liane war vollkommen verwirrt. Das war doch nicht möglich! In einem Buch mit leeren Seiten konnte doch nicht plötzlich, wie aus dem Nichts, Text stehen. Es sei denn, das Buch wäre verhext, aber solche Dinge gab es in Wirklichkeit ja nicht. Nur in den Geschichten von E. D. Tinbert.

Liane schlief friedlich, bis sie mitten in der Nacht von einem grellen Lichtblitz wach wurde. Ein Gewitter, dachte sie, aber dann hörte sie ein Rascheln. Jemand war in ihrem Zimmer! Lianes Magen zog sich zusammen und sie machte sich stocksteif. Unter den Wimpern hervor spähte sie in die Dunkelheit. Ihr Zimmer war voller Schatten und einer der Schatten bewegte sich! Wie ein Ölfleck glitt er über den Boden zu ihrem Schreibtisch und nahm dann Gestalt an. Liane erkannte den dunklen Umriss des Buckligen aus ihren Alpträumen und seufzte erleichtert. Also war es ein Traum. Schon öfter war es vorgekommen, dass ihr beim Träumen bewusst war, dass sie träumte. Das war zwar sehr merkwürdig, aber irgendwie beruhigend. Sobald sie aufwachte, würde der Bucklige verschwunden sein. Liane blieb ruhig liegen und verfolgte gespannt, was er tat. Bisher war er immer nur als Randfigur in ihren Träumen vorgekommen, als Beobachter gewissermaßen. Sie sah, dass er mit seinen Klauen etwas von ihrem Schreibtisch nahm. Ein Buch. Dann wandte er sich um und Liane sah seine grünen Augen wie Neonleuchten in der Dunkelheit aufflammen. Ihr Herz setzte einen Schlag aus. Dafür, dass es ein Traum war, wirkte der schwarze Mann beängstigend echt. Liane meinte seinen Atem als eiskalten Hauch zu spüren. Dann verschmolz die Schattengestalt mit den anderen Schatten in ihrem Zimmer und war verschwunden. Einfach weg.

Den Rest der Nacht schlief Liane tief und traumlos.

Als sie am nächsten Morgen aufwachte, galt ihr erster Gedanke dem *Alptraumbuch*. Waren die Seiten noch immer mit Text bedruckt oder war das auch ein Traum gewesen? Liane sprang aus dem Bett und ging zu ihrem Schreibtisch. Dort lag das Buch nicht und es stand auch nicht im Regal zwischen den anderen Büchern. Plötzlich fiel ihr ein, dass Papa das Buch in der Hand gehabt hatte, als er das Licht ausmachte. Natürlich, er hatte es mit nach unten genommen.

»Mama, wo hat Papa mein Buch hingelegt?«, fragte Liane, als sie die Küche betrat. Auf dem Tisch stand Papas Frühstücksteller. Es waren nur noch ein paar Krümel darauf.

»Welches Buch meinst du, Liane?«

»Das Buch, das E. D. Tinbert mir neulich geschickt hat. Das Buch ohne Text. Papa hat es heute Nacht aus meinem Zimmer mitgenommen.«

»Keine Ahnung«, sagte Mama. »Ich habe nichts gesehen und Papa ist schon weg. Er kommt erst in vier Tagen zurück.«

Liane setzte sich an den Tisch. Ach ja, stimmt, dachte sie. Vielleicht hat er es auf die Reise mitgenommen. Wenn er es nur nicht weggeworfen hat!

Drei Tage später kam Liane morgens auf dem Schulweg an der Buchhandlung vorbei. Sie wollte ihren Augen nicht trauen: Da lag es im Schaufenster, *Das Alptraumbuch* von E. D. Tinbert. Stapelweise. Also war das Buch endlich erschienen! Sie wollte hineingehen, aber die Buchhandlung hatte geschlossen. Es war erst Viertel vor neun. Liane stöhnte. Nun musste sie bis zum Mittag warten.

Auf dem Schulhof stand eine Gruppe Mädchen beisammen. Auch Angela war dabei, ihrem Vater gehörte die Buchhandlung. Die Mädchen redeten aufgeregt durcheinander und kicherten. Liane sah sofort, dass Angela *Das Alptraumbuch* in der Hand hatte. Sie merkte, wie es ihr einen Stich versetzte. Natürlich, für Angela war es ja kein Problem, an ein Buch aus dem Laden zu kommen.

Angela hielt das Buch hoch, als sie Liane sah. »Schau mal, Liane. Der neue Tinbert! Heute früh geliefert! Ich hab schon mit Lesen angefangen. Unheimlich, kann ich dir sagen.«

Liane nickte nur. Dumme Pute, diese Angela. Das machte sie mit Absicht, weil sie wusste, dass Liane der größte Fan von E. D. Tinbert war.

»Komm doch her«, sagte Angela. Liane wollte eigentlich nicht, ging aber dennoch zu Angela hin, die ihr das aufgeschlagene Buch unter die Nase hielt. »Schau mal, was hier steht!«

Liane wurde blass, als sie die Widmung neben der Seite mit dem Inhaltsverzeichnis las: »Für Liane, weil ich in ihren Träumen herumschnüffeln durfte.«

Liane bekam weiche Knie. Mit einem Blick auf das Inhaltsverzeichnis sah sie, dass die Kapitelüberschriften die gleichen waren, die sie drei Nächte zuvor in dem Dummy gelesen hatte.

»Toll, was?«, rief Angela. »Er hat das Buch dir gewidmet! Ihr schreibt euch doch, oder? Nur das mit den Träumen verstehe ich nicht.«

Liane konnte Angelas Stimme kaum hören. Die Gesichter der Mädchen um sie herum verschwammen zu hellen Flecken, in denen die Münder wie schwarze Löcher auf- und zuklappten. Der Schulhof schwankte hin und her wie ein Schiffsdeck im Sturm. Vor Lianes Augen schien die Welt zu kippen und der Boden kam auf sie zugerast. Eine Art Riesenfaust traf sie an der Schläfe. Dann wurde es schwarz um sie.

Stimmen. Liane schlug die Augen auf. Vor sich sah sie den Kopf eines teufelähnlichen Wesens vor einem grauen Hintergrund. Die Lippen waren zu einem scheußlichen Grinsen verzogen. Aus dem Teufelskopf wuchsen links und rechts zwei Wolfsköpfe hervor, aus deren Mäulern gespaltene Zungen hingen. Langsam formte sich über dem Kopf ein roter Schriftzug: LOVE NEVER DIES. Und unter dem Kopf stand in Buchstaben, die wie Reißzähne aussahen: BRAM STOKERS DRACULA. Erst nach einer Weile begriff Liane, dass sie das Filmposter ansah, das über ihrem Bett an der Wandschräge hing. Das Poster hatte sie als Gratiszugabe beim Getränkehändler bekommen, fiel ihr ein. Aber wie war sie in ihr Zimmer gekommen?

»Gott sei Dank, du bist wieder bei Bewusstsein.« Lianes Mutter beugte sich über sie. Hinter der Mutter stand Lianes Vater und sprach mit einem fremden Mann. Was wollte der Mann in ihrem Zimmer?

»Au!«, sagte Liane, als Mutter ihr über den Kopf strich.

»Oh, entschuldige, Liebes. Ich war so erschrocken, als sie dich nach Hause brachten, ich dachte schon, es wäre etwas Furchtbares geschehen. Deswegen ist Papa früher von seiner Fortbildung zurückgekommen. Du bist mitten auf dem Schulhof ohnmächtig geworden. Der Doktor meint, es könnte daher kommen, dass dir der Schlaf fehlt.«

»Ein paar Tage Bettruhe, dann kann sie wieder zur Schule«, sagte der Arzt. »Zum Glück hat sie keine Gehirnerschütterung. Die Beule geht von selbst wieder weg.«

Mama nickte und folgte dem Arzt zur Tür. »Bleib liegen, Liane, wir bringen nur rasch den Doktor hinaus.«

»Papa«, flüsterte Liane.

Er wandte sich auf der Schwelle um. »Was ist denn, mein Mädchen?«

»Das Buch, wo hast du das Dummy gelassen?«

Papa zog eine Augenbraue hoch. »Ich? Ich habe das Buch doch gar nicht.«

»Aber du hast es doch aus meinem Zimmer mitgenommen, als ich diesen Alptraum hatte, kurz bevor du weggefahren bist?«

Papa schüttelte den Kopf. »Nein, bestimmt nicht. Bevor ich aus dem Zimmer ging, habe ich es in dein Regal zurückgestellt. Dorthin.« Er zeigte auf Lianes Bücherbrett. Aber dort stand das Dummy nicht mehr, das wusste Liane, ohne hinzusehen.

»Schlaf jetzt«, sagte Papa. »Ich komme nachher wieder und sehe nach dir.« Er ging aus dem Zimmer und stieg die Treppe hinab.

Liane lag reglos im Bett. In ihrem Kopf hämmerte es und sogar das Nachdenken tat weh. Sie dachte an ihren letzten Traum, in dem sie den schwarzen Buckligen in ihrem Zimmer gesehen hatte. Er hatte ein Buch von ihrem Regal genommen und war dann verschwunden. Es war ein Traum gewesen, zumindest hatte sie das angenommen.

Aber wenn Papa das Buch nicht mitgenommen hatte . . .

Nein! Sie warf ihren Kopf auf dem Kissen hin und her. Das konnte einfach nicht wahr sein! In dem Moment entdeckte sie einen Briefumschlag auf dem Boden unter ihrem Schreibtisch. Sofort erkannte sie die krakelige Handschrift. Es war ein Brief von E. D. Tinbert! Liane starrte ihn an, als wäre er eine Giftspinne. Wie kam der Brief hierher? Sie kannte die Antwort auf ihre Frage, wagte aber nicht daran zu denken.

Liane schlug sich die Decke um die Schultern, stieg aus dem Bett und hob den Brief auf. Ihre Hände zitterten, als sie den Umschlag mit dem Finger aufschlitzte. Ein Brief und ein Foto fielen heraus. Das Foto war in ihrem Zimmer aufgenommen! Mit Blitzlicht! Ein Teil ihres Schreibtischs war darauf zu sehen. Und auf ihrem Schreibtischstuhl saß der schwarze Bucklige aus ihren Alpträumen. Er war wirklich pechschwarz – ein körperloser Schatten. In seinen Klauen hielt er das *Alptraumbuch*. Sein Gesicht hatte keinerlei Gesichtszüge, nur die grün leuchtenden Augen traten deutlich hervor und schienen Liane von dem Foto herunter anzusehen. Quer über das Bild war die Unterschrift von E. D. Tinbert gekritzelt. Der Brief lautete:

Wie versprochen, ist hier ein Foto von mir, Liane. Nun weißt du auch, wie ich an meine Ideen komme. Viel Vergnügen mit dem **Alptraumbuch**.

Liane betrachtete nochmals das Foto. In diesem Moment kniff der Bucklige auf dem Bild ein Auge zu. Liane stieß einen Schreckensschrei aus und ließ das Foto los. Im Fallen verblassten die Konturen, und als es auf dem Boden lag, war das Bild ganz verschwunden. Übrig blieb ein weißes Stück Papier mit einer Unterschrift:

EINUNDZWANZIG

So ähnlich muss es sein«, murmelt Anke vor sich hin. André sieht sie fragend an. Im gleichen Moment ertönt hinter ihnen lauter Beifall. Vorsichtig späht André über seine Schulter. Die neuen Fahrgäste applaudieren begeistert. Trotz ihres merkwürdigen Aussehens haben sie offenbar etwas für Gruselgeschichten übrig. Oder vielleicht gerade wegen ihres merkwürdigen Aussehens, denkt André. Sie klatschen in die Hände und verziehen dabei keine Miene. Fast sehen sie aus wie eine Klasse braver Kinder aus der Gruselschule.

Ein heftiger Ruck geht durch den Bus, als er unvermittelt stoppt. Der Applaus verklingt.

»Danke, meine lieben Kinder«, sagt die Stimme des Moderators. »Wir haben nun unser Ziel erreicht. Dieser Bus fährt nicht weiter. Alle Fahrgäste werden freundlich gebeten auszusteigen.«

»Wo sind wir?«, flüstert André. Er sieht aus dem Fenster und hält den Atem an. Der Mond bescheint ein Gittertor, an dem ein rechteckiges Schild hängt.

»Hey, sind wir wieder auf dem Autofriedhof?«, fragt Eddy C. erstaunt.

André schüttelt den Kopf und zeigt auf das Schild. »Nein, Eddy, das ist der echte, sieh doch.«

FRIEDHOF »RUHE SANFT« steht in eingravierten Buchstaben auf dem Schild. GEÖFFNET VON SONNENAUFGANG BIS SONNENUNTERGANG.

»Shit«, sagt Hassan. »Vom Schrottplatz auf den Friedhof. Eine Verbesserung ist das nicht gerade.«

Von vorn im Bus ist ein Geräusch zu hören. Mit klappernden Knochen kommt der Fahrer hinter dem Steuer hervor. Er winkt ihnen. Die anderen Fahrgäste sind ebenfalls aufgestanden und starren die Kinder an. Wieder winkt der Fahrer.

»Ich glaube, wir sollen aussteigen, Leute«, sagt Eddy C. »Wer macht den Anfang?«

Niemand hat Lust als Erstes auszusteigen. Wer weiß, was sie draußen erwartet? Der Fahrer schnippt ungeduldig mit seinen Knochenfingern und der Mann mit der Schlinge tritt in den Mittelgang und sieht Eddy C. drohend an. Auch der Kapitän und die alte Frau mit dem Fleischermesser kommen nun durch den Gang nach hinten.

»Hilfe, der will was von mir!«, kreischt Eddy C. und weicht zurück. Der Mann mit der Schlinge streckt den Arm aus, packt Eddy C. am Kragen und bugsiert ihn zum Ausgang.

»Hilfe!«, schreit Eddy C.

Hassan spürt die feuchtkalte Hand des Kapitäns im Nacken und die alte Frau stupst André freundlich lachend mit ihrem Fleischermesser in den Rücken.

»Ich geh ja schon«, sagt Anke, als der durchsichtige Junge, hinterhältig grinsend, auf sie zukommt.

Mit dem Fahrer an der Spitze steigt die ganze Gesellschaft aus dem Bus. Als Letztes kommt auf allen vieren das Monsterbaby. Es knurrt wie ein junger Hund und trägt das Babyfon wie einen Knochen zwischen den Zähnen.

Knarrend geht das Friedhofstor auf und wieder winkt der Fahrer. Sie müssen ihm wohl oder übel folgen.

Im fahlen Mondlicht betreten sie den Friedhof. Der Fahrer geht voran, dann kommen André, Anke, Hassan und Eddy C. und gleich hinter ihnen die seltsamen Reisegenossen. In einer makabren, stummen Prozession ziehen sie den mondbeschienenen Weg entlang. Niemand traut sich etwas zu sagen. Nur das Klappern von den Knochen des Fahrers ist zu hören. Das Gras glänzt nass und im Mondlicht sehen sie große Pfützen auf dem Weg.

Auf Friedhöfen wachsen Bäume und Sträucher doppelt so schnell wie sonst, hat Andrés Vater einmal gesagt. Wegen der vielen Leichen im Boden. Sie sind der beste Dünger, den man sich vorstellen kann. André weiß nicht, ob das stimmt, aber die Bäume hier sind außergewöhnlich hoch und überall stehen üppige Sträucher. Aus dem hohen Gras ragen Kreuze und Grabsteine, krumm und schief. Manche Gräber sind schon sehr alt und halb in den Boden eingesackt. André denkt lieber nicht an das, was hier unter der Erde liegt, vielleicht schon seit hundert oder zweihundert Jahren. Was über der Erde herumläuft, ist bereits schlimm genug. Plötzlich bleibt er mit dem Fuß in einem Schlammloch stecken. Erschrocken zieht er ihn heraus. Hinter sich hört er den durchsichtigen Jungen wiehernd lachen. Dann verlässt der Fahrer auf einmal den Weg, schiebt den tief herabhängenden Schlingpflanzenbewuchs eines Baums wie einen Vorhang beiseite und streckt den Arm aus. Hinter dem Baum, auf einer Art Lichtung, steht ein einsamer Grabstein. Man hat den Eindruck, dass das Grab absichtlich so weit wie möglich von den anderen Gräbern entfernt angelegt wurde. Rechts und links davon sind jeweils zwei Gruben ausgehoben. Vier frische Gräber, die noch nicht besetzt sind.

Knochenhauer hebt die Hand wie ein Verkehrspolizist und bedeutet ihnen stehen zu bleiben. Doch Anke und die Jungen stehen bereits wie angenagelt und rühren sich nicht. Ihre Beine verweigern den Dienst. Keines der vier Kinder hat Zweifel, für wen diese Gruben bestimmt sind.

Wir müssen abhauen, denkt André. Und zwar jetzt gleich, bevor es zu spät ist. Wir können uns doch nicht einfach hier begraben lassen! Warum auch? Wir wollten doch nur ein paar Autoradios klauen. Das ist ungerecht! Hilflos sieht er sich nach Anke um. Selbst im Mondlicht auf dem Friedhof sieht sie schön aus, denkt er. Sie steht noch immer mit verschränkten Armen da und betrachtet stirnrunzelnd die Gruben. Am liebsten würde André sie am Arm nehmen und zusammen mit ihr davonrennen. Vielleicht geht es ja noch, denkt er und sieht sich verstohlen um. Ihre gruseligen Begleiter haben nur noch Augen für das Grab. André macht einen Schritt zur Seite. Wenn sie jetzt . . .

Er denkt nicht zu Ende und bleibt reglos stehen. Als sie den Friedhof betraten, war es hier totenstill und wie ausgestorben. Totenstill ist es nach wie vor, aber unmerklich hat sich etwas verändert. Eddy C. hat es auch bemerkt und klammert sich an Hassan fest.

»Was hast du denn?«, fragt Hassan.

Eddy C. drückt Hassans Arm und zeigt zu den Gräbern hinter ihnen.

Über diesen sind schemenhafte Gestalten erschienen. Auch unter den hohen Bäumen stehen Wesen in langen Gewändern, mit bleichen Gesichtern und hohlen Augen. Schweigend, wie stumme Wächter, sehen sie die Kinder an. Die Gestalten rühren sich nicht, aber ihre Anwesenheit ist als eisige Kälte spürbar. Die Friedhofsbewohner sind aus ihren Ruhestätten hervorgekommen.

»Shit, heute scheint große Geisterversammlung zu sein«, flüstert Hassan.

»Da!« André zeigt auf zwei Grabsteine, zwischen denen in der Dunkelheit mehrere Augenpaare aufglühen. Die Wölfe! Sie sind nicht auf dem Autofriedhof geblieben, sondern kommen zwischen den Gräbern hervor und wedeln mit ihren buschigen Schwänzen.

Hoch oben in den Bäumen erklingt der einsame Ruf einer davonfliegenden Eule. Die Wölfe umschleichen die Kinder in immer enger werdenden Kreisen.

»Shit«, sagt Hassan. »Jetzt müsste man ein Taxi rufen können.«

Der Kapitän versetzt ihm einen Stoß in den Rücken. Nicht stehen bleiben, bedeutet das. Sie müssen weiter, zu dem einsamen Grab. Mit bleischweren Füßen gehen sie an dem Baum vorbei auf die kleine Lichtung zu. Der Fahrer hebt die Hand. Offensichtlich ist die Reise hier zu Ende. Mit weichen Knien stehen die Kinder vor dem Grab, während die Wölfe sie vom Rand der Lichtung aus beobachten. Ihre Reisegefährten aus dem Bus bleiben mit respektvollem Gesichtsausdruck in einiger Entfernung stehen. Knochenhauer, der Fahrer, nimmt sogar die Mütze von seinem kahlen, weißen Schädel. Der Grabstein sieht noch ziemlich neu aus und die Aufschrift ist gut lesbar: P. ONNOVAL ?–1997. Mehr steht nicht darauf.

»P. Onnoval? So heißt doch der Moderator«, flüstert André.

Anke nickt schweigend.

»Shit, der Vogel ist also schon tot«, sagt Hassan. »Warum lässt er uns dann nicht in Ruhe? Und die Gestalten hier? Wollen die etwa, dass wir uns in die leeren Gräber legen?«

André weiß nicht mehr, ob ihm zum Heulen oder zum Lachen zu Mute ist. Es ist alles vollkommen verrückt. Dieser ganze Abend kommt ihm vor wie eine Abfolge von Alpträumen, wie etwas, was sich nur ein geistesgestörter Schriftsteller ausdenken kann.

Alles Unsinn, würde Mick sagen. Schriftsteller lügen immer. Wenn Mick wüsste . . . Sehr vernünftig von ihm, dass er nie Bus fährt, dann kommt er auch nie in eine so idiotische Situation.

Plötzlich steigt aus P. Onnovals Grab dünner Nebel auf, der sich rasch zu einer Wolke formt. Vor ihren erstaunten Augen nimmt die Nebelwolke allmählich feste Gestalt an. Sie verdichtet sich und

Füße, Beine, ein Rumpf und Arme werden sichtbar. Die äußeren Nebelschwaden werden zu einem schwarzen Umhang, der mit Knochen behängt ist. Der Nebel um den Hals lichtet sich und enthüllt einen kahlen Kopf mit spitzen, abstehenden Ohren, einer Hakennase und schmalen Lippen. Im linken Ohrläppchen steckt ein goldener Ring. Die roten Augen fixieren die Kinder mit beißendem Spott. Die schmalen Lippen kräuseln sich zu einem Lächeln, dabei werden lange Eckzähne sichtbar, scharf und nadelspitz.

»Shit«, keucht Hassan. »Ein Vampir!«

Hinter ihnen beginnen der Fahrer und die anderen Beifall zu klatschen.

»Sei gegrüßt, Meister«, sagt der Kapitän mit rauer Stimme.

Der Vampir verneigt sich leicht in Richtung des Kapitäns. »Schön, dich zu sehen, Mordegai. Wie ich sehe, hast du mal wieder ein Auge verloren.« Der Kapitän ist offenbar gerührt – eine Träne kullert aus seinem einen Auge, aber es könnte auch Meerwasser sein.

»Meine Kinder!«, sagt der Vampir. »Sie sind so stolz auf ihren Meister.«

André und die anderen erkennen die Stimme wieder, die ihnen den ganzen Abend Geschichten erzählt hat. Abermals richtet der Vampir seine glühenden Augen auf sie. »Ich hoffe doch sehr, meine Geschichten haben euch gefallen!« Seine Stimme hat einen drohenden Unterton. Keiner traut sich die Frage zu verneinen.

»Sie waren super«, sagt Anke plötzlich. »Ganz phantastisch, ich habe noch nie so gute Geschichten gehört!«

Erstaunt sieht André zu ihr hin. Sie trägt ziemlich dick auf, wenn man bedenkt, dass sie eigentlich gar keine Gruselgeschichten mag.

Aber der Vampir ist sichtlich geschmeichelt. Sein Gesicht strahlt. Er versucht eine bescheidene Miene aufzusetzen, was mit den langen Eckzähnen reichlich seltsam aussieht.

»Danke, danke. Ich wusste ja, dass ich in euch das richtige Publikum gefunden habe. Ohne Publikum kann ein Schriftsteller nicht sein.«

»Also, ich habe mich jedenfalls mächtig gegruselt«, sagt Anke. »Um ein Haar hätte ich mir in die Hose gemacht.«

»Wunderbar!«, jubiliert der Vampir und André sieht, dass er vor Begeisterung fast zu sabbern anfängt.

Was macht Anke bloß?, denkt André. Will sie ihn totschleimen?

Anke zeigt auf Knochenhauer und die anderen Gestalten. »Und die hier? Haben Sie die alle erfunden?«

Der Vampir zeigt ein breites Lächeln. »Genau, Mädchen. Wie bist du doch intelligent! Ich habe sie mir ausgedacht und Geschichten über sie geschrieben und deshalb existieren sie jetzt. Ich habe sie erschaffen.«

»Das ist ja toll!«, sagt Anke. »Und der Ledersessel im Gruselbus? Der ist doch sicherlich auch eines ihrer Geschöpfe?«

»Ja, so ist es. Ich merke, du verstehst, mein Kind. Du bist die ideale Leserin.«

André wird plötzlich klar, was Anke vorhat. Sie will ihn mit Reden hinhalten. Zeit gewinnen. Vielleicht kommt inzwischen Hilfe . . .

André hebt den Blick. Wolkenfetzen treiben am Mond vorbei und lassen ihn wie einen Totenkopf aussehen. In der Ferne schlägt eine Turmuhr zwölfmal. Geisterstunde. Aber im Grunde hat die Geisterstunde schon in dem Moment angefangen, als sie den Autofriedhof betraten. Es ist hoffnungslos. Wer sollte um diese Zeit, mitten in der Nacht, zu Hilfe kommen? So müssen sie wohl die Sache selbst in die Hand nehmen. Aber wie? Ihn bis zum Morgen mit Reden ablenken? Vampire ziehen sich ja zurück, sobald es Tag wird. Aber so dumm wird er wohl nicht sein. Also, was dann? André kickt mit der Schuhspitze ins hohe Gras. Sein Fuß stößt an etwas Hartes und er macht große Augen, als er sieht, was da im Gras verborgen liegt. Hassan hat es auch gesehen. Er stößt Eddy C. an und zeigt unauffällig mit dem Finger darauf. Es ist zwar nur eine kleine Chance, aber besser als nichts.

»Diese Geschöpfe sind meinem Geist entsprungen, sie sind meine Kinder«, sagt der Vampir. »Ich habe sie erschaffen, als ich noch lebte. Tausende von Kindern haben die Geschichten über sie gelesen und deshalb sind sie lebendig geworden.«

»Sie sind also ein Schöpfer«, sagt Anke. »Ein Künstler.«

Der Vampir breitet die Arme aus und es scheint, als schwebe er ein Stück über dem Boden. Sein Umhang umflattert ihn wie ein Flügelpaar, und die Knochen klappern. Es sieht nicht nur so aus, er hat tatsächlich vor lauter Stolz abgehoben.

»Oh, mein Kind, wie schön du das sagst! Wenn du wüsstest, wie glücklich du mich machst. Es wird mir ein Vergnügen sein, meine Zähne in deinen weißen Hals zu schlagen.«

Weiterreden, Anke, denkt André. Immer weiterreden. Halt ihn hin!

Fast unmerklich geht er leicht in die Knie, denn da, im hohen Gras, liegt ein hölzerner Zaunpfahl, der vorn zugespitzt ist.

Der Vampir landet graziös wie ein Balletttänzer auf den Zehenspitzen. »Weißt du«, sagt er. »Ich habe lange unter der Erde gelegen und nachgedacht, wie ich ein Publikum für meine neuen Geschichten finden könnte. Früher war es einfacher. Da fuhr ich mit meinem Gruselbus durch die Lande und las meine Geschichten einem freiwilligen Publikum aus zitternden Schulkindern vor.«

»Was passierte dann?«, fragte Anke.

André schiebt behutsam seinen Fuß unter den Holzpfahl. Über die Schulter wirft er einen Blick auf die »Kinder« des Vampirs. Sie dürfen nicht merken, was er tut. Eine zweite Chance wird er nicht bekommen. Der Schweiß läuft ihm in Strömen über den Rücken.

Aber die »Kinder« interessieren sich überhaupt nicht für ihn, alle haben die Augen auf ihren Meister gerichtet.

»Sieh nur, wie gern mich meine Lieblinge haben«, sagt der Vampir, als hätte er keine Lust Ankes Frage zu beantworten. »Mögt ihr mich, Kinder?«

Sie nicken unterwürfig.

»Papa, Papa!«, brüllt das Monsterbaby.

Gerührt streicht der Vampir ihm über den Schopf. »So ist es. Ich bin euer Papa!« Seine roten Augen glänzen feucht im Mondlicht, als das Monsterbaby ihm die Hand leckt.

Mir wird schlecht, denkt André. Was für ein widerliches Getue.

Hassan nickt unmerklich. Weitermachen, André.

»Was passierte dann?«, fragt Anke noch einmal.

»Was passierte?« Die Stimme des Vampirs klingt mit einem Mal falsch. »Ich wurde zu unvorsichtig, das passierte. In meinem vorigen Leben war ich ein Werwolf. Ein Werwolf-Schriftsteller, um genau zu sein.«

»Und dann hat man Sie erwischt?«, fragt Anke mit Unschuldsmiene.

»Ja!« Der Vampir faucht wie eine Katze, sein Gesicht schwillt an und wird rot. Die Nasenlöcher weiten sich wie bei einem Tier. Seine Finger krümmen sich zu Klauen.

André steht stocksteif und wagt nicht mehr sich zu rühren. Er spürt das Gewicht des Pfahls auf seinen Fußzehen.

Ganz ruhig, Anke, mach ihn nicht ärgerlich, sonst kann es schnell zu Ende sein.

»Meine letzte Fahrt im Gruselbus wurde mir zum Verhängnis. Zunächst ging alles gut. Und dann hat das kleine Mädchen mir die Suppe versalzen.«

»Ein kleines Mädchen. Ein kleines Mädchen hat Sie . . .?«

»Ja! Genau heute vor einem Jahr, während der Kinderbuchwoche.«

Die Antwort des Vampirs klingt grimmig. »Eine einfältige, kleine Göre. Ein unauffälliges Ding, das ganz unschuldig aussah. Richtig nett ... Liselore hieß sie, das falsche Luder. Sie hatte das dabei, womit man einen Werwolf ausschalten kann: eine Pistole mit einer silbernen Kugel.« Er lässt einen wütenden Schnaufer hören und beruhigt sich dann wieder. »Kurz gesagt, mein Gruselbus landete auf dem Schrottplatz. Ich hatte ein Jahr Zeit mir etwas Neues auszudenken: eine Radiosendung. Aber dafür brauchte ich Hörer, die ich nur über den Gruselbus erreichen konnte. Und dann seid glücklicherweise ihr gekommen. Besser hätte es nicht sein können: Die Kinderbuchwoche hat wieder angefangen und Onnoval steigt aus seinem Grab.«

Aus den Augenwinkeln sieht Anke, dass die Jungen mit etwas beschäftigt sind. Eddy C. schüttelt fast unmerklich den Kopf. Nicht hersehen, bedeutet das. Sprich weiter mit ihm.

»Ich verstehe nicht ganz«, sagt Anke schnell. »Liselore hat Sie also mit einer Silberkugel erschossen. Aber trotzdem stehen Sie hier. Wie kann das sein?«

»Ha! Das war kinderleicht!«, ruft Onnoval. »Nur wenige Menschen wissen, dass Werwölfe nach ihrem Tod manchmal zu Vampiren werden.« Er reckt das Kinn zum Mond empor und schließt die Augen. »Und das ist gut so, denn sonst hätte man mich vorsichtshalber mit Knoblauch im Mund und einem Holzpflock durch das Herz begraben.«

Seine Haut scheint das Mondlicht aufzusaugen, sein Gesicht wird immer bleicher. »Aber zum Glück hat man das nicht getan. Während ich unter der Erde lag, sammelten sich neue Kräfte in mir. Vom toten Werwolf wurde ich zum untoten Vampir.«

»Oh, tatsächlich?«, sagt Anke. »Das ist ja hochinteressant.«

»Gewiss, Liebchen«, sagt der Vampir und sieht Anke plötzlich mit flammenden Augen an. »Aber ich bin noch immer Schriftsteller: Vampir-Schriftsteller. Erzähl ihnen eine Geschichte und beiß zu! Das ist mein Motto.« Er leckt sich über die Eckzähne und starrt gierig auf Ankes Hals.

Jetzt!, denkt André. Er kickt den Holzpfahl aus dem Gras hoch und Hassan und Eddy C. fangen ihn auf. Sie richten die Pfahlspitze nach vorn und stürmen auf Onnoval zu. Alles geht so schnell, dass die »Kinder« des Vampirs nur fassungslos zusehen können. Knurrend springen die Wölfe nach vorn.

»Kusch!«, befiehlt der Meister und die Wölfe bleiben wie angenagelt stehen. Eddy C. und Hassan stoßen einen Kampfschrei aus und wollen dem Vampir den Pfahl mit aller Kraft ins Herz rammen.

Doch dieser schüttelt den Kopf. »Tsss, das finde ich wirklich nicht nett nach all den schönen Geschichten, die ich euch erzählt habe.« Blitzschnell schließen sich seine Hände um die scharfe Spitze, kurz bevor sie seinen Brustkorb berührt. Hassan und Eddy C. prallen zurück, als seien sie gegen eine Mauer gerannt. Noch immer lächelnd, bricht der Vampir den Pfahl entzwei. Es kostet ihn keinerlei Mühe.

»Glaubt ihr wirklich, ihr könntet mich mit so einem Stöckchen austricksen?« Seine Stimme klingt, als könne er sich über so viel Dummheit nur wundern. Hassan und Eddy C. liegen am Boden. Der Vampir bückt sich und zerrt die beiden hoch. Er zieht die Jungen zu sich heran und reißt den Mund weit auf. Die Eckzähne werden um mehrere Zentimeter länger. Hassan und Eddy C. schreien vor Angst und zappeln im eisernen Griff des Vampirs. Die Farbe seiner Augen wird tiefrot ...

André möchte irgendetwas Mutiges tun, diesem Onnoval ins Gesicht spucken oder ihn gegen das Schienbein treten, aber der Kapitän und der unsichtbare Junge halten ihn von hinten fest. Hassan und Eddy C. schreien und treten, um sich aus dem Griff des Schriftstellers zu befreien.

»Shit, C., du wolltest doch gern ein Vampir sein«, ruft Hassan. »Jetzt wirst du wirklich einer!«

»Das war ein Witz. Ich will nicht, ich will nicht!«, schreit Eddy C.

»Euer Widerstand ist zwecklos«, grinst der Vampir. »Begreift ihr denn noch immer nicht? Ich bin Schriftsteller. Ein großer Schriftsteller. Mich kann man nicht vernichten, denn ich lebe in meinem Buch.«

Er lacht laut und seine Eckzähne glänzen wie Messerklingen im Mondlicht. »Hier bin ich der Meister des Friedhofs.« Er zeigt mit dem Kinn zu den Spukgestalten unter den Bäumen und über den Gräbern. »Sie wissen es. Hier habe ich mein Publikum. Aber ich werde mein Reich ausdehnen. Euer Blut wird mich stärken. Und ihr werdet natürlich auch Vampire. Gemeinsam werden wir die Stadt, das Land und danach die ganze Welt erzittern lassen. Und dann werden alle P. Onnoval kennen.«

Er beugt sich zu Eddy C. und der Junge quietscht angstvoll, als die spitzen Eckzähne seine Haut berühren.

»Meinen Sie vielleicht dieses Buch?« Anke macht ihre Jacke auf und holt das Buch hervor, das sie im Bus gefunden hat.

Der Vampir sieht auf und in seinen blutroten Augen malt sich Erstaunen. »Ja. Das ist mein Buch. Woher hast du es? Es gehört mir. Durch dieses Buch existiere ich. Mein ganzes Herz und meine ganze Seele habe ich hineingelegt.«

Anke fasst in ihre Tasche. »Das war dumm von Ihnen«, sagt sie. Sie zieht die Hand wieder aus der Tasche - mit dem Feuerzeug, das sie von André bekommen hat. Plötzlich bewegt sich etwas neben ihr. Die alte Frau steht da. Lächelnd holt sie mit dem Fleischermesser aus.

»Einen Moment noch«, sagt Anke. Sie tritt zur Seite, das Messer saust haarscharf an ihrem Kopf vorbei und die Frau fällt vornüber. Das Messer bohrt sich tief ins Erdreich.

Der Vampir begreift, was Anke vorhat. »Nein, nicht!«, ruft er.

»Oh, doch«, sagt Anke. Sie zieht den Daumen über das Rädchen des Feuerzeugs. Es zischt leise, das Feuerzeug flammt auf und die Flamme leckt an dem Buch *Der Gruselbus* von P. Onnoval.

Die alte Frau schreit und der Vampir heult auf. Sein Griff lockert sich und Hassan und Eddy C. landen auf dem Boden. Eddy C. streicht sich mit der Hand über den Hals. Der Vampir streckt die Arme nach Anke aus, seine Finger sind zu Klauen gekrümmt.

»Nein, nicht mein Buch! Es stehen so viele Geschichten drin, die noch nicht erzählt sind!«

Anke tritt schnell einen Schritt zurück. »Pech gehabt.«

Die ersten Flammen züngeln und versengen die Seiten. Rauch steigt aus dem Buch empor, der Einband fängt Feuer und das Papier beginnt sich zu wellen. Der Schriftsteller stößt ein Grauen erregendes Geheul aus. Fassungslos starren Hassan und Eddy C. ihn an. Als die Flammen aus dem Buch schlagen, geschieht mit Onnoval das Gleiche. Flammen schlagen wie von selbst aus seinen Armen, seinen Beinen und seinem Rumpf.

Lautes Gejammer bricht los. Die »Kinder« des Vampirs laufen außer sich vor Angst durcheinander. Sie wissen nicht mehr, was sie tun. Sie werfen sich auf den Boden und winden sich, als würden sie mit ihrem Meister leiden. Der Mann mit der Schlinge zieht das Seil zu, um sich zu erwürgen, und das Monsterbaby versucht sich selbst aufzufressen: Es hat bereits seinen Arm bis zum Ellbogen im Maul.

Onnovals Umhang brennt lichterloh und der Vampir schwankt, mit den Armen rudernd, auf seinem Grab hin und her. Er dreht sich ein paar Mal um seine eigene Achse und bricht dann direkt vor André zusammen. Von seinem Gesicht ist nur noch ein Totenkopf mit spitzen Eckzähnen übrig. Doch der Mund klappt noch immer auf und zu und bringt Laute hervor, die nichts Menschliches mehr haben. André weicht angewidert zurück. Auch

hinter ihm tut sich Erstaunliches. Kapitän Mordegai, der Mann mit der Schlinge, die alte Frau und das Monsterbaby verschwimmen wie Zeichnungen, die ausradiert werden. Der durchsichtige Junge ist bereits ganz verschwunden. Während das Buch verbrennt, geht nicht nur der Vampir in Flammen auf, sondern es hören auch seine »Kinder« auf zu existieren. Den echten Friedhofsbewohnern macht das Ganze keinen Spaß mehr. Murmelnd wenden sie sich ab und kehren als dünne Nebelschwaden in die Erde zurück.

Eddy C. betastet die Stelle seines Halses, an der er die Zähne des Vampirs gespürt hat.

»Alles in Ordnung, C.?«, fragt Anke.

Er nickt, aber der Schreck steht ihm noch ins Gesicht geschrieben.

»Die Wölfe!«, sagt André plötzlich. »Warum greifen sie uns nicht an?« Die Tiere stehen noch immer reglos da und verfolgen, was sich auf dem Friedhof abspielt. Auf einmal begreift André. Sie tun nichts, weil sie keinen Befehl bekommen haben. Der Vampir hat sie nicht mehr herbeirufen können. Er dachte nur noch an sein Buch.

Das liegt halb verkohlt vor Anke im nassen Gras. Aber es brennt noch immer und die Flammen verlöschen erst, als nur noch ein Häufchen Asche übrig ist. Der Vampir stößt einen letzten Schrei aus. Er ist zu einem unförmigen, schwarzen Gebilde geworden, das nun von einem Windstoß wie ein Stück verbrannte Holzkohle in einzelne Schnipsel auseinander geweht wird. Dann ist es still. Nur die Wölfe jaulen leise, aber die rote Glut in ihren Augen ist erloschen.

Vielleicht sind es doch gewöhnliche Hunde, denkt André verwundert. Vielleicht haben unsere Angst und die Macht des Vampirs sie zu etwas gemacht, was sie gar nicht sind.

Ob Hunde oder Wölfe, die Tiere stehen nacheinander auf. Sie sehen zu P. Onnovals Grab hin und rennen dann mit geschmeidigen Sprüngen, gefolgt von ihren lang gereckten Schatten, den Weg entlang.

NOCH IMMER EINUNDZWANZIG

So, das war's, glaube ich«, sagt Anke.

André nickt ihr zu. Wie schön sie ist, denkt er nur. Dann geht er, ohne lange zu überlegen, auf Anke zu und nimmt sie in die Arme. »Du bist toll«, sagt er. Minutenlang halten sie einander fest, bis hinter ihnen ein Räuspern zu hören ist.

»Hallo, wir sind auch noch da«, sagt Eddy C. Sein Gesicht ist noch bleich, aber er lacht schon wieder.

»Shit, das kann man wohl sagen«, ergänzt Hassan.

André und Anke drehen sich um, sie lächeln beide.

»Kommt her«, sagt Anke und alle vier umarmen sich gegenseitig. Für einen Moment haben sie das Gefühl, eins zu sein – und keine Macht der Welt könne ihnen etwas anhaben. Das ist überwältigend und beruhigend und lässt die Angst, die sie an diesem Abend ausgestanden haben, unbedeutend erscheinen. Das Hochgefühl verfliegt, als sie ein Knacken und Klappern hören.

Erschrocken sehen sie auf.

Knochenhauer! Den hatten sie total vergessen. Er ist anscheinend der Einzige, der sich nicht in Luft aufgelöst hat wie Onnovals andere »Kinder«. Offenbar ist er kein Phantasieprodukt des Vampir-Schriftstellers. Er ist echt! Auf unsicheren Beinen stolpert er auf sie zu. Der Totenschädel wackelt auf dem dünnen Hals hin und her, als er sich mit ruckartigen Bewegungen nähert. Wie auf ein Kommando drehen sich die drei Jungen und das Mädchen um, Seite an Seite, kampfbereit. Aber sie kommen nicht zum Zuge. Knochenhauer geht klappernd auf die offenen Gruben neben

Onnovals Grab zu. Am Rand der ersten Grube bleibt er stehen. Abrupt wendet sich sein Totenkopf den Kindern zu, der Unterkiefer fällt herab und er legt die Hand an die Mütze, als letzten Gruß. Dann stürzt er vornüber in das leere Grab.

»Gute Nacht, Knochenhauer«, sagt Hassan.

In der Ferne schlägt die Turmuhr halb eins.

»Es ist Zeit nach Hause zu gehen«, sagt Anke.

»Das ist das Vernünftigste, was ich heute Abend gehört habe«, sagt André. Arm in Arm gehen die vier den Weg entlang zurück. Der Mond über den hohen Bäumen lächelt ihnen jetzt freundlich zu. Eine Eule lässt sich mit einem zufriedenen Ruf auf einem Zweig nieder.

»Sag mal, Anke, woher wusstest du das eigentlich?«, fragt Eddy C.

»Was?«

»Das mit dem Buch. Das war total cool von dir. Der Vampir hatte schon seine Beißer an meinem Hals und du zündest in allerletzter Sekunde kaltblütig das Buch an.«

»Ich wusste es nicht.«

»Wie bitte?« Eddy C. zieht die Augenbrauen hoch.

Anke lächelt. »Ich wusste es wirklich nicht. Ich habe zwar vermutet, dass das Buch wichtig ist, aber eigentlich war es nur ein Versuch. Ich musste es einfach mal ausprobieren. Er hat so angegeben mit dem Buch, dass er sein Herz und seine Seele hineingelegt hätte und so. Mir fiel nichts anderes ein, als es anzuzünden und zu hoffen, dass ihn das ablenkt. Ich habe nicht geahnt, dass er selbst zu brennen anfängt. Das war ein netter Zufall.«

»Netter Zufall!« Eddy C. schluckt deutlich hörbar. »Ein Vampir hat die Zähne an meinem Hals und du hast nichts besseres im Sinn als ein Buch anzuzünden?«

Anke nickt. »Ich fürchte ja, C.«

»Das . . . das ist unglaublich!«

Hassan grinst. »Shit, C., worüber regst du dich jetzt noch auf? Zufällig hat Anke den Vampir gekillt.«

»Zufällig, ja. Zufällig!« Eddys Stimme klingt wirklich aufgebracht. »Wenn es zufällig anders gelaufen wäre, dann wären wir jetzt nicht hier. Dann lägen wir alle vier in den Gräbern – und wären Vampire!«

Der Gruselbus steht noch immer halb auf dem Bürgersteig vor dem Friedhof. Genau als sie auf einer Höhe mit dem Bus sind, geht ein Ruck durch das Gefährt.

»Shit, was ist denn jetzt los?«, sagt Hassan. Der Bus zittert und bebt. Plötzlich fällt die hintere Stoßstange ab. Dann knallt es viermal und aus den Reifen entweicht zischend die Luft. Unmittelbar darauf zerbersten die Fenster, eines nach dem anderen. Fast so, als hätte sich im Businnern eine Art Überdruck aufgebaut. Tausende von Scherben fallen klirrend auf die Straße. Der Bus schaukelt auf seinen Stoßdämpfern hin und her, er ächzt und stöhnt. Sie hören ohrenbetäubendes Krachen und Splittern. Hinter den zerbrochenen Scheiben sprühen Funken und ein weißes Licht zuckt wie ein Blitzstrahl von vorn nach hinten durch den Bus. Das Gefährt wimmert, faucht, zischt, brummt, zuckt dann ein letztes Mal und bleibt schließlich mit schwerer Schlagseite am Bürgersteigrand stehen.

»Schluss, aus«, sagt Eddy C. »Der kann wieder zurück auf den Schrottplatz.«

»Und dort bleibt er dann hoffentlich auch«, sagt André.

»Auf jeden Fall kriegen mich keine zehn Pferde mehr in diese Gegend«, sagt Eddy C. »Ich leg mir ein anderes Hobby zu. Schreiben oder so.«

Sie wenden dem Gruselbus den Rücken zu. Noch nie hat das Licht der Straßenlaternen so schön ausgesehen. Die Straßen wirken geradezu märchenhaft nach der Finsternis auf dem Friedhof. André hält Ankes Hand, als sie nach Hause gehen.

Hassan wirft einen Seitenblick auf Eddy C.: »Shit!«

»Was ist?«

»Du hast zwei Punkte am Hals, C. Ich glaube, er hat dich doch gebissen.«

»Was? Oh, nein!«

»Wirklich. Vielleicht wirst du jetzt doch noch ein Vampir, C.« Hassan zwinkert Anke und André zu, die kaum das Lachen unterdrücken können.

Eddy C. fasst sich mit der Hand an die Stirn. »Verdammt, Hassan. Jetzt bleibt nur noch eine Lösung.«

»Und die wäre?«

»Anke muss mein Buch verbrennen.«

»Dein Buch? Hast du denn ein Buch?«

Eddy C. grinst breit. »Nein, aber ich werde wohl eines schreiben müssen. Aber dafür lasse ich mir ordentlich Zeit, da kannst du Gift drauf nehmen. So einfach wird Anke mich nicht abfackeln.« Er sieht sich zu Anke und André um und schlägt Hassan auf die Schulter. Lachend rennen die beiden Kumpel den Bürgersteig entlang.

»Außerdem kann ich jetzt endlich Yolanda beißen«, ruft Eddy C.

Anke bricht in Lachen aus. »C. ist wieder der Alte. Der ändert sich nie.«

André nickt. »Das hoffe ich.«

»Was meinst du damit?«

André gibt keine Antwort. Er beobachtet Hassan und Eddy C., die auf eine Gartenmauer geklettert sind und wie Seiltänzer darauf balancieren. Natürlich war Hassans Bemerkung über Bissspuren an Eddys Hals nur ein Witz. Aber als er vorhin über die Schulter zu ihnen hersah, meinte André etwas Seltsames in seinen Augen zu sehen, ganz kurz nur. Ein rotes Leuchten ...

Jetzt aber Schluss!, sagt André zu sich selbst. Es war eine optische Täuschung oder es kam vom Mondlicht oder Eddy C. hat vor lauter Müdigkeit rote Augen, was auch immer! Es reicht jetzt. Schluss, aus. Nicht mehr darüber nachdenken. Nie mehr.

»Nichts«, sagt er. »Ich meine nichts.« Er schüttelt den Kopf und legt den Arm um Ankes Schulter.

Eigentlich ist es doch ein richtiges Wunder! Vor ein paar Stunden stellte er sich allenfalls im Geheimen vor so mit Anke zu gehen. Und jetzt ... Im Grunde muss ich Onnoval dankbar sein, überlegt André. Er hat uns zusammengebracht.

Anke bemerkt das Lächeln auf Andrés Gesicht und drückt seine Hand. »Woran denkst du?«

»Äh ... an meinen Bruder Mick. Ich frage mich, was er sagen würde, wenn er das alles erlebt hätte.«

Anke fängt an zu lachen. »Ich weiß es.«

»Tatsächlich? Was denn?«

»Da fragst du noch? Schriftsteller lügen immer, würde er natürlich sagen.«

André nickt. »Stimmt«, sagt er. »Das glaube ich auch.«

An die Leser dieses Buches

Der Gruselbus *– so heißt das Buch, das ich 1990 geschrieben habe (*Der Gruselbus *ist 1997 auf Deutsch erschienen). Es geht darin um einen Schriftsteller, der mit seinem Gruselbus durchs Land fährt und Schulkindern Gruselgeschichten vorliest. Im letzten Kapitel des Buches nimmt es mit dem Schriftsteller ein böses Ende. Ich dachte, damit wäre nun alles vorbei und – begann neue Bücher zu schreiben.*

Nach einiger Zeit geschah etwas Seltsames. Aus irgendeinem Grund wollte Herr Onnoval, der Schriftsteller, nicht aus meinen Gedanken verschwinden. Man könnte sagen, er verhielt sich recht aufdringlich. Einmal erschien er mir sogar im Traum. Kurz gesagt, er bat, flehte und forderte, dass ich noch einmal über ihn schreiben sollte.

Unmöglich, beteuerte ich ihm. Es ist aus und vorbei mit Ihnen. Sie waren ein Werwolf und wurden mit einer Silberkugel totgeschossen, wie sich das für Werwölfe gehört. Es gibt nichts mehr über Sie zu erzählen.

Zur gleichen Zeit bekam ich stapelweise Post von Kindern, die den Gruselbus 1 *gelesen hatten. In den Briefen wurde meistens nach einer Fortsetzung gefragt (wenn ihr also nun Alpträume bekommt, liebe Leser, dann seid ihr selber schuld!). Ich habe mich darüber sehr gefreut, denn eigentlich wollte ich gerne weiter über Onnoval und seinen Bus schreiben, aber es ging nicht. Onnoval war schließlich tot. Punktum.*

Tja, so ging das eine ganze Weile. Onnoval quengelte, er drohte mir sogar und die Leser fragten immer wieder nach dem Gruselbus 2. *In der Zwischenzeit hatte ich mit der Arbeit begonnen. Meine Tochter*

Manisha, die damals vier Jahre alt war, gab mir eine Zeichnung, die sie gemacht hatte.

Es sei ein Vampir, erklärte sie. Er hatte eine Glatze, gaaanz lange Eckzähne, spitze Ohren und trug einen weiten Umhang. »Über den musst du ein Buch schreiben, Papa«, sagte sie zu mir. Ich versprach ihr, dass ich darüber nachdenken würde. Das tat ich auch und in der Zwischenzeit arbeitete ich weiter an meiner Materialsammlung für die verschiedenen Gruselbücher. Ich musste eine Menge lesen und nachschlagen. Ein paar Tage später machte ich eine wichtige Entdeckung. Ich las, dass man in manchen Ländern glaubt, Werwölfe würden nach ihrem Tod zu Vampiren. Bingo! Plötzlich war alles klar. Eigentlich hatte mich Manishas Zeichnung auf die richtige Spur gebracht. Nun bekam jeder seinen Willen: Manisha, Onnoval und die Leser. Und ich selbst natürlich auch, denn ich wollte dieses Buch gern schreiben. Jetzt begriff ich auch, weshalb Onnoval mir die Ohren voll gejammert hatte: Er war ein Vampir geworden und brannte darauf, neue Geschichten zu erzählen (und zu beißen, natürlich!). Ich musste die Geschichten nur für ihn aufschreiben. Das habe ich getan. Und nun habe ich endlich Ruhe. Onnoval ist ein für alle Mal vernichtet, also rechne ich nicht damit, dass er nach einer Weile wieder auftaucht und von mir fordert, dass ich den Gruselbus 3 *schreibe. Oder vielleicht doch???*

Ihr könnt mir aber wieder schreiben, ob ihr euch bei diesem Buch ordentlich gegruselt habt (d. h., wenn ihr euch noch traut, nach der Geschichte »Lieblingsschriftsteller«). Ich antworte euch auf jeden Fall, auch wenn es vielleicht öfter mal ein wenig dauert.
Schlaft gut und träumt schön (keine Alpträume natürlich).
Schickt eure Briefe an:

Arena Verlag
Grusel & Co
z. H. Paul van Loon
Postfach 51 69
97001 Würzburg

Denkt daran, auch den Titel des Buches und vor allem eure Adresse samt Postleitzahl und Wohnort anzugeben (das vergessen manche). Und es wäre super, wenn ihr eine Briefmarke für die Antwort beilegen würdet.

Gruselgrüße